KB044399

딱 90일만 더 살아볼까
A LONG WAY DOWN

옮긴이 | 이나경
이화여대 물리학과를 졸업하고 서울대 대학원 영문학과 석사, 동 대학원 박사 과정을 수료했다. 옮긴 책으로는 《하루키 문학은 언어의 음악이다》《폼페이 최후의 날》《샤이닝》《넘버원 여탐정 에이전시》 시리즈, 《성공하는 삶을 위한 Fish! 철학》《피버 피치》《소중한 모든 것》《궁중 일기》 등 다수가 있다.

딱 90일만 더 살아볼까

1판 1쇄 2006년 12월 15일 | 1판 18쇄 2020년 10월 30일
지은이 닉 혼비 | 옮긴이 이나경
펴낸이 임홍빈 | 펴낸곳 (주)문학사상
경기도 파주시 회동길 363-8, 201호(10881) | 등록 1973년 3월 21일 제1-137호
전화 031)946-8503 | 팩스 031)955-9912
홈페이지 www.munsa.co.kr | 이메일 munsa@munsa.co.kr

잘못 만들어진 책은 구입하신 서점에서 바꾸어 드립니다.
책값은 표지 뒷면에 표시되어 있습니다.

ISBN 978-89-7012-757-6 03840

딱 90일만 더 살아볼까

닉 혼비 장편소설

이나경 옮김

문학사상

A Long
way
Down

아만다에게

"불행을 치료하는 약은 행복해지는 거야.
누가 뭐라고 하든 난 행복해질 거야."

—엘리자베스 맥크래큰, 《나이아가라 폭포에서 새 삶을 시작하며》

차례

1부

· 마틴 ·

내가 왜 아파트 옥상에서 몸을 던지려고 했는지 설명할 수 있느냐고? 물론 내가 왜 고층 아파트 꼭대기에서 뛰어내리려고 했는지 설명할 수 있다. 난 바보 멍청이가 아니다. 게다가 설명이 불가능한 문제도 아니다. 그것은 합리적인 사고를 거쳐 나온 논리적 귀결이었다. 또 그다지 심각한 문제도 아니었지만, 그렇다고 변덕스러운 충동으로 벌인 짓도 아니었다. 그러니까 무지하게 복잡하거나 고민스러운 일은 아니었다는 뜻이다. 이렇게 생각해보자. 가령 당신이 길포드에 사는, 모 은행의 부장이라고 치자. 이민을 갈까 하고 생각하고 있었는데, 시드니 은행을 경영해달라는 제의가 들어왔다고 하자. 흠, 이 결정을 내리는 데 크게 망설일 것은 없다 치더라도, 그래도 조금은 생각해봐야 하지 않을까? 적어도 이민에 적응할 수 있을지, 친구나 동료들과 헤어져 지낼 수 있을지, 아내와 아이들이 외국에서 잘 지낼 수 있을지는 생각해봐야 한다. 종이를

한 장 펴놓고 앉아서 장단점을 적어볼 수도 있을 것이다. 그러니까,

단점 : 노부모님, 친구들, 골프 클럽.

장점 : 봉급 인상, 삶의 질 향상(수영장 딸린 집, 바비큐 파티 등), 바다, 햇살, 〈바, 바 블랙 쉽(Baa—Baa Black sheep)〉 노래를 금지하는 엉터리 좌익 단체가 없는 점영국에서는 이 동요가 인종 차별을 조장한다는 이유로 금지되어야 한다는 주장이 있었다—옮긴이, 광우병 때문에 영국제 소시지를 금지하는 유럽경제공동체의 지침에 따르지 않아도 되는 점 등.

이거, 상대도 안 되잖아? 골프 클럽이라니! 잠깐, 노부모님을 생각하면 잠시 망설여지긴 하겠지만 그뿐이다. 망설임, 그것도 잠깐의 망설임일 뿐. 십 분도 안 되어 여행사에 전화를 걸고 있을 게 분명하다.

그러니까 그게 바로 나였다. 미련을 가질 이유는 없었고, 옥상에서 몸을 던질 이유는 아주 엄청나게 많았다. '단점' 목록에는 아이들뿐이었지만, 어차피 신디가 아이들을 다시 만나게 해줄 리도 없으니까. 나는 나이 드신 부모님도 없고, 골프도 치지 않는다. 자살은 내게 시드니 같은 것이었다. 내가 이런 비유를 한다고 해서 시드니에 사는 선량한 시민들에게 무슨 감정이 있는 게 아니라는 것을 알아주길 바란다.

· 모린 ·

나는 아이에게 십이월 삼십일 일 밤에 신년 이브 파티에 갈 거라고 말해주었다. 그 이야기를 나는 시월부터 했다. 사람들이 신년 이브 파티 초대장을 시월에 보내는지 어쩐지는 난 모른다. 아마도 그렇지는 않을 것이다(내가 그걸 어떻게 알아? 1984년 이후로 신년 이브 파티에는 한 번도 못 가봤는데. 마지막 갔던 것은 길 건너에 살던 준과 브라이언이 이사 가기 직전에 파티를 열었던 때였고, 그때도 나는 그 아이들이 잠든 후 한 시간 정도 들렀다 왔을 뿐이었다). 하지만 더 이상 기다릴 수 없었다. 오월이나 유월부터 그 일을 생각하고 있었고, 말하고 싶어서 견딜 수가 없었다. 정말 바보 같긴 했다. 그 애는 알아듣지도 못하니까 분명 모를 것이다. 병원에서는 아이에게 계속 이야기를 해주라고 하지만, 아무것도 머릿속으로 들어가지 않는다는 걸 알 수 있다. 게다가 끙끙거릴 게 뭐 있다고! 그저 내가 그날을 간절히 기다린다는 걸 알려줄 뿐일 텐데.

아이에게 그 얘기를 한 순간, 곧장 고해성사를 하러 가고 싶었다. 거짓말을 했으니까. 내 아들에게 거짓말을 했으니까. 하긴 하잘것없고 바보 같은 거짓말이긴 했다. 몇 달 뒤 파티에 갈 거라고, 내가 꾸며댄 파티에 갈 거라고 말한 것이니까. 게다가 나는 그 파티를 아주 그럴듯하게 포장했다. 누가 여는 파티인지, 내가 왜 초대를 받았는지, 왜 가고 싶은지, 나 말고도 누가 올 것인지 모두 말해주었다(성당에서 만난 브리짓의 파티라고 했다. 그녀의 동생은 코크에서 올 것이고, 그 동생이 편지로 내 안부를 두어 번 물어보았기 때문에 나도 초대 받았다고 했다. 그리고 브리짓의 동생이 시어머니를 모시고 프랑스 루르드에

다녀왔는데, 나도 매티를 데리고 거기 가보고 싶어서 그 이야기를 들으러 파티에 가기로 했다고 했다).

하지만 고해성사를 할 수는 없었다. 이해가 끝날 때까지, 거짓말하는, 그 죄를 자꾸만 다시 저질러야 한다는 것을 알고 있었기 때문이다. 매티뿐만 아니라 요양소 사람들에게도 거짓말을 해야 했고, 또…… 음, 그 밖에는 별로 할 사람이 없다. 어쩌면 성당 사람들이나 상점 사람들에게도 거짓말해야 할지 모르지만. 생각해보면 웃기는 일이다. 아픈 아이를 밤낮으로 돌보다 보면 죄를 지을 여유도 거의 없고, 그래서 나는 무척 오랫동안 고해성사를 할 만한 행동을 못해보고 지냈다. 그런데 그렇게 지내던 내가 너무나 끔찍한 죄를 지어서 신부님에게 말할 수도 없게 되었으니 말이다. 왜냐하면 내가 죽는 날까지 죄를 짓고 또 짓다가, 결국 죄 중에 가장 큰 죄를 짓게 될 테니까(그런데 왜 그것이 가장 큰 죄일까? 평생 동안 이 세상을 떠나면 아주 멋진 곳에 가게 된다고 주입받으면서 살아왔는데 말이다. 그런데 그곳에 조금 더 빨리 가기 위해 할 수 있는 유일한 일을 저질렀다고 그곳에 아예 못 가게 되다니. 아, 생각해보니 그것은 일종의 새치기인 것 같기도 하다. 하지만 누가 우체국에서 새치기를 하면 사람들은 혀를 차거나 '미안하지만 내가 먼저예요.'라고 하지, '영원히 지옥 불에 떨어지게 될 거예요.'라고 말하진 않는다. 그건 좀 심한 것 같다). 그 일 때문에 성당 다니기를 그만두지는 않았다. 하지만 내가 성당에 계속 나간 것은, 갑자기 안 나가면 남들이 무슨 일인지 궁금해할까 봐 그랬던 것뿐이다.

그 날짜가 점점 다가오자, 나는 아이에게 파티에 대해 들었다면서 자질구레한 정보들을 알려주었다. 매주 일요일, 나는 새로운 소식을 들은 것처럼 굴었다. 일요일이면 브리짓을 만나기 때문이다.

"브리짓이 그러는데 춤도 출 거래." "브리짓이 와인이랑 맥주를 싫어하는 사람들이 있을까 봐 다른 술도 내놓을 거래." "브리짓이 식사를 미리 하고 오는 사람들이 몇 명일지 궁금해하더라." 매티가 말을 알아들을 수 있다면, 그런 작은 모임을 갖고 그렇게 걱정이 늘어지다니, 이 브리짓이란 여자는 제정신이 아니라고 생각할 것이다. 나는 성당에서 브리짓을 볼 때마다 얼굴이 뜨거워졌다. 물론 그녀가 실제로 십이월 삼십일 일 밤에 무슨 일을 할지 궁금했지만 묻지 않았다. 만일 그녀가 파티를 열 계획이었는데 그런 질문을 받는다면, 나를 초대해야 할 것 같은 기분이 들까 봐.

돌이켜보니 부끄럽다. 거짓말 때문이 아니다. 이젠 거짓말하는 데 익숙해져 있으니까. 나 자신이 너무 한심해서 부끄러운 것이다. 어느 일요일 날, 나는 브리짓이 샌드위치에 넣을 햄을 어디서 살 것인지 아이에게 얘기해주고 있었다. 하지만 머릿속에는 십이월 삼십일 일 생각밖에 없었다. 당연히 그럴 수밖에 없는 상황을, 이런 식으로 아무 의미 없는 이야기를 늘어놓음으로써 정작 진실을 말하는 걸 피하려는 것뿐이었다. 게다가 책에서 읽은 이야기를 믿게 되는 것과 마찬가지로, 나도 어쩐지 그 파티가 열릴 것을 약간은 믿게 된 것 같다. 이따금 나는 무슨 옷을 입을지, 술을 얼마나 마실지, 몇 시에 자리를 뜰지 생각해보게 되었다. 집에 택시를 타고 올지, 그런 것들을. 결국 나는 정말로 파티에 갈 것처럼 생각하게 되었다. 하지만 비록 상상이긴 해도 내가 파티에서 만난 사람들과 이야기를 나누는 장면은 떠오르지 않았다. 거기부터는 상상하지 않는 게 더 나으니까.

· 제스 ·

사람들이 무단으로 들어가 사는 건물의 아래층에서 열리는 파티에 갔다. 온갖 늙다리 괴짜들이 바닥에 쭈그리고 앉아 사과주를 마시고 마리화나를 빨면서 괴상망측한 레게 음악을 듣는 거지 같은 파티였다. 밤 열두 시가 되니 그중 한 명이 놀리듯이 손뼉을 쳤고, 다른 두어 명이 웃는 게 전부였는데, 그게 새해 복 많이 받으라는 것이었다. 런던에서 제일 행복한 사람도 그 파티에 가면 열두 시 오 분쯤에는 옥상에서 뛰어내리고 싶어졌을 것이다. 게다가 나는 원래부터 런던에서 제일 행복한 사람도 아니니 의심할 여지도 없었다.

학교에서 만난 친구가, 채스가 올 거라고 했기 때문에 거기 갔는데, 그는 오지 않았다. 채스에게 전화를 수십 번은 걸어봤지만, 그의 휴대전화는 계속 꺼져 있었다. 우리가 처음 헤어졌을 때, 그는 나더러 스토커라고 했는데, 스토커라니 너무 심한 말 아닌가. 전화를 걸고, 편지를 쓰고, 이메일을 보내고, 문이나 두드리는 것을 스토킹이라고 부를 순 없을 것 같다. 내가 그의 회사에 찾아간 건 딱 두 번뿐이다. 크리스마스 파티까지 합치면 세 번이지만, 원래 나를 데려가겠다고 했었으니 그건 빼야 한다. 스토킹이란 상점이나 휴가지 같은 곳까지 따라다니는 것이 아니냐고! 음, 나는 상점 근처에는 가본 적이 없다. 그리고 어쨌든 해명을 듣기 위해 찾아가는 일은 스토킹이라고 생각하지 않는다. 해명을 들어야 하는 건 돈을 빌려준 것이나 다름없고, 그것도 푼돈이 아닌 최소한 500~600파운드 정도는 되는 돈이다. 그 정도 꾸어줬다면, 그리고 꾸어간 사람이 날 피해 다닌다면, 그가 집에 있는 시각, 한밤중에라도 문을 두드릴 수밖에 없는 거다. 그만한 돈이라면 중요한 일이니까. 해결사를 부르거나 다리를 부러뜨리기도 하지만, 나는 그렇게까지 한 적은 없었다. 나로서는 충분히 자제심을 보여줬다.

그래서 그가 이 파티에 오지 않았다는 것은 곧바로 알았지만, 얼마간 죽치고 있었다. 거기 말고는 갈 곳도 없었으니까. 나 자신이 참 불쌍했다. 열여덟 살이나 된 여자가 십이월 삼십일 일 밤에 아무도 모르는 사람만 모인 거지 같은 파티 말고는 갈 곳이 없다니! 음, 나는 그런 일을 겪은 적이 있다. 그러고 보니 해마다 그런 일을 겪고 사는 것 같다. 친구들은 쉽게 사귀지만, 내가 애들을 쫓아버리는 모양이다. 왜 그런지, 어떻게 그렇게 되는지는 모르겠지만, 친구들이 나를 싫어하는 것 정도는 안다. 그래서 사람들도 파티도 사라져버린다.

젠도 나를 싫어하게 된 것이 분명하다. 젠도 다른 사람들처럼 사라져버렸으니까.

· 마틴 ·

나는 그전 두어 달 동안 인터넷에서 자살 검시에 관한 내용을 찾아보고 있었다. 단순히 호기심의 발로였다. 매번 검시관은 똑같이 말한다. "그는 마음의 평정이 깨져서 자기 목숨을 버렸다." 그러고는 그 가련한 인간의 내력이 나온다. 아내는 그의 가장 친한 친구와 잤고, 직장도 잃고, 딸은 몇 달 전 교통사고로 죽고…… 어이,

거기 검시관 계시오? 미안하지만 이건 마음의 평정이 깨진 게 아니란 말이오. 그는 마땅히 해야 할 일을 했다고 말하고 싶다. 더 이상 견딜 수 없이 나쁜 일들이 자꾸만 일어나면, 해치백 자동차를 몰고 인근에 있는 주차 빌딩으로 가서 무작정 달려내려오는 것이다. 그게 당연한 것 아닌가? 검시관의 보고서는 이렇게 되어야 한다. "그는 자신의 삶이 얼마나 빌어먹게 엉망진창이 되었는지 말짱한 정신으로 곰곰이 생각해본 뒤 자살했다."

기사를 읽고서, 망자가 제대로 된 판단력을 잃고 자살했다는 생각이 든 적은 한 번도 없다. 그러니까 "올해의 미스 스웨덴과 약혼한 맨체스터 유나이티드 팀의 포워드는 최근 특별 2관왕을 달성했다. 그는 FA컵 우승과 오스카상 최우수 남우주연상을 같은 해에 받은 유일한 사람이다. 스티븐 스필버그는 그가 발표한 첫 소설의 판권을 사들였으며, 가격은 공개되지 않았다. 그런 그가 마구간 대들보에 목을 맨 것이 직원에 의해 발견되었다." 이런 유의 검시관의 보고서는 읽어본 적이 없다. 하지만 만일 정말로 행복하고, 재능 있고, 성공한 사람들이 자살하는 경우가 있다면, 마음의 평정이 깨졌기 때문이라고 할 수 있을 것이다. 미스 스웨덴과 약혼하고, 맨체스터 유나이티드에서 뛰고, 오스카상을 받았다고 우울증에 걸리지 않는다는 뜻은 아니다. 그렇지 않다는 것은 나도 잘 알고 있다. 그저 이런 것들이 도움이 되기는 한다는 뜻이다. 통계를 보라. 방금 이혼한 사람이라면 자살할 가능성이 더 높다. 혹은 거식증에 걸렸거나, 실업자이거나, 매춘부라면. 혹은 전쟁에 참전한 적이 있거나, 강간당했거나, 가까운 사람이 죽었다면⋯⋯ 자살로 사람들의 등을 떠미는 요인은 아주 많다. 이런 요인들은 사람들을 지긋지

긋할 정도로 비참하게 만들 가능성이 높다.

이 년 전의 마틴 샤프라면 한밤중에 옥상 가장자리에 아슬아슬하게 걸터앉아 삼십 미터 아래 콘크리트 보도를 바라보며, 자기 뼈가 바닥에 부딪쳐 산산조각이 날 때 부서지는 소리를 듣게 될지 궁금해하진 않았을 것이다. 이 년 전의 나, 마틴 샤프는 다른 사람이었다. 나는 일자리도 있었다. 아내도 있었다. 열다섯 살짜리랑 섹스를 하지도 않았다. 그러니 교도소에 가지도 않았다. 어린 딸들에게 타블로이드 신문의 1면 기사(유명한 런던 유흥가 보도에 누워 있는 내 사진을 '변태!'로 시작되는 머리기사에서 보여주는)에 대해서 설명하지 않아도 되었다. 만일 내가 자살했다면 머리기사는 어떻게 되었을까? '변태 일내다!' 혹은 '샤프한 엔딩!' 같은 제목이 붙을 것이다. 공평하게 말해서, 그런 일이 일어나기 전에는 옥상 가장자리에 앉아 있을 이유가 거의 없었다. 그러니 내가 마음의 평정을 잃었다고 하진 말아줬으면 좋겠다. '마음의 평정'이란 게 대체 무슨 뜻인가? 엄밀히 따져서 과학적으로 증명된 것인가? 마음이란 것이 천칭처럼 미친 정도에 따라 오르락내리락하는 것인가? 자살하고 싶은 것은 삶을 유지할 수 없게 만드는 일련의 불행한 사건들에 대한 적절하고 이성적인 반응이다. 물론 정신과 의사들이 도와줄 수 있다고 하겠지만, 이놈의 나라가 겪고 있는 문제의 절반은 그것 아닌가? 아무도 책임을 지려 하지 않는 것 말이다. 항상 누군가 남의 탓이다. 다들 그렇고말고. 흠, 나는 어쩌다 열다섯 살짜리 여자애를 건드린 것이 엄마와 아빠가 어떻게 살았는지와는 별개라고 믿는 흔치 않은 인간 중의 한 사람이다. 또 내가 모유로 컸든지 아니었든지 간에 그 애와 잤을 거라고 생각한다. 내가 한 짓에 책임을 질 시간이 왔을 뿐인 것이다.

그리고 내가 한 짓은 내 인생을 내갈겨버린 짓이었다. 말 그대로. 흠, 그래 좋다. 말 그대로, 말 그대로는 아니다. 그러니까 내 인생을 소변으로 바꾸어 방광에다 모아두었다가 내보냈다는 건 아니다. 하지만 돈을 아무렇게나 써 갈기듯, 내 인생도 똑같이 갈겨버린 것 같은 기분이 든다. 내게는 아이들과 아내와 직장과 보통 사람들이 갖고 있는 모든 것을 누리던 인생이 있었는데, 어쩐 일인지 그것을 잃어버리게 된 것이다. 아니, 그 말은 옳지 않다. 사람들이 돈을 멍청하게 써버렸을 때 그 돈이 어디로 갔는지 알고 있듯이, 나도 내 인생이 어디에 있는지는 알고 있다. 인생을 잃어버린 것은 아니었다. 내팽개친 것이다. 나는 십 대 여자애와 나이트클럽 때문에 아이들과 일자리와 아내를 내팽개친 것이었다. 이런 경우에는 항상 대가가 따르게 마련이고, 나는 기꺼이 그 대가를 치렀다. 그랬더니 갑자기 내 인생이 그 자리에서 사라져버렸다. 나는 내 뒤에 무엇을 남겨두게 될까? 신년 이브, 나는 마치 희미한 의식과 그럭저럭 돌아가는 소화기관에 작별을 고하는 것 같은 기분이었다. 의식과 소화기관. 모두 살아 있음을 의미하는 것이지만, 생명체를 이루는 실질적인 내용물은 아니다. 심지어 특별히 슬프지도 않았다. 그저 아주 바보 같은 기분이 들고 몹시 화가 날 뿐이었다.

내가 지금 이 자리에 앉아 있는 것은 갑자기 정신을 차렸기 때문이 아니다. 지금 여기 앉아 있는 것은 그날 밤도 다른 모든 것과 마찬가지로 엉망진창이 되어버렸기 때문이다. 나는 아파트 꼭대기에서 몸을 던지는 일마저도 제대로 해내지 못하는 인간일 뿐인 것이다.

· 모린 ·

신년 이브 십이월 삼십일 일 밤, 요양원에서 아이를 태워 갈 앰뷸런스를 보내왔다. 추가 비용을 내야 했지만 상관없었다. 당연한 일이다. 결국에는 내가 부담한 비용보다 훨씬 더 많은 돈이 매티에게 들어갈 테니까 말이다. 나는 고작 하룻밤 비용을 냈을 뿐이지만, 요양원 사람들은 그 애의 남은 평생을 부양하게 될 것이다.

그들이 의심할까 봐 매티의 물건을 좀 감추는 게 어떨까 생각했지만, 아무도 그것이 그 아이의 것이라고 생각할 리 없었다. 나한테 아이들이 많은 모양이라고 생각할 테니 그냥 그 자리에 두었다. 여섯 시쯤 청년 둘이 와서 매티를 휠체어에 태워 갔다. 그 자리에서 내가 눈물을 보이면 그들이 뭔가 이상하다고 생각할 것이니 울 수도 없었다. 그들은 내가 이튿날 오전 열한 시에 매티를 데려갈 거라고 알 테니까. 나는 매티의 이마에 입을 맞추고, 요양원에서 얌전하게 지내라고 말했을 뿐이다. 나는 그들이 떠날 때까지 울음을 꾹 참았다. 그런 다음 한 시간가량 울고 또 울었다. 매티는 내 인생을 망쳐놓았지만, 그래도 내 아들이고 다시는 보지 못할 것인데 작별인사도 제대로 나누지 못한 것이다. 나는 잠시 텔레비전을 보다가, 밖이 추울 것이므로 셰리주를 두어 잔 마셨다.

버스 정류장에서 십 분 동안 버스를 기다리다가 걷기로 마음을 먹었다. 죽고 싶다는 생각은 두려움을 덜어주었다. 특히나 술 취한 사람들이 득실거리는 늦은 시각에 길을 걷는 것은 꿈도 꾸지 못했는데 이젠 무슨 상관이랴 싶었다. 하지만 물론 다치기만 하고 죽지는 못하는 경우가 생길까 봐 염려는 되었다. 그 자리에서 바로 죽지 않고 고통 속에 방치되는 것 말이다. 그러면 나는 병원으로 옮겨질 것이며, 병원에서 내 신원을 파악하고 매티에 대해서 알아낼 것이며, 그러면 내가 몇 달간 계획한 것이 수포로 돌아갈 것이며, 퇴원하고 나면 요양원에 수천 파운드를 내야 할 텐데, 그 돈을 어디서 구할 것인가? 하지만 아무도 내게 덤벼들지 않았다. 두어 명이 새해 복 많이 받으라는 인사를 건넸을 뿐, 그게 다였다. 바깥에는 별로 두려워할 것이 없었다. 내 인생 마지막 날 밤에 그 사실을 알게 되다니 우스웠다. 나는 평생 그런 것을 두려워하며 살았는데 말이다.

나는 그전까지 토퍼스하우스에 가본 적이 없었다. 버스를 타고 한두 번 지나친 것뿐이었다. 옥상까지 올라갈 수 있는지도 확실히 몰랐지만, 문이 열려 있기에 더 이상 걸을 수 없을 때까지 계단을 올라갔다. 옥상에서 뛰어내리고 싶은 기분이 들 때 아무 때나 뛰어내릴 수 있게 해놓지 않았을 거라는 생각을 조금도 하지 못했던 이유를 모르겠다. 그곳을 보자마자 옥상에서 뛰어내리지 못하게 해놓은 것을 알 수 있었다. 아주 높은 곳까지 철망을 쳐놓고 난간을 둘러세워 막은 다음, 그 위에다가는 뾰족뾰족한 대못을 박아두었다…… 음, 그걸 보니 당황스러워지기 시작했다. 나는 키도 크지 않고, 힘도 별로 세지 않고, 그렇게 젊지도 않다. 그 꼭대기까지 기어올라갈 방법을 알 수는 없었지만 반드시 그날 밤에 실행에 옮겨야만 했다. 매티를 요양원에 넣었고 모든 준비를 해놓았으니까. 나는 온갖 방법을 떠올려보았지만 쓸 만한 생각은 떠오르지 않았다. 집에서 자살을 해서 누군가 아는 사람이 내 시체를 발견하게 하고 싶진 않았다. 모르는 사람에게 발견되고 싶었다. 그렇다고 기차에 뛰어들고 싶지도 않았다. 텔레비전에서 자살 때문에 가엾은 기관사들이 고통을 겪는다는 내용을 보았기 때문이다. 차가 없으니 조용한 곳으로 차를 몰고 가서 배기가스를 들이마실 방법도 없었다.

그때 옥상 바로 맞은편에 있는 마틴을 보았다. 나는 어두운 곳에 숨어서 그를 지켜보았다. 그는 제대로 하고 있었다. 조그만 사다리와 철사 커터를 이용해 꼭대기까지 올라갔다. 그러고는 옥상 난간 위에 다리를 대롱거리고 앉아서 아래를 내려다보며, 조그만 휴대용 술병을 홀짝이고 담배를 피우며 생각에 잠겨 있었다. 나는 그대로 기다렸다. 그는 담배를 피우고 또 피웠고, 나는 기다리고 또 기다렸다. 그러다 결국 더 이상 기다릴 수 없게 되었다. 사다리가 그의 것인 줄 알지만 내게도 잠깐 필요했다. 그에게는 소용이 없어질 테니까.

나는 그를 밀려고 하진 않았다. 나는 다 큰 남자를 난간에서 밀어 떨어뜨릴 정도로 힘이 세진 않다. 어쨌든 그런 짓은 하지 않을 것이다. 그것은 옳은 일이 아니니까. 뛰어내릴지 말지의 결정은 그의 몫이다. 나는 그에게 다가가 철망 사이로 손을 넣어 어깨를 톡톡 두드렸다. 오래 걸릴지 물어보기만 할 생각이었다.

· 제스 ·

그 건물에 들어가기 전까지 옥상에 올라갈 생각은 조금도 없었다. 솔직히 그 남자에게 말을 걸기 전까지는 토퍼스하우스라는 것에 대해서는 까맣게 잊고 있었다. 내가 그의 마음에 든 것 같긴 했지만, 그렇다고 별건 아니었다. 그곳에서 몸을 가눌 수 있는 서른 살 미만의 여자는 나밖에 없었다는 걸 생각하면 말이다. 그는 내게 종이에 만 궐련 한 개비를 주었고, 자기 이름이 봉이라고 했다. 내가 왜 이름이 봉이냐고 물었더니 그는 항상 봉물파이프 — 옮긴이으로 마리화나를 피우기 때문이라고 했다. 그래서 나는 이랬다. 그럼 여기 모인 사람들은 다 스플리프마리화나를 종이에 말아놓은 것—옮긴이라고 부른단 말인가요? 하지만 그는 이렇게 대답했다. 아니, 저기 저 친구는 멘털(미치광이) 마이크야. 그리고 저기 저 친구는 퍼들(물웅덩이)이고. 또 저기 저 친구는 니키 터드(대변)라고 해. 그는 그런 식으로 방 안에 모인 사람들의 이름을 전부 들먹였다.

하지만 봉과 이야기를 나누며 보낸 십 분이 역사를 만들었다. 음, 기원전 55년이나 1939년과 같은 역사는 아니다. 누가 타임머신을 만들거나, 알카에다가 영국의 침략을 그만두거나 하는 그런 역사는 아니란 말이다. 하지만 내가 봉의 눈에 띄지 않았더라면, 우리한테 무슨 일이 일어났을지 누가 알까? 그가 내게 말을 걸기 전까지 나는 그냥 집으로 갈 생각이었고, 지금쯤 모린과 마틴은 죽었을 것이고…… 음, 아무튼 모든 것이 달라졌을 것이다.

봉이 사람들 이름을 다 들먹인 뒤, 나를 쳐다보더니 이렇게 말했다. 옥상에 올라갈 생각은 아니지? 그래서 나는 이렇게 생각했다. 너랑은 안 간다, 중독자 같으니. 그랬더니 그가 이랬다. 네 눈에서 고통과 절망이 보여서. 그때 나는 너무나 열 받았지만, 다시 생각해보니 그가 내 눈에서 본 것은 바카르디 브리저스과일향·즙을 첨가한 럼주—옮긴이 일곱 병이랑 스페셜 브루맥주의 한 종류—옮긴이 두 캔이었을 것이다. 나는 그냥 아, 그래요? 라고만 했다. 그랬더니 그가 이랬다.

응, 나는 자살하는지 감시하러 왔어. 옥상에 올라가려고 여기 온 사람들을 감시하는 거지. 그래서 내가 물었다. 옥상에서 뭘 하는데요? 그러자 그는 웃으며 말했다. 너 농담하는 거지? 여긴 토퍼스하우스라고. 사람들이 자살하는 곳이잖아. 그가 그 말을 해주기 전까지 나는 그 생각을 조금도 하지 못했다.

갑자기 모든 것이 분명해졌다. 왜냐하면 비록 집으로 갈 참이긴 했지만 집에 도착한 다음에 무엇을 할지 떠오르지 않았고, 이튿날 아침에 일어나는 모습도 떠오르지 않았기 때문이다. 나는 채스를 원했지만 그는 날 원하지 않았고, 가장 좋은 수는 내 인생을 가급적 짧게 만드는 것이라는 사실을 별안간 깨달은 것이다. 너무나 분명해서 헛웃음이 나올 지경이었다. 인생을 빨리 끝내고 싶은데 토퍼스하우스의 파티에 와 있다니 대단한 우연이었다. 이건 마치 신이 보내는 메시지 같았다. 하긴 신이 내게 할 말이 옥상에서 떨어지라는 것뿐이라면 실망스럽긴 하지만, 그렇다고 신을 탓할 생각은 없었다. 신이라고 달리 내게 뭐라고 할 수 있겠냐고?

그때 모든 것의 무게를 느낄 수 있었다. 외로움의 무게, 잘못된 모든 것의 무게. 그 무거운 짐을 지고서 마지막 몇 계단을 올라가는 동안 무슨 영웅이라도 된 것 같은 기분이 들었다. 그 짐을 벗어버리는 유일한 방법, 그 짐이 내게 해로운 짓 대신 이로운 짓을 하게 만드는 유일한 방법은 뛰어내리는 것밖에 없는 것 같았다. 몸이 너무나 무거워서 금세 길바닥으로 떨어질 것 같았다. 고층 아파트에서 떨어지는 속도로 세계 신기록을 내고도 남았을 것이다.

· 마틴 ·

그 여자가 날 죽이려고 들지 않았더라면, 난 분명히 죽었을 것이다. 하지만 우리에겐 모두 생존 본능이 있지 않나? 자살을 할 때에도 생존 본능은 남아 있다. 내가 기억하는 것이라곤 누가 어깨를 쾅 치기에 뒤를 돌아보며 난간을 붙잡고 소리를 지르기 시작했다는 것이다. 그때 나는 취해 있었다. 나는 한참 동안 휴대용 술병의 술을 한 모금씩 홀짝거리고 있었고, 밖으로 나오기 전에 이미 잔뜩 취해 있었다(나도 안다. 음주 운전을 하지 말았어야 했다. 하지만 그놈의 사다리를 들고 버스를 타고 싶진 않았다). 그러니 약간 심한 말을 했을지도 모른다. 그게 모린인 줄 알았더라면, 모린이 어떤 사람인 줄 알았더라면, 수위를 좀 낮추었을지도 모르지만 그러지 않았다. 아마 'c'로 시작하는 단어cunt, 여성을 매우 비하하는 욕설—옮긴이 도 썼던 것 같고, 그것에 대해선 나중에 사과했다. 하지만 그건 아주 특별한 상황이었음을 감안해야 한다.

나는 조심스럽게 일어서서 돌아섰다. 내가 원하는 순간까지는 떨어지고 싶지 않았기 때문이었다. 그런 다음 나는 그녀에게 소리를 질러댔고, 그녀는 그런 나를 가만히 쳐다보았다.

"당신을 알아요." 그녀가 말했다.

"어떻게요?" 나는 머리가 잘 돌아가지 않았다. 영국 전역의 레스토랑에서, 상점에서, 극장에서, 주유소에서, 게다가 화장실 소변기 앞에서, 사람들은 내게 다가와 "당신을 알아요."라고 말하지만, 항상 정반대의 뜻으로 하는 소리다. 그들이 하는 말은 "난 당신을 몰라요. 하지만 텔레비전에서 봤어요."란 뜻이다. 그리고 그들은 사인을 해달라거나, 페니 채임버스가 실제로는 어떤지 물어보고 싶어한다. 그렇지만 그날 밤 나는 그런 것을 예상하지 못했다. 그쪽 삶은 내가 그때 하려던 일과 무척 동떨어진 것처럼 여겨졌으니까.

"텔레비전에서요."

"오, 맙소사. 나는 뛰어내릴 참이었지만 괜찮아요. 사인할 시간은 언제든지 있으니까. 펜 있소? 종이는? 묻기 전에 이야기해주겠는데, 그 페니라는 여자는 무엇이든지 코로 흡입하고 아무하고나 섹스하는 암캐 같은 여자요. 그런데 대체 이 위에서 뭘 하고 있소?"

"전…… 저도 뛰어내리려고요. 당신 사다리 좀 빌리려고요."

그러니까 모든 것은 사다리로 귀결된다. 음, 말 그대로 사다리란 뜻이 아니다. 중동평화협정이나 금융시장의 문제가 사다리에서 시작되었다는 말은 아니다. 하지만 토크쇼에서 사람들과 인터뷰를 하면서 배운 것이 한 가지 있다면, 그건 아무리 큰 문제라도 아주 작은 부분으로 나눌 수 있다는 것이다. 인생도 에어픽스플라스틱 모형의 상표명—옮긴이 모델처럼 말이다. 나는 한 종교 지도자가 잘못해서 정원 창고에 갇힌 경험으로 인해 신앙을 갖게 되었다고 하는 얘기를 들은 적이 있다(그는 어릴 때 밤새 정원 창고에 갇힌 적이 있는데, 그때 하느님이 어둠 가운데 인도하셨단다). 인질로 잡혔던 어떤 사람은 인질범이 그의 지갑 속에 들어 있는 런던동물원 가족 할인 카드를 갖고 싶어하는 바람에 살아났다고 한다. 거창한 문제에 대해서 이야기하고 싶다 하더라도, 정원 창고에 갇힌 일이나 런던동물원 카드 이야기부터 시작해야 한다. 그런 것이 없으면 어디서 말을 꺼내야 할지 알 수 없다. 토크쇼 〈페니와 마틴과 함께 상쾌한 아침을〉의 진행을 맡고 있지 않다 해도 마찬가지다. 모린과 나는 왜 그렇게 불행해서 콘크리트 바닥에 머리를 부딪치고 뇌수를 맥도날드의 밀크셰이크처럼 흘려버리고 싶은지 이야기할 수 없었기 때문에 사다리 이야기부터 시작한 것이다.

"그렇게 해요."

"그때까지 기다릴…… 음, 기다리고 있을게요."

"그럼 거기 서서 보고 있을 거요?"

"아뇨, 그럴 리가요. 눈에 띄지 않게 하시고 싶을 것 같은데요."

"그렇소."

"저쪽에 가 있을게요." 그녀는 옥상 반대편을 가리켰다.

"떨어지는 동안 소리를 질러서 알려주겠소."

나는 웃었지만, 그녀는 웃지 않았다.

"이봐요. 그렇게 재미없는 개그는 아니잖소. 상황이 상황이니만큼."

"별로 웃을 기분이 안 드네요, 샤프 씨."

웃기려고 한 이야기 같진 않지만 그녀의 말을 듣고 나서 나는 더 크게 웃었다. 모린은 옥상 반대편으로 가더니 벽에다 등을 대고 앉았다. 나는 주위를 둘러보고 다시 담벼락에 앉았다. 하지만 집중할 수가 없었다. 그 순간이 지나가버린 것이다. 아파트 옥상에서 몸을 던지는 데 무슨 집중력이 필요하냐고 물을 수도 있을 것이다. 흠, 대답을 들으면 놀랄 것이다. 모린이 오기 전, 나는 바로 몸을 던질 수 있는 상태였다. 애초에 거기 올라가게 된 온갖 이유들에 정신을 온통 집중하고 있었다. 저 아래 땅 위에서 삶을 재개할 노력을 할 수 없다는 사실을 끔찍할 정도로 명확하게 알고 있었다. 하지만 모린과의 대화가 정신을 분산시켰고, 나는 다시 세상 속으로, 추위와 바람과 7층 아래에서 들려오는 쿵쾅거리는 음악 속으로 들어가버렸다. 아까의 그 기분을 되살릴 수 없었다. 그건 마치 내가 신디와 섹스를 시작하려는데 아이 하나가 잠에서 깨었을 때와 같았다. 마음을 바꾼 건 아니었고, 언젠가 그 일을 다시 해야 한다는 건 알고 있었다. 다만 그때부터 오 분 내로 다시 할 수는 없다는 것 역시 분명했다.

나는 모린에게 큰 소리로 말했다.

"보시오! 나와 자리를 바꾸고 싶소? 어떻게 올라오는지 알려줄까요?" 나는 다시 웃었다. 술에 취한데다 제정신도 아니어서 내가 무슨 말을 하든 유쾌하다는 착각을 하고 있었던 모양이다.

모린이 어둠 속에서 나오더니 철망 쪽으로 조심스럽게 다가왔다.

"저도 혼자 하고 싶어요." 모린이 말했다.

"그렇게 하시오. 이십 분 드리겠소. 그다음에 내 자리를 돌려주시오."

"그런데 이쪽으로 어떻게 넘어오실 거예요?"

그 생각은 못했다. 사다리는 한쪽에서만 올라갈 수 있게 되어 있었다. 내가 서 있는 쪽 난간에는 사다리를 펼 공간이 없었다.

"당신이 좀 잡아주시오."

"무슨 말씀이신지?"

"이 위로 사다리를 넘겨주시오. 그 사다리를 난간에 걸치겠소. 당신이 그쪽에서 꽉 잡아주시오."

"전 제대로 붙잡지 못할 거예요. 당신은 너무 무거워요."

그리고 그녀는 너무 가벼웠다. 그녀는 덩치도 작았지만, 무게 자체가 없었다. 그녀가 죽고 싶은 이유가 무슨 지병을 앓고 있는데 더 이상 고생하고 싶지 않아서가 아닌지 궁금했다.

"그럼 당신은 내가 여기 있는 걸 참아줘야 되겠소."

어쨌든 내가 반대쪽으로 기어올라 나가고 싶은 것인지도 확실치 않았다. 이제 난간이 경계가 되었다. 옥상에서 계단으로 갈 수 있고, 그 계단에서 거리로 나갈 수 있으며, 그 거리는 신디와 아이들, 그리고 드니엘과 그녀의 아빠, 바람에 나부끼는 감자칩 봉투처럼 나를 이곳까지 날려 보낸 모든 것과 연결되어 있었다. 옥상의 난간은 편안하게 느껴졌다. 그곳에는 수치도 굴욕도 없었다. 그러니까 새해를 맞는 자정에 홀로 앉아 있을 때 느끼게 되는 굴욕과 수치를 초월하는 장소였다.

"옥상 반대쪽으로 조심조심 돌아가보시면 어때요?"

"당신이 그러지 않겠소? 이 사다리는 내 건데."

"별로 신사는 아니군요."

"그렇소. 절대 아니오. 실은 그래서 여기 올라와 있는 것이오. 신문도 안 읽소?"

"지방 신문은 가끔 봐요."

"그럼 나에 대해서 뭐 아는 것 있소?"

"텔레비전에 나왔잖아요."

"그것뿐이오?"

"그런데요." 모린은 잠시 생각했다. "아바의 누군가와 결혼하셨던가요?"

"아니오."

"그럼 다른 가수하고인가요?"

"아니오."

"아, 그럼 버섯을 좋아하죠? 그건 알아요."

"버섯?"

"당신이 그렇게 말했어요. 그건 기억해요. 스튜디오에 요리사가 나온 적이 있었는데, 그 사람이 당신한테 맛보라고 뭔가 주니까, 당신이 '음, 나는 버섯을 좋아해요. 하루 종일 먹을 수도 있어요.' 라고 했어요. 그게 당신이었죠?"

"그럴지도 모르겠소. 하지만 그것밖에 기억나는 게 없소?"

"네."

"그럼 내가 왜 자살할 거 같소?"

"모르죠."

"나한테 열 받으라고 그러는 거요?"

"말씀 좀 삼가주실래요? 불쾌하군요."

"미안해요."

하지만 믿을 수가 없었다. 그 사건을 모르는 사람을 만났다는 사실을 믿을 수가 없었다. 교도소에 가기 전, 아침에 눈을 뜨면 망할 타블로이드판 신문들이 현관 밖에서 죽치고 있었다. 나는 에이전시와 매니저, 방송국 이사들과 대책 회의를 했다. 내가 저지른 짓에 관심 없는 사람은 영국 전체에 단 한 명도 없는 것 같았다. 내가 사는 세상에서 중요한 것이라곤 그것밖에 없는 것처럼 느껴졌기 때문이었다. 어쩌면 모린은 옥상에 사는 사람일지도 모른다고 생각했다. 옥상에서 살다 보면 세상과 단절되기 쉬울 테니까.

"그 벨트는 어때요?"

모린이 내 허리께를 향해 턱짓을 해 보였다. 모린의 입장에서 보자면, 그때는 그녀가 지상에서 보내는 마지막 순간이었다. 그녀는 그 순간을 내가 버섯을 좋아한다(어쨌든 그것도 방송용으로 지어낸 것이라고 생각되지만)는 이야기나 하면서 보내고 싶지 않았을 것이다. 그녀는 상황을 정리하고 싶어했다.

"벨트를 가지고 뭘 하려고요?"

"벨트를 벗어서 사다리에 감아요. 그리고 그쪽 난간에다가 벨트를 채워요."

나는 그녀의 말뜻을 이해했고 그러면 될 것 같았으므로, 이 분여 동안 함께 아무 말 없이 움직였다. 그녀는 난간 반대편으로 사다리를 넘겨주었고, 나는 벨트를 벗어서 사다리와 난간에 감아 꽉 죄어서 버클을 채우고, 버틸 수 있는지 확인하려고 흔들어보았다. 뒤로 나자빠져 떨어져 죽고 싶진 않았으니까. 나는 다시 넘어왔다. 우리는 벨트를 풀고 사다리를 원래 자리에 두었다.

내가 모린이 평화롭게 뛰어내리도록 해주려는 순간, 어떤 미친 여자가 우리를 향해 고함을 치며 달려왔다.

· 제스 ·

그렇게 소리를 지르는 게 아니었다. 그건 내 실수였다. 그러니까 자살을 할 생각이었으면 그러지 말았어야 한다는 말이다. 나는 그냥 재빨리, 조용하게, 잠자코 마틴이 철사를 끊어놓은 곳으로 걸어가 사다리를 올라간 다음 뛰어내렸어야 했다. 하지만 나는 그러지 않았다. 멍청이들아, 저리 비켜! 라고 소리를 지르고, 인디언들이 전쟁을 할 때 내는 소리를 냈다. 무슨 장난이라도 치는 것처럼—어쨌든 그때 내게는 장난 같았으니까. 내가 절반도 채 못 갔을 때, 마틴이 내게 럭비 태클을 걸었다. 그러더니 그는 나를 무릎으로 찍어 누르고, 건물 옥상에 깔려 있는 거칠거칠한 가짜 아스팔트 비슷한 것에다 내 얼굴을 문질렀다. 그러자 나는 정말로 죽고 싶었다.

그 사람이 마틴인지 몰랐다. 사실 그가 내 코를 땅바닥에다 문지를 때까지는 아무것도 보지 못했고, 그다음에는 땅밖에 보이지 않았다. 하지만 옥상에 올라간 순간, 그 둘이서 뭘 하고 있었는지는 알고 있었다. 꼭 천재여야만 그걸 알 수 있는 건 아니니까. 그래서 나를 깔아뭉개고 앉은 그를 향해 나는 말했다. 왜 당신들 두 사람은 자살해도 되고, 난 안 돼요? 그러자 그가 말했다. 아가씨는 너무 젊어. 우리 인생은 이미 끝났지만, 당신은 아직 아니야. 그래서 내가 말했다. 그걸 어떻게 알아요? 그러자 그가 말했다. 당신 나이에 인생 끝나는 사람은 아무도 없어요. 그래서 내가, 내가 열 명을 죽였다면요? 내 부모랑 또, 내가 낳은 쌍둥이도 죽였다면? 하고 말하자 그가 말했다. 흠, 그랬소? 그래서 내가 말했다. 예, 죽였어요(그건 아니었지만, 그가 뭐라는지 궁금했다). 그러자 그가 말했다. 흠, 여기 와 있는 걸 보면, 붙잡히지 않은 거 아니오? 내가 당신이라면 브라질 행 비행기를 탈 거요. 그래서 다시 물었다. 내가 목숨으로 죗값을 치르고 싶다면요? 그러자 그가 말했다. 닥쳐.

· 마틴 ·

제스를 쓰러뜨린 다음 처음으로 든 생각은 모린이 혼자서 빠져나가지 못하게 해야 한다는 것이었다. 모린의 생명을 구하려는 게 아니었다. 단지 내가 정신을 딴 데 파는 사이를 이용해서 그녀가 뛰어내린다면 열 받을 테니까. 아, 무슨 말을 한다 해도 이해할 순 없을 것이다. 이 분 전만 해도 나는 그녀가 뛰어내리는 것을 환영하고 있었으니 말이다. 하지만 제스를 내가 맡고 그녀는 빠져나가야 하는 이유를 알 수 없었으며, 내가 여기까지 들고 온 사다리를 그녀가 써야 하는 이유도 알 수 없었다. 그러니 나의 동기는 근본적으로 이기적인 것이었다. 신디가 들었다면 "당신이란 사람은 늘 그렇지."라고 할 것이다.

제스가 사람들을 많이 죽였다고 하고, 우리가 멍청이 같은 대화를 주고받은 뒤, 나는 모린에게 소리쳐서 도와달라고 불렀다. 모린은 겁먹은 표정으로 살금살금 다가왔다.

"냉큼 와요."

"나더러 뭘 어쩌라고요?"

"이 아가씨를 깔고 앉아요."

모린은 제스의 엉덩이 위에 앉았고, 나는 그녀의 팔을 무릎으로 눌렀다.

"놔줘, 이 늙은 변태들! 이러는 게 신 나지, 응?"

흠, 최근에 벌어진 사건들 때문에 그 말을 들으니 마음이 좀 찔렸다. 제스는 내가 누군지 알고 있을지도 모른다는 생각이 잠깐 들었지만, 아무리 나라고 해도 그렇게 편집증이 심하진 않다. 아파트 옥상에서 뛰어내리려는 찰나 한밤중에 럭비 태클을 당했다면, 아마 아침 텔레비전 프로의 사회자를 떠올릴 여유는 없을 것이다(물론 사람들이란 아침, 점심, 저녁 식사 외에는 아무것도 생각하지 않는다고 굳게 믿는 대부분의 아침 텔레비전 사회자들에게는 이 사실이 충격으로 다가갈 것이다). 나는 제스의 도발을 어른스럽게 무시했다. 비록 그녀의 팔을 부러뜨리고 싶긴 했지만.

"우리가 놓아주면 얌전하게 굴 거요?"

"네."

그래서 모린이 일어섰고, 예상했던 대로 제스는 사다리를 향해 달려갔기 때문에 나는 그녀를 다시 쓰러뜨려야 했다.

"이제 어쩌죠?" 마치 내가 이런 상황을 수없이 겪어본 베테랑이라 정답을 알고 있다는 듯이 모린이 물었다.

"난들 알겠소."

이 정도로 유명한 자살명소라면 신년을 맞는 날 밤에는 제야의 피카딜리 서커스세계에서 가장 혼잡한 장소 중의 하나로 손꼽히는 오차로 로터리 — 옮긴이 꼴이 날 수도 있다는 생각을 왜 아무도 하지 못했는지 모르겠지만, 그 시점에서 나는 우리가 처한 상황의 현실을 받아들였다. 우리는 엄숙하고 비밀스러운 순간을 슬랩스틱 코미디로 뒤바꾸고 있었던 것이다.

그 사실을 납득한 바로 그 순간, 우리 셋은 넷이 되었다. 자신의 존재를 알리는 헛기침 소리가 들려왔고, 우리가 돌아보니 키가 훤칠하고, 잘생기고, 머리칼이 긴, 나보다 열 살쯤 어려 보이는 청년이 한쪽 옆구리에 헬멧을 끼고, 다른 손에는 커다란 배달용 보온 가방을 들고 서 있었다.

"피자 시키신 분?" 그가 말했다.

·모린·

나는 그전까지는 미국인을 만나본 적이 없었다. 그래서 다른 사람들이 뭐라고 하기 전까지는 그가 미국인인지도 잘 몰랐다. 미국인이 피자 배달을 하리라곤 아무도 생각 못하지 않을까? 음, 나는 그렇게 생각하는데, 어쩌면 세상 물정을 몰라서 그럴지도 모른다. 나는 피자 배달을 그다지 자주 시키는 편은 아니지만, 배달을 시킬 때마다 영어를 할 줄 모르는 사람이 가져왔었다. 미국인들은 배달 일을 하지 않는다. 그렇지 않을까? 상점 점원 일이나, 버스에서 요금을 받는 일도 하지 않는다. 미국에 가면 미국인들이 그런 일을 하겠지만, 이곳에서는 하지 않는다. 매티가 다니는 병원에 가면 인도 사람, 서인도제도 사람, 호주 사람들이 많이 일하고 있지만, 미국 사람은 못 봤다. 그래서인지 처음부터 그는 약간 제정신이 아닌 것처럼 보였다. 그 사람에 대해서는 그것밖에 설명할 길이 없다. 그 머리 모양도 약간 제정신이 아닌 것 같았다. 게다가 토퍼스하우스 옥상에 서 있는 우리가 피자를 시켰다고 생각하다니.

"우리가 어떻게 피자를 주문해요?" 제스가 그에게 물었다. 그때까지도 우리가 제스를 누르고 있었기 때문에 그녀의 목소리가 우스꽝스럽게 들렸다.

"셀룰러폰으로요."

"셀룰러폰이 뭐람?" 제스가 물었다.

"아, 휴대전화라고 하든가."

바른 대로 말하면 우리도 그 정도의 미국어는 알고 있었다.

"당신 미국인이에요?" 제스가 물었다.

"네."

"피자를 배달하다니, 뭐 하는 거예요?"

"왜 당신들은 그 여자 머리를 누르고 있는 거죠?"

"여긴 자유 국가가 아니라서 내 머리를 누르고 있는 거예요. 하고 싶은 일을 할 수 없거든요." 제스가 말했다.

"무슨 일을 하고 싶은데요?"

제스는 아무 말도 하지 않았다.

"뛰어내리려고 해요." 마틴이 말했다.

"당신도 그랬잖아!"

그는 제스를 무시했다.

"모두 다 뛰어내릴 생각이에요?" 피자 배달부가 우리한테 물었다.

우리는 아무 말도 하지 않았다.

"빌!" 그가 말했다.

"빌이라고요? 빌, 뭐요?" 제스가 말했다.

"미국식 줄임말이오. '빌!'이란 '빌어먹을!'이란 뜻이오. 미국에서는 다들 너무 바빠서 말을 끝까지 할 시간이 없다죠." 마틴이 말했다.

"제발 말씀 좀 가려서 해줄래요? 여기 다 돼지우리에서 자란 사람들만 모인 건 아니잖아요." 내가 그들에게 말했다.

피자 배달부는 옥상 바닥에 주저앉더니 고개를 저었다. 우리가 가엾어서 그러는 줄 알았지만, 나중에 그게 전부가 아니었다는 이야기를 들었다.

"좋아요." 그가 잠시 후에 말했다. "그 아가씨를 놔줘요."

우리는 움직이지 않았다.

"이봐요. 내 말 듣고 있어요? 내가 가서 듣게 해줘야 되겠어요?" 그는 일어나더니 우리를 향해 다가왔다.

"이제 이 아가씨도 괜찮을 것 같아요, 모린." 마틴은 미국인에게 얻어맞을까 봐 그러는 게 아니라, 자기 의견에 따라 일어나기로 한 것처럼 말했다. 그가 일어나고 나도 일어나자, 제스는 일어나더니 몸을 털고 욕을 잔뜩 했다. 그러더니 그녀는 마틴을 빤히 쳐다보았다.

"당신 그 작자로군. 아침 텔레비전에 나왔던 작자. 열다섯 살짜리랑 같이 잔 놈. 마틴 샤프. 염병할! 당신이 내 머리를 누르고 앉아 있었다니. 이 늙은 변태." 제스가 말했다.

음, 물론 나는 열다섯 살짜리하고의 일은 전혀 몰랐다. 나는 미용실에 가거나, 버스에서 누군가가 두고 내리지 않는 한 그런 신문은 보지 않는다.

"정말이에요? 교도소에 간 그 사람? 나도 그 기사는 읽었는데." 피자 배달부가 말했다.

마틴은 앓는 소리를 냈다. "미국 사람들도 다 아는 거요?"

"그럼요. 《뉴욕타임스》에서 읽었으니까." 피자 배달부가 말했다.

"오, 이런." 마틴은 이렇게 말했지만 내심 기뻐하고 있는 것을 알 수 있었다.

"그냥 농담한 거예요. 여기에서야 예전에 아침 토크쇼도 진행하고 했으니 아는 사람이 많겠지만, 미국에서 당신 이름을 들어본 사람은 아무도 없을걸요. 정신 차려요." 피자 배달부가 말했다.

"그럼 피자 좀 줘요. 어떤 종류가 있죠?" 제스가 말했다.

"글쎄요." 피자 배달부가 말했다.

"어디 한번 봐요." 제스가 말했다.

"아니, 이건…… 내 피자가 아니라고요."

"어머, 그렇게 얌체처럼 굴지 말아요." 제스가 말했다(정말이다. 그렇게 말했는데, 왜 그런 말을 했는지는 모르겠다). 제스는 몸을 앞으로 숙여 피자 가방을 열고 피자 상자를 꺼냈다. 그러더니 상자를 열고 피자들을 찔러보기 시작했다.

"이건 페퍼로니네. 하지만 이건 뭔지 모르겠다. 야채잖아."

"채식주의자를 위한 피자예요." 피자 배달부가 말했다.

"그렇군요. 뭐 먹을래요?" 제스가 말했다.

나는 채식주의자용을 골랐다. 페퍼로니는 내게 맞지 않을 것 같았기 때문이다.

. 제이제이 .

그날 밤의 일을 두어 명에게 애기했는데, 이상한 것은 자살 부분은 이해를 하지만, 피자 부분은 이해하지 못한다는 것이다. 대부분의 사람들은 자살에 대해서는 이해하는 것 같다. 비록 그런 충동이 어딘가 깊은 곳에 감추어져 있긴 하지만, 대부분의 사람들은 매일같이 반복되는 어느 날 아침, 이대로 영원히 잠에서 깨어나고 싶지 않다고 생각한 적이 한 번쯤은 있는 것이다. 어쩌면 죽고 싶은 것은 사는 것의 일부일지도 모른다. 그래서 어쨌든 내가 그 십이월 삼십일 일 밤에 있었던 이야기를 해주면 "뭐라고? 자살을 하려고 했다고? 제정신이야?" 이러는 사람은 아무도 없다. 그보다는 오히려 "하긴, 네 밴드는 물 건너갔고, 네가 유일하게 평생 하고 싶어 했던 음악 일은 끝장이 난데다 여자친구랑은 헤어졌고, 게다가 네가 애초에 이놈의 나라에 살고 있는 것도 오로지 그 여자애 때문이었으니…… 그래, 네가 왜 거기 올라갔는지 알겠다."는 식으로 나온다. 하지만 그러자마자 사람들은 나 같은 사람이 왜 엿 같은 피자 배달을 하고 있었는지 궁금해한다.

당신은 나를 모르니까 내가 멍청하지 않다는 말을 곧이곧대로 믿는 수밖에 없을 것이다. 나는 손에 들어오는 책은 닥치는 대로 몽땅 다 읽었다. 나는 포크너랑 디킨스랑 보네거트, 브렌든 비헌과 딜런 토머스를 좋아한다. 그 주 초, 정확히는 크리스마스 날 리처드 예이츠의 《혁명의 길》을 다 읽었는데, 엄청 멋진 소설이다. 사실은 그걸 한 권 들고 뛰어내릴 생각이었는데, 그러면 멋질 것 같기도 하고, 그러면 나의 죽음에 약간 신비한 분위기가 곁들여질 것 같아서이기도 하고, 또 더 많은 사람들에게 그 책을 읽게 만들 좋은 방법이기 때문이다. 하지만 일이 돌아가는 상황 때문에 미처 준비할 시간이 없었고, 그래서 책을 집에 두고 왔다. 하지만 그렇다고 크리스마스 날, 아는 사람 한 명 없는 도시의, 차가운 물만 나오는 원룸에서 그 책을 끝까지 읽는 건 권하지 않는다. 아마도 그 경험은 내 정신 건강에 악영향을 끼쳤을 것이다. 결말이 끝내주게 우울하기 때문이다.

어쨌든 내가 하려는 말은 쥐꼬리만 한 임금을 받으려고 런던 북부에서 다 낡아빠진 오토바이를 타고 돌아다니는 사람이라면 분명 인생에 실패한 사람이며, 피자 배달이나 하는 녀석이 거의 틀림없다는 결론이 난다는 것이다. 하긴 피자 배달은 인생에 실패한 사람이나 하는 일이므로 우리는 패배자다. 하지만 우리가 모두 멍청한 얼간이인 건 아니다. 사실 포크너랑 디킨스를 읽긴 해도, 내가 피자집에서 일하는 사람들 중에 제일 멍청할지도 모르고, 아니면 최소한 학력은 제일 낮을 것이다. 우리 피자집에는 아프리카에서 의사였던 사람들, 알바니아에서 변호사였던 사람들과 이라크에서 화학자였던 사람들이 일하고 있다. 대학을 졸업하지 않은 사람은 나뿐이다(우리 사회에 피자와 관련된 범죄가 더 많지 않은 것이 이상하다. 생각해보라. 내가 만약에 뭐, 짐바브웨에서 최고로 권위 있던 뇌 수술 전문의인지 뭔지 그랬는데, 파시스트 정권한테 쫓겨나서 영국에 왔더니, 약에 절어 지내는 십 대 개자식한테 야식을 배달해주며 새벽 세 시에 굽실거려야 한다. 그렇다면 그놈의 턱뼈를 부숴놔도 법적으로 보호받아야 되는 거 아니냐 말이다). 어쨌든 패배자가 되는 방법은 여러 가지가 있다. 패배하는 데는 분명 여러 가지 방법이 있고.

그러니 내가 피자 배달을 하고 있었던 것은, 영국이 후지고, 더 구체적으로 말하자면 영국 여자들이 후지고, 영국인이 아니라서 합법적으로 취직을 할 수 없기 때문이었다. 그렇다고 이탈리아 사람도 아니고, 스페인 사람도 아니고, 심지어 엿 같은 핀란드 사람도 아니니까. 내가 얻을 수 있는 유일한 일자리가 거기였다. 할러웨이 로드에 있는 카사 루이지 피자 체인점 이름—옮긴이 레스토랑의 리투 아니아인 점장 이반은 내가 헬싱키가 아니라 시카고 출신이라 해도 개의치 않았을 것이다. 그 내력을 다른 방법으로 설명해보자면, 엿 같은 일들은 꼭 일어나게 마련이며, 너무 좁고, 너무 어둡고, 공기가 탁하고, 빌어먹게 절망적인 곳이라도 누군가는 꼭 기어 들어가게 마련이라는 것이다.

우리 세대의 문제는 누구나 자기가 천재라고 생각한다는 거다. 우리 세대는 물건을 만드는 것으로 성이 차지 않고, 뭘 팔거나, 가르치거나 해야 하며, 그냥 뭘 하는 걸로도 성이 차지 않는다. 우리는 뭔가가 '되어야' 한다. 21세기를 사는 사람으로서 그건 우리한테서 박탈할 수 없는 권리이다. 크리스티나 아길레라나 브리트니 스피어스나 그 밖에 아메리칸 아이돌 콘테스트 같은 데에 나와 설쳐대는 쪼다들이 뭔가가 될 수 있다면, 나라고 못할 법도 없지 않나? 나는 뭐가 될까, 응? 그렇다. 그래서 내 밴드는 술집에서 볼 수 있는 최고의 공연을 선사하고, 두 장의 앨범을 냈으며, 비평가들의 사랑은 받았지만 보통 사람들의 사랑은 별로 받지 못했다. 하지만 재능이 있는 것만으로 행복해지는 건 아니지 않을까? 그러니까 재능은 선물이고, 그런 선물을 받은 데 대해서 신에게 감사해야 하지만, 난 그러지 않았다. 재능이 있다고 대가를 받지도 못하고, 《롤링 스톤》 잡지 표지에 나오지도 못했으니 열만 받았던 것이다.

오스카 와일드는 이렇게 말했다. "한 사람의 진정한 인생은 그 사람이 사는 인생이 아닐 때가 많다." 으, 무지하게 옳은 소리야, 오스카. 나의 진정한 인생은 웸블리와 매디슨 스퀘어 가든에서 공연을 하고, 플래티넘 레코드미국의 경우 1백만 장 이상의 앨범 판매 기록 — 옮긴이를 기록하고, 그래미상을 받는다고 신문에 대문짝만 하게 나는 것이지만, 내가 사는 인생은 그렇지 않아서 아마도 그 삶을 집어던지고 싶었던 모양이다. 내가 사는 인생은 나를 뭐랄까…… 내가 생각하는 나 자신으로 만들어주지 못했다. 심지어 나를 똑바로 서게 해주지도 못했다. 그건 마치 점점 좁아지고 점점 어두워지는 터널을 걸어가고 있는데 물이 흘러나오기 시작하고, 나는 웅크리고 앉아 있는데 앞에는 바위가 막고 있고, 내가 가진 도구라곤 손톱밖에 없을 때 같은 그런 기분이었다. 어쩌면 누구나 그런 기분으로 살아갈지도 모르지만, 그렇다고 그러고 살아야 할 까닭은 없다. 어쨌든 그 십이월 삼십일 일 밤, 나는 마침내 그런 상태가 지겨워졌다. 내 손톱은 전부 닳아버렸고, 손가락 끝도 망가졌다. 더 이상 손으로 팔 수도 없었다. 밴드가 깨지자, 나 자신을 표현할 유일한 공간은 비현실적인 삶에서 벗어나는 것뿐이었다. 나는 슈퍼맨처럼 그 망할 놈의 옥상에서 날아갈 생각이었다. 물론 결국 그렇게 되지 않았지만 말이다.

죽은 사람들, 너무 섬세해서 살 수 없었던 사람들: 실비아 플라스, 반 고흐, 버지니아 울프, 잭슨 폴락, 프리모 레비 이탈리아계의 유대인 작가. 아우슈비츠에서 살아남았으나 자살했다 — 옮긴이, 물론 커트 코베인. 살아 있는 사람들: 조지 W. 부시, 아놀드 슈왈제네거, 오사마 빈 라덴. 함께 한잔 하고 싶은 사람 이름 옆에 X표를 해보면, 죽은 사람 편에 설지 산 사람 편에 설지 알게 된다. 하긴 내가 만든 목록의 산 사람 숫자가 두셋 모자라니까, 시인이나 가수 등을 더해주면 나의 논리를 망가뜨릴 수도 있다. 또 스탈린이나 히틀러도 그다지 훌륭하진 않았고, 그들도 살아 있지 않다고 지적할 수도 있다. 하지만 어쨌든 내 말을 들어주길 바란다. 내 말이 무슨 뜻인지 알 테니까. 섬세한 사람들은 버텨내기가 더 힘들다는.

그래서 모린, 제스, 마틴 샤프가 빈센트 반 고흐를 따라 이 세상을 벗어나려는 참이라는 사실은 정말 충격적이었다(아, 물론 나도 빈센트가 북부 런던의 아파트 건물 옥상에서 뛰어내리지 않았다는 건 알고 있다). 누구네 집 파출부처럼 생긴 중년 부인과 소리를 질러대는 실성한 십 대, 얼굴이 벌건 토크쇼 호스트…… 이건 말이 되지 않았다. 자살이란 이런 사람들을 위해 만들어진 것이 아니었다. 그건 버지니아 울프나 천재 가수 닉 드레이크 같은 사람을 위해 만들어진 것이다. 그리고 나를 위해서도. 자살이란 이지적인 것이어야 했다.

십이월 삼십일 일 밤은 감상에 빠진 패배자들을 위한 시간이다. 그러니 나의 바보 같은 실수였다. 그 위에 올라가면 낙오자들이 모여 있을 것은 당연한 일이었다. 나는 좀 더 고상한 날짜, 버지니아 울프가 강물 속으로 걸어들어간 삼월 이십팔 일이나, 닉 드레이크의 십일월 이십오 일 같은 날을 골랐어야 한다. 그런 날 밤 옥상에 올라간 사람이라면 달력 맨 마지막 날이 의미가 있다고 생각하게 된 가망 없는 쪼다들보다는 정신이 올바르게 박힌 사람일 가능성이 크다. 단지 내가 올라갔던 건 토퍼스하우스에 피자 배달을 가게 되었기에 기회를 버리기 너무 아깝게 느껴졌기 때문이었다. 나는 옥상까지 걸어올라가 마음의 준비를 하기 위해 한번 둘러보고, 피자를 배달한 다음 실행에 옮길 계획이었다.

그런데 갑자기 나는 배달해야 할 피자를 우적우적 씹어 먹으며 나를 노려보는 세 명의 자살 희망자들과 함께 앉아 있게 된 것이었다. 그들은 자신들의 의미도 없고 박살 난 인생이 왜 살 가치가 있는지 깨닫게 해주는 게티즈버그 연설남북전쟁 당시 링컨이 행한 연설. '국민의, 국민에 의한, 국민을 위한 정치'라는 말로 유명하다—옮긴이 비슷한 것이라도 기대하고 있었던 모양이다. 그들이 뛰어내려 죽거나 말거나 나는 상관하지 않았으니, 정말 아이러니한 일이었다. 나는 그들을 전혀 몰랐고, 그들 중에 인류 역사의 성취에 이바지할 것처럼 보이는 사람은 아무도 없었다.

"그래요, 잘됐군요. 피자라니, 이런 밤에 작지만 좋은 것이로군요." 내가 말했다. 아시다시피 레이먼드 카버를 인용해서 한 말이지만미국의 소설가 레이먼드 카버의 단편 〈작지만 좋은 것〉을 가리킴—옮긴이 그 사람들에겐 헛수고였다.

"이제 어쩌죠?" 제스가 말했다.

"피자를 먹어야지."

"그런 다음에는?"

"일단 삼십 분 동안은 먹자고요. 알았죠? 그런 다음에 어떻게 할지 생각해보죠." 그런 말이 왜 나왔는지는 모르겠다. 왜 삼십 분이었을까? 그런 다음에는 무슨 일이 일어날 것인가?

"모두 약간의 휴식이 필요해요. 제가 보기엔 여기 상황이 좀 고상하지 못하게 돌아가는 것 같으니. 삼십 분이라고요. 모두 괜찮아요?"

그들은 한 사람씩 차례로 어깨를 으쓱하더니 고개를 끄덕였고, 우리는 다시 아무 말 없이 피자를 먹기 시작했다. 나는 그때 처음으로 내가 배달하는 이반의 피자를 먹어보았다. 도저히 먹을 수 없는 물건이었다. 독이 들어 있을 것 같았다.

"나는 여기 삼십 분씩이나 죽치고 앉아서 당신들의 염병할 죽을

상을 쳐다보고 있진 않을 거예요." 제스가 말했다.

"조금 전에는 이러기로 했잖소." 마틴이 상기시켜주었다.

"그래서 뭐요?"

"하기로 해놓고 안 하는 건 무슨 의미가 있소?"

"아무 의미도 없죠." 제스는 그렇게 말하는 것이 아무렇지도 않은 모양이었다.

"일관성은 상상력 없는 자들의 마지막 피난처예요." 내가 말했다. 이번에는 오스카 와일드였다. 참을 수가 없었다.

제스가 나를 노려보았다.

"당신한테 잘해주려고 하는 소리요." 마틴이 말했다.

"하지만 의미 있는 건 아무것도 없잖아요. 그래서 여기 올라온 거 아니에요?" 제스가 말했다.

보자, 이제 이건 꽤 흥미로운 철학 명제가 되었다. 제스는 우리가 옥상에 올라온 이상 전부 아나키스트라는 것이었다. 어떤 동의도 효력이 없고, 어떤 규칙도 적용되지 않는다. 우리가 서로를 강간하든 살해하든 아무도 관심을 가지지 않을 것이다.

"법의 지배를 받지 않으려면 정직해야 해요." 내가 말했다.

"염병할, 그게 무슨 소리야?" 제스가 말했다.

글쎄, 나도 그게 대체 무슨 뜻인지 솔직히 말하면 전혀 몰랐다. 내가 한 말이 아니라 밥 딜런이 한 말인데 늘 멋지다고 생각했던 것이다. 하지만 내가 그 개념을 써먹을 수 있는 상황에 처한 것은 그때가 처음이었는데 아무 소용이 없음을 알 수 있었다. 우리는 법의 지배를 받지 않고 살고 있지만, 언제든지 닥치는 대로 거짓말을 할 수 있고, 거짓말을 해서는 안 되는 까닭을 알 수 없었다.

"아무것도 아니야." 내가 말했다.

"그럼 입 닥쳐, 양키 자식."

그래서 나는 입을 다물었다. 우리의 휴식 시간은 이십팔 분 정도 남아 있었다.

· 제스 ·

오래전, 내가 여덟 살이나 아홉 살이었을 때, 비틀스의 역사에 대한 프로그램을 텔레비전에서 보았다. 젠은 비틀스를 좋아해서 내게 그 프로그램을 보라고 권했지만, 나는 별로 신경 쓰지 않았다(아마 나는 싫다고 말했을 것이다. 그리고 내가 싫은 소리를 해서 젠이 열 받았을 것이다). 어쨌든 비틀스에 드러머 링고 스타가 합류했을 때 몸이 약간 떨리는 것이 느껴졌다. 왜냐하면 그 순간 그들은 넷이 되었고, 그들이 완성되어 역사상 가장 유명한 그룹이 될 것이기 때문이었다. 음, 제이제이가 피자를 들고 옥상에 나타났을 때 나는 꼭 그런 기분을 느꼈다. 어, 듣기 좋으라고 하는 소리구나, 하고 생각할지 모르지만 그런 게 아니다. 솔직히 나는 알고 있었다. 헤어스타일이나 가죽 재킷으로 봐서 그가 록 스타처럼 생긴 것이 도움이 되긴 했지만, 내 기분은 음악과는 아무런 상관도 없었다. 단지 우리한테는 제이제이가 필요했고, 그래서 그가 나타나자 기분이 좋았다는 뜻이다. 하지만 그는 링고가 아니었다. 그는 폴과 비슷했다. 재미가 없는 것만 빼면 모린이 링고였다. 수줍음을 타지 않고 영적인 것에 관심이 없는 것만 빼면 나는 조지였다. 마틴은 재능도 없고 멋지지도 않은 것만 빼면 존이었다. 생각해보니 우리는 네 명으로 된 다른 그룹하고 더 비슷했다.

어쨌든 꼭 무슨 일이 벌어질 것 같아서, 뭔가 재미있는 일이 벌어질 것 같아서, 왜 가만히 앉아 피자 조각이나 먹고 있는지 이해할 수 없었다. 그래서 내가 이랬다. 얘기라도 좀 해야 하지 않을까요? 그랬더니 마틴이 말하기를, 뭐, 고통을 나누자고? 그러더니 내가 무슨 멍청한 소리라도 한 것처럼 얼굴을 찡그렸다. 그래서 내가 그에게 변태라고 하니까, 모린이 혀를 차며 나더러 집에서도 그런 소리를 하냐고 물었고(집에서도 한다), 나는 그녀를 부랑자 아줌마라고 불렀다. 그랬더니 마틴이 나를 멍청하고 못된 여자애라고 불렀고, 나는 그에게 침을 뱉었는데, 그런 짓은 후회가 된다. 요즘은 그런 짓은 하지 않는다. 그러자 그는 나에게 덤벼들어 목을 조르려고 했고, 제이제이가 우리 사이에 끼어들었다. 어쨌든 마틴에게도 다행한 일이었다. 그가 나를 때리지는 않았겠지만, 분명 나는 그를 때리고 물어뜯고 할퀴었을 테니까. 우리는 그렇게 잠시 엎치락뒤치락한 뒤, 거기 앉아서 헉헉거리며 숨을 몰아쉬면서 서로 못 잡아먹어 안달하고 있었다.

그런 다음, 우리가 모두 진정했을 때쯤 제이제이가 이랬다. 우리가 겪은 일을 서로 이야기한다고 해서 나쁠 게 뭐 있겠어요? 하지만 그것보다도 더 미국적으로 말했다. 그러니까 마틴이 말했다. 흠, 당신이 무슨 일을 겪었는지 누가 관심이 있겠소? 피자를 배달하러 온 것뿐인데. 그러자 제이제이가 음, 그럼 당신이 겪은 일요. 내 일이 아니라, 라고 했다. 하지만 그래봐야 너무 늦었다. 그가 서로 겪은 일을 이야기하자는 말을 함으로써, 그도 우리와 같은 이유로 거기 올라왔다는 걸 알 수 있었다. 그래서 내가 이랬다. 당신도 뛰어내리려고 여기 올라왔죠? 그랬더니 그는 아무 말 하지 않았고, 마틴과 모린이 그를 쳐다보았다. 그런 다음 마틴은 이렇게 말했다. 피자를 들고 뛰어내릴 생각이었나? 누군가 그걸 주문했나 보군. 마틴은 농담을 한 것이었지만, 제이제이는 직업적 자부심에 상처라도 입었는지 일단 여기를 살펴보고, 내려가서 피자를 배달한 뒤 다시 올라올 생각이었다고 말했다. 그래서 내가 말했다. 음, 이제 우리가 다 먹어버렸네요. 이어서 마틴이 말했다. 이런, 당신은 뛰어내릴 타입 같지 않은데. 그러자 제이제이가 말했다. 당신들이 뛰어내릴 타입이라면, 내가 같은 타입이 아니라서 유감이란 말은 못하겠는걸요. 그러자 당연히 분위기가 아주 살벌해졌다.

그래서 나는 다시 시도했다. 아, 해보자고요. 이야기를 해요. 내가 말했다. 고통을 나눌 필요는 없어요. 그냥 이름하고, 왜 여기 왔는지 얘기해봐요. 그러면 재미있을지도 모르잖아요. 뭔가 배울 수 있을지도 모르고. 탈출구 같은 걸 찾을 수도 있잖아요. 솔직히 말하면 내겐 계획이 있었다. 그들에게 채스를 찾는 것을 도와달라고 해서, 채스와 내가 다시 합치면 기분이 나아질 거란 계획이었다.

하지만 나는 기다려야 했다. 모린 이야기를 먼저 듣기로 했으니까.

· 모린 ·

그 사람들이 나를 선택한 건 내가 아무 말도 하지 않았고, 그때까진 아무한테도 나쁜 소리를 하지 않았기 때문이었던 것 같다. 그리고 다른 사람들보다 내가 더 수수께끼처럼 보였을지도 모른다. 마틴에 대해서는 모두 신문에서 보고 아는 것 같았다. 그리고 제스는, 이런 말을 해서 안됐지만, 우리가 제스를 안 지 삼십 분밖에 되지 않았어도 문제가 많다는 걸 알 수 있었다. 제이제이에 대해 내가 제일 먼저 느낀 것은 게이일지도 모른다는 것이었다. 왜냐하면 그는 머리카락이 길고 미국식 영어를 했으니까. 미국 사람들 중에는 게이가 많다고 들었다. 동성애는 그리스인들이 만들었다니까 미국에서 생겨난 게 아니라는 것쯤은 나도 안다. 하지만 미국인들 때문에 게이가 다시 유행한 것은 사실이다. 게이는 올림픽과 비슷하다. 옛날에 사라졌다가 20세기에 다시 살아난 것이다. 어쨌든 나는 게이에 대해서는 아무것도 몰라서, 그들은 모두 불행하고 자살하고 싶어한다고 생각해버렸다. 하지만 나는…… 나를 보기만 해서는 아무것도 알아낼 수가 없으니까 그들은 궁금해했다.

이야기하는 게 싫지는 않았다. 많은 이야기를 할 필요는 없었으니까. 그 사람들 중에 내 삶에 대해서 시시콜콜 알고 싶어하는 사람은 아무도 없었다. 내가 그렇게 오랫동안 어떻게 삶을 견뎌왔는지 그들이 이해할 수 없을 것 같았다. 사람들이 괴로워하는 것은 항상 화장실 부분이었다. 전에 내가 힘든 소리를 해야 할 때면, 예를 들어 우울증 치료제를 또 처방받아야 할 때면, 나는 늘 화장실 문제를 꺼내서, 하루 종일 청소를 해야 한다는 이야기를 했다. 웃긴 건, 그 문제는 이제 적응이 되었다는 점이다. 내 인생이 끝났고, 노력해봐야 소용없고, 너무 힘겹고, 희망도 색채도 전혀 없다는 생각에는 적응할 수 없지만, 청소하는 것은 더 이상 두렵지 않다. 하지만 의사들의 마음을 움직이는 것은 늘 그 문제이다.

"그렇군요." 내가 이야기를 마치자 제스가 말했다. "그건 별로 어려운 문제가 아니군요. 그냥 처음에 하려고 했던 대로 하세요. 안 그러면 후회할 뿐이니까요."

"견뎌내는 사람도 있어요." 마틴이 말했다.

"누구요?" 제스가 말했다.

"이십오 년째 식물인간 상태인 남편을 둔 여자가 토크쇼에 나왔던 적이 있었소."

"그래서 이십오 년간 누워 있는 남편을 돌보는 운명을 견뎌낸 보상이라도 받았다는 건가요? 아침 텔레비전 토크쇼에 출연하는 걸로?"

"아니, 그냥 해본 얘기요."

"그냥 무슨 얘기를 하고 싶은 건데요?"

"그냥 노력을 해볼 수도 있다는 얘기요."

"하지만 그 여자가 왜 그런 노력을 해야 하는지 이유를 설명할 수 있는 건 아니죠?"

"남편을 사랑해서 그럴지도 모르지."

마틴, 제스, 제이제이는 말을 참 빠르게 했다. 드라마에 나오는 사람들처럼. 무슨 말을 해야 할지 대본에 적혀 있는 것처럼. 나는 그렇게 빨리 말할 수가 없었다. 적어도 그때는 그랬다. 생각해보니 이십 년도 넘게 이야기를 해본 적이 거의 없다는 걸 깨달았다. 게다가 내가 주로 말하는 상대는 대꾸를 할 줄 몰랐다.

"사랑할 게 뭐가 있어요? 그 여자의 남편은 식물인간이라고요. 깨어 있지도 못하는 혼수상태의 식물인간요." 제스가 말했다.

"혼수상태에 빠지지 않았다면 식물인간이 안 됐겠지, 안 그렇소?" 마틴이 말했다.

"저는 아들을 사랑해요." 내가 말했다. 아들을 사랑하지 않는다고 생각하도록 만들고 싶지 않았다.

"그렇지. 물론 그렇겠죠. 그렇지 않다는 이야기는 아니었소." 마틴이 말했다.

"우리가 대신 아들을 죽여줄까요? 원한다면 오늘 밤에 내가 거기로 갈게요. 상관없어요. 난 아무렇지도 않아요. 그 애도 별로 살 이유가 없잖아요? 말할 줄만 안다면, 나한테 고맙다고 할걸요. 불쌍한 녀석." 제스가 말했다.

내 눈에 눈물이 고였고 제이제이가 눈치챘다.

"당신 대체 뭐야, 바보 아니야?" 제이제이가 제스에게 말했다. "무슨 소리를 한 건지 한번 봐."

"미안해요. 그냥 한번 생각해본 거예요." 제스가 말했다.

하지만 그것 때문에 운 건 아니었다. 내가 세상에서 바란 전부는, 내게 살고 싶은 마음을 갖게 해줄 것은 오로지 매티가 죽는 것이기 때문에 울었다. 내가 왜 우는지 아니까 눈물이 더 났다.

· 마틴 ·

모두 다 나에 대해서는 속속들이 알고 있었으므로 나는 달리 말할 필요를 느끼지 못했기에, 그렇다고 말했다.

"어, 그러지 마요, 아저씨." 제이제이는 짜증 나는 미국식 억양으로 말했다. 양키들한테 짜증을 느끼는 데는 오래 걸리지 않는다는 걸 알게 되었다. 그들이 우리의 친구라는 둥 하는 소린 다 알고 있고, 남 잘되는 꼴을 못 보는 배은망덕한 섬나라 사람들과는 달리 성공한 사람을 존경한다는 것도 알고 있긴 하지만, 그래도 겉멋 든 꼬락서니는 내 신경을 건드렸다. 내 말을 이해하려면 그를 직접 봐야 한다. 최근에 찍은 영화를 홍보하러 옥상에 올라온 줄 알았을 것이다. 아무도 그가 아치웨이를 돌아다니며 피자를 배달하는 녀석이라곤 생각하지 못할 것이다.

"당신 입장에서 이야기를 듣고 싶다고요." 제스가 말했다.

"'내 입장'이란 건 없소. 나는 염병할 멍청이였고, 그 대가를 치르는 중이오."

"그럼 자신을 변호할 생각 없어요? 여긴 다 친구들이에요." 제이제이가 말했다.

"방금 저 아가씨가 나한테 침을 뱉었소." 내가 지적했다. "무슨 친구가 그래?"

"어휴, 너무 그렇게 까다롭게 굴지 마요. 내 친구들은 늘 나한테 침을 뱉는다고요. 난 그걸 불쾌하게 생각한 적 없어요." 제스가 말했다.

"불쾌하게 생각하는 게 좋을걸. 당신 친구들은 그런 의도로 하는 짓일 테니까."

제스는 콧방귀를 뀌었다. "그걸 불쾌하게 여겼다면, 친구가 하나도 안 남아났을 거예요."

우리는 그 문제는 더 이상 거론하지 않았다.

"그럼 아직 모르는 것 중에 뭘 알고 싶소?"

"모든 이야기에는 양면이 있어요. 우리가 알고 있는 건 나쁜 쪽뿐이고." 제스가 말했다.

"그 여자가 열다섯 살인 줄 몰랐소. 열여덟이라고 했단 말이오. 열여덟은 된 것처럼 보였고." 내가 말했다. 그게 다였다. 그게 좋은 쪽으로 본 그 이야기였다.

"그럼 만약에 그 여자가 육 개월만 더 나이가 많았다면, 당신은 여기 올라오지 않았단 말인가요?"

"그럴 것 같소. 그렇소. 그랬다면 법을 어긴 게 아닐 테니까. 교도소에 가지 않았을 거고. 일자리도 잃지 않았을 거고, 아내도 모르고 지나갔을 거고……"

"그럼 그냥 운이 나빴다는 이야기군요."

"내 과실도 어느 정도 있다고 할 수 있죠." 이건 두말할 필요도 없이 절제된 표현을 사용한 것에 불과했다. 그때까지만 해도 제스가 뻔한 트집을 잡는 것을 좋아한다는 걸 몰랐으니까.

"당신이 망할 놈의 사전을 씹어 삼킨 것처럼 어려운 말을 잘한다고 해서 잘못한 게 하나도 없단 건 아니잖아요." 제스가 말했다.

"그래서 '과실'이라고 하잖소."

"유부남 중에는 나이가 몇 살이든 여자랑 섹스를 안 하는 사람도 있으니까요. 그리고 애들도 있지 않아요?"

"실은 있소."

"그러니까 운이 나쁜 거랑은 상관없다니까요."

"오, 그만둡시다. 내가 왜 여기 앉아서 밑을 내려다보고 있다고 생각하는 거요, 바보 같으니. 나는 멍청한 짓을 했소. 변명을 하려는 게 아니오. 너무 비참해서 죽고 싶소."

"그 말이 진심이길 빌어요."

"고맙소. 그리고 이 의식을 소개해준 것도 고맙소. 큰 도움이 되는군. 아주…… 치유적이야."

어려운 단어가 하나 더 나가자 제스가 한 번 더 노려본다.

"알고 싶은 게 있어요." 제이제이가 말했다.

"말해보시오."

"저지른 잘못을 인정하고 사는 것보다, 그러니까 허공으로 뛰어내리는 게 더 쉬운 이유가 뭔가요?"

"이건 내가 한 짓을 인정해서 하는 거요."

"젊은 여자랑 붙어먹고 아내랑 자식을 버리는 사람은 늘 있다고요. 그렇다고 다 옥상에서 뛰어내리는 건 아니고요, 아저씨."

"그렇지. 하지만 제스 말대로 뛰어내리는 게 마땅하잖소."

"그런가요? 이런 실수를 한 사람은 전부 다 죽어야 한다고 생각해요? 우와, 그거 참 심각한데." 제이제이가 말했다.

내가 정말로 그렇게 생각했을까? 아마도 그럴 것이다. 최소한 그렇게 생각했던 적이 있긴 했다. 이미 아는 사람도 있을지 모르지만 나는 정확하게, 거의 비슷한 내용의 이야기를 신문에 쓴 적도 있었다. 당연히 내가 추락하기 전이었다. 예를 들면, 나는 사형 제도를 되살리자고 했다. 나는 사임과 화학적 거세, 판결, 공개적 망신 등 온갖 종류의 처벌이 필요하다고 했다. 어쩌면 자기 물건을 제대로 간수 못하는 남자들에 대해서 말할 때 진심이었을지도 모른다. 사실, 내가 바람둥이나 연쇄 간통범에게 어떤 처벌이 적절하다고 생각했는지 잘 기억나지 않는다. 문제의 칼럼을 찾아봐야 할 것이다. 하지만 요는 내가 설교한 대로 행동하고 있었다는 점이다. 나도 내 물건을 제대로 간수 못했기 때문에 뛰어내리려는 것이었다. 나는 스스로 만든 논리의 노예였다. 타블로이드지의 칼럼니스트로서 선을 그어놓았다면 스스로 그것을 넘어간 대가를 치러야 했다.

"모든 실수가 다 그렇진 않지만 이건 그럴지도."

"세상에, 자신에게 정말로 엄격하군요." 제이제이가 말했다.

"어쨌든 그뿐만이 아니오. 공개적인 문제니까. 망신을 당하고, 망신을 즐기고. 세 명밖에 안 보는 케이블 텔레비전 쇼까지 모든 게 다. 나는…… 나는 가망이 없소. 앞으로나 뒤로나 길이 없단 말이오."

약 십 초 동안 모두 생각에 잠겨 아무 말도 하지 않았다.

"맞아요." 제스가 말했다. "이제 내 차례죠."

· 제스 ·

나는 이야기를 시작했다. 그냥 이렇게 시작했다. 이름은 제스이고, 열여덟 살이고, 말하고 싶지 않은 가족 문제가 있어서 여기 왔어요. 그리고 어떤 남자, 채스란 사람과 헤어졌어요. 그 사람은 나한테 해명을 해야 해요. 아무 말도 하지 않고 그냥 가버렸으니까요. 해명을 해준다면 기분이 좀 나아질 것 같아요. 그 사람 때문에 가슴이 아프니까요. 그런데 그를 찾을 수가 없어요. 그를 찾으러 아래층의 파티에 왔는데, 거기에도 오지 않았어요. 그래서 여기로 올라왔어요.

그러자 마틴이 완전히 비꼬면서 말했다. 채스가 파티에 안 나타났다고 자살을 할 셈이었나? 저런.

음, 나는 그렇게 말한 적이 없다고 그에게 말했다. 그러자 그가 이랬다. 그럼 해명을 못 들어서 여기 올라온 것이로군. 안 그래?

내가 한 이야기가 멍청한 이야기란 말인데, 그건 공평하지 못했다. 우리 모두 서로에게 그렇게 말할 수 있었으니까. 예를 들면 흑흑흑, 아침 텔레비전에 못 나오게 되었어요. 흑흑흑, 아들이 장애자이고, 대화할 상대가 없고, 날마다 치워야 하는 건 그 애의…… 흠, 하긴 모린의 이야기가 멍청하다고 말할 순 없다. 하지만 딱히 나만 비웃음을 살 이유는 없는 것 같았다. 우리 넷 모두 비웃음을 살 수 있는 사람들이었다. 잔인하기만 하다면 불행한 사람을 누구나 비웃어줄 수 있다.

그래서 내가 말했다. 그렇다고 한 적도 없어요. 나는 해명을 듣는다면 자살을 그만둘 수 있을지도 모르겠다고 했지, 애초에 그것 때문에 여기 올라왔다고 말한 적은 없었다. 저 난간에다 수갑으로 손목을 매어놓으면 자살을 막을 순 있을 것이다. 하지만 아무도 내 손목에 수갑을 채워놓지 않아서 여기 올라온 것은 아니잖아?

그 말을 듣자 마틴은 입을 다물었다. 나는 기분이 좋아졌다.

제이제이는 더 상냥했다. 그는 나에게 채스를 찾고 싶은 거냐고 물어서, 나는 몰라서 물어요? 하고 대답했는데, 그러지 말걸 그랬다. 그가 나를 불쌍하게 생각하는데, 몰라서 물어요? 라고 하면 정말로 열 받을 테니까. 하지만 그는 몰라서 물어요? 라는 대답은 무시하고 채스가 어디 있냐고 물었고, 나는 모른다고, 어디 파티에나 갔을 거라고 했다. 그러자 제이제이는 왜 가서 그를 찾지 않고 여기서 이따위 짓이나 하고 있냐고 했고, 나는 기력과 희망이 바닥났다고 대답했다. 그렇게 말하고 나자 그게 정말 사실이란 생각이 들었다.

나는 이 글을 읽고 있는 당신에 대해서 모른다. 당신에 대해서 아는 것이라곤 이 책을 읽고 있다는 것뿐이다. 당신이 행복한지 불행한지, 젊은 사람인지 노인인지 모른다. 당신이 젊고 슬픈 사람이길 바란다. 늙고 행복한 사람이라면 내가 하는 말을 듣고 혼자 웃고 있을 것 같으니까. 그는 내 마음을 아프게 했다. 누군가 당신 마음을 아프게 한 기억이 있다면, 혼자서 이렇게 생각할 거다. 맞아, 그 기분 어떤지 알아. 하지만 이 잘난 척이나 하는 늙다리들아, 당신들은 절대 모를걸? 아, 기분 좋게 적당히 슬픈 기억은 날지도 모른다. 음악을 듣거나, 방에서 초콜릿을 먹거나, 겨울 코트로 몸을 감싸고 혼자서 템스 강변을 걸으며 외롭고 용감한 사람이 된 것 같은 기분이 들었던 건 기억할지도 모른다. 하지만 음식을 한 입 삼킬 때마다 위장을 씹고 있는 것 같은 기분이 들 때를 기억할 수 있나? 위로 들어갔던 적포도주가 도로 올라와 변기에 떨어질 때 어떤 맛이 나는지 기억할 수 있냐고? 매일 밤 둘이 아직 함께 있었던 시절로 돌아가 그가 상냥하게 속삭여주고, 자신을 애무해주는 꿈을 꾸어서, 아침이면 매번 다시 실망해야 하는 것을 기억할 수 있나? 주방용 칼로 팔에 그의 이니셜을 새겨넣은 일이 기억나는가? 지하철 플랫폼에서 가장자리에 아슬아슬하게 서 있어본 기억이 나는가? 안 난다고? 그럼 입 닥치길 바란다. 추잡스런 미소는 당신의 그 축 늘어진 늙은 엉덩이에나 박으라고.

. 제이제이 .

나는 그들이 알아야 할 모든 이야기를 신 나게 털어놓을 생각이었다. 빅 옐로와 리지, 일에 대해서. 거짓말할 필요는 없었다. 다른 사람들 이야기를 듣다 보니 속이 약간 메스꺼워진 것 같다. 그들이 옥상에 올라간 건 꽤 그럴 만한 일로 느껴졌기 때문이다. 세상에, 모린의 인생이 살 만한 가치가 없다는 건 누구나 알 수 있었다. 그리고 물론 마틴은 자기 무덤을 판 격이었고, 그렇다 하더라도 그만큼의 망신과 수치를 당했으니…… 만일 내가 그 사람이었다면 그쯤이나 버틸 수 있었을지 모르겠다. 또 제스는 무지 불행하고 제정신이 아니었다. 그러니 무슨 시합은 아니었지만, 글쎄, 뭐라고 해야 좋을지 모르겠지만…… 영역 표시라고나 할까? 그런 것이 있었다. 그런데 마틴이 내 영역을 다 차지해버렸기 때문에 약간 불안하기도 했다. 수치와 망신은 내 몫이었는데, 내가 겪은 수치와 망신은 좀 알량해 보이기 시작한 것이다. 그는 열다섯 살짜리 여자애랑 자다가 붙잡혀 수감되었고, 타블로이드 신문에서 완전히 새 됐다. 거기에 비해 나는 기껏 여자한테 버림받고, 밴드에 진척이 없다는 정도였다. 그러니 일찌감치 상대가 안 되는 이야기였다.

하지만 이름이 문제가 되었을 때까지는 거짓말을 할 생각은 없었다. 제스가 지랄 맞게 공격적으로 나와서 나는 기가 죽었던 거다.

"그럼 좋아요. 나는 제이제이라고 해요."

"그건 무엇의 약자죠?"

사람들은 항상 내 이니셜이 뭘 줄인 말인지 궁금해하지만 나는 절대 말해주지 않는다. 나는 내 이름이 싫다. 어찌 된 사연이냐면,

독학파인 아버지는 BBC에 대해서 뭐랄까, 존경심 같은 것을 갖고 있었고, 그래서 작업실에서 커다랗고 오래된 단파 라디오로 BBC의 월드 서비스 방송을 즐겨 들었다. 아버지는 1960년대 라디오의 빼놓을 수 없는 친구, 존 줄리어스 노위치에게 완전히 반했는데, 그는 무슨 귀족 나부랭이였고, 교회 등에 대해서 책을 수없이 썼다. 그게 바로 내 이름이다. 염병할 존 줄리어스. 내가 귀족이나 라디오 앵커나 영국인이기라도 하나? 아니다. 그렇다면 학교를 중퇴하고 밴드를 만들었나? 그렇다. 존 줄리어스가 고등학교 중퇴한 인간에게 어울리는 이름인가? 아니다. 하지만 제이제이는 괜찮다. 제이제이 정도면 그런대로 봐줄 만하다.

"그건 상관할 거 없고. 어쨌든 난 제이제이이고 여기에 온 건……"

"당신 이름이 뭔지 내가 알아내겠어."

"어떻게?"

"당신 집에 찾아가서 알 수 있는 물건이 나올 때까지 뒤지는 거야. 여권이나 통장이나 그런 거. 아무것도 찾을 수 없으면 당신이 소중하게 생각하는 것을 훔쳐서 실토할 때까지 돌려주지 않을 거예요."

세상에 맙소사. 이 여자가 왜 이러죠?

"그런 귀찮은 짓을 하느니 그냥 이니셜로 부르고 말지?"

"맞아요. 물론이죠. 나는 원래 머리가 나쁘거든."

"나는 아가씨를 잘 모르지만, 당신이 모르는 것들 때문에 정말로 고민해야 한다면 제이제이의 이름보다는 더 중요한 것들이 있을 것 같은데." 마틴이 말했다.

"무슨 말이에요?"

"재무부 장관이 누군지 아나? 아니면 《모비 딕》의 저자는?"

"몰라요. 당연히 모르죠." 그런 것을 아는 사람은 쪼다라는 듯이 제스가 말했다. "하지만 그게 무슨 비밀은 아니잖아요? 나는 비밀을 모르는 건 좋아하지 않는다고요. 다른 것들은 아무 때나 원하면 알아낼 수 있지만, 별로 내키지가 않거든요."

"저 청년이 말해주고 싶지 않으면 말해주고 싶지 않은 거야. 친구들도 제이제이라고 부르나?"

"네."

"그럼 우리도 그렇게 부르면 되는 거지."

"나한테는 절대 안 통해요." 제스가 말했다.

"입 다물고 이야기나 들어." 마틴이 말했다.

하지만 나로서는 그 순간이 사라져버렸다. 진실을 말하고 싶은 순간이라고나 할까, 하하. 내 이야기를 공평하게 들어줄 사람이 없어졌다는 걸 알 수 있었다. 제스와 마틴에게서 적개심이 흘러나오고 있었고, 그 파장은 사방에 퍼졌다.

나는 그들을 족히 일 분 동안 노려보았다.

"그래서요? 왜 자살하고 싶은지 잊어버린 거예요, 뭐예요?" 제스가 말했다.

"물론 잊지 않았어." 내가 말했다.

"그럼 제길, 빨리 털어놔요."

"난 죽어가고 있어요." 내가 말했다.

다시 밝히지만 그런 소리를 할 생각은 전혀 없었다. 조만간 우리는 악수를 하고, 서로에게 행복하라는 소리를 한 다음, 기분이나 성격, 문제의 규모 등에 따라 각자 결정을 내리게 되리라고 생각했다. 이 말이 햄버거에 든 피클 맛처럼 입안에서 떠나지 않을 줄은 몰랐다.

"아, 하긴 별로 건강해 보이진 않아요. 무슨 병인데? 에이즈?" 제스가 말했다.

에이즈라면 차라리 낫지. 에이즈에 걸려도 몇 달 동안은 돌아다닐 수 있다는 걸 누구나 알고 있었다. 낫지 않는 병이란 것도 누구나 알고 있었다. 하지만…… 에이즈로 죽은 친구가 두어 명 있었는데 그건 농담으로 얘기할 성질의 것이 아니다. 내가 아는 에이즈는 아무 데나 갖다 붙일 것이 아니었다. 하지만—이 모든 생각은 제스가 질문한 뒤 삼십 초 동안 떠오른 것이다—그보다 더 적당한 중병이 어디 있나? 백혈병? 에볼라 바이러스? 그런 것은 아무리 봐도 '자, 친구, 나를 골라봐. 나는 농담용 질병이야. 나는 심각한 병이 아니라서 아무도 불쾌해하지 않을 거야.'라고 하지 않을 것 같았다.

"머리에 이상이 있어요. CCR이라고 해요." 물론 그건 내가 평생 가장 좋아하고 큰 영감을 받은 밴드, '크리던스 클리어워터 리바이벌'의 약자다. 그들 중에 크리던스 팬처럼 보이는 사람은 없었다. 제스는 너무 어린데다, 모린의 경우는 전혀 걱정할 필요가 없었고, 마틴은 내가 아바에 걸렸다고 말해야 그제야 이상한 낌새를 알아차릴 사람 같았다.

"두개골 코르노 뭐라는 거예요." 나는 '두개골' 부분이 마음에 들었다. 그러니 정말인 것 같았다. 하지만 '코르노'는 조금 약한 게 사실이었다.

"치료약이 없어요?" 모린이 물었다.

"아, 있죠. 치료약은 있어요. 알약을 먹으면 돼요. 다만 저 사람이 귀찮아서 제대로 안 한 것뿐일 거예요. 뻔하죠." 제스가 말했다.

"약물 남용 때문일 거래요. 약물이랑 술요. 그러니 다 염병할 제 잘못이라고요."

"그럼 좀 벙찐 기분이겠네." 제스가 말했다.

"그렇지. 그게 바보 같은 기분이 든다는 말이라면." 내가 말했다.

"맞아요. 어쨌든 당신이 이겼네."

그 말을 들으니 경쟁하는 분위기가 틀림없다는 확신이 들었다.

"정말?" 흐뭇했다.

"아, 그래요. 죽어간다고? 제길, 그럼…… 다이아몬드나 스페이드나 그…… 트럼프 같은 거잖아! 당신은 트럼프를 가졌어."

"죽을병에 걸린 건 이 게임에서만 유리한 것 같군." 마틴이 말했다. "누가 제일 가련한 녀석인가 하는 게임. 다른 데선 별로 쓸모가 없지."

"병에 걸린 지 얼마나 됐어요?" 제스가 물었다.

"몰라요."

"대충요. 그냥 생각나는 대로 말해봐요."

"입 다물어, 제스." 마틴이 말했다.

"내가 뭐랬다고요? 우리가 대처해야 하는 문제가 뭔지 알고 싶었다고요."

"우리가 대처해야 하는 문제가 아니라 내가 대처할 문제지." 내가 말했다.

"그나마 대처도 잘 못하면서." 제스가 말했다.

"오, 그래요? 버림받은 일에도 제대로 대처하지 못하는 여자한테 그런 소릴 듣다니."

적대감이 감도는 침묵이 흘렀다.

"흠, 그럼 모두 말했군요." 마틴이 말했다.

"이제 어쩌죠?" 제스가 말했다.

"우선 넌 집에 가." 마틴이 말했다.

"웃기시네. 내가 왜 가요?"

"우리가 널 떠밀어낼 테니까."

"한 가지 조건을 들어주면 갈게요."

"뭔데?"

"먼저 채스 찾는 것을 도와줘요."

"우리 모두?"

"네, 아니면 난 정말 자살할 거예요. 난 죽긴 아직 어리지만요. 당신이 말했죠."

"다시 생각해보니 그렇게 어린지 잘 모르겠는데." 마틴이 말했다. "넌 나이보다 현명해. 이제 보니 알 것 같아."

"그럼 내가 떨어져도 괜찮다는 말이에요?" 제스는 옥상 가장자리로 걸어가기 시작했다.

"이쪽으로 와요." 내가 말했다.

"그러니까 난 당신이 무슨 말을 하든 전혀 신경 안 써요. 뛰어내리든가, 아니면 같이 채스를 찾아보든가 해요. 나는 어느 쪽이나 다 좋아요." 그녀가 말했다.

그러자 그 자리에서 모든 것이 결정되었다. 우리가 제스의 말을 믿었기 때문이다. 혹시 그날 밤이 아니라 다른 날 밤이었고, 우리가 아니라 다른 사람들이었다면 믿지 않았을지 모르지만, 그날 밤 우리 셋은 제스를 의심하지 않았다. 그렇다고 제스가 정말로 자살할 거라고 생각한 것도 아니었다. 그저 그녀는 언제든지 자기가 바라는 일을 할 수 있을 것 같았고, 고층 아파트에서 뛰어내리는 것이 어떤지 궁금해지면 바로 시도해볼 사람처럼 보였던 것이다. 일단 그런 생각이 들고 나면, 그다음은 우리가 얼마나 그녀의 일에 상관할 마음이 있느냐에 따라 결정될 일이었다.

"하지만 우리 도움도 별로 소용없어요. 우리는 채스를 어떻게 찾기 시작해야 할지 모르니까. 그 사람을 찾을 수 있는 건 당신뿐이에요." 내가 말했다.

"하긴 그렇긴 하지만 나 혼자서 하면 일이 이상하게 돌아가요. 뒤죽박죽이 돼요. 그러다 보니 여기 올라오게 되었고."

"어떻게 생각하시오?" 마틴이 우리에게 물었다.

"난 아무 데도 안 가요. 난 옥상에서 떠나지 않을 거예요. 마음을 바꾸지 않을 거예요." 모린이 말했다.

"좋아요. 당신한텐 마음을 바꾸라고 부탁하지도 않을 거예요."

"왜냐하면 그 사람들이 나를 찾으러 올 거거든요."

"누가?"

"요양원 사람들요."

"그래서 뭐요? 당신을 찾을 수 없으면 어떻게 하는데요?" 제스가 말했다.

"매티를 끔찍한 곳으로 보낼 거야."

"장애가 있다는 그 매티요? 어딜 가든지 매티가 알기나 한대요?"

모린은 도움을 청하는 눈빛으로 마틴을 쳐다보았다.

"돈 때문에? 그래서 아침까지 죽어야 하는 거요?" 마틴이 말했다.

제스는 코웃음을 쳤지만, 그가 그렇게 물어본 까닭을 나는 알 수 있었다.

"하룻밤 비용밖에 내지 않았어요." 모린이 말했다.

"하룻밤 이후에 대해서 낼 돈은 있소?"

"네, 물론이죠." 그럴 돈이 없을지도 모른다는 생각에 모린은 약간 열 받은 것 같았다. 열 받은 것이 맞나? 뭐 어쨌든.

"그럼 거기 전화해서 이틀 동안 있을 거라고 말해요."

모린은 다시 그를 물끄러미 쳐다봤다. "왜요?"

"왜냐하면 어쨌든 이 위에서 모두 함께 지랄 같은 일을 한바탕 해야 하니까요. 그죠?" 제스가 말했다.

마틴은 웃는 것 같았다.

"네, 그렇죠?" 제스가 말했다.

"한바탕은 아닌 것 같은데. 분명히 할 일은 한 가지뿐이지." 마틴이 말했다.

"아, 그거. 관둬요. 때가 지났어요. 보면 알아요. 그러니까 그것 말고 다른 일을 찾아봐요." 제스가 말했다.

"그럼, 당신 말이 맞다 치고, 그때가 지났다 하더라도. 왜 우리가 함께 무슨 일을 해야 하지? 각자 집에 가서 텔레비전이나 보는 게 어때요?" 내가 말했다.

"나는 혼자 있으면 이상해진다니까요. 말했잖아요."

"왜 우리가 그걸 신경 써야 하지? 삼십 분 전만 해도 당신은 모르는 사람이었는데. 당신이 혼자 있으면 이상해지든 말든 상관없어."

"우리가 겪어온 일 때문에 동지가 되었다는 기분이 들지 않아요?"

"응."

"그렇게 될 거예요. 우린 앞으로 늙을 때까지 친하게 지낼 것이 분명해요."

침묵이 흘렀다. 모두 다 그런 상상을 하는 건 분명 아니었다.

·모린·

그들과 이야기하다 보니 내가 쩨쩨한 사람이 된 것 같아 기분이 상했다. 그건 돈과는 아무 상관도 없는 일이었다. 나는 하룻밤이 필요해서 하룻밤 값을 치렀다. 그런 다음에는 누군가 비용을 치르겠지만, 나는 죽었을 테니 알 바 아니다.

그들이 이해하지 못했다는 걸 알 수 있었다. 그러니까 그들은 내가 불행하단 것은 이해했다. 하지만 왜 불행한지 그 논리는 이해하지 못했다. 그들은 그 문제를 이렇게 봤다. 내가 죽으면 매티는 어딘가 보호소로 보내질 것이다. 그러니 왜 내가 그 애를 보호소에 보내고 그냥 살면 안 되나? 그런다고 뭐가 다를까? 하지만 그것은 그들이 나를, 매티를, 또는 앤서니 신부님이나 성당 사람들을 전혀 이해하지 못한다는 것만 보여줄 뿐이다. 내가 아는 사람 중에 그런 식으로 생각하는 사람은 아무도 없다.

하지만 이 사람들, 마틴과 제이제이와 제스는 내가 아는 그 누구와도 다르다. 그들은 텔레비전에 나오는 사람들, 〈이스트엔드 사람들〉1985년부터 BBC에서 방영 중인, 런던 이스트엔드 서민들의 일상생활을 그린 드라마 — 옮긴이에 나오는 사람들이나 그 밖의 프로그램에 나오는, 말 잘하는 사람들과 비슷하다. 나쁜 사람들이란 뜻은 아니다. 다르다는 말이다. 그들은 매티가 자기 아들이라 해도 별로 걱정하지 않았을 것이다. 그들은 나와 같은 의무감이 없다. 성당도 다니지 않는다. 그냥 "그게 뭐가 달라요?"라고 말하고 말 것이다. 그들의 생각이 옳을지도 모르지만, 난 그들이 아니다. 그래서 나는 그들에게 그 문제를 어떻게 말해야 할지 몰랐다.

그들은 내가 아니지만, 나는 그들이 되고 싶다. 정확히 말하면 그들은 아닐지도 모르지만. 그들도 그렇게 행복하진 않으니까. 하지만 나도 그런 사람들, 말을 척척 잘하고, 그게 뭐가 다른지 알 수 없는 사람이 되고 싶다. 그런 사람이라면 견딜 수 있는 삶을 살 수 있는 가능성이 더 클 것 같기 때문이다.

그래서 마틴이 정말로 죽고 싶은 거냐고 물었을 때 뭐라고 대답해야 할지 몰랐다. 대답은, 당연히 그래요, 물론 죽고 싶죠. 바보 같으니. 그래서 그 많은 계단을 올라왔고, 그래서 아이, 아니, 알아듣지도 못하는 다 큰 어른한테 내가 꾸며낸 신년 이브 파티 이야기를 해준 거예요, 라고 말해주는 거였다. 하지만 또 다른 대답도 있었다. 그 다른 대답은, 아뇨, 물론 죽고 싶지 않아요. 바보 같으니. 제발 나를 말려줘요. 제발 나를 도와줘요. 나를 살고 싶어하는 사람으로, 나사 하나가 빠진 사람으로 '나는 이보다는 행복하게 살 자격이 있다.'고 말할 수 있는 사람으로 만들어줘요, 이다. 많은 걸 바라는 건 아니다. 그저 조금만. 왜냐하면 내가 거기 올라간 까닭이 바로 그것이었기 때문이다. 나를 말려줄 것이 하나도 없었기 때문에.

"그럼 내일 밤까지 미루기로 한 거요." 마틴이 말했다.

"요양원 사람들한테 뭐라고 하죠?"

"전화번호 갖고 있소?"

"전화를 걸긴 너무 늦었어요."

"누구 당직이 있을 거요. 번호를 이리 주시오." 그는 호주머니에서 조그만 휴대전화를 꺼내더니 전원을 켰다. 신호음이 울리기 시작하자 버튼을 누르더니 귀에다 댔다. 아마 메시지를 듣는 모양이었다.

"누가 당신을 사랑하나 보군요." 제스가 말했지만, 마틴은 무시했다.

나는 조그만 쪽지에 주소와 전화번호를 적어두었다. 호주머니에서 그것을 꺼냈지만 어두워서 읽을 수가 없었다.

"이리 주시오." 마틴이 말했다.

음, 나는 당황했다. 그건 내가 적은 쪽지, 내 유서였고 내가 쳐다보고 있는 동안 남이 그걸 읽는 것은 싫었다. 하지만 뭐라고 말해야 좋을지 몰랐고, 그사이 마틴은 내 손에서 종이를 낚아채갔다.

"이런 맙소사!" 그가 보더니 이렇게 말했다. 나는 얼굴이 달아오르는 걸 느꼈다. "이거 자살 쪽지요?"

"멋지다! 읽어봐요. 내 유서들도 허접하지만 모린 것은 더 심할 거예요." 제스가 말했다.

"유서들이라고? 이런 걸 여러 번 썼단 말이야?" 제이제이가 말했다.

"나는 늘 자살 쪽지를 쓴다고요." 제스가 말했다. 제스는 신이 난 것 같았다. 남자들은 그녀를 쳐다보긴 했지만 아무 말도 하지 않았다. 하지만 그들이 무슨 생각을 하는지는 알 수 있었다.

"왜요?" 제스가 말했다.

"보통 사람들은 자살 쪽지 같은 건 한 번만 쓸 텐데." 마틴이 말했다.

"마음이 자꾸 바뀌거든요. 그게 무슨 잘못이람. 중대한 결정인데." 제스가 말했다.

"중대한 것이긴 하지. 분명 TOP 10 중 하나일걸." 마틴이 말했다. 그는 진담할 때 농담 같고, 농담할 때 진담처럼 들리는 사람이다. "어쨌든 이 쪽지는 읽지 않을 거요." 그는 눈을 가늘게 뜨고 번호를 읽은 뒤 버튼을 눌렀다. 그리고 몇 초 뒤에 모든 것이 해결되었다. 그는 너무 늦게 전화한 것에 대해 사과하고, 무슨 일이 생겨서 매티가 하루 더 있을 거라고 했고, 그러고 끝이었다. 그의 말투는 그들이 더 이상 질문하지 않을 것을 아는 사람의 말투였다. 만일 내가 전화를 했더라면, 왜 새벽 네 시에 전화했는지 몇 달 전부터 준비해둔 엄청나게 긴 해명을 했을 것이고, 그들은 내 속을 꿰뚫어보아서 실토를 하지 않을 수 없었을 테고, 하루 뒤가 아니라 계획보다 몇 시간 앞당겨 매티를 찾으러 가야 했을 것이다.

"자, 모린은 됐고. 그럼 마틴만 남았네요. 함께 갈 거예요?" 제이제이가 말했다.

"흠, 그 채스란 사람이 어디 있소?" 마틴이 말했다.

"모르죠. 어딘가 파티에 갔겠죠. 그게 그렇게 중요해요? 그가 어디 있는지?" 제스가 말했다.

"그렇소. 새벽 네 시에 택시를 잡아타고 남부 런던 어딘가에 가느니 그냥 뒈지고 말겠소." 마틴이 말했다.

"그 사람은 남부 런던에 아는 사람이 없어요." 제스가 말했다.

"잘됐군." 마틴이 말했다. 그가 그렇게 말하자 우리는 자살 대신 옥상에서 내려가 제스의 애인인지 뭔지를 찾으러 가게 될 것을 알 수 있었다. 사실 별 계획은 없었다. 하지만 그게 우리가 세운 유일한 계획이었고, 그래서 우리는 나가서 찾는 수밖에 없었다.

"핸드폰 좀 줘봐요. 전화 몇 통 걸어보게요." 제스가 말했다.

그래서 마틴은 제스에게 전화를 내주었고, 제스는 아무도 들을 수 없도록 옥상 반대편으로 갔다. 우리는 어디로 갈지 알게 될 때까지 기다렸다.

· 마틴 ·

당신이 무슨 생각을 하고 있는지 안다. 당신들, 《가디언》지를 읽고, 워터스톤즈영국의 서점 체인—옮긴이에서 쇼핑을 하고, 아이들에게 담배를 사줄 생각을 해본 적이 없듯이 아침 텔레비전을 볼 생각을 해본 적도 없는, 잘나고 똑똑한 사람들인 당신들은 '역시 이 친구는 진심이 아니었어.'라고 생각하고 있겠지. 이 작자는 타블로이드지 사진사에게 자신의 소위 절박한 순간을 포착하게 해, 《선》지에 '지옥 같았던 나의 자살 유혹'이라는 독점 기사를 팔려 했던 것이라고. '샤프, 추한 종말을 택하다' 같은 타이틀을 붙여서. 여러분,

당신들이 왜 그렇게 생각하는지 이해할 수는 있다. 나는 계단을 올라와 옥상 가장자리에 앉아 다리를 대롱거리며 휴대용 술병의 스카치를 몇 모금 마시고, 머리가 좀 이상한 여자애가 무슨 파티에 가서 헤어진 애인을 찾아달라고 하니, 어깨를 한 번 으쓱하곤 그 여자애를 따라나서고 있다. 그러니 자살 욕구가 뭐 얼마나 되겠나, 싶겠지?

우선 나는 애런 벡우울증 인지치료법을 개발한 정신과 의사—옮긴이의 자살 욕구 등급에서 매우 높은 점수를 받았다는 점을 알리고 싶다. 당신은 그런 등급이 있는지도 몰랐을 거다. 흠, 그런 등급이 있는데, 나는 30점에서 21점을 받았고 그 점수에 꽤 만족했다. 그렇다. 자살은 시도하기 전에 세 시간 이상 심사숙고한 것이었다. 그렇다. 병원에 실려 가더라도 죽을 것을 확신했다. 토퍼스하우스는 15층이고, 10층 이상이면 결과가 확실하다고 한다. 그렇다. 자살하기 위해 적극적인 준비도 했다. 사다리, 철사 커터 등. 했었다면 성공했을 것이다. 내가 최고점을 못 받은 것은, 오로지 첫 두 질문 때문이었는데, 애런 벡이 고립과 타이밍이라고 한 부분이다. '보이거나 목소리가 들리는 범위 안에 아무도 없다.'와 '방해받을 가능성이 전혀 없다.' 두 가지를 채우면 최고 점수를 받는다. 우리가 북부 런던에서 가장 유명한 자살 지점을 한 해 중에 자살이 가장 많이 일어나는 날 밤에 골랐으므로, 방해받는 것이 거의 불가피했다고 할 수도 있겠다. 분명한 건 우리가 멍청하게 굴었다는 것이다. 멍청하거나 황당할 정도로 자기중심적으로 생각했거나, 둘 중 하나였다.

물론 그렇다 하더라도, 그 위에 사람들이 그렇게 몰려들지 않았더라면 나는 오늘 이 자리에 있지 않았을 테니 벡의 말이 옳긴 하다. 우리는 누가 와서 구해주길 기대하진 않았을지도 모르지만, 일단 서로 우연히 만나고 나니 적어도 그날 밤만이라도 그 일을 보류하고 싶다는 집단적 욕망—다른 무엇보다도 부끄러움이 낳은 욕망—이 생겨난 것이다. 우리 중에 생명은 아름답고 소중하다는 결론에 도달해서 계단을 내려온 사람은 아무도 없었다. 굳이 말하자면, 올라갈 때보다는 내려올 때 비참한 기분이 조금 더했다. 우리에게 닥친 다양한 곤경에서 빠져나갈 유일한 해결책마저 적어도 당분간은 실행에 옮길 수 없었기 때문이다. 그리고 옥상에서는 기묘한 흥분 같은 것이 있었다. 두어 시간 동안 우리는 저 아래 거리에 적용되는 법률에 저촉받지 않는, 일종의 독립적인 상태에 있었다. 우리가 안고 있는 문제가 우릴 옥상까지 몰아내긴 했어도, 왠지 그 문제는 달렉영국의 텔레비전 SF 시리즈 〈닥터 후〉에 나오는 외계인—옮긴이처럼 계단을 오를 수 없었던 모양이다. 그래서 다시 내려가면 그 문제들과 또 맞닥뜨려야 했다. 하지만 달리 무슨 방법이 있을 것 같지 않았다. 우리에겐 그 한 가지 외에는 아무런 공통점이 없었지만, 그 한 가지만 있으면 다른 어떤 것도—돈이나 계급, 학력, 연령, 문화적 흥미도—문제될 게 없다는 느낌이 들었다. 그 몇 시간 만에 우리는 갑자기 우리만의 나라를 세웠고, 당분간은 새로 만난 동지하고만 함께 있고 싶었다. 모린과는 거의 한 마디도 나누지 못했고, 그녀의 성이 뭔지도 몰랐지만, 내 아내가 지난 오 년간의 결혼 생활 동안 나를 이해한 것보다 모린이 나를 더 많이 이해했다. 그곳에서 만났기 때문에 모린은 내가 불행하다는 것을 알고 있었고, 그러므로 내게 있어서 가장 중요한 것을 알고 있었다. 신디는 늘 내가 하는 행동이나 말 때문에 자신이 창피를 당했다고만 했다.

내가 모린에게 반했다면 멋지지 않았을까? 신문 머리기사가 눈에 선하다. '샤프한 변화!' 그런 다음에는 '늙은 변태'가 자기 잘못을 깨닫고, 여학생이나 유방 확대 수술을 받은 C급 여배우들을 쫓아다니는 대신, 착하고 수수한 연상의 여인과 정착하기로 결심했다는 기사가 나올 것이다. 잘도 그러겠다. 꿈 깨시길.

. 제이제이 .

제스가 아는 사람 전부에게 전화를 걸어 그 채스란 친구가 어디 있는지 찾는 동안, 나는 벽에 기대서서 철조망 사이로 도시를 내려다보면서 그 순간 아이팟이나 디스크맨이 있다면 무슨 곡을 들을지 생각하고 있었다. 제일 먼저 떠오른 것은 조너선 리치맨의 〈시장의 설인〉이었는데, 아마 달콤하고 바보스러운 노래이고, 그런 삶을 살 수 있던 시절을 기억나게 해주기 때문이었던 것 같다. 그런 다음 나는 큐어의 〈어중간한 나날〉을 콧노래로 부르고 있었는데, 그게 좀 더 이 상황과 어울렸다. 오늘이나 내일도 아니고, 작년이나 내년도 아니지만, 어쨌든 이 옥상에서 벌어진 일은 어중간한 연옥처럼, 우리 불멸의 영혼을 어디로 보낼지 아직 결정하지 못했음을 의미하는 듯했다.

제스는 십 분 동안 채스와 친한 정보원들에게 전화를 하더니, 그가 쇼어디치의 파티에 있을 거라는 추측을 하며 돌아왔다. 우리는 담배 연기와 오줌 냄새를 뚫고 15층 계단을 내려가 다시 거리로 나간 뒤, 추위에 떨며 서서 택시가 오길 기다렸다. 제스 혼자 우리

몫의 말을 다 재잘거렸고, 그녀 외엔 아무도 별 이야기가 없었다. 제스는 그 파티를 누가 여는 것인지, 누가 참석할 것인지 이야기했다.

"테사랑 그 일당들이 모두 모일 거예요."

"아, 그 일당들." 마틴이 빈정거리듯 말했다.

"그리고 알피랑 타비사랑 토요일이면 클럽 오션에 가는 모임도요. 그리고 애시드 헤드 피트랑 그래픽디자인 팀 전부도요."

마틴은 앓는 소리를 냈다. 모린은 뱃멀미를 하는 표정이었다.

아프리카 청년이 다 낡아빠진 포드를 우리 옆에 세웠다. 그는 자동차 창문을 내리더니 몸을 앞쪽으로 내밀었다.

"어디 가실 거죠?"

"쇼어디치요."

"30파운드 내세요."

"꺼져요." 제스가 말했다.

"시끄러워." 마틴이 말하더니 앞자리에 올라탔다. "내가 내지." 그가 말했다.

우리 셋은 뒤에 탔다.

"새해 복 많이 받으세요." 운전사가 말했다.

우리는 아무 말도 하지 않았다.

"파티 가세요?" 운전사가 말했다.

"애시드 헤드 피트라고 들어봤소?" 마틴이 그에게 물었다. "흠, 그 사람을 만나러 가는 거요. 신 나겠지?"

"신 난다고!" 제스가 비웃었다. "당신은 왜 그렇게 얼간이 같아요?" 정말 제스 옆에서 농담을 하려면, 그리고 반어적인 표현을 쓰려면 충분한 암시를 해줘야만 한다.

새벽 네 시 반은 되었을 텐데, 주위에는 차나 택시를 잡으려는 사람과 걸어다니는 사람들로 붐비고 있었다. 모두 떼를 지어 몰려다니는 것 같았다. 가끔 우리에게 손을 흔드는 사람들도 있었다. 제스는 꼭 답례로 손을 흔들어주었다.

"당신은요?" 제스가 운전사에게 말했다. "밤새 일했어요? 아니면 어디 파티라도 가시나요?"

"밤새 일해요." 운전사가 프랑스어로 말하더니, 영어로 다시 말했다.

"안됐군요." 제스가 말했다.

운전사는 우울함이 담긴 미소를 띠었다.

"네, 어쩔 수 없죠."

"여자친구가 뭐라고 안 해요?"

"네?"

"여자친구 말이에요. 애인. 뭐라고 안 해요? 이런 날 밤새 일한다고 뭐라고 구박 안 하냐고요."

"아뇨, 상관 안 해요. 지금은요. 그녀가 지금 있는 곳에서는."

감정을 포착하는 안테나를 가진 사람이라면 누구나 택시 안의 분위기가 착 가라앉은 것을 느낄 수 있었을 것이다. 인생 경험이 있는 사람이라면 누구나 이 사람에게 사연이 있다는 것을, 그리고 그 사연이 무엇이든 간에 파티 분위기와는 거리가 멀다는 것을 짐작할 수 있었을 것이다. 그러므로 눈치가 조금이라도 있는 사람이라면 거기서 이야기를 그만두었을 것이다.

"아, 나쁜 여자로군요?" 제스가 말했다.

나는 얼굴을 찡그렸고, 다른 사람들도 분명 찡그렸을 것이다. 저 주책바가지가 또 사고를 치는군.

"나쁜 게 아니고, 죽었어요." 그가 일처리하듯이 직선적으로 말했다. 마치 그의 세계에서는 '나쁜'과 '죽은'이란 단어가 주소의 번지수처럼 아무런 감정도 불러일으키지 않는다는 듯이.

"어머."

"네, 나쁜 사람들이 그녀를 죽였어요. 그녀를 죽이고, 그녀의 어머니, 아버지를 죽였어요."

"어머."

"네, 제 고향에서요."

"그렇군요."

제스는 바로 그 지점에서 이야기를 끊기로 작정했다. 입을 다무는 것이 더 어색하게 느껴지는 그 지점에서 정확하게. 그래서 우리는 각자 생각을 하며 달렸다. 우리가 생각하는 복잡하고 우울한 것들 사이에는, 다 똑같은 질문 한 꼭지가 들어 있었으리라는 데 백만 달러라도 걸겠다. '왜 우리는 이 청년을 옥상 위에서 만나지 못했던 걸까? 혹시 이 청년도 우리처럼 올라갔다가 다시 내려온 것일까? 우리의 문제를 이야기한다면 이 청년이 비웃을까? 어떻게 저렇게 지랄 맞게…… 꿋꿋할까?'

목적지에 도착하자 마틴은 그에게 팁을 아주 많이 주었다. 그는 기뻐하며 고맙다고 했고, 우리를 친구라고 불렀다. 우리도 그의 친구가 되고 싶었지만, 우리가 어떤 사람인지 알게 되면 그가 별로 좋아하지 않을 것 같았다.

모린은 우리와 함께 들어가고 싶어하지 않았지만, 우리는 그녀를 끌고 안으로 들어가 계단을 올라간 뒤 실내로 들어갔는데, 그곳은 내가 여기 온 이후 본 것 중에 뉴욕의 로프트복층 구조의 아파트 —옮긴이와 가장 비슷한 곳이었다. 아마 세가 엄청 비쌌을 것이다. 그러나 여기 런던은 그 엄청 비싼 돈에다 아마 30퍼센트는 더 얹어주어야 할 것이다. 새벽 네 시인데도 사람들이 가득했고, 내가 가장 싫어하는 사람들, 염병할 예술 전공 학생들로 가득했다. 제스가 미리 경고하긴 했지만 그래도 여전히 충격이었다. 그 모직 모자에, 군데군데 밀어버린 콧수염에, 새로운 문신에, 플라스틱 신발에…… 물론 나도 진보적인 사람이고, 부시가 이라크에 폭격하지 않기를 바라고, 누구 못지않게 마리화나를 좋아하지만, 그래도 이 사람들을 보니 두렵고 혐오스러웠다. 그들은 내 밴드를 좋아하지 않을 것이기 때문이었다. 우리가 대학 도시에서 연주를 할 때, 이런 사람들 앞에 서면 아주 힘들었다. 이런 사람들은 진정한 음악을 좋아하지 않는다. 그들은 라몬스나 템테이션스나 맷츠를 좋아하지 않는다. 그들은 디제이 블리피와 그 멍청하기 짝이 없는 삑삑거리는 소리나 좋아한다. 아니면 염병할 갱스터 랩 흉내를 내면서 권총이나 창녀들에 대한 이야기가 나오는 힙합을 듣는다.

그래서 나는 처음부터 기분이 언짢았다. 싸움에 휘말려들지 않을까 걱정스러웠고, 심지어 그 싸움이 어떤 싸움일지도 알 수 있었다. 나는 염소수염을 기른 망할 자식이나 콧수염을 단 여자한테 비웃음을 당하는 마틴이나 모린을 지키려다 싸움을 시작할 것이다. 하지만 그런 일은 일어나지 않았다. 이상하게도 마틴은 양복을 입고 인공적으로 살갗을 태운 상태였고, 모린은 레인코트를 입고 얌전한 신발을 신고 있었는데도 그런대로 그들에게 섞여들어갔던 것이다. 그들은 너무나 멀쩡해 보여서 마치 딴 세상 사람 같았다. 마틴의 텔레비전 출연용 헤어스타일은 전자음악 밴드 크라프트베르크의 멤버올백에 몇 가닥의 머리카락만 내린 스타일—옮긴이 같았고, 모린은 록 밴드 벨벳 언더그라운드의 여성 드러머였던 모린 터커를 정말 괴상하게 바꿔놓은 것 같았다. 나? 나로 말할 것 같으면 물 빠진 블랙진과 가죽 재킷, 지탄프랑스의 대표적인 담배 브랜드—옮긴이 포스터가 인쇄된 낡은 티셔츠를 입고 있었는데, 염병할 사이코가 된 것 같은 기분이었다.

누군가의 콧등을 부러뜨려야 할지도 모른다는 생각이 들게 한 사건은 딱 한 번 있었다. 마틴이 거기 서서 와인을 병째 마시고 있는데, 어떤 남자 둘이서 그를 노려보며 말했다.

"마틴 샤프야! 알지? 아침 텔레비전 프로그램에서 잘린 사람!"

나는 인상을 썼다. 나는 유명 인사랑 어울려본 적이 한 번도 없었기 때문에, 마틴과 함께 파티에 들어가는 것은 벌거벗고 파티에 들어가는 것이나 다름없다는 생각을 전혀 하지 못했다. 심지어 예술 전공 학생들마저 눈치를 챘던 것이다. 하지만 완전히 알아본 것은 아니고 좀 복잡했다.

"와, 그렇군! 정말 닮았다!" 그의 친구가 말했다.

"어이, 샤피!"

마틴은 그들에게 유쾌하게 웃어주었다.

"사람들이 늘 그렇게 말하나 보죠." 한 명이 말했다.

"뭐 말이오?"

"알잖아요. '어이, 샤피' 어쩌고저쩌고."

"흠, 그렇소. 늘 그렇소." 마틴이 말했다.

"하지만 재수 없어요. 텔레비전에 나오는 사람들 중에 하필 그 따위 놈이랑 똑같이 생기다니."

마틴은 그들에게, 하지만 어쩌겠냐는 표정으로 어깨를 한 번 으쓱하더니 내게 다가왔다.

"괜찮아요?"

"인생이 그런 거지." 그는 이렇게 말하며 나를 쳐다보았다. 왠지 그가 말하면 진부하고 낡은 표현에서도 새로운 깊이가 느껴진다.

한편 모린은 완전히 굳어버렸다. 그녀는 누가 웃거나, 욕을 하거나, 뭔가 부술 때마다 펄쩍 뛰었다. 그녀는 아이맥스 스크린에 가로 15미터로 확대해놓은 미국의 패션 사진 전문 작가 다이앤 아버스의 사진을 보는 사람처럼, 파티에서 노는 사람들을 빤히 쳐다보았다.

"한잔 할래요?"

"제스는 어디 있어요?"

"채스를 찾고 있죠."

"찾고 난 다음엔 나가도 되죠?"

"그럼요."

"다행이군요. 여긴 불편해요."

"나도요."

"다음에는 어디로 갈 것 같아요?"

"몰라요."

"하지만 모두 함께 가겠죠?"

"그럴걸요. 그러기로 했잖아요? 그 남자를 찾을 때까지."

"그를 찾지 못했으면 좋겠어요. 한동안은 말이에요. 셰리 한 잔 마실 수 있으면 고맙겠네요. 찾을 수 있다면요." 모린이 말했다.

"있잖아요. 여긴 셰리가 있을 것 같지 않은데요. 내가 보기에 이 친구들은 셰리를 마실 사람들 같지 않거든요."

"백포도주는요? 그건 있을까요?"

나는 종이컵 두 개와 뭔가 안에 든 병을 발견했다.

"건배."

"건배."

"해마다 새해는 똑같죠?"

"무슨 말이에요?"

"알잖아요. 미지근한 백포도주에, 재수 없는 자식들만 모인 후진 파티. 올해는 다른 한 해가 될 거라고 다짐했는데."

"작년 이맘때 어디 있었어요?"

"집에서 파티를 했어요. 헤어진 여자친구 리지랑."

"즐거웠어요?"

"그럭저럭 괜찮았어요. 당신은요?"

"나도 집에 있었어요. 매티랑."

"그렇군. 그리고 일 년 전에도……"

"맞아요." 모린이 재빨리 말했다. "그래요, 맞아요."

"그렇죠." 그런 다음에는 뭐라고 해야 할지 도무지 알 수 없어서 우리는 술을 홀짝이며 재수 없는 자식들을 구경했다.

·모린·

방이 따로 없는 곳에서 산다는 건, 위생적이지 못한 곳에서 산다는 것과 같은 말이다. 심지어 비좁은 원룸에 사는 사람들도 문과 벽, 창문이 있는 제대로 된 욕실을 갖고 있다. 그런데 이곳, 파티가 열리고 있는 이곳에는 그것마저 없었다. 그건 마치 기차역의 간이 화장실 같았는데, 그나마 남성용 변기도 따로 없었다. 욕조와 변기를 나누는 조그만 칸막이뿐이라서, 나는 화장실에 가고 싶었지만 갈 수가 없었다. 누가 칸막이를 돌아 들어와 내가 뭘 하는지 볼지도 모르니까. 게다가 건강에 얼마나 나쁜지는 일일이 말할 필요도 없다. 어머니는 나쁜 냄새란 세균 가스나 다름없다고 하셨다. 그 아파트가 누구 것인지는 모르지만 사방이 온통 세균투성이일 것이다. 그렇다고 아무도 변기를 쓸 수 없었던 건 아니다. 내가 화장실을 찾아갔을 때, 누군가 바닥에 무릎을 꿇고 앉아 변기 뚜껑에 다 대고 킁킁거리고 있었다. 변기 뚜껑의 냄새를 맡고 싶어한 까닭은 알 수 없다(게다가 누가 쳐다보고 있는데, 상상할 수도 없다!). 하지만 사람들은 온갖 종류의 변태 기질을 갖고 있는 모양이다. 그 파티에 끼어들어 시끄러운 소리를 듣고 어떤 사람들인지 보았을 때, 그 정도는 예상한 일이기도 했다. 그런 사람들이 화장실에서 뭘 하겠느냐고 누가 묻는다면, 변기 뚜껑에 대고 킁킁거릴 거라고 대답했을지도 모른다.

돌아가보니 제스가 눈물을 흘리며 서 있고 파티에 모인 다른 사람들이 우리 주위에서 약간 물러나 공간을 내어주고 있었다. 어떤 남자가 채스가 왔다 갔고, 파티에서 만난 어떤 여자랑 함께 떠났다고 말해주었던 것이다. 제스는 우리 모두 그 여자의 집에 가기를 바랐고, 제이제이는 좋은 생각이 아니라고 설득하는 중이었다.

“괜찮아요. 그 여자 나도 알아요. 뭔가 오해가 있을지도 몰라요. 그 여자는 나랑 채스의 관계에 대해서 몰랐던 것일지도.” 제스가 말했다.

“알면 어쩌려고?” 제이제이가 물었다.

“음, 그렇다면 그냥 내버려둘 수 없잖아요?” 제스가 말했다.

“그게 무슨 말이야?”

“그 여자를 죽이진 않을 거예요. 나도 그 정도로 미친 건 아니니까. 하지만 때려줘야죠. 어딜 좀 베어주거나.”

프랭크가 나와의 약혼을 깼을 때, 나는 그 일을 극복할 수 없을 줄 알았다. 나 자신이 불쌍한 만큼이나 그도 가여웠다. 내가 그를 힘들게 했으니까. 우리는 지금은 이름이 바뀐 앰블러 암즈라는 술집에 있었고, 슬롯머신 옆의 한쪽 구석에 앉아 있었는데, 주인이 우리 테이블로 와서 프랭크에게 나를 데리고 집으로 가라고 했다. 내가 거기 앉아 눈이 튀어나와라 소리를 질러대고 으르렁거리고 있으니, 아무도 슬롯머신에 돈을 넣으려 하지 않았기 때문이었다. 조용한 밤이면 슬롯머신으로 돈을 꽤 버는데 말이다.

그때도 죽어버리고 싶었다. 그 생각을 분명히 했다. 하지만 버텨낼 수 있을 줄 알았다. 상황이 더 나아질 거라고 생각했다. 만일 그때 죽어버렸더라면 얼마나 수고를 아낄 수 있었을까! 우리 모두를, 나와 매티를 한꺼번에 죽여버릴 수 있었는데, 물론 그때는 그 사실을 몰랐다.

제스가 칼로 찔러버리겠다고 한 바보 같은 소리에 나는 아무렇지도 않았다. 프랭크와 헤어졌을 때 나는 정말 말도 안 되는 소리들을 많이 지껄였다. 사람들에게 프랭크가 억지로 떠났다고 했고, 그가 머리가 이상해졌다고 했고, 술주정뱅이에다 나를 때렸다고도 했다. 그 말은 전부 거짓말이었다. 프랭크는 나를 충분히 사랑하지 않은 죄밖에 없는 상냥한 남자일 뿐이었으며, 그것으로는 죄가 충분치 않아 내가 더 큰 죄를 지어냈던 것이다.

"약혼했어?" 나는 제스에게 이렇게 묻고 곧 후회했다.

"약혼요? 약혼이라고? 뭐야? 무슨 《오만과 편견》이라도 쓰자는 건가요? '오, 다아시《오만과 편견》의 남자 주인공—옮긴이, 약혼 서약을 해도 될까요?' '오, 좋아요. 건방진 아가씨, 나는 반하고 말았어요. 물론이에요.'" 제스는 이 부분을 아주 우스꽝스럽게 말했는데, 물론 구태여 말해주지 않아도 짐작할 수 있을 것이다.

"요즘도 약혼하는 사람들은 있어. 그렇게 바보 같은 질문은 아니야."마틴이 말했다.

"누가 약혼하는데요?"

"나." 내가 말했다. 하지만 제스에게 겁을 먹었기 때문에 너무 작게 말해서 그녀는 다시 물었다.

"당신이? 정말요? 좋아요, 그럼 살아 있는 사람 중에 약혼하는 사람? 나는 노아의 방주에서 나온 사람들한테는 관심 없다고요. 그런 신발에다 레인코트 같은 거 입고 다니는 사람들한테는 관심 없어요." 이런 신발 말고 뭘 신어야 하는지 묻고 싶었지만, 질문해봤자 벌집을 쑤시는 결과만 초래할 뿐임을 익히 배웠다.

"어쨌든 누구랑 약혼했어요?"

나는 이런 이야기를 꺼내고 싶지 않았다. 도와주려고 했는데 이런 일을 당하다니 억울했다.

"그 남자랑 섹스했어요? 분명 했겠죠. 그 남자 어떤 체위를 좋아했어요? 후배위? 당신 얼굴을 안 봐도 되니까?"

그때 마틴이 그녀를 붙잡고 밖으로 끌고 나갔다.

· 제스 ·

마틴이 나를 밖으로 끌고 나갔을 때부터 나는 다른 사람이 되기로 결심했다. 나는 기분만 내키면 언제든지 그럴 수 있다. 누구나 자기 자신을 어쩔 수 없는 것처럼 느낄 때가 있지 않은가. 그러니까 이렇게 하는 거다. 자기 자신에게 좋아, 나는 책을 좋아하는 사람이야, 그러니 도서관에 가서 책을 좀 구해다 한동안 들고 다니는 거야, 라고 말한다. 또는 좋아, 나는 마약을 좋아하는 사람이고 마리화나를 엄청 피워대, 라고 말한다. 뭐든 그렇게 하면 딴사람이 된 것 같은 기분이 든다. 다른 사람의 옷이나 관심사나 말을 빌려오면 나 자신으로부터 약간은 벗어날 수 있는 것이다.

다른 사람이 된 것 같은 기분이 필요한 때였다. 왜 모린한테 그런 소릴 했는지 모르겠다. 사실 나는 내가 하는 말의 절반은 왜 지껄였는지 모른다. 넘어서는 안 될 선을 넘은 것은 알았지만 멈출 수가 없었다. 나는 화가 나면 토할 때와 비슷해진다. 누군가에게 토하고 또 토하고 속에 든 것이 다 나올 때까지 멈출 수가 없다. 마틴이 나를 끌고 밖으로 나가줘서 기뻤다. 누가 말려줘야 했다. 나는 누군가 말려줘야 할 때가 많다. 그래서 나는 그 시점부터 좀 옛날 사람 같은 것이 되기로 작정했다. 욕도 안 하고 침도 뱉지 않기로 맹세했다. 처녀나 다름없는 게 분명한, 아무 잘못도 없는 아주머니한테 후배위로 섹스했냐고 묻지 않기로 맹세했다.

마틴은 내게 화를 내면서 나쁜 년, 멍청이라고 했고, 모린이 네게 뭘 어쨌기에 그런 짓을 하느냐고 물었다. 그래서 나는 네, 선생님, 아뇨, 선생님, 죄송해요, 선생님이라고만 대답하고 땅바닥만 내려다봤다. 그에게 정말로 미안하다는 마음을 알리기 위해서였다. 그런 다음 나는 한쪽 무릎을 굽히며 고개를 숙여 인사했고, 훌륭한 제스처였다고 생각했다. 그러자 그가 이랬다. 이건 또 무슨 짓이야. 네, 선생님, 아뇨, 선생님은 또 뭐야? 그래서 나는 나 자신을 버리기로 했다고, 다시는 나의 옛 모습을 보지 않게 될 것이라고 했고, 그는 내 말을 알아듣지 못했다.

나는 그들이 나한테 질리지 않았으면 했다. 사람들이 내게 진저리를 낸다는 것을 알고 있었다. 예컨대 채스도 나한테 질렸다. 더 이상 그런 일이 벌어지지 말아야 한다. 그렇지 않으면 내 곁에는 아무도 남지 않을 테니까. 채스에 대해서는 모든 것이 너무 심했다고 생각한다. 나는 너무 세게 너무 빨리 밀어붙였고, 채스는 겁을 먹었던 것이다. 테이트 모던 미술관에서 있었던 일도? 그건 정말 실수였다. 순전히 그곳의 분위기 탓이다…… 아니, 거기 있던 물건 중에는 정말 괴상하고 격렬한 게 꽤 있었지만, 그 물건이 괴상하고 격렬하다고 해서 내가 괴상하고 격렬하게 굴어도 된다는 뜻은 아니었다. 그건 부적절한 행동이었다. 젠도 그렇게 말할 것이다. 그림과 설치미술 작품을 다 본 다음, 밖으로 나갈 때까지 기다려 시작을 했어야 한다.

젠도 나한테 질린 것 같다.

또 지금 돌이켜 생각해보니 영화관에서의 일이 파국의 실마리를 제공한 것 같다. 그것 역시 부적절한 행동이었다. 어쩌면 그 행동은 부적절한 것이 아니었다. 우리는 언젠가 그런 대화를 했어야 하니까. 하지만 그 장소(할러웨이 오데온 극장)가 적당하지 않았고, 시간(영화 중간)이나 목소리(컸다)도 적당치 않았다. 그날 밤 채스가 분명히 짚어준 것 가운데 하나는 내가 엄마가 되기에 성숙하지 않다는 것이었고, 지금 생각해보니 내가 영화 〈물랑 루즈〉가 절반 정도 지나가는 내내 애를 낳는 걸 갖고 악을 써댄 것만 봐도, 그에게 그 사실을 증명해주었을 것이다.

그래서 어쨌든 마틴은 한동안 내게 미친 듯이 화를 내더니, 풍선에 구멍이 난 것처럼 점점 쪼그러드는 것 같았다. 왜 그러시죠, 친절한 선생님? 내가 이랬지만 그는 고개만 저었고, 나는 그것만으로도 충분히 이해할 수 있었다. 내가 이해한 것은, 그는 한밤중에 모르는 사람들로 가득한 파티장 바깥에 서 있었고, 역시 모르는 사람을 향해 고함을 질렀고, 그전까지는 두어 시간 동안 자살 생각을 하면서 옥상에 앉아 있었다는 것이다. 그렇다. 그의 아내와 아이들은 그를 미워했다. 상황이 달랐다면 나는 그가 갑자기 살아갈 기운을 잃었다고 했을 것이다. 나는 다가가 그의 어깨에 손을 얹었고, 그는 나를 짜증 나는 존재라기보다는 한 인간으로 바라보았다. 우리는 한순간, 로스와 레이첼미국 TV 시트콤 시리즈 〈프렌즈〉의 주인공들—옮긴이 같은 로맨틱한 순간이 아니라, 서로를 이해하는 순간을 함께할 뻔했다. 하지만 그때 우리는 방해를 받았고, 그 순간은 지나가버렸다.

· 제이제이 ·

여러분에게 내 옛날 밴드—여러분이 조금 전 만난 사람들을 새로운 밴드라고 생각하게 된 것 같으니까—에 대해서 이야기하고 싶다. 우리는 네 명이었고, '빅 옐로'라는 이름의 밴드였다. 우리는 5인조 록 그룹 더 밴드의 앨범을 기리는 뜻으로 '빅 핑크'라는 이름으로 시작했는데 그 바람에 모두 우리를 게이 밴드라고 생각해서 색깔을 바꿨다. 나와 에디는 고등학교 때 밴드를 시작했고 함께 노래를 만들었다. 우리는 형제처럼 지냈고, 형제 사이로 지내기를 그만두는 그날까지 그랬다. 그리고 빌리가 드럼을 쳤고, 제스는 베이스를 연주했고…… 쳇, 이따위 이야기엔 관심도 없겠지? 당신이 알아야 하는 것만 알려주겠다. 우리에겐 어떤 사람들도 지니지 못했던 것이 있었다. 어쩌면 우리 시절 전에는 그런 것을 갖고 있었던 사람들도 있었을 것이다. 롤링 스톤스, 클래시, 후. 하지만 내가 직접 본 사람들 중에는 아무도 없었다. 당신이 우리의 공연을 보러 온 적이 있었으면 좋으련만. 그랬다면 내가 헛소리하는 것이 아니란 것을 알고, 내 말을 귀담아 들어줄 테니까. 컨디션이 좋은 밤이면, 우리는 사람들을 빨아들였다가 32킬로미터 너머로 내뱉었다. 나는 우리가 만든 앨범을 좋아하지만, 사람들이 기억하는 건 앨범보다는 공연이었다. 어떤 밴드들은 그냥 앞에 나가서 자기들 노래를 조금 더 크고 빠르게 연주할 뿐이지만, 우리는 다른 방식을 발견했다. 우리는 노래의 속도를 늦추기도 하고 빠르게 하기도 했고, 우리가 좋아한 노래들이나 우리의 연주를 들으러 온 사람들이 좋아할 노래를 연주하기도 했다. 그래서 우리의 공연은 사람들에게 의미를 갖게 되었다. 요즘 흔한 공연들과는 달리 말이다. 빅 옐로가 라이브 연주를 하면 성령 강림절 예배와 비슷했다. 박수와 휘파람과 환호 대신, 눈물을 흘리고 이를 갈고 방언을 하는 일이 벌어졌다. 우리는 영혼을 구원했다. 만약 당신이 로큰롤을 사랑한다면 글쎄, 엘비스 프레슬리로부터 제임스 브라운을 거쳐 화이트 스트라입스에 이르기까지 전부 다 사랑한다면, 직장을 그만두고 귀가 먹을 때까지 우리의 앰프 속에서 살고 싶을 것이다. 그 공연이 내가 사는 이유였고, 이제 나는 그것이 진심임을 알게 되었다.

내가 나 자신을 속인 것이길 바란다. 정말이다. 그렇다면 힘이 될 것이다. 하지만 우리한테는 웹사이트에 게시판이 있었고, 나는 이따금 거기 글들을 읽어보았는데 사람들도 우리와 같은 느낌을 받는다는 걸 알 수 있었다. 다른 사람들의 게시판도 보았는데 그들에겐 그런 팬이 없었다. 물론 모든 뮤지션에겐 그들의 노래를 사랑하는 팬이 있긴 하다. 그렇지 않고서야 팬이 아니지 않은가? 하지만 다른 게시판을 읽어보면 우리 팬들은 우리 공연에서 특별한 느낌을 받는다는 걸 알 수 있었다. 우리도 그것을 느낄 수 있었고, 팬들도 그것을 느낄 수 있었다. 다만 그런 팬들이 충분히 많지 않은 것이 문제였다. 어쨌든.

제스가 끌려 나간 뒤 모린은 현기증을 느꼈다. 누가 뭐라고 하겠는가? 세상에. 제스가 나한테 그렇게 덤볐다면 나라도 주저앉고 말았을 것이다. 나도 몇 번 그 비슷한 일을 당했으니까. 나는 모린을 데리고 하루 종일, 아니 일 년 내내 햇빛 한 점 들어올 것 같지 않게 생겼지만, 피크닉 테이블과 그릴이 놓여 있는 조그만 옥상 테라스로 나갔다. 그 조그만 그릴은 영국 어디에나 있다. 내가 보기에 그것은 상황을 이기는 희망의 승리를 상징하는 물건 같다. 그 그릴을 갖고 할 수 있는 일이라곤 줄줄 내리는 빗줄기 사이로 창밖에 놓인 그릴을 바라보는 것뿐이니까. 피크닉 테이블에 두어 명의 사람들이 앉아 있었지만, 모린의 상태가 안 좋은 것을 보더니 일어나 안으로 들어갔고 우리가 앉았다. 내가 물을 한 잔 갖다주겠다고 했지만 모린이 마시고 싶지 않다고 해서 우리는 그냥 잠시 앉아 있었다. 그러다 우리는 그릴 옆의 어두컴컴한 구석에서 쉭쉭거리는 소리가 나는 것을 들었고, 잠시 후 그 뒤에 사람이 있다는 것을 알게 되었다. 그는 머리가 길고 콧수염을 알랑하게 기른 젊은 남자였는데, 어둠 속에 쭈그리고 앉아 우리의 시선을 끌기 위해 애쓰고 있었다.

"저기요." 그는 최대한 용기를 내어 크게 속삭였다.

"이야기를 하고 싶으면 이리 와요."

"난 밝은 데로 나갈 수가 없어요."

"밝은 데로 나오면 어떻게 되는데요?"

"어떤 사이코가 날 죽이려 할지도 몰라요."

"여긴 모린과 나밖에 없어요."

"그 사이코는 어딜 가나 있어요."

"하느님처럼 말이죠." 내가 말했다.

나는 테라스 반대편으로 가서 그 옆에 쪼그리고 앉았다.

"뭘 도와줄까요?"

"미국 사람이에요?"

"네."

"아, 안뇽, 친구." 이게 미국식인 줄 알고 즐거워했다면, 이 친구가 어떤 사람인지 아는 데 필요한 건 다 안 셈이다. "저, 파티에 가서 그 사이코가 갔는지 확인해줄 수 있어요?"

"그 남자 생김새는요?"

"여자예요. 알아요, 여자한테도 겁먹는 바보라 생각하는 거죠? 하지만 그 여자는 정말 무섭다고요. 친구가 그녀를 먼저 보고서 나보고 여기 숨으라고 했어요. 데이트를 한 번 했거든요. '몇 번' 한 것도 아니고, 딱 한 번요. 그런데 제정신이 아니기에 그만뒀는데……"

그걸로 충분했다.

"당신이 채스로군요?"

"어떻게 알았어요?"

"나는 제스 친구예요."

오, 그 사람 표정을 봐야 한다. 그는 허둥지둥 일어나더니 뒤쪽 벽을 넘어 탈출하려고 했다. 잠시 나는 그가 다람쥐처럼 벽을 기어 올라가려는 줄 알았다.

"제기랄, 염병할! 미안해요. 제기랄, 나 좀 받쳐주겠어요?" 그가 말했다.

"아뇨, 가서 그녀와 이야기해요. 그녀는, 그녀는, 힘든 나날을 보냈고, 몇 마디만 나눠주면 그녀를 진정시키는 데 도움이 될지도 몰라요."

채스는 웃음을 터뜨렸다. 그것은 제스를 진정시키려면 대화보다는 코끼리용 마취 주사 서너 방이 훨씬 더 쓸모 있다는 걸 아는 사람의 공허하고 절망적인 웃음이었다.

"우리가 데이트한 날 밤 이후로 내가 섹스를 못한 거, 모르죠?"

"그건 몰랐어요, 채스. 어떻게 알겠어요? 신문에 나지도 않았는데."

"너무 무서웠어요. 그런 실수를 다시 할 수 없다고요. 또 다른 여자가 극장에서 나한테 소리를 지르게 할 순 없어요. 다시는 섹스를 못해도 좋아요. 차라리 그게 나으니까. 난 스물둘이라고요. 그러니까 예순 살쯤 되면 어차피 하고 싶지도 않을 것 아니에요? 그러니 사십 년만 참으면 된다고요. 사십 년도 안 될지 모르고. 그 정도는 참을 수 있어요. 여자들은 정말 지랄 맞은 사이코들이라고요."

"그런 말도 안 되는 생각은 그만둬요. 그냥 운이 나빴던 것뿐이니까."

나라고 다른 경험을 한 건 아니었지만, 그 상황에선 이렇게 대답하는 게 옳을 거라 생각해서 한 말이었다. 여자들이 지랄 맞은 사이코들이란 건 사실이 아니었다. 물론 그럴 리 없다. 다만 내가 잔 여자와 채스가 잔 여자만 사이코였던 것이다.

"이봐요, 잠깐 밖으로 나와서 이야기한다고 큰일 날 거 있겠어요?"

"그 여잔 나를 두 번이나 죽이려고 했고, 한 번은 나를 경찰서에 집어넣었어요. 또 나는 펍 세 곳, 미술관 두 곳, 극장 한 곳에서 출입을 금지당했다고요. 또 나는 경찰로부터 경고도 받았어요."

"알았어요, 알았어. 그러니까 최악의 경우 고통스럽게 죽을 수도 있다는 거로군. 하지만 생쥐처럼 그릴 밑에 숨어 있느니 남자답게 죽는 게 낫죠."

모린이 일어나더니 컴컴한 바비큐 코너로 와서 우리와 합류했다.

"내가 제스라면 당신을 죽이려고 할 거예요." 그녀는 나직하게 말했다. 너무 나직해서 머뭇거리는 목소리 속의 폭력성을 가늠하기가 어려울 정도였다.

"봐요, 어딜 봐도 방법이 없다니까요."

"이쪽은 또 뭐예요?"

"난 모린이에요. 왜 책임을 회피하려고 하죠?" 모린이 말했다.

"무슨 책임을 회피한다는 거예요? 난 아무 짓도 안 했다고요."

"제스랑 섹스했다고 말했잖아요. 정확히 그렇게 말한 건 아닐지도 모르겠군요. 그날 밤 이후로 섹스를 안 했다면서요. 그럼 제스랑 잤다는 거 아닌가요." 모린이 말했다.

"흠, 그 섹스 딱 한 번이라고요. 하지만 그땐 그 여자가 지랄 맞은 사이코인지 몰랐어요."

"그래서 그 가엾은 애가 좀 혼란스럽고 마음이 여리다는 걸 알고 나서 도망친 거로군요."

"도망칠 수밖에 없었어요. 그 여자가 날 쫓아다녔어요. 칼을 들고 온 적도 많았어요."

"왜 당신을 쫓아다닌 거죠?"

"왜 이래요? 당신이 무슨 상관이죠?"

"난 사람들이 상처 받는 모습을 보는 건 좋아하지 않아요."

"나는요? 나도 상처 받았다고요. 내 인생은 엉망진창이에요."

자, 보라. 채스는 깨닫지 못했지만 우리, 토퍼스하우스의 4인에게 그런 식의 논리는 먹혀들지 않았다. 우리는 정확히 말해, 엉망진창의 왕과 여왕 들이었다. 채스는 섹스를 포기했지만, 우리는 염병할 인생을 포기할지 말지 정하는 중이었으니까.

"제스와 대화를 해봐야 해요." 모린이 말했다.

"상관 말고 꺼져요." 채스가 말했다. 그러자 딱! 모린이 있는 힘껏 채스의 따귀를 때렸다.

파티장이나 공연 후, 에디가 누군가를 때리는 걸 몇 번이나 봤는지 잘 모르겠다. 어쩌면 에디도 나한테 똑같은 말을 할지 모르겠다. 비록 기억 속의 내 모습은 이따금 폭력 사태에 휘말리는 평화의 사자이고, 그는 아주 가끔씩만 조용하고 정신이 말짱한 전쟁의 사자이긴 하지만. 그렇다. 모린은 아담한 중년 부인 같지만, 그녀가 팔을 휘두르는 것을 보니 그때 일이 모두 기억났다.

모린에 대해서 짚어두어야 할 것이 한 가지 있다. 그녀는 나보다 훨씬 더 배짱이 좋았다. 그녀는 계획했던 것과 전혀 다른 삶이 어떤 것인지, 버티고 살면서 깨달았던 것이다. 나는 그녀가 원래 계획했던 것이 무엇인지 모르지만, 그녀 역시 다른 모든 사람들처럼 꿈이 있었을 것이고, 매티가 태어나자 이십 년이나 버티며 그 보상으로 무엇이 주어질지 기다렸던 것이다. 하지만 아무것도 주어지지 않았다. 그녀의 따귀에는 많은 감정이 담겨 있었고, 그녀의 나이가 된 내가 누군가를 아주 세게 때리는 것을 상상할 수 있었다. 그것도 내가 그녀의 나이가 되고 싶은 마음이 전혀 없는 이유 가운데 하나였다.

·모린·

프랭크는 매티의 아버지다. 어떤 사람들은 자식의 아버지가 누군지 확실치 않다는데 그 생각을 하면 우습기도 하다. 내게는 너무나 분명하기 때문이다. 나는 여태까지 한 남자와만 관계를 가져봤고, 그 한 남자와 딱 한 번 관계를 가졌는데, 평생에 딱 한 번 가진 관계로 매티가 태어났다. 확률이 얼마나 될까? 응? 백만분의 일? 천만분의 일? 모르겠다. 물론 천만분의 일이라고 해도, 전 세계에 있는 수십억 명 중에서 따진다면 나 같은 여자가 꽤 많을 것이다. 하지만 언뜻 천만분의 일이라고 하면, 그렇게 생각되지 않을 것이다. '그거 참 많은데.' 하고 생각하지 않을 것이다.

내가 살아오면서 깨닫게 된 것은 우리가 생각보다 불운 앞에 무방비 상태라는 것이다. 비록 불공평한 것 같아도—그때 한 번 관계를 가진 것만으로 걷지도, 말하지도, 심지어 나를 알아보지도 못하는 애를 갖게 된 것—이 일에 공평함 따위는 큰 상관이 없다. 아이를 낳으려면, 어떤 아이든 낳으려면 그 딱 한 번의 관계로 충분하니까. 결혼한 사람에게만 매티 같은 애가 태어난다거나, 다른 아이가 많은 경우에만, 혹은 여러 남자랑 잤을 때만 매티 같은 애가 태어난다는 법은 없다. 당신과 내가 그런 법이 있어야 한다고 생각하더라도, 그런 법은 없다. 그리고 매티 같은 애를 갖게 되면, '바로 이거야! 이건 내 평생의 불운을 한데 뭉친 거야.'라고 느낄 수밖에 없다. 하지만 운이라는 것이 그런 식으로 움직이는 건지 잘 모르겠다. 매티가 있다고 해서 내가 유방암에 걸리지 않는다거나, 강도를 당하지 않는다는 보장도 없을 것이다. 그래야 한다고 생각하겠지만, 그럴 수 없다. 어떻게 보면 다른 아이, 정상적인 아이를 하나 더 낳지 못한 것이 다행스럽기도 하다. 그랬더라면 하느님이 제공하실 수 있는 것보다 더 많은 보장이 필요했을 것이다.

어쨌든 나는 가톨릭 신자이고 벌을 믿는 만큼, 운을 믿지는 않는다. 우리는 하느님의 벌을 믿는 데는 일가견이 있다. 세계 최고다. 나는 성당의 법을 어기고 죄를 지었고, 그 대가가 매티다. 너무 큰 대가처럼 보일 수도 있지만, 이 죄악은 사소한 것이 아니지 않은가? 그래서 어찌 보면 내가 이런 벌을 받았다는 건 별로 놀랍지 않다. 상당히 오랜 시간 동안 나는 감사하기까지 했다. 왜냐하면 그 벌로 말미암아 내가 땅 위에서 나 자신을 구원할 수 있을 것이고, 훗날 아무런 벌도 받지 않을 것이기 때문이었다. 하지만 이제 나는 확신을 잃었다. 한 가지 죄에 대해 치러야 할 대가가 너무 커서 자살을 하고, 그로써 훨씬 더 큰 죄를 저지르게 된다면, 누군가 계산이 틀렸다는 뜻이다. 누군가가 너무 큰 대가를 요구하고 있는 것이다.

비록 그러고 싶을 때는 많았지만 나는 평생 남을 때려본 적이 없었다. 하지만 그날 밤은 달랐다. 나는 삶과 죽음의 경계 어딘가에 있었고, 토퍼스하우스의 꼭대기로 돌아갈 때까지 무슨 행동을 해도 상관없을 것 같았다. 그리고 그때가 처음으로 나 자신에게서 벗어나 일종의 휴가를 얻었음을 깨달은 순간이었다. 그러자 단지 그럴 수 있다는 이유만으로 그의 뺨을 한 대 더 갈겨주고 싶었지만 참았다. 한 번으로 충분했다. 채스는 쓰러졌다. 나는 그렇게 힘이 세지 않으니 아마도 힘 때문이 아니라 충격 때문에 쓰러졌을 것이다. 그러더니 그는 엎드려 손으로 머리를 감싸 안았다.

"죄송해요." 채스가 말했다.

"뭐가요?" 제이제이가 물었다.

"모르겠어요. 뭐든지요." 채스가 말했다.

"나도 예전에 당신 같은 애인이 있었어요." 내가 말했다.

"죄송해요." 채스가 다시 말했다.

"괴로운 일이에요. 그건 아주 끔찍한 짓이라고요. 누군가와 관계를 갖고서 사라져버리는 것 말이에요."

"이제 알겠어요."

"정말요?"

"그런 것 같아요."

"그러고 엎드려선 아무것도 알 수 없다고요. 좀 일어나봐요." 제이제이가 말했다.

"또 맞고 싶지 않아요."

"당신이 세상에서 제일 용감한 사람은 아니라고 말해도 될까요?" 제이제이가 물었다.

"용기를 드러내는 방법은 아주 많아요. 당신 말이 나한테 물리적인 의미에서 용감하지 않다는 말이라면…… 그래요, 맞는 말이에요. 용감하다고 말한다면 과대평가겠죠." 채스가 말했다.

"흠, 있잖아요, 채스. 그렇게 대놓고 모린처럼 조그만 부인이 겁난다고 인정하는 것도 어쩌면 용감한 것 같아요. 그 솔직함을 높이 사겠어요. 모린, 저 친구를 또 때리진 않을 거죠?"

나는 때리지 않기로 약속했고 채스는 일어났다. 다 큰 남자가 나 때문에 엎드렸다 일어나는 것을 바라보니 묘한 기분이 들었다.

"그릴 밑에 숨어 있는 건 별로 유쾌하지 않죠?" 제이제이가 말했다.

"네, 하지만 달리 방법이 없잖아요."

"제스랑 이야길 해보는 건 어때요?"

"아, 싫어요. 차라리 여기서 평생 살겠어요. 진심이에요. 벌써 이사 갈 생각까지 하고 있다고요."

"뭐라고요? 남의 집 뒷마당으로 이사한다고요? 잔디밭이라도 딸린 곳은 어때요?"

"그게 아니라 맨체스터로 갈 거예요." 채스가 말했다.

"이봐요, 제스가 무서운 건 나도 알아요. 그러니까 지금 이야기를 해야 한다고요. 우리가 함께 있으면 중재해줄 수 있으니까요. 다른 도시로 이사를 가느니 그러는 게 낫지 않겠어요?" 제이제이가 말했다.

"하지만 할 이야기가 뭐가 있어요?"

"혹시 대화로 풀어볼 수도 있잖아요. 함께 말이에요. 그녀를 당신 등에서 떼어내는 방법을."

"어떤 방법 말이에요?"

"당신이 청혼만 하면 제스가 결혼해줄 건 분명한데."

"아, 안 돼요. 그건 말도……"

"농담이에요, 채스. 너무 긴장하지 말아요."

"지금 이건 긴장 풀 때가 아니라고요. 이런 암담한 때에."

"암담한 시기이긴 해요. 제스에다, 맨체스터로 이사 가는 문제에다, 그릴 밑에서 사는 것도 그렇고, 쌍둥이 빌딩도 그렇고, 전부 그렇죠."

"맞아요."

제이제이는 고개를 저었다.

"자, 그럼, 그녀에게 무슨 이야기를 하면 당신을 이 구렁텅이에서 벗어나게 해줄 수 있을까요?"

그러더니 제이제이는 이 모든 상황이 드라마이고 그가 배우이기라도 한 것처럼 그에게 대사를 외게 했다.

· 마틴 ·

나는 이따금 내 손으로 직접 뭔가를 만들어보는 것을 싫어하지 않는다. 나는 딸들의 침실을 스텐실 같은 걸로 직접 장식해주기도 했다(그렇다. TV 카메라가 찍고 있었고, 제작사에서 페인트 한 방울 값까지 다 대주었지만 그렇다고 무시할 일은 결코 아니다). 어쨌든 당신도 직접 꾸미고 만들기를 좋아하는 사람이라면, 이따금 석고로 메우기엔 너무 큰 구멍이 생길 때가 있다는 걸 알 것이다. 특히 욕실에 말이다. 그런 일이 일어났을 때, 대충 때우는 방법은 닥치는 대로 부러진 성냥이든 스펀지 조각이든 손에 닿는 것을 집어다 막는 것이다. 흠, 그것이 그날 밤 채스가 한 역할이었다. 그는 구멍을 틀어막는 스펀지랑 비슷했다. 제스와 채스의 일은 당연히 우스꽝스러웠고, 시간과 에너지의 낭비였으며, 삼류 쇼를 방불케 했지만 우리는 거기 말려들어가 옥상에서 내려왔고, 나는 그의 앞뒤가 안 맞는 말을 듣고 있는 와중에도 그 가치를 알 수는 있었다. 나는 앞으로 몇 주 몇 달 동안 스펀지가 좀 더 필요하다는 것을 알 수 있었다. 어쩌면 자살을 하든 말든, 우리 모두에게 필요한 것은 그것일지도 모른다. 어쩌면 인생이란 석고로 메우기엔 너무 큰 구멍이라 손에 잡히는 대로 사포로 문지르는 사람이든, 대패질하는 사람이든, 열다섯 살짜리든 뭐든 붙잡아다 막아버려야 할 때가 있을지도 모른다.

"안녕, 제스." 채스는 파티장에서 거리로 나와 이렇게 말했다. 그는 저녁 시간 중에 제스와 우연히 마주치길 바라고 있었던 것처럼, 명랑하고 상냥하고 스스럼없는 목소리를 내려고 노력하고 있었지만, 전체적으로 의지가 부족한 것 때문에 들통이 났다. 겁을 먹어서 눈을 마주칠 수 없을 때는 명랑한 척할 수 없다. 그를 보니 어떤 영화에서 지역을 장악하고 있는 마피아에게서 도둑질을 하다 걸려 목숨을 건지기 위해 필사적으로 비위를 맞추던 조무래기 깡패가 생각났다.

"왜 나하고 이야기를 하지 않으려는 거지?"

"응, 맞아. 그걸 알고 싶어할 줄 알았어. 나도 그 생각을 하고 있었거든. 실은 아주 열심히 생각하던 중이야. 왜냐하면, 알잖아…… 그건 별로 맘에 드는 이유는 아니지만 약하기 때문이야, 내가 약해서."

"오버하지 마요." 제이제이가 말했다. 어느 누구도 이 대화가 여느 대화들과 비슷해질 거라고 우겨볼 생각은 전혀 없었다.

"맞아, 그렇지. 자, 우선, 미안하다고 말해야 되겠지. 그런 일은 다시는 없을 거야. 그리고 둘째로 당신은 아주 매력적이고 자극적인 친구니까……"

이번에 제이제이는 그냥 눈에 띄게 기침을 했다.

"그리고 음, 문제는 내가 아니라 당신이야." 채스는 얼굴을 찡그렸다. "아니, 아니지. 문제는 당신이 아니라 나야."

그 순간 대사를 기억하려던 채스는 나와 눈이 마주쳤다.

"어이, 텔레비전에 나오는 그 변태랑 닮았네요. 마틴 뭐라는."

"그 사람이야." 제스가 말했다.

"네가 저 사람을 어떻게 알아?"

"얘기가 길어요." 내가 말했다.

"우린 둘 다 토퍼스하우스 옥상에 있었거든. 둘 다 뛰어내리려고 했었어." 제스가 이렇게 말하는 바람에 긴 이야기를 상당히 단축시켰고, 솔직히 말해 중요한 부분은 다 이야기한 셈이었다.

채스는 이 정보를 뱀이 달걀을 삼킬 때처럼 눈에 보이게 삼켰다. 그 내용이 뇌에 서서히 전달되는 과정이 다 보였다. 채스는 분명 매력적인 점이 많이 있겠지만, 두뇌 회전은 그 안에 들지 않았다.

"당신이 섹스한 그 여자애 때문에요? 아니면 부인이랑 애들이 당신을 버린 것 때문에요?" 채스가 마침내 물었다.

"제스한테 뛰어내리려고 한 이유를 묻지 그러시오? 그게 더 적절하지 않나?"

"입 다물어요. 그건 개인적인 문제니까." 제스가 말했다.

"오, 그럼 내 문제는 개인적인 게 아니고?"

"아니죠. 이젠 아니죠. 모두 다 아니까." 제스가 말했다.

"페니 채임버스는 어때요? 실제로는 말이에요?"

"그 이야기를 하러 여기 나온 거예요, 채스?" 제이제이가 조용히 말했다.

"아뇨. 맞아요, 미안. 텔레비전에 나오는 사람이 거기 서 있으니까 약간 정신이 없군요."

"내가 자리를 비켜주길 바라는 거요?"

"아뇨. 여기 있어줘요." 제스가 재빨리 말했다.

"네 타입이 저 사람일 줄은 몰랐는데. 너무 나이도 많고. 비열한 자식이잖아." 채스는 그렇게 말하고는 깔깔 웃더니 같이 웃을 사람을 찾아 주위를 둘러보았지만, 우리 중에 누구도—하긴, 나는 제외해야 되겠다. 아무리 채스라고 해도, 내가 내 나이나 비열함을 조롱하는 말에 웃으리라고는 기대하지 않을 테니까—전혀 즐거워하지 않았다.

"아, 알았어요. 이런 거군요. 그렇죠?"

그러자 갑자기 깨닫게 되었다. 바로 그거였다. 우리는 모든 면에서 채스보다 진지했다. 제스마저도 그건 알고 있었다.

"머저리 같은 자식. 안 보이는 데로 꺼져버려." 그러더니 제스는 채스를 발로 찼다. 다리를 쭉 뻗어 그의 엉덩이 살집이 제일 좋은 곳을 보기 좋게 걷어찼다. 두 사람은 꼭 만화에 나오는 사람들 같았다.

그렇게 채스 건은 마무리되었다.

· 제스 ·

슬플 때, 그러니까 정말 슬플 때, 토퍼스하우스 수준으로 슬플 때는 똑같이 슬픈 사람들과 함께 있고 싶어진다. 그날 밤까지는 그 사실을 몰랐지만 채스의 얼굴을 보고 나니 갑자기 깨닫게 되었다. 그의 표정엔 아무것도 없었다. 엑스터시 몇 번 한 것 말고는 아무 짓도 하지 않았고, 다음 엑스터시를 어디서 구할까 하는 것 외에는 아무 생각도 없고, 얼굴에 드러내는 것 말고는 아무 감정도 없는 스물두 살짜리 남자의 얼굴일 뿐이었다. 그의 진정한 모습을 드러낸 건 그의 눈이었다. 그가 마틴을 놓고 바보 같은 농담을 하고 우리가 웃기를 바랐을 때, 그 눈빛을 보니 농담에 완전히 몰두해서는 그것 말고는 아무것도 느끼는 게 없어 보였다. 겁먹은 눈빛도 고민하는 눈빛도 아니고, 아무 생각 없이 웃는 눈빛일 뿐이었다. 아기를 간지럽히면 웃을 때랑 같았다. 다른 사람들의 경우에는 농담을 하면(모린은 별로 웃기지 않았지만), 웃고 있는 와중에도 그들이 옥상에 올라간 까닭을 알 수 있었다. 그 순간 웃음에 젖어들지 못하는 어떤 이유가 그 눈빛에 드러났다. 물론 우리가 옥상에 올라간 것은 잘못이라고, 자살은 비겁한 자의 탈출구일 뿐이라고 할 수도 있고, 우리 가운데 누구도 자살할 이유가 충분하진 않았다고 할 수도 있다. 하지만 우리가 죽고 싶은 심정을 느끼지 않았다고 할 순 없다. 사실이 그러니까. 그리고 그 느낌이 무엇보다 더 중요했다. 채스도 그 선을 넘기 전에는 절대 그 느낌을 모를 것이다.

왜냐하면 우리 네 사람은 그랬으니까. 선을 넘었으니까. 우리가 무슨 잘못을 했단 말이 아니다. 단지 우리가 겪은 어떤 일 때문에 다른 많은 사람들과 달라졌다는 뜻이다. 우리는 하늘 높이 떠 있는 네모난 콘크리트 위에 올라가게 되었다는 것 외에는 아무런 공통점이 없지만, 그것이 남과 함께 가질 수 있는 제일 큰 공통점이었다. 모린이 레인코트를 입고, 브라스밴드 연주를 듣는다고 해서 나와 공통점이 하나도 없다고 말하는 건 글쎄, 저 여자애랑 나의 유일한 공통점은 부모님이 같다는 것뿐이야, 라고 말하는 것이나 같다. 채스가 마틴더러 비열한 자식이라고 말하기 전까지는 이런 생각을 전혀 하지 못했다.

또 하나 내가 알게 된 것은 채스가 내게 어떤 말이든지 할 수 있었다는 거였다. 나를 사랑한다든지, 증오한다든지, 외계인에게 붙잡혀갔기 때문에 네가 알던 채스는 다른 행성에 있다든지. 그런데 뭐라고 했든 별 상관이 없었을 것 같다. 나는 해명을 들어야 한다고 생각했지만 그래서 뭐? 그래봤자 내게 무슨 득이 될까? 그 설명을 듣는다고 조금도 더 행복해지지 않았을 것이다. 그건 수두에 걸렸을 때 긁는 거나 똑같다. 긁으면 시원해질 줄 알지만 가려움은 다른 곳으로 옮아가며 자꾸자꾸 계속된다. 문득 내 가려운 곳이 아주 멀게 느껴지고, 세상에서 제일 긴 팔이 있어도 그곳을 긁을 수 없을 것 같았다. 그걸 알고 나니 영원히 가려울 것 같아 겁이 났고, 그런 채로 살고 싶진 않았다.

마틴이 저지른 일은 다 알고 있었지만, 채스가 사라지고 나니 그래도 마틴이 날 안아줬으면 좋겠다고 생각했다. 그가 무슨 짓을 더 하더라도 상관없을 것 같은데, 그는 아무 짓도 안 했다. 오히려 그 반대에 가까웠다. 그는 철조망이 에워싸고 있는 것처럼 나를 우스꽝스럽게 안았다.

미안해요, 내가 말했다. 저 똥자루 같은 놈이 당신한테 욕을 하게 해서 미안해요. 그러자 그는 내 잘못이 아니라고 했고, 나는 물론 내 잘못이라고 했다. 그가 나를 만나지 않았더라면, 새해 첫날부터 비열한 자식이란 소리를 듣는 트라우마를 겪지 않아도 되었을 거니까. 그랬더니 그는 비열한 자식이란 소리는 아주 많이 들었다고 했다(그 말이 맞긴 하다. 그를 안 지 얼마 안 되었는데, 전혀 모르는 사람들이 그에게 비열한 자식이라고 하는 걸 열다섯 번쯤, 나쁜 놈이라는 걸 열 번쯤, 변태라고 하는 것도 그 정도, 멍청이라고 하는 걸 대여섯 번 정도 들은 것 같다. 그 외: 머저리, 쪼다, 미친놈, 빌어먹을 자식 등). 아무도 그를 좋아하지 않는데도 그가 유명하다니 희한한 일이었다. 아무도 좋아하지 않는 사람이 어떻게 유명해질 수 있을까?

마틴은 그게 열다섯 살짜리 여자애 일과는 별 상관이 없다고 했다. 오히려 그 사건 이후로 상황이 약간 나아진 것이라고 한다. 왜냐하면 원래부터 그를 비열한 자식이라고 부르던 작자들은 미성년자와의 섹스를 잘못이라고 생각하지 않는 부류의 사람들이기 때문이다. 그래서 그들은 욕을 하는 대신 '잘해봐, 친구. 힘내, 동지.' 등의 소리를 질렀다. 교도소에 간 것이, 이후 그의 결혼 생활이나 자녀와의 관계, 경력이나 정신 상태에는 도움이 되지 않았지만, 모욕을 당하는 일은 줄었다는 것이다.

하긴 팬이 없더라도 별의별 사람들이 다 유명한 것 같다. 토니 블레어 총리가 좋은 본보기다. 그리고 아침 텔레비전 프로그램이나 퀴즈쇼 사회를 보는 다른 사람들도 마찬가지고. 그들이 많은 돈을 받는 이유는 길거리에서 낯선 사람들이 끔찍한 소리를 퍼붓기 때문인 것 같다. 주차 위반 단속반도 가족과 함께 쇼핑하러 나갔다가 비열한 자식이라는 욕을 듣진 않는다. 그러니까 마틴 같은 사람에게 유일한 장점은 돈을 많이 벌고, 또 영화 시사회와 수상한 나이트클럽에 초대받는 것뿐이다. 그런데 거기 왔다가 봉변을 당한 것이다.

마틴과 껴안았을 때 이런 생각들이 들었다. 하지만 그렇다고 우리 사이가 달라진 건 아니었다. 바깥세상은 새벽 다섯 시였고 우리는 모두 불행했으며, 갈 곳도 없었으니까.

나는 이제 어떡하나 하는 생각이 들었다. 그리고 그날 밤 너무 즐거워서 날이 밝는 것이 싫다는 듯 두 손을 비볐다. 오션에서 흥청망청 놀다가 베스널 그린으로 커피와 베이글을 먹으러 가기 위해 출발할 때처럼. 아니면 마리화나를 피우거나 맥주를 마시러 누구네 아파트로 돌아가거나. 그래서 내가 말했다. 이제 누구네로 가요? 당신 집이 좋을 거 같네요, 마틴. 자쿠지 욕조거품이 나는 스파 기능의 욕조—옮긴이도 있겠죠. 그럼 됐어요. 그랬더니 마틴이 말했다. 아니, 거긴 갈 수 없소. 그리고 참, 내 자쿠지 시절은 끝난 지 오래요. 너무 뚱뚱해서 못 들어간다는 뜻일 리는 없으니까 파산했다는 의미로 알아들었다. 그는 뚱뚱하지 않았으니까. 마틴은 살이 찌도록 내버려두기엔 너무 허영에 사로잡힌 사람이었다.

그래서 내가 이랬다. 음, 괜찮아요. 주전자하고 콘플레이크만 있으면. 그러자 그가 말했다. 그런 건 없어. 그래서 내가 이랬다. 뭐 숨기는 거 있어요? 그는 아무것도 없다고 했지만, 우스꽝스럽게 뭔가 숨기는 것처럼 당황해서 말했다. 그래서 나는 뭔가 짚이는 게 있어서 이랬다. 휴대전화에 메시지 남긴 건 누구예요? 그랬더니 그가 말했다. 아무도 아니야. 그래서 내가 말했다. 아무도 아닌 여자예요, 아무도 아닌 남자예요? 그러자 그가 말했다. 그냥 아무도 아니야. 그래서 나는 그가 왜 우리를 집에 초대하지 않는지 물었고, 그가 말했다. 당신들을 모르니까. 그래서 내가 말했다. 그렇죠. 당신이 그 열다섯 살짜리를 몰랐던 거랑 똑같죠.

그러자 그가 화난 목소리로 말했다. 좋아. 내 집에 가자고. 뭐 안 될 것도 없지.

그래서 우리는 그렇게 했다.

. 제이제이 .

나는 모린이 채스를 때렸을 때 유대감을 느끼긴 했어도, 사실 우리가 아침식사 시간까지 함께 있다가는 음악에 대한 견해 차이로 깨질 거라고 생각했다. 내 새 밴드는 음…… 아침식사 시간이 되면 새로운 새벽, 새로운 희망, 새로운 한 해를 맞게 된다는 뜻이었다. 그리고 악의가 있어서 하는 말은 아니지만, 난 정말이지 밝은 대낮에 이 사람들과 함께 있는 모습을 남에게 보이고 싶지 않았다. 그러니까 특히…… 그중에 몇 명하고는 말이다. 하지만 아침식사 시간과 날이 밝기까지는 아직 두어 시간이 남았으니 마틴의 집으로 그들과 함께 가는 수밖에 없었다. 그 밖의 다른 일을 한다면 이기적이고 친절하지 못한 행동이었을 것이고, 난 여전히 너무 긴 시간을 혼자 있을 자신이 없었다.

마틴은 이즐링턴의 조그만 마을 분위기가 나는 곳에 살았는데, 모퉁이만 돌면 토니 블레어가 살던 집이고, 이웃 분위기는 마틴처럼 어려운 시절을 겪는 사람이라면 함께 지내고 싶지 않은 사람들이 살 것 같았다. 그가 택시비를 냈고 우리는 그를 따라 현관 계단을 올라갔다. 현관 초인종이 서너 개 있는 걸로 보아 건물 전체가 그의 집은 아니라는 것을 알 수 있었지만, 아무튼 내 능력으로는 살 수 없는 곳이었다.

그가 열쇠를 꽂으려다 멈추더니 우리를 향해 돌아섰다.

"들어봐요." 그가 그렇게 말하고서 아무 말도 하지 않아서 우리는 무슨 소리가 나는지 들어봤다.

"아무 소리도 안 들려요."

"아니, 그런 뜻으로 말한 게 아니오. '들어봐요. 할 이야기가 있어요.'라는 뜻이오."

"그럼 말해봐요. 터놓고 말해요." 제스가 말했다.

"시간이 늦었소. 그러니…… 이웃들을 생각해주시오."

"그게 다예요?"

"아니." 그는 숨을 깊이 들이쉬었다. "안에 누가 있을지도 몰라요."

"당신 아파트에?"

"그래요."

"누가요?"

"뭐라고 불러야 할지 모르겠는데. 데이트 상대랄까."

"저녁때 데이트가 있었어요?" 나는 중립적인 목소리로 말하려고 했지만. 세상에…… 그 여자는 저녁 내내 어떤 심정이었을까? 클럽이나 어디 앉아 있다가, 다음 순간 남자가 고층 아파트에서 뛰어내리려고 사라지다니.

"그렇소. 그게 어때서?"

"아뇨. 단지……" 더 이상 이야기할 필요가 없었다. 우리는 나머지를 상상에 맡겼다.

"빌어먹을, 대체 어떤 데이트를 했기에 아파트 옥상에 앉아 있었어요?" 제스가 말했다.

"실패한 데이트지." 마틴이 말했다.

"염병하게 실패한 데이트라고 봐야겠네요." 제스가 말했다.

"그래. 그래서 그렇게 말한 거야." 마틴이 말했다.

그는 아파트 문을 열더니 우리를 먼저 들어가게 했다. 그래서 우리는 마틴보다 먼저 소파에 앉아 있는 그녀를 보았다. 그녀는 그보다 열 살 내지는 열다섯 살 정도 어려 보였고, 텔레비전에서 일기예보를 하는 백치미 스타일의 예쁜 여자였다. 그녀는 비싸 보이는 검정 드레스를 입은 채, 아주 서럽게 울고 있었다. 그녀는 우리를 빤히 쳐다보더니 마틴을 쳐다보았다.

"어디 갔었어요?" 그녀는 가볍게 물어보려 했지만 그럴 수 없었다.

"그냥 나갔었어. 이……" 그는 우리를 가리켰다.

"이 뭐요?"

"알잖아. 사람들을 만났어."

"그래서 파티 도중에 나를 버리고 나갔어요?"

"아니. 그때는 이 사람들을 만날지 몰랐어."

"어떤 사람들인데요?" 그녀가 말했다.

나는 마틴이 뭐라고 대답할지 궁금했다. 대답하면 재미있을 테니까. 하지만 제스가 방해했다.

"당신 페니 채임버스죠?" 제스가 말했다.

그녀는 아무 말도 하지 않았는데, 아마도 우리가 그녀를 보고 있다는 걸 알고 있기 때문인 것 같았다. 우리는 그녀를 찬찬히 살펴보았다.

"페니 채임버스." 모린이 그녀의 이름을 말하면서 물고기처럼 입을 벌렸다.

페니 채임버스는 조금 전과 같은 이유에서 계속 아무 말도 하지 않았다.

"페니와 마틴과 함께 상쾌한 아침을." 모린이 말했다.

역시 아무 반응이 없었다. 영국의 텔레비전 스타들에 대해선 잘 모르지만 그건 알 것 같았다. 마틴이 레지스라면 페니는 케이시 리 미국의 아침 토크쇼 〈레지스와 케이시 리의 라이브〉의 사회자들—옮긴이 였던 것이다. 영국판 레지스가 영국판 케이시 리랑 섹스를 하곤 사라져 자살을 하려던 것이었다. 그건 정말 더럽게 웃기는 일이 아닐 수 없다.

"둘이 사귀고 있어요?" 제스가 페니 채임버스에게 물었다.

"저 사람한테 물어보는 게 나을걸요. 디너파티 도중에 사라진 건 저 사람이니까요." 페니가 말했다.

"둘이 사귀는 사이예요?" 제스가 마틴에게 물었다.

"미안해." 마틴이 말했다.

"질문에 대답해요. 나도 알고 싶으니까." 페니가 말했다.

"그 이야기를 할 때가 아니야." 마틴이 말했다.

"그러니까 미심쩍은 점이 분명 있군요. 그건 몰랐는걸요." 페니가 말했다.

"복잡한 문제야. 그건 알잖아." 마틴이 말했다.

"아뇨."

"내가 불행하다는 건 알잖아."

"그래요. 당신이 행복하지 않은 건 알았어요. 하지만 나 때문에 불행한지는 몰랐어요."

"그건…… 그런 건…… 나중에 이야기하면 안 될까? 둘이서만?"

그는 말을 멈추더니 빤히 쳐다보는 세 사람의 얼굴을 가리켰다. 대개 자살 가능성이 있으면 자기 자신에게만 몰입하는 경향이 있다고 하는데, 그런 경향은 모두에게 해당된다고 봐도 될 것 같았다. 지난 몇 주 동안 나는 온통 내 생각뿐이었다. 그래서 우리는 이 말도 안 되는 대화를 열중해서 듣고 있었는데 첫째, 자기 자신의 문제가 아니었기 때문이고 둘째, 나 자신을 지독한 우울증에 빠뜨릴 대화도 아니었기 때문이다. 그때로선 그건 연인 사이에서 벌어지는 싸움이었고, 그래서 우리는 자기 자신은 잊고 그 이야기에 몰두했던 것이다.

"그럼 언제 우리 둘만 남게 되죠?"

"곧. 하지만 지금 당장은 아니야."

"좋아요. 그럼 그동안 무슨 이야기를 하죠? 여기 친구들 세 분과?"

그 말에 뭐라고 해야 할지 아무도 몰랐다. 마틴이 주인이니까 공통된 화제를 찾는 것은 그의 몫이었다. 그에게 행운을 빌어줄 수밖에.

"당신, 톰이랑 크리스틴한테 전화를 걸어야 할 것 같아요." 페니가 말했다.

"응, 그래야지. 내일."

"당신이 정말 무례하다고 생각할 거예요."

"톰과 크리스틴이 누군가요? 당신들이 저녁식사를 같이 하던 사람들?"

"네."

"그 사람들한테 뭐라고 했어요?"

"저 사람은 화장실에 간다고 했어요." 페니가 말했다.

제스는 웃음을 터뜨렸다. 마틴은 그녀를 흘깃 보더니 자기가 자리를 비우려고 둘러댄 엉터리 같은 소리를 떠올리고는 바닥을 보며 아주 잠깐 빙긋 웃었다. 그건 희한하게 익숙한 순간이었다. 잘못을 저질러서 아빠한테 눈물이 쏙 빠지도록 혼나고 있을 때, 옆에서 구경하던 친구가 웃음을 참으려고 할 때와 같았다. 당신은 그 친구랑 눈을 마주치지 않으려고 한다. 왜냐하면 그렇게 되면 당신도 웃게 되니까. 음, 바로 그런 상황이었다. 어쨌든 페니는 그 장난꾸러기 꼬마 같은 미소를 알아채고 벌떡 일어나 문제의 꼬마에게 달려들었다. 마틴은 그녀에게 맞지 않으려고 손목을 붙잡았다.

"어쩌면 이게 우습다고 생각하죠?"

"미안해. 진심이야. 우습지 않다는 거 알고 있어." 마틴은 그녀를 안으려고 했지만, 그녀는 그를 밀치고 다시 앉았다.

"마실 게 필요해. 이 친구들이 한잔 하고 가도 되겠어?" 마틴이 말했다.

나는 어떤 상황에서도, 어떤 사람과도 한잔 할 수 있지만, 이때만큼은 그러자고 해야 할지 망설여졌다. 하지만 어쨌든 목이 몹시 말랐다.

· 마틴 ·

아파트로 돌아왔을 때에야 비로소 사람들에게 페니가 코로 무엇이든 흡입하고 아무하고나 섹스하는 암캐 같은 여자라고 했던 기억이 났다. 하지만 내가 언제 그런 소리를 했지? 나는 그 후 삼십 분 정도, 그것이 제스가 도착하기 전이었기를, 모린과 나 둘만 있을 때였기를 바라며 기도했다. 제스가 그 말을 들었다면 페니에 대한 내 의견이 그녀의 귀에 들어가리란 사실에는 의심의 여지가 없었다.

두말할 필요도 없지만, 어쨌든 그건 별로 제대로 된 의견도 아니었다. 페니와 나는 동거하는 것도 아니고, 내가 석방된 후로 서너 달 정도 사귄 사이였다. 또 짐작하다시피 페니는 그 시간 동안 상당한 불편을 감내해야 했다. 우리는 서로 사귄다는 사실이 언론에 공개되는 것을 원치 않아서 아무 데도 나가지 않았고, 딱히 필요 없을 때에도 선글라스와 모자를 쓰고 다녔다. 나는 전처와 아이가 있고, 그 사실은 지금도 앞으로도 변함없을 것이다. 나는 후진 케이블 채널에 파트타임으로 나가는 것밖에 일도 없었다. 그리고 앞에서도 말했지만, 나는 별로 유쾌한 사람도 아니다.

우리한테는 과거가 있었다. 우리가 공동으로 사회를 맡고 있었을 때 잠시 외도를 한 적이 있었는데, 그때 우린 각자 결혼한 상태여서 그 외도는 고통스럽고 슬프게 끝났다. 그리고 마침내, 타이밍 나쁜 사건들과 여러 차례의 맞고소 끝에 우리는 다시 합쳤지만 이미 감정은 한풀 꺾인 상태였다. 나는 더러워진 물건이 되어 있었다. 나는 파산했고 일자리도 잃은 만신창이가 되어 밑바닥까지 고꾸라졌다. 반면 그녀는 여전히 최고의 자리에서 아름답고, 젊고, 유능한 사회자로서 매일 아침 수백만을 향해 방송하고 있었다. 나는 그녀가 향수와 동정심 외에 다른 어떤 이유에서 나와 함께하고 싶어한다는 걸 믿을 수 없었고, 그녀도 그렇지 않다고 나를 설득시킬 수는 없었다. 몇 년 전 신디가 끔찍한 독서 그룹 중 한 곳에 참석했는데, 불행하고 억압당한 중산층 레즈비언들이 이해도 못하는 소설을 놓고 오 분 동안 이야기를 하더니, 나머지 시간 내내 남자들이 얼마나 끔찍한지에 대해 투덜거리며 보내더라고 했다. 어쨌든 그녀는 한 백 살쯤 되어서야 겨우 합치게 되는 커플이 나오는 책을 읽었다. 그녀는 그 책을 좋아해서 나더러도 읽으라고 했는데, 내가 그 책을 다 읽는 데는 그 주인공들이 짝을 짓는 데 걸린 시간만큼이나 오래 걸렸다. 흠, 우리의 관계도 그런 느낌이었다. 비록 그 책에 나오는 늙은이들이 페니와 나보다 더 즐거운 시간을 보냈지만 말이다. 크리스마스 몇 주 전, 자기혐오와 절망이 절정에 달했던 나는 그녀에게 꺼지라고 했고, 그래서 그녀는 그날 밤 쇼에 게스트로 초대한 TV 요리사와 데이트를 했다. 그는 그녀에게 난생처음으로 코카인을 해보게 만들었고 결국 침대에 들어갔지만, 그녀는 이튿날 아침 펑펑 울며 나를 만나러 왔다. 그래서 나는 모린에게 그녀가 코로 뭐든지 다 흡입하고 아무하고나 섹스하는 암캐 같은 여자라고 말했던 것이다. 지금 와서 생각하니 좀 심한 말 같다.

그래서 마음을 터놓은 대화와 역정을 몇 백 번씩 주고받고, 수십 번씩 헤어지고, 몇 번의 주먹질—급히 덧붙이자면 그녀가 한 것이다—까지 오간 뒤, 페니는 내 소파에 앉아 나를 기다리고 있게 된 것이다. 우리가 예정에 없던 옥상 파티를 열지 않았더라면, 페니는 아주 오래 기다려야 했을 것이다. 나는 그녀에게 쪽지 한 장 남길 생각도 없었는데, 그것도 지금에 와서야 약간 후회가 된다. 어째서 우리는 이 관계가 어떻게든 발전할 수 있을 거라는 한심한 착각에서 벗어나지 못했을까? 모르겠다. 페니에게 대체 왜 그러냐고 물었을 때, 페니는 그저 나를 사랑한다고만 대답했는데, 그런 대답은 질문에 설명을 해주기보다는 더 혼란스럽고 헷갈리게 만드는 것 같았다. 나는…… 흠, 어쩌면 당연한 일일지도 모르겠지만, 나는 페니를 보면 모든 것이 뒤틀리기 시작하기 전의 시절이 떠올랐다. 신디를 만나기 전, 열다섯 살짜리를 만나기 전, 교도소에 가기 전. 나는 페니와 잘되면 다른 일들도 잘될 수 있다고 생각했다. 마치 젊은 시절이라는 것이 마음 내킬 때마다 찾아갈 수 있는 것이기라도 하듯이, 어떻게든 예전의 나 자신으로 돌아갈 수 있을 것 같았다. 중요한 사실은 그렇지 않다는 것이다. 그걸 아는 사람이 누가 있었을까?

내가 당면한 문제는 모린, 제이제이, 제스와의 관계를 설명하는 것이었다. 그녀에게 사실을 알리면 상처를 입고 심란해할 것이고, 그렇다고 얼버무릴 거짓말을 찾는 것도 어려울 것이다. 우리가 서로 어떤 관계가 될 수 있을까? 우린 직장 동료처럼 보이지도 않고, 시 낭송 모임 회원처럼 보이지도 않고, 클럽에 다니는 사람이나 약물 상용자처럼 보이지도 않았다. 굳이 말하자면, 문제는 모린이 어떤 것에도 들어맞지 않는다는 점이었다. 약물 상용자처럼 생기지 못했다는 것을 문제라고 부를 수 있다면 말이다. 그리고 그들이 동료이거나 약물 상용자라 하더라도 그들을 그토록 필사적으로 만나고 싶었던 까닭을 설명하기 어려울 것이다. 나는 페니와 우리를 초대한 이들에게 화장실에 간다고 말했던 것이다. 그런 다음, 어째서 나는 새해 자정을 삼십 분 앞두고 현관문을 박차고 나가 무슨 이름 모를 단체의 연례 모임에 참석한 것일까?

그래서 나는 설명할 것이 아무것도 없다는 듯 지나가기로 결심했다.

"미안해, 페니. 여기는 제이제이, 모린, 제스야. 제이제이, 모린,

제스, 이쪽은 페니요.”

페니는 내가 벌써 거짓말을 시작했다는 듯, 소개조차 믿을 수 없다는 표정이었다.

“하지만 저 사람들이 누군지는 아직 말해주지 않았잖아요.”

“누구라니……?”

“그러니까 어떻게 알게 된 사이고 어디서 만났냐고요.”

“이야기하자면 길어.”

“상관없어요.”

“모린은…… 우리가 어디서 만났죠, 모린? 제일 처음 만난 것이?”

모린은 나를 빤히 쳐다보았다.

“참 오래된 일 아니오? 좀 있으면 생각나겠죠. 그리고 제이제이는 예전 채널5에 있을 때 알던 친구고, 제스는 제이제이의 여자친구요.”

제스는 내가 바라던 분위기를 연출하기에는 너무 우스꽝스럽게 제이제이와 팔짱을 꼈다.

“그럼 저 사람들 오늘 밤에 모두 어디 있었어요?”

“저 친구들도 다 귀가 있어. 바보도 아니고. 저 친구들은…… 귀먹은 바보가 아니라고.”

“당신들 모두 오늘 밤에 어디 있었어요?”

“그러니까…… 저…… 파티에 있었어요.” 제이제이가 머뭇거리며 말했다.

“어디요?”

“쇼어디치요.”

"누가 연 파티였죠?"

"누구였지, 제스?"

제스는 주인이 누구인지 아무도 모르는 광란의 파티였다는 듯 어깨만 으쓱했다.

"그럼 당신은 왜 거기 가고 싶었죠? 열한 시 반에? 디너파티 도중에? 나는 내버려두고?"

"그건 나도 모르겠어." 나는 곤혹스러우면서도 동시에 미안한 표정을 지으려고 해보았다. 그 표정과 함께 우리가 무지와 당혹감이 허용되는 복잡하고 예측 불가능한 인간 심리의 영역으로 넘어왔기만을 바랐다.

"누구 딴 여자 생겼죠, 그렇죠?"

누구 딴 여자라니? 어떻게 그게 이 상황을 설명할 수 있단 말인가? 어떻게 딴 여자가 생긴 것 때문에 중년 여자, 십 대 펑크족, 가죽 재킷에 로드 스튜어트 헤어스타일70년대 록 가수 스튜어트의 성난 사자의 갈기를 연상시키는 머리 모양—옮긴이을 한 미국인을 집에 데려와야 한단 말인가? 만약 그렇다면 대체 어떤 사연이 될까? 하지만 생각해보니 페니가 이와 비슷한 일을 겪어보았고, 그래서 부부 사이에 어떤 수수께끼 같은 일이 벌어지면 보통 불륜이 해답임을 알고 있을지도 모른다는 생각이 들었다. 만일 내가 가수 쉬나 이스턴이나 미 국방장관 도널드 럼즈펠드를 데리고 들어왔더라도, 페니는 아마 몇 초 동안 머리를 긁적이다 정확히 똑같은 말을 했을 것이다.

다른 상황, 다른 때였더라면 정확한 결론이기도 했을 것이다. 신디 몰래 외도를 할 때, 비록 자화자찬이긴 하지만 나는 머리를 꽤 잘 굴렸다. 한번은 새로 산 BMW를 벽에다 박은 적도 있었는데,

오로지 귀가 시간이 네 시간 늦어진 것을 설명할 필요가 있었기 때문이었다. 신디는 길에 나와 쭈그러진 보닛을 살펴보고, 나를 쳐다보더니 이렇게 말했다. "누구 딴 여자가 생겼군요, 그렇죠?" 물론 아니라고 했다. 하지만 어떤 것이든—새 차를 부수는 것이든, 도널드 럼즈펠드에게 새해 첫날 새벽부터 이즐링턴의 아파트로 와달라고 하는 것이든—사실을 말하는 것보다는 쉽다. 모든 상처와 분노와 혐오를 억누르고 있는, 마음속이 훤히 다 들여다보이는 그 표정, 그 눈빛을 보느니…… 그걸 피하기 위해서라면 그 정도 수고를 마다할 사람이 어디 있겠는가?

"응?"

내 대답이 늦어진 것은 상당히 복잡한 암산의 결과였다. 나는 두 가지의 합 중에 어느 것의 손해가 가장 적은지 셈을 하던 중이었다. 하지만 결국 대답이 늦어지자 잘못을 인정하는 것으로 해석되었다.

"이 나쁜 자식."

코카인과 요리사가 개입된 그 불운한 사건 이후로, 나도 그것과 똑같은 짓을 한 번 할 자격이 있음을 지적하고 싶은 마음도 잠시 들었지만, 그래봐야 그녀가 떠나는 시간이 늦추어질 따름이었다. 나는 무엇보다도 새로 사귄 친구들과 내 집에서 취하고 싶었다. 그래서 아무 말도 하지 않았다. 그녀가 나가면서 문을 쾅 닫는 소리에 모두 깜짝 놀랐지만 나는 충분히 예상했던 일이다.

· 모린 ·

나는 욕실 앞 카펫 위에다 토하고 있었다. 음, '카펫'이라고 하긴 했지만, 실은 카펫이 있어야 할 자리라고 하는 편이 더 맞겠다. 아무래도 상관없다. 나중에 치우기 훨씬 더 쉬웠으니까. 나는 집 안 실내 장식을 해주는 텔레비전 프로그램을 꽤 자주 보는 편인데, 그것들을 볼 때마다 아직 쓸 만한 두툼하고 좋은 카펫을 내다버리라고 하는 까닭을 이해할 수 없었다. 하지만 지금 와서 생각하니, 그 집에 사는 사람들이 잘 토하는 사람인지 아닌지 확인하기 위해 그랬던 게 아닌가 싶다. 젊은 사람들 중에는 바닥에 아무것도 깔지 않는 이들이 많던데, 물론 그들은 나이 많은 사람들보다 바닥에 토하는 경우가 많을 것이다. 맥주도 많이 마시고 하니까. 그리고 요즘에는 약도 많이 하니까. 그럴 것 같다(약 때문에도 토하게 될까? 내 생각에는 그럴 것 같은데). 그리고 이즐링턴에 사는 젊은 가족들도 카펫을 별로 좋아하지 않는 모양이다. 하지만 그건 아기들도 늘 여기저기 토하고 다니기 때문일지도 모른다. 그러니까 마틴도 잘 토하는 모양이다. 아니면 토하는 친구들이 많을지도 모른다. 나처럼 말이다.

나는 술을 잘 못 마시기 때문에 토했다. 또 하루 종일 아무것도 먹지 못한 이유도 있었다. 십이월 삼십일 일에는 너무 긴장해서 아무것도 먹을 수 없었고, 또 먹어야 할 이유도 전혀 없는 것 같았다. 나는 매티의 죽도 전혀 먹지 않았다. 음식을 왜 먹을까? 연료 아닌가? 사람을 움직이게 만들어주기 때문이다. 그런데 나는 정말로 계속 움직이고 싶지 않았다. 배부른 상태로 토퍼스하우스에서 뛰어내리는 것은 연료를 가득 넣은 차를 파는 것처럼 낭비 같았다. 그래서 위스키를 마시기 전부터도 나는 어지러웠다. 파티에서 마신 백포도주 때문이었다. 두 잔 정도 마시자 방이 빙글빙글 돌기 시작했다.

페니가 떠난 뒤 한동안 우리는 아무 말이 없었다. 우리는 슬퍼해야 할지 어떨지도 알 수가 없었다. 제스가 페니를 따라나가 마틴에게 딴 여자가 생긴 것이 아니라고 말해주겠다고 하자, 마틴은 우리가 거기서 하고 있었던 일을 어떻게 설명할 셈이냐고 물었고, 제스는 사실대로 말하는 것도 그렇게 나쁘진 않을 거라고 했다. 마틴은 자신이 자살할 생각을 하고 있었다고 하느니 차라리 페니가 자길 나쁘게 생각하는 게 낫다고 했다.

"당신은 미쳤어요. 우리가 어떻게 만났는지 알면 페니는 당신을 아주 가엾게 생각할 거라고요. 어쩌면 동정하는 마음에 잠자리를 함께 해줄지도 모르잖아요." 제스가 말했다.

마틴은 웃었다. "그렇게 될 것 같진 않아, 제스." 그가 말했다.

"왜요?"

"왜냐하면 만일 그녀가 우리가 어떻게 만났는지 알게 된다면, 정말 심란해하겠지. 자기 책임도 있다고 생각할 것이고. 자기 애인이 너무 불행해서 죽고 싶어한다는 걸 알게 되는 건 끔찍한 일이야. 자기반성의 시간이 될 테고."

"그렇죠. 그리고……"

"그리고 나는 몇 시간씩 그녀의 손을 잡고 있어야 할 거야. 나는 그녀의 손을 잡고 싶지 않아."

"그래도 결국엔 같이 잘 수 있을 거라고요. 쉬울 거라곤 말하지 않았어요.”

이따금 제스도 불행한 사람이라는 걸 기억하기 힘들 때가 있다. 나머지 세 사람, 우리는 아직 충격 상태였다. 나는 분명 자살하기 위해 집을 나섰는데 지금은 유명한 텔레비전 쇼 프로 사회자의 집 거실에서 위스키를 마시고 있다. 이 어지러운 상황은 제이제이와 마틴도 마찬가지라는 것을 알 수 있었다. 하지만 제스의 경우는 옥상에서 있었던 일은 머리를 문지르거나 앉아서 차를 마시는 일과 다름없이 사소한 사건일 뿐이었고, 그러고는 남은 하루를 계속하는 사람 같았다. 그녀가 동정심으로 맺는 성관계라든가, 그 밖에 머리에 떠오르는 대로 말도 안 되는 소리를 하는 동안, 대체 무엇 때문에 옥상까지 그 계단을 올라갔는지 알 수 없었다. 그녀는 원기 왕성했고, 눈을 반짝거리며 즐거워하는 것이 눈에 보였다. 우리는 즐겁지 않았다. 자살하는 건 아니었지만, 즐겁지도 않았다. 우리는 모두 자살 직전까지 갔었다. 하지만 우리 중에서 제스가 자살에 가장 가까이까지 갔었다. 제이제이는 옥상으로 겨우 나오기만 했다. 마틴은 옥상 가장자리에 걸터앉아 있었지만, 실은 그럴 용기가 없었던 것이다. 나는 방 벽 반대편으로 넘어가지도 못했다. 하지만 마틴이 제스의 머리를 깔고 앉지 않았더라면 제스는 분명히 뛰어내렸을 것이다.

“게임이나 해요.” 제스가 말했다.

“……집어치워.” 마틴이 말했다.

거친 말로 계속해서 충격을 받는 것은 불가능했다. 나도 따라서 욕을 하는 지경까지 가고 싶지 않았기 때문에, 그날 밤이 끝나가는 것이 다행스러웠다. 하지만 욕설에 적응하고 보니 뭔가 깨닫게 되었다. 그동안 내게는 아무것도 변한 것이 없었다는 것이다. 마틴의 아파트에서 나는 나 자신, 바로 몇 시간 전의 나 자신을 돌아보고, '아, 나는 그때 다른 사람이었어. 조금만 나쁜 말이 들려도 화를 내는 귀여운 여자!'라고 생각할 수 있었다. 나는 그날 밤이 지나는 동안에도 늙어갔다. 어릴 때는 내가 갑자기 다른 사람이 되었다는 느낌에 익숙했다. 어느 날 아침 일어나 어떤 사람한테 반했다는 사실, 혹은 어떤 종류의 음악을 좋아했다는 사실을 믿을 수 없게 되곤 했다. 비록 그게 몇 주 전 일이었다 하더라도 말이다. 하지만 매티를 낳은 이후로 모든 것이 멈추었고, 어떤 것도 변하지 않았다. 바로 그것이 사람의 마음을 죽게 하는 것이고, 결국 몸도 죽고 싶게끔 만드는 것이다. 사람들은 온갖 이유에서 아이를 낳겠지만, 그 이유 가운데 하나는 그 아이들이 자라 인생이 앞으로 나아가고 있다는 느낌을 받기 위해서일 것이다. 아이들이 당신으로 하여금 인생의 여정을 걷게 하는 것이다. 하지만 매티와 나는 버스 정류장에 눌러앉아 있었다. 매티는 읽기와 쓰기는커녕 걷지도 말하지도 못했다. 매티는 단 하루도 빠짐없이 똑같은 상태였고, 인생 역시 하루도 빠짐없이 똑같은 상태였으며, 나도 똑같은 상태였다.

별것 아니라는 건 나도 알지만, 하룻밤에 욕설을 수백 번 듣는 것, 그것만으로도 내게는 뭔가 다른 일, 뭔가 새로운 일이었다. 옥상에서 처음 마틴을 만났을 때 그가 쓰는 말에 온몸이 움츠러들었지만, 이제는 헬멧을 쓰고 있는 것처럼 그런 소리를 들어도 꿈쩍하지 않게 됐다. 음, 그럴 수밖에 없지 않을까? 하룻밤에 삼백 번씩이나 똑같은 일에 움찔거린다면 정말 진짜 바보 아닐까. 며칠만 더 이렇게 살아보면 또 무엇이 달라질지 궁금해졌다. 벌써 나는 남을 때렸고, 이제 코카콜라에 위스키를 타서 마시고 있다. 텔레비전에 나오는 사람들이 "당신은 좀 더 나다녀야 해."라고 말하는 이유를 이제야 알 것 같았다.

"가련한 사람." 제스가 말했다.

"음, 맞아. 바로 그거야." 마틴이 말했다.

"내가 뭐랬는데요?"

"나더러 가련한 사람이라고 했잖아. 내 인생에서 정확히 이 지점, 특히 오늘 같은 밤, '가련한'은 매우 적절한 단어야. 이제야 알게 된 모양이지만, 나는 정말 가련한 놈이야."

"뭐, 아직도 말이에요?"

마틴이 웃었다. "그래, 아직도. 오늘 밤 그렇게 즐거웠는데도 말이야. 지난 몇 시간 동안 바뀐 게 도대체 뭐지? 나는 여전히 전과자잖아? 그런 것 같은데. 열다섯 살짜리랑 잔 건? 유감스럽게도 그 점도 별로 변한 게 없는 것 같군. 내 이력은 여전히 파탄 상태이고, 나는 아직도 아이들과 만날 수 없는 상태야. 불행히도 아직도 그런 상태야. 쇼어디치에서 당신의 재미있는 친구들과 파티에 참석하고, 비열한 어쩌고 하는 욕을 들었는데도 말이야. 정말 지독하게 불만투성이 아냐, 응?"

"우리가 함께 모여서 기분이 나아진 줄 알았는데……"

"정말? 정말 진심으로 그렇게 생각한 거야?"

"네."

"그렇군. 고통을 나누면 반이 된다고. 그래서 우리가 넷이니까 벌써 사분의 일이 됐단 말이군. 그런 건가?"

"당신들 모두 덕분에 나는 기분이 좋아졌어요."

"그래. 잘됐군."

"그게 무슨 말이에요?"

"아무것도 아냐. 네 기분이 나아졌다니 다행이야. 네 우울증은 필시…… 우리보다 고치기 쉬웠던 모양이지. 경증이라고나 할까. 넌 운이 아주 좋아. 불행히도 제이제이는 여전히 죽을병에 걸려 있고, 모린은 여전히 중증 장애인 아들이 있고, 내 인생은 여전히 엉망진창이지. 솔직히 말하면 제스, 술 몇 잔 하고 모노폴리 게임보드게임의 하나로 부동산 취득 게임—옮긴이을 한다고 해서 어떻게 도움이 되는지 모르겠어. 모노폴리 게임 한판 할까, 제이제이? 그게 그 CCR이란 병에 도움이 될까? 아님 안 될까?"

나는 충격을 받았지만, 제이제이는 아무렇지도 않은 모양이었다. 그는 웃으면서 "안 될 거 같아요."라고 대답할 뿐이었다.

"모노폴리를 하자고 할 생각은 아니었어요. 모노폴리는 시간이 너무 오래 걸린단 말이에요." 제스가 말했다.

그때 마틴이 제스에게 뭐라고 소리를 질렀지만, 나는 속이 울렁거리기 시작해서 제대로 듣지 못했다. 나는 배를 움켜쥐고 화장실로 달려갔다. 하지만 앞에서 말했듯이 화장실까지 들어가진 못했다.

"하느님 맙소사, 이런 젠장!" 내가 토해놓은 것을 보더니 마틴은 이렇게 말했다. 하지만 그런 욕설에는 적응할 수가 없었다. 그분이 들어가는 욕설 말이다. 그것만은 결코 괜찮다고 생각하는 일이 없을 것이다.

. 제이제이 .

CCR이란 소리를 한 것이 후회되기 시작하던 참이라 모린이 마틴 집의 회갈색 마룻바닥에 위스키와 콜라를 온통 토했을 때 나는 마음이 놓였다. 나도 토하고 싶은 기분이 들었는데, 토하기까지 했더라면 참 불쾌한 새해 첫날이 되었을 것이다. 벌써 고층 아파트에서 뛰어내릴 생각을 하고, CCR에 대한 거짓말로 시작된 불쾌한 출발에 또 한 가지를 보탠 셈이 되었을 테니까. 어쨌든 갑자기 우리 모두 모린 곁에 둘러서서 등을 두드려주고 물을 갖다주는 상황이 되어서 마음이 놓였다. 토하고 싶은 순간이 지나갔으니까.

사실 나는 죽어가는 사람처럼 느껴지지 않았다. 나는 이따금 죽고 싶은 사람처럼 느껴졌지만, 거기에는 차이가 있었다. 죽고 싶은 사람은 분하고, 인생이 싫증나고, 절망적이고, 지루하고, 기진맥진한 기분이 한꺼번에 든다. 그런 사람은 아무하고나 싸우고 싶고, 공처럼 동그랗게 몸을 말아 싱크대 어딘가에 숨어버리고 싶다. 그는 모두에게 미안하다고 말하고, 모두 그를 얼마나 심하게 절망시켰는지 알아주었으면 한다. 죽어가는 사람에겐 그런 느낌이 들 것 같지는 않다. 죽어가는 것이 내가 생각하는 것보다 더 나쁘지만 않다면 말이다(그런데 그렇지 않으리란 법도 없지 않나? 다른 모든 일이 내가 생각한 것보다 더 나쁜데, 죽어가는 일만 다를 까닭이 없긴 하다).

"민트 사탕을 하나 먹고 싶어요. 내 핸드백에 들어 있어요." 모린이 말했다.

"핸드백이 어디 있죠?"

그녀는 잠시 아무 말도 없더니 나지막이 앓는 소리를 냈다.

"또 토할 거면 부탁인데 변기까지 2미터만 더 기어가주겠소?" 마틴이 말했다.

"그게 아니에요. 내 핸드백요. 옥상에 놔두고 왔어요. 마틴이 철망에 구멍을 뚫어놓은 자리 바로 옆에 있어요. 안에는 열쇠랑 민트 사탕이랑 동전 2파운드밖에 없지만 말이에요." 모린이 말했다.

"사탕은 구해다 줄 수 있소. 그게 문제라면 말이오."

"나한테 껌이 있어요." 제스가 말했다.

"껌은 별로 좋아하지 않아. 어쨌든 정신을 좀 놓고 있었나 봐요. 그리고 정신을 차리려고도 하지 않았던 게……" 모린이 말했다.

그녀는 그 문장을 끝맺지 않았다. 그럴 필요가 없었다. 우리 모두 일부러 정신 차리려고 애쓰지 않았으니까. 이유는 뻔했다.

"그럼 사탕을 갖다주겠소. 이를 닦고 싶으면 닦으시오. 페니의 칫솔을 써도 좋소." 마틴이 말했다.

"고마워요."

모린은 일어서더니 다시 바닥에 주저앉았다.

"어쩌죠? 가방 말이에요."

우리 모두에게 묻는 질문이었지만 마틴과 나는 제스를 쳐다보았다. 아니, 우리는 대답을 알고 있었지만 그 대답은 다른 질문의 형태로 나와야 했고, 그날 밤을 보내는 동안 그런 질문을 아무렇지도 않게 할 만큼 둔한 사람은 바로 제스라는 것을 우리 둘 다 깨우쳤던 것이다.

"중요한 건," 신호가 떨어지자마자 제스가 말했다. "그게 꼭 필요한가요?"

"아." 가방에 관한 암시가 이해되자 모린이 대답했다.

"내 말뜻 알겠어요?"

"응, 알겠어."

"필요할지 어떨지 모르겠으면 모르겠다고만 말해요. 왜냐하면 알잖아요. 중요한 문제니까. 다그치고 싶진 않거든요. 하지만 필요 없을 게 분명하면 지금 말해주는 게 나을 거예요. 그러면 우리 모두 쓸데없이 움직이지 않아도 되니까요."

"나랑 같이 가달라는 건 아니야."

"같이 가고 싶을 거예요. 그렇지 않나요?" 제스가 말했다.

"열쇠가 필요 없다는 것만 확실하면 여기서 하루 지내도 돼요. 사람들 걱정은 말아요." 마틴이 말했다.

"알겠어요. 그래요. 사실…… 생각해봤는데, 모르겠어요. 그 문제를 생각하는 건, 몇 시간 미뤄두기로 했거든요." 모린이 말했다.

"좋아요. 그만하면 됐소. 돌아갑시다." 마틴이 말했다.

"괜찮아요?"

"전혀 상관없소. 핸드백이 없다고 자살하는 건 바보 같은 짓이오."

토퍼스하우스에 돌아갔을 때, 나는 이반의 오토바이를 거기 놔두고 온 것을 깨달았다. 오토바이는 그 자리에 없었고, 이반은 그렇게 나쁜 사람이 아니었기 때문에 미안한 마음이 들었다. 그는 롤스로이스를 타며 시가를 피우는 자본가도 아니었는데. 그는 몹시 가난했다. 실은 그도 가게에서 쓰는 오토바이를 타고 돌아다닐 정도였다. 어쨌든 이렇게 되고 보니 그를 다시 만날 수도 없었다. 그래도 그날그날 일당을 받는 최저임금 직종의 장점이라고 해봤자,

횡단보도 앞에서 남의 차 유리창을 닦는 사람과 같은 돈을 번다는 것 정도니까 그리 아쉬울 건 없었다.

“나도 여기 차를 놔두었소.” 마틴이 말했다.

“그것도 없어졌어요?”

“문도 잠그지 않았고 열쇠를 꽂아두었소. 자선 차원에서 그랬소. 더 이상 착한 일도 못할 테니까.”

하지만 백은 모린이 둔 자리, 옥상 구석에 그대로 있었다. 그 위에 올라갈 때까지는 우리가 동이 틀 때까지 살아남았다는 사실을 깨닫지 못했다. 파란 하늘에 햇살이 환한 새벽다운 새벽이었다. 우리는 옥상을 돌아다니며 바깥을 내다보았고, 사람들은 내게 런던에 온 미국인을 위한 관광을 시켜주었다. 성 바울 성당, 강가의 런던아이 템스 강변에 있는 거대한 회전 관람차 — 옮긴이, 제스의 집.

“이제 무섭지 않군.” 마틴이 말했다.

“그렇죠? 가장자리 너머 봤어요? 무시무시해요. 어두울 때가 훨씬 더 경치가 좋다고 봐요.” 제스가 말했다.

“떨어지는 것에 대한 이야기가 아니야. 런던 말이야. 괜찮아 보이는군.” 마틴이 말했다.

“아름다워 보이네요. 마지막으로 이렇게 많이 본 게 언젠지 기억도 나지 않아요.” 모린이 말했다.

“그런 말도 아니오. 그러니까…… 글쎄, 온갖 불꽃놀이에, 사람들은 활보하고 있고, 우리는 달리 갈 곳이 없어 여기까지 쫓겨왔던 거요.”

“그렇겠죠. 당신의 디너파티만 빼면. 당신은 거기 초대받았잖아요.” 내가 말했다.

"거기 아는 사람은 아무도 없었어. 불쌍해서 초대해준 거였지. 나는 어울리지 못했어."

"이제 어울리는 기분이에요?"

"저 아래에는 날 소외시킬 것이 없어. 다시 대도시일 뿐이지. 봐요, 저 사람도 혼자요. 저 여자도 혼자고."

"저 여잔 빌어먹을 주차 단속 요원이라고요." 제스가 말했다.

"그래. 저 여자도 혼자야. 오늘 저 여자는 나보다도 친구가 적어. 하지만 어젯밤에는 어딘가 테이블 위에 올라가 춤을 추었겠지."

"아마 다른 주차 단속 요원들하고 말이죠." 제스가 말했다.

"하지만 나는 다른 TV 사회자들하고 어울리지도 못했어."

"다른 변태들하고도." 제스가 말했다.

"그래. 동감이야. 난 혼자였어."

"디너파티에 모였던 사람들은 빼고 말이죠. 하지만 그렇죠. 무슨 말인지 알겠어요. 그래서 제야에 자살하는 사람이 그렇게 많은 거겠죠." 내가 말했다.

"그다음은 언제지?" 제스가 물었다.

"다음 십이월 삼십일 일이겠지." 마틴이 말했다.

"그래요, 그렇죠. 하하. 그다음으로 많이 죽는 날 말이에요."

"밸런타인데이일 거야." 마틴이 말했다.

"그래요? 6주 뒤?" 제스가 말했다. "그럼 6주 더 살아보죠. 그거 어때요? 밸런타인데이에도 모두 끔찍한 기분이 될 거라고요."

우리는 모두 그 제안을 곰곰이 생각해보았다. 6주 정도면 괜찮을 것 같았다. 너무 긴 것 같지도 않았다. 6주면 인생이 달라질 수도 있었다. 중증 장애인 아들을 돌보는 일만 아니라면. 혹은 경력이 바람과 함께 사라진 게 아니라면. 혹은 전국의 웃음거리가 된 게 아니라면.

"6주 뒤에 어떤 기분일지 알겠어?" 모린이 내게 물었다.

아, 그렇다. 죽을병에 걸린 게 아니라면 말이다. 그런 경우에도 인생은 별로 변하지 않을 것이다.

나는 어깨를 으쓱했다. 대체 기분이 어떨지 내가 어떻게 안단 말인가? 이 병은 신제품이었다. 아무도, 나조차도 그 병의 경과에 대해선 예측할 수 없었다. 내가 발명한 병이지만 말이다.

"그럼 6주가 지나기 전에 우리 다시 만나요?"

"미안하지만, 저…… 우리가 언제부터 '우리'가 됐지? 또 6주가 지난 다음 왜 만나야 하는 거야? 그냥 아무 때나 아무 곳에서나 내킬 때 자살하면 안 되는 까닭이 뭐지?" 마틴이 말했다.

"당신은 아무도 안 말려요." 제스가 말했다.

"이 실험의 가장 큰 목적은 누군가가 나를 말리는 것이긴 해요. 우리는 모두 서로를 말리는 거예요."

"6주가 끝날 때까지 말이죠, 네."

"그럼 '당신은 아무도 안 말려요.'라고 말한 건 정반대잖아."

"이것 봐요. 만약에 당신이 지금 집에 돌아가 가스 오븐에다 머리를 집어넣는다고 해도 내가 뭘 어떻게 할 수 있겠어요?" 제스가 말했다.

"그렇군. 그럼 이 연습의 목적은?"

"내가 묻는 게 바로 그거잖아요? 우리가 일당이 되면, 모두 다 규칙에 따라 살도록 해야죠. 게다가 규칙도 하나뿐일 거잖아요. 규칙 제1호, 6주가 지날 때까지는 자살하지 않는다. 우리가 한 패거리가 아니라면, 알죠? 멋대로 하라고요. 그럼, 이제 우리 한패인가요?"

"아니." 마틴이 말했다.

"왜 아니죠?"

"불쾌하게 생각하진 마. 하지만……" 마틴이 이렇게 말하면서 우리를 향해 한 손을 흔들면, 설명할 필요가 따로 없으리라고 기대한 것이 분명했다. 하지만 나는 그가 그리 쉽게 벗어나도록 놔두지 않았다.

나도 그 순간까지는 내가 이 무리의 일원이란 느낌이 들지 않았다. 그런데 갑자기 마틴이 별로 좋아하지 않는 그 일당에 소속된 느낌이 들면서, 정말로 하나가 된 느낌이 드는 것이었다.

"하지만, 뭐요?" 내가 말했다.

"흠, 당신들은 알잖아. 나랑 같은 종류의 사람들이 아니라고." 그는 분명히 그렇게 말했다. 맹세한다. 나는 그가 나지막이 말하면서도 분명히 강조하는 소리를 들었다.

"웃기고 있네. 내가 평소에도 당신 같은 개자식들이랑 어울리는 줄 알아요?" 내가 말했다.

"흠, 그럼 됐군. 우리는 악수를 하고, 대단히 유익한 저녁 시간을 함께 보낸 것에 서로 감사한 뒤 각자의 길을 가면 되겠군."

"그리고 죽는 거죠." 제스가 말했다.

"그럴 수도 있고." 마틴이 말했다.

"그럼 그러길 원하는 거예요?" 내가 말했다.

"음, 뭐 그렇게 오랫동안 꿈꿔온 소망은 아니야. 하지만 최근 자살이 더욱 매력적으로 느껴졌던 것은 숨길 필요도 없는 사실이고. 당신들 말을 빌리자면, 나는 갈등을 겪고 있었소. 어쨌든 당신들이 무슨 상관이오?" 그는 제스에게 말했다. "넌 누구한테도, 무슨 일에도 상관하지 않는다는 인상이었는데. 넌 그런 유의 사람이라고 생각했어."

제스는 잠시 생각했다. "사람들이 엠파이어스테이트 빌딩 꼭대기나 산꼭대기 같은 데서 싸우는 영화 알아요? 그러면 항상 악당은 미끄러져 떨어지고 주인공은 그를 구하려고 하지만 재킷 소맷부리가 찢어지고, 그놈이 떨어지면서 내는 소리가 다 들리죠. 아아악! 내가 원하는 건 그거예요."

"내가 최후를 맞는 걸 지켜보고 싶은 거로군."

"내가 최선을 다했다는 걸 알고 싶은 거라고요. 사람들한테 찢어진 소맷부리를 보여주고 싶어요."

"네가 훈련 잘 받은 사마리아 사람인 줄은 몰랐는데." 마틴이 말했다.

"아니에요. 그건 다만 내 개인적인 철학일 뿐이에요."

"우리가 정기적으로 만나면 더 쉬울 거 같아요." 모린이 조용히 말했다. "우리 모두요. 내가 무슨 생각을 하고 사는지는 사실 아무도 몰라요. 여기 당신들 셋 말고는 말이에요. 그리고 매티랑. 매티한테는 터놓고 말하거든요."

"오, 하느님 맙소사!" 마틴이 말했다. 그는 자신이 졌음을 알았기 때문에 신성모독에 가까운 감탄사를 쓴 것이다. 모린에게 그만 꺼지라며 욕설을 퍼붓는 것은 우리 셋이 가진 도덕적 용기를 모두 다 합쳐도 불가능한 일이었으니까.

"6주면 돼요. 밸런타인데이만 되면, 우리가 당신을 옥상에서 던져줄게요. 부탁하기만 한다면 말이에요." 제스가 말했다.

마틴은 고개를 저었지만, 그것은 거부가 아니라 패배의 뜻이었다.

"결국 후회하게 될 거야." 그가 말했다.

"좋아요. 그럼 모두 찬성하는 거죠?" 제스가 말했다.

나는 어깨를 으쓱했다. 더 나은 계획이 없는 것 같았다.

"6주만 지나면 더 버티지 않을 거예요." 모린이 말했다.

"아무도 그러라고 하지 않을 거요." 마틴이 말했다.

"처음부터 그 점을 분명히 해둔다면야." 모린이 말했다.

"기억해둡시다." 마틴이 말했다.

"좋았어요. 그럼 합의한 거예요." 제스가 말했다.

우리는 악수를 했고, 모린은 핸드백을 집었고, 모두 아침식사를 하러 갔다. 서로에게 무슨 말을 해야 할지 떠오르지 않았지만 별로 신경 쓰는 것 같지도 않았다.

2부

· 제스 ·

신문사에서 알아내는 데는 오래 걸리지 않았다. 한 이틀 정도 지났을까. 내 방에 있는데, 아빠가 아래층에서 날 부르더니 십이월 삼십일 일 밤에 뭘 했는지 물었다. 그래서 별거 안 했어요, 그랬더니 아빠가 이랬다. 흠, 신문에 난 걸 보니 그런 것 같지 않은데. 그래서 내가 신문이라고요? 그러니까 아빠가 음, 너랑 마틴 샤프에 대한 기사가 있는 모양이다, 너 마틴 샤프를 아니? 그랬다. 그래서 내가 네, 안다고 해야 되겠죠, 그날 밤 파티에서 만난 것뿐인데 잘은 몰라요. 그러자 아빠가 말했다. 마틴 샤프 같은 사람을 만나다니 무슨 놈의 파티냐? 그런데 어떤 파티면 그럴지 생각나지 않아서 나는 아무 말도 하지 않았다. 그러자 아빠가 말했다. 그리고 저기…… 혹시…… 그와 무슨 일이…… 완전 애가 타는 모습이 눈에 보였다. 그래서 내가 확 말해버렸다. 그 사람이랑 잤냐고요? 아뇨, 안 잤어요! 됐네요! 못 말려! 마틴 샤프라니! 웩! 아빠가 알아들을 때까지 그런 식으로 계속했다.

당연히 신문사에 전화한 건 채스였다. 그 망할 자식은 그전에도 신문사에 전화를 해댔겠지만, 그때는 나밖에 없었으니 기삿거리가 되지 않았을 것이다. 하지만 제스 크라이튼·마틴 샤프 콤비는 거부할 수 없는 특종이었다. 그런 기사에 얼마나 받을 수 있을까? 200파운드? 더? 솔직히 내가 그 자식이라고 해도 똑같은 짓을 했을 것이다. 그는 언제나 빈털터리다. 그리고 나도 항상 빈털터리다. 만약 그가 팔아치울 만큼 가치가 있는 남자였다면 벌써 옛날에 팔아치워버렸을 것이다.

아빠는 커튼을 살짝 걷어 바깥을 살펴보았고, 밖에는 누군가가 있었다. 나는 나가서 그 사람한테 달려들고 싶었지만 아빠가 말렸다. 내가 소동을 피우는 사진을 마구 찍어댈 것이고, 나는 바보처럼 찍혀서 후회하게 될 것이라고 했다. 그리고 아빠는 그런 짓을 하는 것은 고상하지 못하고, 우리 지위에서는 관대하게 모른 척해야 한다고 했다. 그래서 내가 이랬다. 누구 지위요? 난 아무런 지위도 없어요. 그러자 아빠가 말했다. 흠, 네가 좋든 싫든 네겐 지위가 있다. 그래서 내가 맞받아서, 아빠는 지위가 있는지 몰라도 난 아니에요. 그러자 아빠가 말했다. 너도 지위가 있어. 우리는 그런 식으로 한참을 주고받았다. 하지만 물론 그래봐야 아무 소용도 없고, 아빠 말이 사실은 옳다는 걸 알고 있었다. 내게 아무런 지위가 없다면 신문사에서는 관심도 없었을 것이다. 사실, 내가 아무런 지위가 없다는 듯이 행동할수록 나는 지위를 갖게 되는 것이다. 내 말을 이해할 수 있을지는 모르겠지만. 내가 방에 앉아서 책이나 읽고 오랫동안 사귀는 애인이 있다면 아무런 관심이 없을지도 모른다. 하지만 내가 마틴 샤프랑 같이 자거나 옥상에서 몸을 던진다면, 무관심의 정반대가 될 것이다. 관심이 쏟아질 것이다.

이 년 전쯤 젠의 사건 직후 내가 신문에 났을 때는 나쁜 사람이라기보다는 문제아 정도의 취급이었다. 어쨌든 도둑질이 무슨 살인은 아니니까. 누구든지 상점에서 물건을 도둑질하는 시기를 거치지 않느냔 말이다. 내 말은, 제대로 된 도둑질 말이다. 위노나 라이더처럼 백이나 옷 같은 것을 훔치는 것이지, 펜이나 사탕 따위를 훔치는 건 거기 해당되지 않는다. 그것은 술을 처음 배우고 보이 밴드를 쫓아다닌 다음, 마리화나와 섹스에 입문하기 전에 오는 단계다. 하지만 이번에는 그때와 다르다는 생각이 들었고, 그제야 상황을 찬찬히 생각해보기 시작했다. 하긴 늦긴 늦었다. 하지만 안 하느니 늦는 게 낫지 않느냐고. 내게 떠오른 생각은 이렇다. 신문에 떠들썩하게 날 거라면, 엄마와 아빠가 내가 마틴과 함께 있었던 진짜 이유를 아는 것보다는 차라리 그랑 잤다고 생각하는 게 낫다는 거였다. 진짜 이유를 안다면 엄마 아빠는 수명이 줄 것이다. 어쩌면 진짜 죽어버릴지도 모른다. 그렇게 되면 나는 가족 중에 혼자 남을 것이고, 그런 상황을 생각하니 나 같은 애라도 결심을 하게 되었다. 그래서 신문에서 엉뚱한 짐작을 한다 하더라도 그렇게 나쁜 일은 아닐 것이다. 모두 내가 영국에서 제일 저질 남자랑 잤다고 생각하다니, 학교에서 망신을 당하긴 하겠지만 더 소중한 것, 즉 부모님의 생명을 위해서 참아야 했다.

문제는 내가 사태를 파악하기 시작하긴 했는데 제대로 파악하지 못했다는 거다. 입을 열기 전에 이 분만 더 생각했더라면 여러 가지 수고를 덜 수 있었을 텐데, 나는 그러지 않았다. 나는 그냥 말하기로 했다. 아빠. 그러자 아빠는 이랬다. 아, 안 돼. 그래서 나는 아빠를 가만히 보고 있었고, 아빠는 말했다. 전부 다 말하는 게 좋을 거다. 그래서 내가 말했다. 실은 별로 이야기할 것도 없어요. 그 파티에 갔는데 그가 있었고, 나는 술에 너무 취했고, 그의 집으로 같이 가게 되었고, 그래서. 그러자 아빠가 말했다. 이야기의 끝이 그래서라니? 그래서 내가 말했다. 아뇨, 그건 점, 점, 점 하고 찍어놓는 거예요. 자세한 이야기는 알 것 없다는 뜻이죠. 그러자 아빠가 말했다. 세상에 맙소사. 아빠는 의자에 주저앉았다.

하지만 중요한 건 이거다. 내가 그와 잤다고 말할 필요는 없지 않았느냔 말이지. 우리가 서로 더듬었다거나, 그가 달려들기는 했다거나, 비슷한 이야기를 할 수도 있었는데 나는 그만큼 똑똑하지 못했다. 그러니까 나는 자살이냐 섹스냐 고르라면 섹스가 낫다고 생각했지만, 꼭 둘 중에 하나를 골라야 할 필요는 없었다. 이 경우 식료품으로 따지면 섹스는 포장에 그려져 있는 조리 예일 뿐이었으니, 그대로 따라할 필요는 없었다. 때에 따라 가니쉬요리 장식—옮긴이는 좀 빼도 상관없고, 내가 바로 그렇게 했어야 한다('가니쉬'라니, 참 희한한 단어 아닌가? 이런 말을 쓰게 될 줄 누가 알았을까). 하지만 난 그러지 않았다. 또 한 가지 잘못한 것이 있다. 난 아빠한테 무슨 이야기를 꺼내기 전에 아빠가 신문에서 무슨 내용을 알게 되었는지 미리 알아보았어야 한다. 난 그저 타블로이드 신문이니 섹스일 거라고 생각해버렸다. 사실 내가 무슨 생각을 했는지도 모르겠다. 언제나처럼 아무 생각이 없었던 것이지.

그래서 아빠는 곧장 전화를 걸어 사무실 사람들에게 내게서 들은 이야기를 했고, 통화를 마치더니 자기는 외출할 테니 나더러는 전화도 받지 말고, 아무 데도 가지 말고, 아무것도 하지 말라고 했다. 그래서 나는 몇 분 동안 텔레비전을 보았고, 그 자식이 보이는지 창밖을 내다보았다. 그 자식이 보였고, 이제는 혼자가 아니었다.

그때 아빠가 신문 하나를 들고 돌아왔다. 아빠는 조간을 사러 나갔던 것이다. 아빠는 나갈 때보다 한 십 년은 늙어 보였다. 아빠는 내게 신문을 펼쳐 보였는데, 머리기사는 이랬다. '마틴 샤프와 장관 영애 자살 동맹을 맺다.'

결국 그 섹스 고백은 완전히 엿 같은 시간 낭비였던 것이다.

. 제이제이 .

우린 그때 처음으로 제스의 배경에 대해서 알게 되었고, 내가 처음 보인 반응은 '정말 지랄 맞게 웃기다.'는 거였음을 밝혀두겠다. 나는 동네 가게에서 담배를 사던 중이었는데, 제스와 마틴이 카운터에서 나를 노려보고 있었다. 나는 머리기사를 읽고 환호했다. 머리기사가 그들이 자살 동맹이란 걸 맺었다는 것이었기 때문에, 사람들이 나를 이상한 눈으로 쳐다보았다. 교육부 장관이라니! 세상에나! 제스는 자신보다 더 철부지 같은, 돈 한 푼 없는 마약 중독자 부모 손에 자란 것처럼 굴었던 것이다. 그녀는 교육이란 매춘의 일종이라는 듯, 괴짜들이나 그것 말고는 할 게 없는 절망적인 상황의 사람이나 교육에 의존한다는 듯이 행동했다.

그렇지만 기사를 읽고 나니 그렇게 우습지만은 않았다. 나는 제스의 언니 제니퍼젠을 말함—옮긴이에 대해서는 아무것도 몰랐다. 우리 모두 그에 대해선 아무것도 몰랐다. 그녀는 몇 년 전 행방불명되었는데, 당시 제스는 열다섯, 제니퍼는 열여덟 살이었다고 한다. 그녀는 어머니의 차를 가져갔고, 그 차는 사람들이 많이 자살하는 해안 근처에서 버려진 채 발견되었다. 제니퍼는 사흘 전 도로 주행 시험을 통과했고, 바로 그 일을 위해 운전을 배웠던 것이다. 시신은 찾지 못했다. 그 사건이 제스에게 어떤 영향을 미쳤는지 모르겠다. 결코 좋지 않았으리라. 그리고 그녀의 아버지는…… 세상에. 자살하는 딸들만 낳은 부모는 자녀 양육에 대해서 상당히 어두운 생각만 갖게 될 것이다.

그러고 나서 이튿날 상황은 더욱 재미없어졌다. 또 다른 머리기사가 나왔고, 그것은 '사실은 네 명이었다!'였다. 그 아래 기사에는 두 명의 사이코들에 대한 설명이 나왔는데, 나중에야 그것이 모린과 나라는 사실을 깨달았다. 그리고 그 기사 마지막에는 더 자세한 정보를 원한다며 전화번호가 적혀 있었다. 심지어 돈으로 후사하겠다는 말도 있었다. 모린과 나에게 현상금이 걸린 것이다. 이런!

그 정보는 분명 그 채스란 자식한테서 나온 것이다. 영국의 괴상한 타블로이드 신문식 문장에서 그 자식이 징징거리는 목소리가 들려오는 것 같았다. 하지만 그 자식도 약간은 인정해줘야 한다고 생각한다. 내게 그날 밤은 원래 계획했던 일, 솔직히 말해서 그렇게 달성하기 어려운 일도 아닌 것을 꼴사납게 실패한 네 사람이 만난 날이었다. 하지만 채스는 다른 면을 보았다. 그는 그것이 이야깃거리이며, 그것으로 몇 푼 벌어볼 수 있다고 생각한 것이다. 좋다. 그는 제스의 아빠가 누구인지도 알았음이 틀림없지만, 그래도 역시 그 이야기를 한데 엮을 필요는 있었다.

여기서 아주 솔직한 심정을 밝히자면, 나는 그 기사가 반가운 마음도 조금 들었다. 나 자신에 관한 기사를 읽자니 역설적이게도 고마움 비슷한 것이 느껴졌고, 생각해보면 그건 당연한 일이었다. 그러니까 내가 절망한 이유 가운데 하나는, 음악을 통해서 세상에 나의 족적을 남길 수 없다는 것이었다. 다시 말해 나는 유명하지 못해서 자살을 시도한 것이다. 어쩌면 나 자신에 대해 너무 가혹하게 말하고 있는 것일지도 모르겠다. 그렇게 단순한 이유만은 아니었으니까. 하지만 그것도 분명히 일부였다. 어쨌든 내가 끝장났다는 걸 인정하자 신문 1면에 등장하다니, 거기엔 뭔가 교훈이 있을지도 모르겠다.

그래서 나는 내 아파트에 앉아 커피를 마시고 담배를 피우며, 내가 말하자면 유명해졌으며 동시에 아무도 내 이름은 모른다는 사실을 즐기고 있었다. 바로 그때 망할 놈의 초인종이 울렸고, 나는 깜짝 놀라 펄쩍 뛰었다.

"누구세요?"

"제이제이인가요?" 젊은 여자 목소리였다.

"누구시죠?"

"몇 마디만 나눌 수 있을까요? 며칠 전 밤에 대해서?"

"이 주소를 어떻게 알았죠?"

"당신이 십이월 삼십일 일 밤 제스 크라이튼과 마틴 샤프와 함께 있었던 사람 중에 한 분이죠? 그들이 자살하려 했을 때 같이 있었나요?"

"잘못 아셨어요, 아가씨." 우리 둘이 나눈 말 중에 물음표로 끝나지 않은 것은 이 문장이 처음이었다. 내 말의 끝이 아래로 내려가자, 재채기를 한 것처럼 시원한 느낌이 들었다.

"제가 어떤 부분을 잘못 알았나요?"

"전부요. 집 잘못 찾았어요."

"그런 것 같지 않은데요."

"그걸 어떻게 알아요?"

"제이제이가 아니라고 하지 않았잖아요. 그리고 이 주소를 어떻게 알았냐고 했고."

훌륭한 지적이다. 이 사람들은 프로다.

"하지만 이게 내 주소라는 말은 하지 않았죠, 안 그래요?"

어리석음의 극치를 달리는 내 발언의 파장이 잦아들기를 기다리며 우리 두 사람은 잠시 말을 멈췄다.

그녀는 아무 말도 하지 않았다. 나의 한심한 시도에 측은하다는 듯 고개를 저으며 밖에 서 있을 그녀의 모습이 떠올랐다. 그녀가 갈 때까지 한 마디도 하지 않기로 나는 맹세했다.

"이봐요. 자살 시도를 그만둔 이유가 있나요?" 그녀가 말했다.

"무슨 이유요?"

"글쎄요. 우리 독자들의 마음을 훈훈하게 해줄 만한 미담 같은 거요. 뭐, 당신들이 서로에게 살아갈 용기를 주었다든가."

"그런 건 모르겠는데요."

"당신들 넷이 런던을 내려다보고 세상의 아름다움을 깨달았다든가, 그런 거 없나요? 우리 독자들에게 감명을 줄 수 있는 거요."

우리가 채스를 찾으러 나선 과정에 감명을 느낄 만한 점이 있었나? 혹시 있었다 하더라도 난 알 수 없었다.

"예를 들면, 마틴 샤프가 당신에게 살아갈 이유가 될 만한 이야기를 했나요? 그가 만일 그런 이야길 했다면, 사람들이 알고 싶어할 거예요."

마틴이 우리에게 그녀가 써먹을 만한 이야기를 해주었는지 생각해보려고 애썼다. 그는 제스를 염병할 멍청이라고 불렀는데, 그건 생명을 구하려 했을 때가 아니라 고민을 털어놓는 자리에서 나온 말이었다. 그리고 그는 우리한테 자기 쇼에 나왔던 게스트가 이십사 년 동안 식물인간 상태인 사람을 돌봤다고 했지만, 그것도 큰 도움은 되지 않았다.

"아무것도 생각 안 나요."

"내 전화번호가 적힌 명함을 두고 갈게요. 네? 이 건에 대해서 이야기를 나누고 싶으면 전화하세요."

나는 곧바로 그녀를 따라나갈 뻔했다. 나는 벌써 그녀가 보고 싶었다. 나는 잠시나마 그녀의 세상의 중심이 되었다는 사실이 마음에 들었다. 제길, 나는 잠시나마 내 세상의 중심이 되는 것도 좋아했다. 그 무렵 내 세상이라는 것도 별로 없었고, 그녀가 떠나고 나자 그나마도 다시 사라져버렸기 때문이다.

· 모린 ·

그래서 나는 집으로 돌아가 텔레비전을 켜고, 차를 한 잔 끓인 다음 센터에 전화를 했다. 곧 젊은이 둘이 매티를 집으로 데려왔다. 나는 그 애를 텔레비전 앞에 앉혔고, 모든 것이 다시 시작되었다. 앞으로 6주를 어떻게 버틸지 알 수 없었다. 약속을 한 건 사실이지만, 어쨌든 그들 중 한 명이라도 다시 만나게 될 거란 생각은 들지 않았다. 아, 우리는 전화번호와 주소 등을 교환했다(마틴은 내게 컴퓨터가 없으면 이메일 주소도 없는 거라고 설명해줘야 했다. 나는 이메일 주소가 있는지 없는지 잘 몰랐다. 이메일 주소란 것이 내가 버려버리는 광고 편지 봉투에 적혀 있는 것인 줄 알았다). 하지만 우리가 실제로 그것을 사용할 거라고는 생각하지 않았다. 나 자신을 불쌍히 여기는 것처럼 들릴지 모르지만 솔직한 마음을 털어놓자면, 그들은 서로 만날지 몰라도 나는 따돌릴 거라고 생각했다. 나는 그들과 어울리기에 너무 늙었고, 신발이며 모든 것이 너무 구닥다리였다. 파티에도 가고, 거기서 이상한 사람들을 구경하며 재미있는 시간을 보냈지만, 그렇다고 변한 것은 아무것도 없었다. 그런 일이 있었어도 나는 결국 매티를 데리러 돌아왔고, 이미 진절머리가 난 삶 이외의 삶은 없었다. '모린은 왜 화를 내지 않을까?'라고 생각하고 있을지도 모르겠다. 하지만 물론 나도 화가 난다. 왜 내가 화나지 않은 척하는지 모르겠다. 아마도 성당이 무슨 관련이 있지 싶다. 내 나이 탓도 있을 것 같다. 우리는 불평하지 말라고 배웠으니까. 하지만 어떤 날은, 사실 대부분의 날에는 소리를 지르고, 악을 쓰고, 물건을 부수고, 사람들을 죽이고 싶다. 아, 그 정도면 충분한 분노다. 이런 인생에 발목 잡혀 살면서 화를 내지 않을 수는 없는 일이다.

어쨌든 이틀 뒤 전화가 울렸고 우아한 악센트의 여자가 말했다.

"모린인가요?"

"네."

"여긴 수도 경찰입니다."

"아, 안녕하세요." 내가 말했다.

"안녕하세요. 십이월 삼십일 일에 부인 아들이 쇼핑센터에서 문제를 일으켰다는 보고가 들어왔는데요. 물건을 훔치고, 본드를 하고, 사람들을 습격했다고요."

"미안하지만 내 아들일 리가 없는데요." 나는 바보처럼 말했다. "내 아들한테는 장애가 있어요."

"장애가 있는 척하는 게 아닌 건 확실한가요?"

나는 0.5초 동안 생각해보기까지 했다. 음, 경찰이 이렇게 묻는다면 누구나 그러지 않을까? 혹시 나중에 무슨 문제가 생길까 봐 절대적으로 사실인지 확실히 확인하고 싶어진다.

"만약 그랬다면 굉장한 배우일 거예요."

"그럼 그가 굉장한 배우가 아닌 게 확실한가요?"

"아, 확실해요. 그러니까 장애가 너무 심해서 연기를 할 수조차 없거든요."

"하지만 그게 만약 연기라면 어쩔 건가요? 그러니까 음, 용의자의 인상착의와 맞는 사람은 그 친구밖에 없거든요."

"인상착의가 어떤데요?" 왜 그렇게 말했는지는 모르겠다. 아마 도움이 되려고 그랬을 것이다.

"음, 그 말이 나왔으니 말인데요, 부인. 그가 십이월 삼십일 일 밤에 어디 있었는지 아세요? 함께 계셨나요?"

그때 온몸이 오싹했다. 처음에는 그 날짜에 신경을 쓰지 않았다. 드디어 걸렸다. 거짓말을 해야 할지 말아야 할지 알 수 없었다. 요양원의 누군가가 그 애를 꺼내다 위장용으로 쓴 것일까? 그 청년들 중의 하나가? 그들은 착하게 생겼지만 얼굴만 봐서는 모르는 일 아닌가? 그들이 상점에 물건을 훔치러 가서, 매티의 담요 밑에 뭔가 감췄다면? 그들이 모두 술을 마시러 나갈 때 매티를 데려갔는데 싸움이 벌어졌고, 싸우던 상대에게 휠체어를 세게 밀었다면? 그리고 경찰은 매티가 누군가에게 세게 굴러가는 것을 봤는데, 매티가 스스로 휠체어를 밀 수 없다는 걸 몰라서 그도 싸움에 가담했다고 생각했다면? 그런 다음, 그가 문제에 휘말릴까 봐 바보인 척한다고 생각한다면? 음, 휠체어로 부딪치면 사람을 다치게 할 수도 있다. 다리를 부러뜨릴 수도 있다. 그리고 혹시…… 사실 나는 약간 당황한 와중에도 그 애가 어떻게 본드를 할 수 있겠냐는 생각을 했다. 그렇지만 그렇다 하더라도! 내 머릿속에 이런 온갖 상상이 스치고 지나갔다. 아마도 전부 다 죄책감 때문이었을 것이다. 나는 그 애와 함께 있지 않았지만 함께 있었어야 했다. 내가 그 애와 함께 있지 않았던 까닭은 그 애를 영원히 버리고 싶었기 때문이었던 것이다.

"함께 있지 않았어요. 그 애는 돌봐주는 사람이 있었어요."

"아, 그렇군요."

"아이는 아주 안전하게 있었어요."

"그랬겠죠, 부인. 하지만 아들의 안전이 문제가 아니에요. 그렇죠? 우드 그린 쇼핑센터에 있던 사람들의 안전에 대해서 이야기하던 중이라고요."

우드 그린이라고! 우드 그린까지 올라갔다니!

"맞아요. 그렇죠. 미안해요."

"정말 미안하세요? 정말로, 정말로, 정말로, 존나 미안해요?"

내 귀를 믿을 수가 없었다. 물론 경찰이 나쁜 말을 한다는 건 알고 있었다. 하지만 그건 테러리스트를 상대하거나 할 때, 스트레스를 받아서이지 선량한 시민과 통화하다 통상적인 질문 도중에 그런 소리가 나올 줄은 몰랐다. 물론 그녀가 스트레스를 받는다면 이야기는 달라진다. 매티, 혹은 매티를 밀었던 사람이 누군가를 죽였을 수도 있을까? 혹시 아이라면?

"모린."

"네, 듣고 있어요."

"모린, 사실 난 경찰이 아니에요. 제스예요."

"아." 내 멍청함에 얼굴이 달아오르는 것이 느껴졌다.

"내 말 믿었죠. 멍청한 아줌마 같으니."

"그래. 믿었어."

그녀는 내 목소리를 듣고 화가 난 것을 알고는 더 이상 놀리지 않았다.

"신문 봤어요?"

"아니. 난 신문을 안 봐."

"우리가 나왔어요."

"누가 나왔다고?"

"우리요. 음, 마틴하고 나는 이름이 나왔어요. 웃기죠?"

"뭐라고 나왔어?"

"나랑 마틴이랑 다른 신원 불명의 두 사람, 그렇게 넷이 모여서 자살 동맹을 맺었대요."

"그건 사실이 아니잖아."

"뭐, 그리고 내가 교육부 장관의 딸이래요."

"왜 그런 소릴 하지?"

"사실이니까."

"아."

"신문에 뭐가 나왔는지 알려주려고 말하는 거예요. 놀랐어요?"

"음, 넌 정치가의 딸치고는 욕을 참 많이 하는구나."

"그리고 어떤 여기자가 제이제이의 아파트에 찾아와서 우리가 옥상에서 내려온 게 무슨 감명을 받아서인지 물었대요."

"그게 무슨 소리야?"

"모르죠. 어쨌든 대책 회의를 할 거예요."

"누가?"

"우리 넷요. 다시 모이는 거죠. 우리가 아침 먹었던 거기 어때요?"

"난 아무 데도 못 가."

"왜요?"

"매티 때문에. 그것도 내가 옥상에 올라간 이유 중에 하나였어. 아무 데도 갈 수 없기 때문에."

"우리가 당신한테 갈 수도 있어요."

또 얼굴이 달아올랐다. 나는 그들이 여기 오는 것을 원치 않았다.

"아니, 됐어. 생각해볼게. 언제 만날 생각인데?"

"오늘 오후에요."

"아, 오늘 중으로는 방법이 없는데."

"그러니까 우리가 갈게요."

"제발 그러지 마. 청소도 안 했다고."

"그럼 청소해요."

"난 이때까지 텔레비전에 나오는 사람을 집에 초대한 적이 없어. 정치가의 딸도."

"잘난 척 안 할 거예요. 다섯 시에 봐요."

그러면 정리하고 치우는 데 세 시간을 쓸 수 있었다. 나같이 사는 사람은 그런 일에 정신이 약간 나간다. 아파트 옥상에서 뛰어내리려면 정신이 약간 나가야 한다. 또 내려오려고 해도 정신이 약간 나가야 한다. 매티를 견디고, 항상 집 안에서 지내고, 외로움을 참아내려면 좀 많이 돌아야 한다. 하지만 나는 정신이 조금만 나간 것 같다. 내가 정말로 미쳤다면 청소 걱정을 하진 않았을 것이다. 그리고 내가 정말로 확실히 미쳤다면 그들이 무엇을 보든 신경 쓰지 않았을 것이다.

· 마틴 ·

내가 토퍼스하우스에 올라갔단 사실이 타블로이드 신문사 친구들에게 흥미를 끌지도 모른다는 생각이 머리를 스치고 지나갔던 것 같다. 술에 취해 길거리에 쓰러져 있는 모습으로 신문 1면에 나왔었으니, 고층 아파트에서 떨어지려고 한 일은 그것보다 훨씬 더 흥미롭다고 하는 사람들도 있을 것이다. 제스가 채스에게 우리가 어디서 만났는지 말했을 때, 그 자식이 그걸 팔아먹을 만한 머리가 될지 궁금했지만, 채스는 특히 머리 나쁜 사람으로 보였기에 그런 염려는 망상이라고 치부했다. 제스가 혼자서도 뉴스감이라는 사실을 알았더라면 나도 마음의 준비를 할 수 있었을 것이다.

제일 먼저 매니저가 전화를 해서 기사를 읽어주었다. 요즘 나는 집에서 이렇게 전해지는 뉴스만 듣는다.

"이 중에 사실이 있어요?" 그가 말했다.

"우리 둘만 알기로 하고 묻는 건가?"

"원한다면 그렇게 하죠."

"아파트 옥상에서 뛰어내릴 생각이었어."

"저런."

내 매니저는 젊고, 좋은 집안 출신에, 경험이 없다. 교도소에서 나와 보니 에이전시에서 소위 구조조정이란 것을 했고, 이제 나와 내 잊혀진 직업 사이에 남은 것은 예전 매니저에게 커피 심부름을 하던 테오뿐이었다. 세계 최악의 케이블 채널, 픽업!TV에서 지금 내가 하는 일을 구해다 준 것도 테오였다. 그는 비교종교학 학위를 갖고 있고 시집을 출판한 적도 있는 시인이다. 다른 이야기이지만, 테오는 올보이즈 유나이티드에서 축구를 하는 것이 아닌가 싶기도 하다. 에이전시 능력으로 따지자면 형편없는 수준이다.

"그 여자애를 그 위에서 만났어. 그녀랑 또 다른 두 명이 더 있었지. 우리는 다시 내려왔어. 그래서 나는 여기 살아 있는 사람들의 땅에 서 있게 됐지."

"왜 고층 아파트 꼭대기에서 뛰어내리려고 했어요?"

"그냥 변덕일 뿐이었어."

"분명히 이유가 있었을 거예요."

"있었지. 농담이야. 내 파일을 읽어봐. 최근에 일어난 일들을 숙지하도록."

“이제 우리가 고비를 넘겼다고 생각했는데요.” 그가 고집스럽게 ‘우리’라는 대명사를 쓰는 것은 언제나 매우 감동스럽다. 나는 항상 그렇게 들었다. ‘우리가 교도소에서 나왔으니’ ‘우리가 그 십 대 소녀 문제로 고충을 겪었으니’라고. 자살에 성공한 뒤 아쉬울 것이 한 가지 있다면, 테오가 ‘우리가 자살을 했으니’라든가 ‘우리의 장례식 이후로’라고 말하는 것을 듣지 못하는 거였다.

“우린 잘못 생각한 거야.”

곰곰이 생각하느라 아무 말도 없었다.

“어휴, 이제 어떡하죠?”

“매니저는 자네야. 이 사건으로 자네에게 창의적인 가능성이 한없이 생길 거라 생각했는데.”

“좀 생각해보고 다시 전화드리죠. 참, 제스의 아버지가 당신과 연락하고 싶어해요. 여기로 전화했길래 당신의 전화번호는 내줄 수 없다고 했어요. 잘한 건가요?”

“잘했어. 하지만 어쨌든 내 휴대전화 번호를 알려줘. 그를 피할 순 없을 것 같으니까.”

“그에게 전화하고 싶으세요? 번호를 남겼는데.”

“그럼 가르쳐줘.”

테오와 통화하는 도중에 전처와 전 여자친구가 메시지를 남겼다. 테오가 기사를 읽어줄 때까지만 해도 그 여자들 생각을 전혀 하지 못했다. 그런데 이제 속이 메스꺼워졌다. 자살에 관한 중요한 사실을 깨닫기 시작한 것이다. 자살에 실패하면 성공한 경우만큼이나 상처가 되며, 훨씬 더 큰 분노를 살 수 있다. 왜냐하면 성공한 경우에는 슬픔이 분노를 씻어낼 수 있지만, 실패하면 그렇지 못하기 때문이다. 메시지의 어조를 듣자니, 나는 아주 큰 낭패를 만났음을 알 수 있었다.

먼저 신디에게 전화했다.

"이 자기밖에 모르는 멍청이 같으니." 그녀가 말했다.

"기사에서 읽은 것 말고는 아무것도 모르잖소."

"신문기사가 틀리지 않는 경우는 세상에 당신밖에 없잖아. 기자들이 당신이 열다섯 살짜리랑 잤다고 했을 때도 당신은 잤어. 기자들이 당신이 술에 취에 길거리에 쓰러졌다고 했을 때도 당신은 그랬고. 그자들은 당신에 대해서는 기사를 꾸며낼 필요가 없어."

사실 이건 상당히 정확한 의견이었다. 그녀의 말이 옳았다. 나는 단 한 번도 해석의 오류나 왜곡의 희생자가 된 적이 없었다. 생각해보면, 지난 몇 년 동안 그것이 가장 창피스런 점이었다. 신문에는 나에 대한 온갖 엉터리 같은 소리들이 실렸는데, 그 엉터리 같은 소리들은 한 마디도 빠짐없이 사실이었던 것이다.

"그러니까 이번에도 그들의 말이 옳을 거야." 그녀가 말을 이었다. "당신은 뛰어내릴 생각으로 고층 아파트 옥상에 올라갔던 거야. 그랬는데 뛰어내리지 않고 여자애랑 같이 내려왔지."

"대충 요약하면 그렇긴 하군."

"당신 딸애들은 어쩌려고 했어?"

"걔들이 알고 있소?"

"아직은 몰라. 하지만 학교에서 누가 말해줄 거야. 항상 그러니까. 내가 애들한테 뭐라고 말해줬으면 좋겠어?"

"내가 이야기하도록 하지."

신디는 한 차례 신음했다. 내 생각에 그 신음은 비웃음이라고 낸

소리였던 것 같다.

"마음대로 하시오. 아빠가 슬퍼하다가 다시 기분이 좋아졌다고." 내가 말했다.

"훌륭하네. 두 살짜리 쌍둥이한테나 그렇게 말해주면 완벽하겠지."

"글쎄, 신디. 내 말은 내가 애들을 만날 수 없으니, 걔들한테 뭐라고 하든지 내가 상관할 바 아니란 말이오. 그렇지? 그건 당신이 해결해야 할 문제라고."

"이 나쁜 자식."

그렇게 첫 번째 통화는 끝났다. 딸들의 양육에 나를 관여시키지 않겠다는 전처의 의지는 내 마음을 춥고 쓸쓸하게 만들고, 잔인한 현실을 재확인시켜주긴 했지만, 그래도 상관없었다. 그녀와의 통화를 끝내게 해주었으니.

더 이상 내가 딸들에게 무슨 책임이 있는지 모르겠다. 나는 오래전 담배를 끊었다. 그 애들에게 그 정도는 해줘야 한다고 생각했기 때문이었다. 하지만 내가 한 그런 짓을 저지르고 나면, 흡연 같은 것은 정말 사소한 문제로 여겨진다. 그래서 나는 다시 담배를 피우기 시작했다. 그렇다. 담배를 끊은 것, 아이들을 위해 최대한 오래 살기 위해 담배를 끊은 시점에서, 그 애들의 엄마와, 나의 자살 시도를 애들에게 어떻게 설명해야 할지를 놓고 말다툼하기에 이르기까지 긴 세월이 흘렀다. 태교 교실에서는 그런 대화에 대해서는 아무것도 가르쳐주지 않았다. 물론 그렇게 되는 것은 거리감 때문이다. 나는 점점, 점점 더 멀어졌고, 딸애들은 점점 더 작아져 조그만

점처럼 느껴졌으며, 나는 그 애들을 말 그대로 만날 수도 없고, 연상해서 떠올릴 수도 없었다. 그 애들이 조그만 점처럼 변해버리면 얼굴도 알아볼 수 없고, 그 애들이 행복한지 슬픈지 염려할 필요도 없지 않은가. 바로 그렇기 때문에 사람들이 개미를 죽일 수 있는 것이다. 바로 그런 이유에서 자살도 생각할 수 있게 되는 것이다. 애들이 매일 눈앞에 어른거리면 결코 그럴 수 없는데 말이다.

내가 전화했을 때 페니는 아직도 울고 있었다.

"적어도 그 말을 들으니까 이해는 돼요." 그녀는 잠시 후에 말했다.

"응?"

"파티 도중 나가서 그 위에 올라간 거요. 그러고는 그 사람들과 함께 내려온 것도. 그들이 무슨 상관인지 이해할 수 없었어요."

"당신이 알고 있던 건, 그들이 내가 딴 여자와 섹스하는 걸 도와주었다는 것뿐이었지."

"맞아요." 페니는 애처로운 코웃음을 쳤다. 그녀, 페니는 괜찮은 여자다. 결코 몹쓸 여자가 아니다. 마음씨도 상냥하고, 겸손하고, 애정이 많은…… 누군가에게 좋은 파트너가 되어줄 여자다.

"미안해."

"내가 실패한 거죠, 그렇죠?"

"내 실패가 당신의 실패보다 먼저인 것 같아. 그리고 그 실패라는 것도 따지고 보면 아무것도 아니고. 그러니까 내 말은, 실패는 아무것도 없었다는 거야. 당신은 나한테 환상적인 여자였어."

"오늘은 기분이 어때요?"

나는 그런 질문을 스스로 해본 적이 없었다. 숙취로 멍한 상태에서 깨어났을 때 전화벨이 울렸고, 그 이후로 시간에 가속기가 달린 것처럼 진행되었다. 아침 내내 자살 생각을 한 번도 하지 못했다.

"괜찮아. 당분간은 거기 다시 올라가지 않을 거야. 당신이 궁금한 게 그거라면."

"다시 올라가기 전에 나하고 이야기해줄래요?"

"그 문제에 대해서?"

"네, 그 문제에 대해서요."

"글쎄, 대화로 해결될 문제가 아닌 것 같은데."

"아, 나도 해결할 수 없다는 건 알아요. 단지 또 신문에서 기사를 읽고 알고 싶진 않을 뿐이에요."

"당신 이것보단 잘 설득할 수 있잖아, 페니. 나보단 나아야지."

"그러고 싶지 않아요."

"아, 그럼 내가 다시 시도할 가능성을 부인하진 않는군."

"나도 옥상에서 뛰어내려 자살하는 것보다는, 신년 이브 파티에서 나와 함께 시간을 보내고 싶어할 남자가 어딘가 있을지도 모른다고 생각할 만큼은 자존심이 있어요."

"그럼 왜 나가서 그런 사람을 찾아보지 않지?"

"내가 이러든 저러든 당신이 무슨 관심이나 있나요?"

"음, 그런 문제에 신경을 쓰는 건…… 지금 내 상황에 맞지 않아."

"와, 그거 솔직하군요."

"그런가? 단지 그게 자명하다고 생각한 것인데."

"그럼 내가 어떻게 했으면 좋겠어요?"

"당신이 할 수 있는 일이 별로 없을 것 같군."

"나중에 전화해줄 거예요?"

"그러지, 물론."

어쨌든 그 정도 약속은 할 수 있었다.

모두, 크리스 크라이튼만 빼고 모두, 내가 어디 사는지 아는 모양이다. 그들은 모두 다 내 집 전화, 휴대전화, 이메일 주소를 알고 있다. 출감했을 때 나는 내게 조금이라도 관심을 보이는 사람이라면 누구에게든 명함을 돌렸다. 일이 필요했고, 경력이 필요했기 때문이다. 물론 그 자식들 중에 내게 다시 연락한 사람은 아무도 없었지만, 이제 그들이 전부 다 내 현관문 앞에 몰려들었다. '전부'라는 건 비열해 보이는 글쟁이들이 아니라, 지방 신문에 학교 축제 기사나 쓰던 젊은 애들 서넛이 자신의 행운을 믿지 못하며 모여든 것을 가리켜 한 말이다.

나는 그들 한가운데를 밀치고 나갔다. 비록 아주 손쉽게 돌아갈 수도 있었지만—길에서 덜덜 떨며 스티로폼 컵에 든 커피를 홀짝이는 네 사람은 신문 기자 무리까지는 되지 못했지만—그래도 우리는 모두 그렇게 밀치고 나가는 걸 즐겼다. 나는 중요한 인물이 된 기분이 들었고, 그들은 중대 기삿거리의 한가운데 서 있는 기분이 들 테니까. 나는 싱글벙글 웃으며 특정인을 쳐다보지 않고서 "안녕하시오."라고 인사했고, 서류 가방으로 그중 한 명을 살짝 쳐서 길을 비키게 했다.

"자살하려고 했던 게 사실인가요?" 특히 더 매력 없게 생긴 베이지색 레인코트를 입은 여자가 물었다.

나는 내 건강 상태가 완벽하다는 사실을 강조하기 위해 나를 가리키며 손짓했다.

"음, 만일 그랬더라면 대실패가 분명하군요." 내가 말했다.

"제스 크라이튼을 아세요?"

"누구요?"

"제스 크라이튼요, 장관의 딸. 교육부 장관요."

"그 집안과는 몇 년째 알고 지내는 사이요. 우리는 모두 십이월 삼십일 일 밤 함께 있었소. 아마 그래서 바보 같은 오해가 생긴 모양이군. 그건 자살 동맹이 아니었소. 포도주 파티였지. 전혀 다른 것 아니오?"

나는 조금 즐거워지기 시작했다. 누구든 가져가라고 내놓은 BMW 대신, 엄청난 값을 치르고 빌린 푸조 앞에 도착하니 섭섭한 기분마저 들었다. 게다가 어쨌든 어딜 가야 할지도 모르는 상황이었다. 하지만 몇 분 만에 하루를 어떻게 보낼지 결정되었다. 크리스 크라이튼이 전화를 해서 이야기 좀 하자고 초대한 것이다. 그리고 같은 전화번호를 통해 제스가 모린의 집에 모두 함께 갈 거라고 전했다. 상관없었다. 달리 할 일도 없었으니까.

제스의 집 문을 두드리기 전, 나는 차 안에 이 분 정도 앉아서 양심을 점검했다. 내가 마지막으로 화난 아버지와 마주한 것은 드니엘(키 175센티미터, 가슴 36인치 DD컵, 열다섯 살 250일. 말해두겠는데, 문제의 115일 때문에 상황은 아주 달라졌다)과 경솔하게 불법적인 성관계를 가진 직후였다. 이때는 내 아파트, 깁슨 스퀘어에 있는 낡고 커다란 아파트에서 만났고, 말할 필요도 없지만 드니엘의 아버지가 따뜻한 초대에 응해서 찾아온 것이 아니라, 어느 날 밤 내가 몰래 들어오려는데 그가 밖에서 기다리고 있어서 만날 수밖에 없었다. 특별히 소득이 있는 만남도 아니었다. 나는 그를 상대로 부모로서의 책임이라는 문제를 제기하려고 했고, 그는 나를 때리려고 했기 때문이었다. 지금 생각해봐도 내 말에는 일리가 있었다. 열다섯 살짜리가 화요일 새벽 한 시에 멜론스 나이트클럽 남자 화장실에서 코카인을 들이마시고 있었다면? 만일 내 견해를 그렇게 강하게 표현하지 않았더라면, 그가 모퉁이를 돌아 경찰서로 가서는 내가 자기 딸과 맺은 관계에 대해서 고소하지 않았을 가능성은 있었다.

이번에는 그런 식의 주장을 피하도록 해보려고 마음먹었다. 십대 딸 하나는 실종 상태이긴 하지만 아마도 죽었을 것이며, 또 하나는 자살을 시도하고 아마도 돌았을 거라는 짐작으로 미루어보아 크라이튼 집안에서 부모의 책임이라는 주제는 대단히 까다로운 문제일 것임이 분명했다. 그리고 어쨌든 나는 양심에 거리낄 것이 없었다. 내가 제스에게 한 육체적인 접촉은 그녀의 머리를 깔고 앉았을 때뿐이었고, 그건 섹스하고 전혀 무관한 이유에서였다. 사실 섹스와 무관할 뿐만 아니라 이타적이고 심지어 영웅적이기까지 한 행동이었다.

불행히도 크리스 크라이튼은 나를 영웅으로 맞이할 준비를 갖추고 있지 않았다. 내게 악수를 청하지도 않았고, 커피 한 잔도 권하지 않았다. 나는 거실로 안내되어 무슨 멍청한 의회 조사자라도 된 것처럼 호된 질책을 당했다. 필시 나는 판단력이 부족하긴 했다. 나는 제스의 성과 전화번호를 찾아내어 그에게 전화를 했어야 한다. 그리고 어째서인지 나는 '안목도 결여'되었다는 비난을 받았다. 크라이튼은 타블로이드지에 자기 딸이 등장한 것이 나와 무슨 관계가 있다는 느낌을 받은 모양이었다. 단지 내가 더 싸구려 신문에 등장하는 종류의 사람이기 때문이라는 듯. 내가 그의 논리의 모순을 여러 가지 지적하자, 그는 내가 말솜씨로 사람을 속여 넘기기를 잘할 거라고 했다. 나는 그냥 일어나서 나가버리려고 했는데, 그 순간 제스가 나타났다.

"너는 위층에 있으라고 했는데."

"네, 알아요. 하지만 나는 이제 일곱 살이 아니거든요. 혹시 아빠한테 멍청하다고 말해주는 사람 없나요?"

그는 딸을 무서워했다. 그건 금세 알 수 있었다. 하지만 그에게는 세상만사가 다 귀찮다는 표정 뒤로 그 두려움을 감출 만한 자존심은 있었다.

"나는 정치가란다. 아무도 그런 말은 하지 않아."

"내가 십이월 삼십일 일 밤에 어디서 뭘 했든지 아빠랑 무슨 상관이죠?"

"두 사람이 함께 보낸 것 같은데."

"그래요. 우연히 말이죠. 멍청한 얼간이 같으니."

"얘가 나한테 이렇게 말합니다." 그는 슬픈 표정으로 나를 쳐다보며 말했다. 마치 그 두 사람과 오랫동안 관계를 맺어온 나에게 그를 대신해서 딸에게 한마디 해줘도 된다는 듯이.

"사립학교에 보내지 않은 결정을 후회하고 계시겠군요?"

"뭐라고요?"

"따님을 집 근처 종합학교에 보내신 건 아주 존경할 만한 일이긴 합니다. 하지만 아시다시피 우린 값을 치르는 만큼만 돌려받습니다. 게다가 선생님의 경우엔 돈을 낸 만큼도 받지 못하셨죠."

"제스의 학교는 대단히 어려운 상황에서도 아주 잘해냈어요. 제스 학년의 51퍼센트가 중등교육 일반증서 시험에서 C학점 이상을 받았는데 이전 학년에 비해 11퍼센트 늘어난 것입니다." 크라이튼이 말했다.

"훌륭하군요. 대단히 위로가 되시겠어요." 우리는 둘 다 제스를 쳐다보았고, 제스는 가운뎃손가락을 치켜들었다.

"내가 하려는 말은, 당신은 로코 파렌티스loco parentis, 부모, 보호자의 입장이라는 뜻의 라틴어—옮긴이라는 겁니다." 자신만만한 어조로 그녀의 아버지가 말했다. 나는 제스가 어려운 단어에 대해서 인종차별주의자들이 흑인에게 느끼는 것과 같은 감정을 갖고 있다는 사실을 잊었었다. 그녀는 그런 단어를 증오하고, 그것이 나온 곳으로 돌려보내기를 바랐다. 그녀는 아버지를 노려보았다.

"우선, 제스는 열여덟 살이에요. 둘째, 나는 제스가 뛰어내리는 걸 막기 위해 머리를 깔고 앉았고요. 비록 부모다운 행동은 아니었을지 몰라도 적어도 효과는 있었습니다. 그날 밤이 지나고 당신에게 상세 보고서를 보내지 않아 죄송하군요."

"저 애랑 같이 잤습니까?"

"그게 아빠하고 무슨 상관이죠?"

나는 그런 말을 하려는 게 아니었다. 제스가 자신의 성생활을 비밀로 할 권리에 대한 논쟁에 휘말릴 생각은 없었다.

"물론 안 잤어요."

"이봐요. 그런 식으로 말할 건 없잖아요." 제스가 말했다.

"내가 어떻게 말했다는 거지?"

"그래서 다행이라는 식 말이에요. 나랑 잤으면 행운인 줄 알아."

"우리의 우정이 너무 소중해서 망치고 싶지 않거든."

"하하."

"제스와의 관계를 지속할 겁니까?"

"말씀하신 관계를 정의해보세요."

"당신이 말씀한 관계를 먼저 정의해봐야 할 것 같군요."

"이거 보세요. 당신이 얼마나 걱정하고 있는지 알기 때문에 여기 온 거예요. 하지만 계속 그런 식으로 나한테 말할 거면 나는 젠장, 집으로 가버릴 거요." 단어 차별주의자의 표정이 약간 밝아졌다. 앵글로색슨 야만족이 로마 침략자라틴어는 고대 로마의 언어임—옮긴이에게 반격을 가하는 중이니까.

"미안합니다. 하지만 이제 우리 집안 내력을 아시잖소. 내겐 쉬운 일이 아니었습니다."

"하! 나한테는 쉬운 일인 것처럼 말하네요." 제스가 말했다.

"우리 모두에게 힘든 일이었지." 크라이튼은 노력을 해보려고 결심한 것이 틀림없었다.

"그래요. 그건 알겠네요."

"그럼 우리가 어떻게 할 수 있겠습니까? 네? 무슨 생각이 있다면……"

"문제는, 나도 내 문제가 있다는 겁니다." 내가 말했다.

"흥, 당신이 거기 왜 올라갔는지 정말 궁금한데요." 제스가 말했다.

"나도 그건 인정해요, 마틴." 블레어 내각의 다른 로봇들과 마찬가지로, 그도 언제든지 가능하면 이름을 불러서 상대로 하여금 친구라고 느끼게 하라는 미디어 교육을 받았음이 분명했다. "당신에 대해서도 짐작이 갑니다. 당신이 살아오면서 어떤, 어떤 잘못된 방향으로 접어들었다는 걸 알 수 있어요."

제스는 코웃음을 쳤다.

"하지만 당신이 나쁜 사람이라고는 생각하지 않습니다."

"고맙습니다."

"우린 한패잖아요. 그렇지 않아요, 마틴?" 제스가 말했다.

"그래, 제스." 내가 말했다. 그녀의 아버지가 내게 의욕이 없다고 생각하기를 바라면서. "우리는 영원히 친구로 지낼 거야."

"한패라니?" 크라이튼이 말했다.

"우린 서로 지켜볼 생각이에요. 그렇죠, 마틴?"

"그래, 제스." 내 말에서 더 기운이 빠진다면, 내 목구멍을 기어 올라와 입 밖으로 나갈 기력도 없을 것이었다. 그 말들이 원래 있던 곳으로 미끄러져 내려가는 모습이 눈에 보일 지경이었다.

"그럼 계속해서 로코 파렌티스가 되어줄 겁니까?"

"그런 종류의 한패인지는 모르겠습니다만 '로코 파렌티스 일당'이라니…… 별로 강력한 느낌이 없지 않습니까? 우리가 뭘 하겠어요? 가부장제 타도?" 내가 말했다.

"당신 입 닥치고, 아빠도 입 닥쳐." 제스가 나와 크라이튼에게 각각 말했다.

"내가 하려는 말은, 당신이 제스 옆에 있어달라는 거요." 크라이튼이 말했다.

"마틴은 약속했어요." 제스가 말했다.

"그 말을 듣고 안심하란 말이구나."

"안심을 하든 말든 그건 자유입니다. 하지만 난 아무한테도 아무 일에 대해서도 확답을 줄 수 없습니다." 내가 말했다.

"당신도 자녀가 있지 않습니까?"

"그런 셈이죠." 제스가 말했다.

"내가 제스에 대해서 얼마나 걱정하는지 일일이 말하지 않아도 되겠죠. 그리고 지각 있는 어른이 저 애를 돌봐준다고 한다면 얼마나 달라질지도 말입니다."

제스는 도움이 안 되게 키득거리며 웃었다.

"당신은……그러니까…… 타블로이드에서 말한 그런 사람은 아닐 거라고……"

"당신이 열다섯 살짜리랑 잔 것 때문에 걱정하는 거예요." 제스가 말했다.

"나는 일자리를 놓고 면접 보러 온 게 아닙니다. 그런 일을 맡고 싶지도 않고, 내게 이 일을 떠맡기기로 한 건 당신입니다." 내가 말했다.

"내가 바라는 건, 당신이 제스가 심각한 문제를 일으키려고 하는 것을 보면 막거나 내게 알려주겠다고 말해주는 것뿐입니다."

"마틴은 기꺼이 그렇게 할 거예요. 하지만 저 사람 빈털터리라고요." 제스가 말했다.

"어째서 돈이 문제가 되지?"

"왜냐하면 저 사람이 나를 지켜야 하는데 내가 무슨 클럽 같은 데 들어간다면 저 사람한테 돈이 한 푼도 없으니까 들여보내주지 않을 거니까. 또……"

"또 뭐?"

"나는 거기 들어가서 헤로인 과용으로 쓰러질 수도 있어요. 아빠가 너무 짜게 구는 바람에 내가 죽을 수도 있다고요."

갑자기 제스가 하려는 말이 뭔지 깨달았다. 영국에서 가장 인기 없는 방송국에서 주급 250파운드를 받으며 일하다 보니 집중력도 높아지고 공감하는 능력과 상상력도 커졌다. 고작 20파운드 때문에 제스는 화장실에서 쓰러져 죽어 있다…… 올바른 정신으로 상상한다면, 상상하기에 너무 끔찍한 일이었다.

"얼마면 됩니까?" 크라이튼은 모든 것—우리가 나누는 대화, 십이월 삼십일 일 밤, 나의 유죄 판결—이 다 이 순간을 위해 조작된 것이기라도 하는 듯 한숨을 내쉬며 말했다.

"아무것도 바라지 않아요." 내가 말했다.

"아니잖아요. 필요하잖아요." 제스가 말했다.

"요즘 클럽에 들어가는 데 얼마를 내지?" 크라이튼이 물었다.

"100파운드면 쉽게 들어갈 수 있어요." 제스가 말했다.

100파운드라니? 두 사람 분의 괜찮은 저녁식사 비용 때문에 이렇게 구차한 소리를 하고 있었던 건가?

"넌 100파운드를 내야 들어갈 수 있겠지. 하지만 저 사람은 들어가는 데 따로 돈을 낼 필요가 없을 거야. 저 사람은 입장료만 내면 된다. 네가 만약 마약을 과용하면 말이다. 네가 화장실에서 생사를 헤매고 있다면, 저 사람은 바에서 얼쩡거릴 필요도 없을 것 같은데."

"그럼 아빠 말은 내 생명이 100파운드 값어치도 없다는 거군요. 잘됐네요. 젠한테 그런 일도 있었으니. 아빠한테 귀찮은 딸은 더 이상 필요 없을 테니 말이에요."

"제스, 그런 말을 하다니 너무하구나."

'말을'과 '너무' 사이 어딘가에서 현관문이 쾅 닫혔고, 크라이튼과 나는 서로를 바라보며 앉아 있었다.

"내가 서툴지요. 그렇지 않습니까?" 그가 말했다.

나는 어깨를 으쓱했다. "제스는 협박으로 돈을 요구하고 있었어요. 매번 달라는 대로 주거나, 그렇지 않으면 달려나가버리는 거죠. 그리고 그건 좀…… 당황스러울 수도 있습니다. 가족사에 비추어서 생각하면 말입니다."

"저 애가 원할 때마다, 원하는 액수대로 주겠습니다." 그가 말했다. "부탁이니 가서 저 애를 찾아주십시오."

나는 250파운드를 벌어 그 집을 나왔다. 제스는 길 끝에서 나를 기다리고 있었다.

"우리가 말한 금액의 두 배를 벌었을 거예요. 젠 이름을 꺼내면 언제나 먹힌다니까." 그녀가 말했다.

. 제스 .

아마 믿지 않겠지만—나도 믿을 수 없다—생각해보니 젠에게 일어난 일은 십이월 삼십일 일 밤에 있었던 일과 아무 관련이 없다. 하지만 남들과 이야기해보고 신문을 읽어보니, 아무도 그렇게 생각하지 않는 것 같았다. 그들은 마치 오! 알겠다, 네 언니가 사라졌으니 너도 아파트에서 뛰어내리고 싶어하는구나, 라고 말하는 것 같다. 하지만 그런 게 아니다. 분명 그것도 재료 비슷한 것이기는 하겠지만, 전부 다는 아니라는 뜻이다. 내가 볼로네이즈 스파게티라고 치자. 음, 젠은 토마토다. 아니면 양파든가. 혹은 마늘 정도일 수도 있다. 하지만 젠이 고기나 국수처럼 중요한 재료는 아니다.

그런 일에는 누구나 서로 다르게 반응하지 않나? 어떤 사람들은 후원 단체를 만들 것이다. 내가 그걸 알고 있는 건, 엄마 아빠가 늘 나를 무슨 놈의 염병할 그룹에 넣으려고 하기 때문이다. 그런 그룹은 중등교육 증서 같은 것을 여왕한테서 받아낸 사람이 차린 것이기 때문이다. 그리고 어떤 사람들은 그런 일을 겪고 나면 자리에 앉아 텔레비전을 켜고 이십 년 동안 텔레비전만 계속 볼 것이다. 나, 나는 그냥 사고를 치기 시작했다. 아니, 다시 말하면 사고 치기가 전에는 취미였는데 그 후로는 전업이 되었다고 말하는 게 정확하겠다. 젠이 사라지기 전에도 사고 치기는 이미 시작되었다. 그 점은 정직하게 말하겠다.

이야기를 계속하기 전에, 사람들이 늘 묻는 질문에 대답을 해야겠다. 그래야 당신이 거기 앉아서 궁금해하면서 내 말에 집중하지 못하는 일이 없을 테니까. 아니, 나도 젠이 어디 있는지 모른다. 그리고 난 젠이 살아 있다고 생각한다. 왜 살아 있다고 생각하느냐면, 주차장에 차를 세워둔 게 내겐 가짜 티가 나기 때문이다. 언니가 행방불명된 것에 어떤 기분이 드느냐고? 알려줄 수 있다. 소중한 것, 지갑이나 보석 같은 것을 잃어버리면 다른 일에 집중이 안 되는 것 말이다. 음, 항상 매일매일 그런 기분이 든다.

그 밖에도 사람들이 묻는 것이 있다. 젠이 어디 있을 것 같냐고? 그건 그녀가 어디 있는지 아느냐는 질문과는 다르다. 처음에는 그 두 질문이 다르다는 걸 몰랐다. 그러다 알게 된 다음에는 그녀가 어디 있다고 생각하느냐는 질문이 바보 같다고 생각하게 되었다. 그러니까 그걸 알면 내가 가서 찾아올 테니까. 하지만 지금은 그것이 좀 더 시적인 질문이라는 걸 알게 되었다. 왜냐하면 사실 그건 그녀가 어떤 사람이냐고 묻는 질문에 가까우니까. 젠이 아프리카에서 사람들을 돕고 있을 거라고 생각하는지? 아니면 아주 긴, 영원한 파티 중이라고 생각하는지? 혹은 스코틀랜드 섬에서 시를 쓰고 있거나, 호주의 숲 속을 여행하고 있을 거라고 생각하는지? 내 생각은 이렇다. 나는 젠이 아마 미국에서 아이를 낳아 키우고 있을 것 같고, 어딘가 햇빛 잘 드는 소도시에 살고 있을 것 같다. 뭐, 텍사스나 캘리포니아 같은 곳. 그리고 젠은 열심히 일하고 그녀를 돌봐주고 사랑해주는 남자와 살고 있을 것 같다. 그래서 나는 사람들에게 그렇게 말해준다. 다만 젠 이야기를 하는 건지, 내 이야기를 하는 건지 헷갈리는 것뿐이다.

아, 또 한 가지가 있다. 특히 당신이 이 글을 훗날, 사람들이 우리에 대해서 잊어버렸을 때 읽고 있다면 이 점을 알아두기 바란다. 이 이야기가 진행되다가 젠이 갑자기 나타나 나를 구하러 올 거라고 기대하지는 말라는 것. 젠은 돌아오지 않는다. 그리고 우린 젠이 죽었는지 살았는지도 알아내지 못한다. 아무 일도 일어나지 않으니까, 그런 건 잊어버리는 게 좋다. 음, 젠에 대해서는 잊으면 안 된다. 젠은 중요하니까. 하지만 그런 식의 결말은 잊어버려라. 이 책은 그런 이야기가 아니니까.

모린은 토퍼스하우스와 켄티시타운 중간쯤, 나이 많은 아줌마들과 선생들이 잔뜩 모여 사는 후진 거리에 살고 있었다. 뭐, 그들이 선생들이라고 확인할 길은 없지만, 하여간 주변에 자전거가 엄청 많다. 자전거랑 재활용품 수거함이. 재활용이라는 거 엉터리 아닌가? 마틴에게 그렇게 말했더니, 네가 그렇다면 그렇겠지, 라는 식의 반응이었다. 그는 좀 지친 것 같았다. 내가 왜 엉터리인지 알고 싶냐고 물었더니 그는 알고 싶지 않다고 했다. 왜 프랑스가 엉터리인지 알고 싶지 않은 것과 똑같이. 그는 별로 말하고 싶은 기분이 아닌 것 같았다.

우리는 제이제이의 아파트를 지나왔는데, 제이제이는 우리와 함께 차를 타고 싶지 않아 했기 때문에 차에는 마틴과 나뿐이었다. 제이제이가 있었다면 대화가 약간 더 매끄러웠을지도 모르겠다. 나는 긴장해서 말을 하고 싶었는데, 아마 그래서 자꾸 바보 같은 소리를 하게 된 모양이다. 아니면 바보라는 말은 잘못된 것일지도 모르겠다. 프랑스가 엉터리라고 하는 건 바보 같은 소리가 아니니까. 조금 뜬금이 없다고나 할까. 제이제이가 있었다면 내 문장을 좀 다듬어서 사람들이 스케이트보드를 타고 미끄러지듯 만들어줬을 것이다.

내가 긴장한 건 우리가 매티를 만나게 될 것이고, 나는 장애인들과 별로 잘 지내지 못하기 때문이었다. 개인적으로 무슨 감정이 있는 건 아니고, 내가 장애인을 차별하는 사람도 아니라고 생각한다. 그들도 교육을 받고 버스표를 얻는 등의 권리가 있다고 생각하니까. 문제는 그런 사람들을 보면 속이 좀 이상하다는 것이다. 그건 다 그들이 당신이나 나와 같은 척 행동하는 것 때문이다. 사실은 그렇지 않으니까. 내가 장애인이라고 부르는 건 다리가 하나밖에 없거나 하는 사람들을 가리키는 것이 아니다. 그런 사람들은 상관없다. 내가 말하는 건, 머리가 이상해서 소리를 지르거나 괴상한 표정을 짓는 사람들이다. 어떻게 그들이 당신이나 나와 같다고 할 수 있나? 하긴 나도 소리를 지르고 괴상한 표정을 짓긴 하지만, 그럴 때는 내가 그런다는 걸 의식하고 있다. 어쨌든 주로 그러니까. 하지만 그들의 경우에는 예측할 수 없는 것 아닌가? 그들은 완전히 중구난방이다.

하지만 정확히 말하자면 매티는 조용한 편이었다. 매티는 너무나 장애가 심해서 오히려 괜찮았다. 내 말뜻을 알지는 모르겠지만. 그는 그냥 자리에 앉아 있었다. 내 입장에서는 그것이 더 나을 것 같았지만, 그의 입장에서 보기엔 별로 좋을 것 같지 않았다. 하지만 그에게 입장이 있는지 누가 알까? 그리고 만일 그에게 입장이란 것이 없다면, 중요한 건 내 입장 아닐까? 그는 키도 꽤 크고, 휠체어를 타고 있고, 머리가 이리저리 움직이지 않도록 목에다가 쿠션을 받치고 있었다. 그는 사람이든 물건이든 아무것도 쳐다보지 않았기 때문에 나는 별로 당황하지 않았다. 시간이 좀 지나자 난 그가 거기 있다는 것조차 잊어버리게 되었다. 그래서 나는 생각보다 잘 적응했다. 하지만 참 빌어먹을 일이었다. 가엾은 모린 아줌마. 내가 모린이었다면, 장담하는데, 아무도 내가 옥상에서 내려오도록 설득할 수 없었을 것이다. 절대로.

우리가 도착했을 때 제이제이는 벌써 와 있었고, 그래서 우리가 들어가니 마치 가족 모임 같았다. 아무도 서로 닮지 않았고, 만나서 반가운 척하는 사람이 아무도 없다는 점만 빼면 말이다. 모린은 차를 한 잔씩 주었고 마틴과 제이제이는 매티에 대해서 예의바른 질문을 했다. 나는 듣고 싶지 않아서 그냥 주위를 좀 둘러보았다. 모린은 말한 대로 정말 정돈을 잘해두었다. 텔레비전과 앉을 것 외에는 거의 아무것도 없었다. 방금 이사 온 것 같았다. 사실, 모린이 물건들을 밖으로 내놓고 아래로 내려놓은 것 같은 인상을 받았다.

벽에 난 자국이 다 보였으니까. 하지만 그때 마틴이 제스는 어떻게 생각하지? 라고 묻는 바람에 나는 둘러보기를 멈추고 이야기에 끼어들었다. 우리는 계획을 세워야 했다.

. 제이제이 .

나는 생각할 시간이 필요했기 때문에 마틴과 제스와 같이 모린의 집으로 가지 않았다. 나는 과거에 음악 기자들과 인터뷰를 두어 번 해봤지만, 그들은 밴드의 팬인데다 착한 친구들이라 데모 시디를 주면서 술이나 한잔 사게 해주면 완전히 흥분해서 헤어지는 사람들이었다. 하지만 이 사람들, 문을 두드리며 감명받을 이야기를 구하는 여기자 같은 사람들에 대해서는 아는 게 없었다. 내가 아는 것이라곤 그들이 스물네 시간 만에 내 집 주소를 알아냈다는 것뿐이었고, 그런 일을 할 수 있다면 무슨 일인들 못하겠어? 그들은 혹시 언젠가 누군가가 흥미로운 일을 할 수도 있으니 영국에 사는 모든 사람의 이름과 주소를 알고 있는 것 같았다.

어쨌든 그녀는 나를 완전히 피해망상증에 사로잡히게 했다. 만약 그녀가 원하기만 한다면, 밴드에 대해서도 오 분이면 알아낼 수 있을 것이다. 그런 다음 에디와 리지를 찾아낼 것이고, 내가 무슨 병에 걸려 죽어가는 게 아니라는 걸 알아낼 것이고, 만일 내게 병이 있었다면 그걸 비밀로 했다고 생각할 것이다. 또, 그녀는 내가 걸렸다고 거짓말한 그 병이 존재하지 않는다는 것도 알아낼 것이다.

다시 말해 나는 큰일 났다는 것만 알 수 있을 정도로 당황했다.

나는 모린의 집으로 가는 버스를 탔고, 가는 도중에 다 털어놓기로, 모든 것을 말하기로 결정했다. 만약 그들이 싫어한다면 싫어하라지. 하지만 그들이 그 사실을 신문에서 읽는 것은 원치 않았다.

우리가 가엾은 매티의 숨소리에 적응하는 데는 시간이 걸렸다. 매티의 숨소리는 귀에 거슬렸고 힘겨운 듯했다. 우리는 모두 같은 생각을 하고 있었던 것 같다. 우리는 모두 만약 자신이 모린이라면 적응할 수 있었을지 생각하고 있었다. 그리고 그때 무슨 말을 들었다 해도 옥상에서 다시 내려올 수 있었을지 생각해보려고 애쓰고 있었다.

"제스, 네가 우리보고 만나자고 했잖아. 네가 회의를 진행해보는 게 어때?" 마틴이 말했다.

"좋아요." 제스가 말하더니 목청을 가다듬었다. "우리가 오늘 여기에 모인 것은……"

마틴이 웃었다.

"빌어먹을! 아직 한 마디도 끝맺지 못했어요. 뭐가 우스워요?" 그녀가 말했다.

마틴은 고개를 저었다.

"아니, 말해봐요. 내가 그렇게 웃기다면 나도 이유를 알고 싶다고요."

"그건 보통 성당에서 하는 말이라 그런 건지도 몰라."

한참 동안 정적이 흘렀다.

"네, 나도 알고 있어요. 일부러 그런 거예요."

"왜?" 마틴이 물었다.

"모린, 성당 다니죠? 그렇죠?" 제스가 말했다.

"전에는 다녔어요." 모린이 말했다.

"그것 봐요. 모린을 편하게 해주려는 거였다고요."

"거 참 사려 깊군."

"왜 당신은 내가 하는 걸 뭐든 망쳐놓죠?"

"저런, 이제 성당에서 피우는 향냄새까지 나는군." 마틴이 말했다.

"좋아요. 당신이 시작해요. 이 염병할……"

"그만해요, 내 집에서. 내 아들 앞에서." 모린이 말했다.

마틴과 나는 서로 쳐다보며 얼굴을 찡그리고, 숨을 참고, 손가락을 꼬아봤지만둘째와 셋째 손가락을 꼬는 것은 행운을 바라는 의미다—옮긴이, 소용이 없었다. 제스는 분명한 사실을 어쨌든 짚고 넘어갈 참이었다.

"당신 아들 앞에서라니? 하지만 저 사람은……"

"나는 CCR에 걸리지 않았어요." 내가 말했다. 내가 생각해낼 수 있는 건 그것뿐이었다. 그러니까 분명 해야 할 말이긴 했지만, 원래는 좀 더 마음의 준비를 할 생각이었다.

침묵이 흘렀다. 나는 그들이 내게 퍼붓기를 기다리고 있었다.

"오, 제이제이! 그거 다행이에요!" 제스가 말했다.

희한하게도 사람들이 크리스마스 휴가 동안 CCR의 치료약을 발견했을 뿐만 아니라, 십이월 삼십일 일에서 일월 이 일 사이에 내 현관문 앞에 그 약을 배달해놓았다고 제스가 생각한다는 사실을 깨닫는 데 일 분 정도 걸렸다.

"제이제이가 하는 말은 그게 아닌 것 같은데." 마틴이 말했다.

"맞아요. 내 말은 그 병에 걸린 적이 없다는 거예요." 내가 말했다.

"말도 안 돼! 개자식!"

"누가?"

"그 지랄 맞은 의사들 말이에요." 모린의 집에서 제스는 '지랄 맞은'이라는 욕을 쓰기로 결정했다. "그놈들을 고소해야 해. 당신이 뛰어내렸으면 어쩔 뻔했어? 그런 다음에 오진이라고 하면?"

빌어먹을! 그 말을 알아먹는 게 정말 이렇게 어려워야 하나?

"그 말을 하는 것도 아닌 것 같은데." 마틴이 말했다.

"맞아요. 최대한 명확하게 말해보도록 할게요. CCR 같은 것은 없고, 그런 것이 있다 하더라도 내가 그 병에 걸려서 죽어가는 건 아니에요. 내가 지어낸 이야기인데…… 그건…… 모르겠어요. 아마 여러분의 동정을 받고 싶었고, 또 내 문제를 여러분이 이해할 것 같지 않아서 그랬던 것 같아요. 미안해요." 내가 말했다.

"이 사기꾼." 제스가 말했다.

"너무해." 모린이 말했다.

"이 나쁜 자식." 제스가 말했다.

마틴은 미소를 지었다. 불치병에 걸렸다고 거짓말하는 건 거의 열다섯 살짜리를 꾀는 짓과 맞먹는 짓이라, 그는 나의 망신을 즐기고 있었다. 또 그는 도덕적으로 약간 우월하다고 생각했을지도 모른다. 왜냐하면 그는 망신을 당했을 때 걸맞은 행동을 했으니까. 그는 토퍼스하우스로 걸어올라가 옥상 가장자리에 걸터앉아 있었던 것이다. 뛰어내리진 않았지만, 그는 사태를 진지하게 받아들이고 있다는 것을 보여주었다. 나, 나는 먼저 떨어질 생각부터 한 다음 망신을 당했다. 십이월 삼십일 일 밤이 지난 이후로 나는 훨씬 더 나쁜 놈이 되었다. 그건 좀 우울한 일이었다.

"그럼 왜 그런 소릴 했죠?" 제스가 물었다.

"그래. 무슨 말을 하고 싶었던 거였지?" 마틴이 말했다.

"그건 그냥…… 모르겠어요. 여러분에겐 모든 것이 너무 분명했어요. 마틴과 그의 문제, 그리고 모린이랑……" 나는 매티를 향해 고개를 끄덕였다.

"나는 분명하지 않았어요. 나는 채스랑 잘해보겠다고 헛소리를 했다고요." 제스가 말했다.

"그래요. 근데 기분 나쁘라고 하는 말은 아니지만, 넌 좀 이상했어. 네 말은 별로 상관없었어."

"그럼 당신에겐 뭐가 문제였지?" 모린이 물었다.

"글쎄요. 우울증, 사람들이 그렇게 말할 거 같네요."

"아, 우울증은 이해해. 우리 모두 우울증에 걸렸으니까." 마틴이 말했다.

"그래요. 나도 알아요. 하지만 내 우울증은 너무…… 너무 지랄 맞게 모호하다고요. 미안해요, 모린."

어떻게 사람들은 욕을 안 하고 살 수 있지? 어떻게 그게 가능할까? 말을 하다 보면 '염병할'이란 말을 꼭 넣어야만 하는 공간이 생긴단 말이다. 세상에서 누가 제일 존경스러운지 아는가. 뉴스 캐스터들이다. 내가 만약 그 일을 한다면, "그 지랄 맞은 놈들이 염병할 비행기를 타고 곧장 쌍둥이 빌딩으로 날아갔습니다."라고 할 것이다. 인간이라면 어떻게 그러지 않을 수 있을까? 어쩌면 그렇게 존경스러운 사람들이 아닐지도 모른다. 어쩌면 로봇 좀비들일지도 모른다.

"우리에게 한번 시험해봐. 우린 이해력이 높은 사람들이니." 마틴이 말했다.

“좋아요. 짧게 말하면, 내가 여태까지 바란 건 로큰롤 밴드뿐이에요.”

“로큰롤? 빌 헤일리 앤 코메츠 같은 거 말인가?” 마틴이 말했다.

“아뇨, 그건…… 글쎄, 모르겠어요. 스톤스라든가.”

“그건 로큰롤1950년대 리듬 앤 블루스와 컨트리뮤직이 뒤섞여 만들어진 초창기 록 — 옮긴이이 아니지. 그렇지 않아요? 그들은 분명히 록이라고요.” 제스가 말했다.

“좋아요, 좋아. 내가 원한 건 록 밴드뿐이었어요. 스톤스라든가 아니면 음……”

“반항적인 음악 말이죠.” 제스가 말했다. 일부러 무례하게 구는 것이 아니라, 내가 쓴 용어를 설명해준 것뿐이었다.

“뭐라고 하든지요. 그런데 크리스마스 몇 주 전에 내 밴드가 영원히 찢어져버렸어요. 그리고 우리가 찢어진 직후에 여자친구도 잃었어요. 그녀는 영국 여자였어요. 그래서 내가 여기 오게 된 것이고요.”

침묵이 흘렀다. “그게 다야?” 제스가 말했다.

“그게 다야.”

“그거 참 불쌍하네. 이제 왜 그 병에 걸렸다고 거짓말을 꾸몄는지 알겠네. 롤링 스톤스 같은 소리를 내는 밴드를 못해서 차라리 죽는다고? 나라면 그 반대겠어. 그런 밴드를 하느니 차라리 죽겠다. 미국에선 아직도 롤링 스톤스를 좋아해? 여기선 아무도 안 좋아하는데.”

"그거 믹 재거 말이지? 롤링 스톤스? 꽤 좋았는데. 안 그래? 그 사람들 성공했지." 모린이 물었다.

"믹 재거는 여기 앉아서 제이제이처럼 상한 커스터드 크림을 먹고 있진 않죠?"

"그거 크리스마스 직전에 새로 산 거야. 아마 비스킷 깡통 뚜껑을 제대로 덮지 않은 모양이네." 모린이 말했다.

내 문제에서 이야기가 딴 데로 흘러간다는 생각이 들기 시작했다." 그 스톤스 말이에요…… 그건 중요하지 않아요. 그건 말하자면, 한 가지 예일 뿐이에요. 내가 하려던 말은…… 노래랑 기타, 활력 같은 거예요."

"그 사람은 여든 살쯤 되지 않았나. 그도 기운은 없다고." 제스가 말했다.

"나는 그들을 1990년에 봤어. 월드컵에서 영국이 독일에 페널티로 진 날이었지. 기네스에서 나온 친구가 우리를 데려갔고, 모두 라디오를 듣고 있었지. 어쨌든 그때는 기운이 넘쳤는데." 마틴이 말했다.

"그땐 일흔 살밖에 안 됐잖아요."

"염병할, 입 좀 닥치고 있지 못하겠어? 미안해요, 모린."(앞으로 내가 '염병할' '제기랄' '지랄 맞은'이라고 말할 때는 뒤에 '미안해요, 모린'이라고 말했다고 생각해주기 바란다.) "내 인생에 대해서 말하는 중이잖아."

"아무도 안 말려. 하지만 좀 더 재미있게 만들어야 할걸. 그러니까 우리가 딴 이야기로 빠져서 비스킷 이야기나 하고 있는 거지." 제스가 말했다.

"좋아, 알았어. 이봐, 나에겐 다른 길이란 게 남아 있지 않다고. 일자리를 구할 수 있는 아무런 학력도 없어. 고등학교 졸업도 못했거든. 내게 남아 있던 건 밴드가 전부였는데 이제는 산산조각이 나 버렸어. 그동안 돈이라고는 한 푼도 벌지 못했고. 이제 나는 햄버거나 뒤집게 되는 인생이나 바라보고 살아야 한단 말이야."

제스가 코웃음을 쳤다.

"또 뭐야?"

"아니, 그냥 양키 입에서 그 단어 대신 '뒤집게'라는 말이 나온 게 웃겨서."

"그가 '디지게'라는 말 대신 뒤집게라는 단어를 사용한 건 아닌 것 같은데." 마틴이 말했다. "아마 물건을 뒤집는다는 뜻에서 사용한 거겠지."

"아." 제스가 말했다.

"그리고 그 때문에 죽을까 봐 겁이 나요."

"열심히 일했다고 죽는 사람은 아무도 없어." 모린이 말했다.

"열심히 일하는 게 겁나는 게 아니에요, 알겠어요? 하지만 우리가 순회공연을 하고 레코드를 만들 때 그때가 진정한 나 자신이었어요. 그리고 난 단지 공허하고 좌절하고 있고 그리고…… 있잖아요, 나 자신이 뭔가에 뛰어나다는 걸 알고 있고, 그 정도면 충분히 원하는 걸 이룰 수 있을 거라고 생각했는데 그러지 못했어요…… 그럼 대체 그런 쓸모없는 재능은 이제 어떻게 하죠? 대체 어디에 두냔 말이냐고요, 네? 보낼 데는 아무 데도 없고 그러면 그건 그냥…… 맙소사, 우리가 잘나가고 있을 때도 그건 나를 갉아먹고 있었다고요. 왜냐하면 잘나가고 있을 때도 모든 시간을 무대 위에서나 스튜디오에서 보내진 않았으니까. 가끔 무대나 스튜디오에 있지 않으면 금세라도 폭발해버릴 것 같은 기분이 들어요. 이해할 수 있어요? 이제 지금은, 지금은 그게 아무 데도 갈 수 없게 되었다고요. 예전에 이런 노래를 만들었던 적이 있어요."

어쩌자고 내가 이 이야기를 꺼냈는지 모르겠다.

"모타운 소울 음악의 메카로 유명한 레코드 레이블—옮긴이 풍의 짤막한 곡으로 〈내가 너를 돌봐줄게〉란 노래였는데 에디와 나 둘이서 정말로 한몸처럼 만들었어요. 그런 일은 흔한 게 아니었죠. 우리의 우정에 관한 노래로 얼마나 오래전부터 우리가 친구였는지 주절주절 늘어놓은 내용이었어요. 어쨌든 우리의 데뷔 앨범에 수록되었을 때는 불과 이 분 삼십 초밖에 안 되었고 아무도 주목하지 않았어요. 하지만 라이브에서 이 노래를 연주하기 시작하면서 곡은 점점 길어졌어요. 에디는 아름다운 기타 솔로를 연주했는데 흔한 록 기타 솔로와는 달랐죠. 그보다는 글쎄, 모타운의 간판 싱어송라이터이자 기타리스트 커티스 메이필드나 기타리스트 어니 아이슬리 같은 사람이 연주했을 것 같은 기타 솔로였어요. 그리고 가끔 시카고에서 라이브를 할 때면 친구들과 함께 무대 위에서 즉흥연주를 했는데, 그럴 때면 색소폰 솔로나 피아노 솔로 심지어는 스틸 페달 기타 같은 악기까지 동원되곤 했어요. 그렇게 일이 년이 지나고 나니 그 곡은 십 분, 아니 십이 분도 넘는 라이브의 인기 레퍼토리로 변해 있었죠. 오프닝 곡이나 마지막 곡으로 연주하거나, 공연 시간이 길면 한가운데에 끼워넣었어요. 나에게는 우라지게 순수한 환희의 곡이 되고 만 거예요, 미안해요, 모린. 이해할 수 있나요? 순수한 환희라고요. 마치 서핑이나 그런 것처럼 자연적인 상태에서 절정에 이르는 느낌이었죠. 마치 파도를 타듯 나는 코드를 탔어요. 난 그 기분을 일 년에 백 번은 느낄 수 있었다고요. 보통 사람들은 평생을 살아도 단 한 번도 못 느끼는데 말이죠. 그게 내가 포기한 것이라고요. 기분 내킬 때마다 일상적으로 창조를 할 수 있는 능력을 말이죠. 노는 것도 아니고 일로써. 그리고…… 그러니까, 생각해보니 왜 그런 개소리를 했는지, 미안해요, 모린, 알 거 같아요. 염병할 병으로 죽어간다는, 미안해요, 모린, 말을 한 이유를요. 왜냐하면 실제로 그렇게 느꼈으니까요. 난 죽어가고 있어요. 혈관 안에 있는 모든 피와 원기와 살아 있다는 실감을 주는 모든 것이 말라붙어가는 병으로요. 그리고……"

"그래서, 뭔데?" 마틴이 말했다. "자네는 왜 자살하고 싶었는지 그 부분을 빼먹은 것 같은데."

"말했잖아요." 내가 말했다. "혈관 안에 있는 모든 피가 말라붙어가는 병을 앓고 있는 것 같았다고요."

"그런 일은 누구한테나 일어나. 그런 걸 '나이 먹는다'고 하지. 나는 수감되기 전에 그런 느낌을 받았어. 그 여자애랑 자기 전에도. 지금 생각해보니 아마 그래서 그녀와 잔 걸지도 모르겠군." 마틴이 말했다.

"아뇨, 난 알겠어요." 제스가 말했다.

"그래?"

"물론 알죠. 당신은 새 된 거야." 제스는 테니스 선수가 네트 위를 스친 공으로 운 좋게 점수를 딴 것을 인정할 때처럼 모린을 향해 미안하다는 표시로 손을 흔들었다. "대단한 사람이 될 줄 알았는데, 이제 별 볼일 없는 인간인 것이 확실해진 거지. 예전에 생각했던 것처럼 재능도 없고, 그것 말고는 제2의 계획도 없고, 기술도 없고, 졸업장도 없고, 이제 아무 희망도 없이 사오십 년을 살아야 하는 거야. 아무 희망도 없는 정도가 아닐지도 몰라. 그건 꽤 심각하다고. 그건 뇌에 무슨 병이 든 것보다 더 나빠. 지금 이 상태로는 죽는 데 더 오래 걸릴 뿐이니까. 당신은 서서히 고통스럽게 죽어가든지, 아니면 고마운 마음으로 얼른 죽어버리든지 둘 중 하나를 골라야 해."

제스는 어깨를 으쓱했다.

그녀의 말이 옳았다. 내 심정을 이해한 것이다.

· 모린 ·

제스가 화장실에 안 갔더라면 무사히 넘어갈 수 있었을 것이다. 하지만 화장실에 간다는 사람을 막을 순 없지 않을까? 내가 순진했다. 제스가 자기와 아무 상관도 없는 곳을 들쑤시고 다닐 거란 생각은 전혀 하지 못했다.

제스는 한동안 가 있더니 바보스러운 미소를 머금고서 포스터 두 장을 들고 돌아왔다.

한 손에는 여자의 포스터가, 다른 손에는 흑인 축구 선수 포스터가 들려 있었다.

"근데 이건 누구 거죠?" 제스가 말했다.

나는 일어나 소리를 질렀다. "도로 갖다 놔! 네 물건이 아니잖아!"

"당신에 대해서 그런 생각은 한 번도 안 해봤거든요. 그러니까 지금 밝히자고요. 당신은 허벅지가 굵은 흑인 남자 취향의 레즈비언이었군요. 변태 같으니. 사람 속은 알 수가 없다니까." 제스가 말했다.

과연 제스답다고 생각했다. 그녀에겐 지저분한 상상력, 다시 말해 전혀 상상력이라고 부를 수 없는 것밖에 없었다.

"대체 이 사람들이 누군지 알기나 해요?" 제스가 말했다.

그 포스터는 내 것이 아니라 매티의 것이다. 물론 그 앤 자기 것인지 모르겠지만, 그렇다. 내가 그 애를 위해 고른 것이다. 여자 이름은 버피라고 알고 있다. 포스터에 그렇게 적혀 있으니까. 하지만 실은 버피가 누군지 몰랐다. 그저 매티 주위에 매력적인 젊은 여자가 있으면 좋을 거라고 생각한 것뿐이었다. 이제 그럴 나이가 되었으니까. 그리고 그 흑인 청년은 아스널의 축구 선수라고 알고 있지만, 이름이 패디라는 것밖에 몰랐다. 매주 하이버리 구장에 아스널 경기를 보러 가는 성당 사람 존에게 조언을 구했더니, 그가 모두 다 패디를 좋아한다고 했고, 그래서 나는 그에게 다음번 경기를 보러 갈 때 우리 애를 위해 포스터를 구해다 줄 수 있는지 물었다. 존은 착한 사람이라서 패디가 골을 넣고 기뻐하는 커다란 사진을 갖다주었고, 포스터 값도 필요 없다고 했지만, 그 후로 상황이 약간 어색해졌다. 무슨 까닭인지 그는 내 아이가 열 살이나 열두 살쯤 되는 어린아이라고 생각하곤, 그 애를 데리고 경기를 보러 가겠다고 약속한 것이다. 그리고 이따금 일요일 오전, 아스널이 토요일 경기에서 졌을 때는 매티가 뭐라고 하는지 물어보고, 또 큰 경기에서 이긴 날이면 "아들이 기뻐하겠군요."라고 말하는 것이었다. 그러던 어느 금요일 오전, 나는 가게에 나갔다가 매티를 휠체어에 태우고 돌아오는 길에 존과 우연히 마주쳤다. 나는 아무 말도 할 수 없었지만, 나 자신과 다른 모든 사람에게 '이 애가 매티야, 이게 내 아들이야.'라고 시인할 수밖에 없는 때가 있는 법이다. 그래서 나는 그렇게 했고, 그 이후로 존은 아스널 이야기를 다시는 꺼내지 않았다. 일요일 오전의 그 대화가 사라졌다고 해서 서운한 것은 아니다. 신앙심을 잃는 데 좋은 구실은 얼마든지 많으니까.

나는 제스가 뒤적거려보았을 다른 물건들을 고를 때와 똑같이 포스터를 골랐다. 테이프, 책, 축구화, 컴퓨터 게임, 비디오 등. 일기장과 유행하는 주소록(주소록이라니! 세상에! 하필이면 주소록이라니. 매티를 위해 테이프를 틀어놓고 그 애가 듣기를 바랄 수는 있지만, 주소록은 무엇으로 채운단 말이지? 내게도 주소록은 필요 없는데). 요란한 장식이 달린 펜과 카메라, 워크맨, 시계도 여러 개. 그 방에는 매티가 살아보지 못한 십 대의 삶이 고스란히 들어 있었다.

이건 모두 오래전, 내가 매티의 방을 꾸며주기로 한 때부터 시작된 일이었다. 그때 매티는 여덟 살이었고, 그때까지도 매티는 커튼에 피에로가 매달려 있고 벽에 토끼 그림이 그려져 있는 아기 방에서 지내고 있었다. 아직 그 애가 어떤 상태인지 몰랐던 내가, 배 속에 있는 그 애가 태어나길 기다릴 때 준비했던 방이었다. 그런 장식이나 그림들은 다 낡아 떨어져나가고 보기 흉해졌지만 나는 손을 쓰지 않았다. 그 애에게 아무런 일도 생기지 않는다는 것, 어떤 면으로 보아도 성장하지 않는다는 것만으로도, 내가 감당하기 너무나 벅찬 일이었기 때문이다. 토끼 그림을 무엇으로 바꾸면 좋을까? 그때 아이가 여덟 살이었으니 기차나 로켓 같은 것도 좋을 것이고, 어쩌면 축구 선수도 적당했을지 모른다. 물론 그 애는 그런 것이 무엇인지, 무슨 의미가 있는지, 무슨 일을 하는지 알지 못했을 것이다. 하긴 그렇게 치면 어차피 그 애는 토끼나 광대도 뭔지 몰랐을 터이다. 그러니 나는 어쩌면 좋았을까? 모든 것이 시늉 아니었을까? 흉내가 아니라 진짜로 할 수 있는 일이라면 벽을 하얗게 칠하고 평범한 커튼을 다는 것밖에 없었을 것이다. 그랬다면 그 애와 나, 그리고 그 방에 들어오는 다른 사람들에게 내가, 그 애가 식물인간이나 다름없다는 걸 알고 있으며 그걸 감출 생각이 없다는 사실을 알려주는 방법이 되긴 했을 것이다. 하지만 언제까지 그렇게 해야 할까? 그렇다면 그 애에게 문구가 적혀 있거나 그림이 그려져 있는 티셔츠를 사줄 수 없다는 말일까? 그 애는 읽지도 못하고, 그림의 뜻도 이해하지 못할 테니까? 게다가 그 애가 색깔이나 무늬를 알아볼 수 있을지 누가 알까? 그렇다면 그 애한테 말을 건네는 것이 우스운 짓이며, 그 애한테 미소를 짓고, 머리에 입 맞춰주는 것도 마찬가지란 건 두말할 필요도 없다. 어차피 내가 하는 모든 행동은 시늉에 불과한데, 시늉이라도 제대로 하는 게 뭐 어떻다고?

결국 나는 기차 무늬 커튼을 골랐고 스탠드 옆에는 〈스타워즈〉 주인공을 세워놓았다. 그런 다음부터는 그 애 또래의 남자아이가 무엇을 읽고 생각하는지 알아보려고 이따금 만화책을 사보기 시작했다. 그리고 우리는 토요일 오전 프로그램을 함께 보았고, 그래서 나는 그 애가 좋아할 만한 팝 가수나 프로그램에 대해서도 조금 알게 되었다. 전에도 말했지만 가장 힘든 것 중에 하나가 아무것도 변하지 않는 것이었고, 변하는 척해봐야 달라지는 것은 아무것도 없다. 하지만 도움은 된다. 그것도 없다면 남는 게 뭐가 있을까? 그리고 어쨌든 이런 것들을 생각하노라면 희한하게도 매티를 보는 것이 좀 편해졌다. 〈이스트엔드 사람들〉의 새로운 인물을 구상할 때면 그렇게 할 것 같다. 작가들은 스스로에게 '음, 이 사람은 무엇을 좋아할까? 무슨 음악을 들을까? 친구는 누구일까? 어떤 축구팀을 응원할까?'라고 물어볼 것이다. 나도 그렇게 했다. 아들을 지어낸 것이다. 그 애는 아스널을 응원하고, 낚시를 좋아하지만 아직 낚싯대는 없다. 그 애는 팝 음악을 좋아하긴 하지만, 사람들이 웃통을 벗어던지고 욕설을 하면서 부르는 팝 음악은 아니다. 아주 가끔, 사람들이 아이가 생일이나 크리스마스 선물로 뭘 받고 싶어 하는지 물을 때, 내가 이런 것들을 바탕으로 대답해주면 사람들은 놀란 표정을 짓지 않으려고 애쓴다. 대부분의 먼 친척들은 그 애를 만나본 적도 없고, 만나보겠다고 한 적도 없었다. 그들이 매티에 대해서 알고 있는 거라곤 온전치 못하고, 뭔가 문제가 있다는 것뿐이다. 그들은 더 이상 알고 싶어하지도 않았고, 그래서 '어머, 그럼 걔가 낚시를 할 수 있니?'라고 묻는 법도 없었다. 혹은 마이클 삼촌의 경우에는 '아, 그럼 걔가 수영을 하면서 물속에서 시계를 볼 수 있단 말이냐?'라고 묻지도 않았다. 그들은 그저 무슨 선물을 사주면 될지 알게 되어 감사할 따름이다.

매티는 결국 아파트 전체를 차지하게 되었다. 아이들이 원래 그렇지 않은가. 사방에 물건을 늘어놓으니.

"그 사람들이 누구든 상관없어. 매티 물건이니까." 내가 말했다.

"아, 그럼 매티가 팬이라……"

"그냥 시키는 대로 제자리에 갖다 둬. 갖다 놓든지, 아님 나가.

대체 얼마나 나쁜 년이 되고 싶은 거야?" 마틴이 말했다.

언젠가 나도 내 입으로 그렇게 말하는 법을 배울 것이다.

· 마틴 ·

매티의 포스터는 그날 다시 화제에 오르지 않았다. 물론 우리 모두 의아했지만 제스 때문에 제이제이와 나는 이 궁금증을 표현할 수 없었다. 제스는 사람들로 하여금 자신의 편을 들거나 반대하는 두 가지 입장 중 하나를 선택하게 만드는데, 이 문제에 대해서는 다른 많은 경우에서와 마찬가지로 우리는 그녀와 반대 입장을 취했다. 그래서 그 문제에 대해서는 입을 다물고 있어야 했다. 하지만 억지로 입을 다물고 있기는 싫었으므로, 우리는 다른 생각나는 문제들에 대하여 과격하고 시끄럽게 굴었다.

"네 아버지를 견딜 수 없는 거야?" 내가 물었다.

"물론이죠. 아빠는 멍청이예요."

"하지만 같이 살잖아?"

"그래서요?"

"대체 어떻게 참고 사는 거지?" 제이제이가 물었다.

"따로 살 돈이 없으니까. 또 가정부도 있고, 케이블이랑 무선 인터넷 같은 것도 있거든요."

"아, 젊고 이상주의자에 원칙까지 있다니 대단해! 세계화에 반대하고 가정부에는 찬성하는 거로군?" 내가 말했다.

"그래요. 얼간이 같은 당신들한테 설교 좀 들어보죠. 이유는 또 있어요. 젠 문제 말이에요. 걱정하고 있다고요."

아, 그렇다. 젠 문제. 제이제이와 나는 잠시 마음이 누그러졌다. 어떤 면에서 보면, 그전의 대화는 다음과 같이 요약될 수 있다. 최근 미성년자와 섹스한 것 때문에 징역을 살았던 남자와 약간의 시간과 수고, 체면을 위해 죽을병에 걸렸다고 거짓말을 한 남자가 슬퍼하는 부모와 함께 살고 싶어하는 슬픈 십 대 소녀를 놀려댔던 것이다. 나는 이 대화를 달리 요약할 수 있도록 따로 쪽지에다 적어두었다.

"언니 이야기는 유감이야." 모린이 말했다.

"아, 그래요. 하지만 오래전 일이니까요. 그렇죠?"

"어쨌든 유감이야." 제이제이가 힘없이 말했다. 제스에게 사람으로서의 도리를 갖춘다는 건, 그녀가 다시 모두에게 버림받기 전까지 무슨 소리든지 지껄이도록 해준다는 뜻밖에 되지 않았다.

"이제 적응하도록 해요."

"넌 적응했어?" 내가 물었다.

"그런 셈이죠."

"적응하다니 이상할 것 같아."

"좀."

"늘 그 생각이 나지 않아?" 제이제이가 제스에게 물었다.

"원래 하기로 했던 이야기나 하면 안 될까?"

"그게 정확히 뭐였지?"

"어떻게 하면 좋을지 말이에요. 신문이랑 그런 문제에 대해서."

"우리가 꼭 뭘 해야 하나?"

"그럴 거 같은데요." 제이제이가 말했다.

"우리 이야기는 곧 잊혀질 거요. 신년 초에는 뉴스거리라고는 빌어먹게, 미안해요, 모린, 없으니까." 내가 말했다.

"만약 우리가 잊히는 걸 바라지 않는다면요?" 제스가 말했다.

"대체 왜 우릴 기억해주길 바라지?" 내가 물었다.

"돈이 좀 될 수도 있잖아요. 그리고 할 일도 생길 거고."

"할 일이라니 어떤?"

"몰라요. 그냥…… 우리가 달라질 것 같은 느낌이 들어요. 사람들이 우릴 좋아하게 될 거고, 관심을 가질 것 같아요."

"미쳤군."

"그래요, 바로 그거예요. 그래서 사람들이 나한테 관심을 가질 거예요. 원한다면 약간 더 미친 척할 수도 있어요."

"더 할 필요는 없을 것 같아." 나는 우리 셋을 대신해서 재빨리 말했다. 사실 전 영국 국민을 대신해서라고 해도 좋았다. "지금 그대로도 좋으니까."

제스는 생각지 못한 칭찬에 살며시 미소를 지었다. "고마워요, 마틴. 당신도 그래요. 사람들도 당신이 어떻게 그 여자애 때문에 인생을 망쳐먹었는지 알고 싶어할 거예요. 그리고 당신도, 제이제이. 피자랑 모든 것에 대해 알고 싶어할 거라고요. 그리고 모린은 매티랑 사는 게 얼마나 골 때리는지 말해줄 수 있을 거예요. 봐요, 우린 엑스맨이나 뭐 그런 슈퍼 영웅처럼 될 거라고요. 우린 모두 뭔가 비밀스러운 초능력이 있으니까요."

"그래. 바로 그거네. 나는 피자 배달하는 초능력이 있잖아. 모린은 장애인 아들이라는 초능력이 있고." 제이제이가 말했다.

"음, 좋아요. '초능력'이란 말은 맞지 않네요. 하지만 알잖아요.

어쨌든 그 뭔가."

"아, 그렇지. '뭔가.' 언제나처럼 르 모 쥐스트le mot juste, 프랑스어로 적절한 명언이라는 뜻—옮긴이로군."

제스는 노려보긴 했지만, 자신의 말에 열중한 나머지 내가 외국어를 안다는 것 때문에 모욕을 주진 않았다. "그리고 우린 아직 죽을지 말지 결정하지 않았다고 해도 좋겠어요. 그러면 사람들이 좋아할 거예요."

"그리고 만약에 밸런타인데이 밤의 약속에 대한 TV 중계권을 판다면, 그들은 그 내용을 〈빅 브라더〉일반인 참가자들이 상금을 놓고 시합을 벌이는 과정을 집 안 구석구석 배치된 카메라로 시청자들에게 보여주는 리얼리티 쇼—옮긴이 비슷한 걸로 만들 수도 있어요. 뛰어내릴 사람을 고를 수도 있다고요." 제이제이가 말했다.

제스는 못 믿겠다는 표정을 지었다. "그건 모르겠는데." 그녀가 말했다. "하지만 당신은 신문에 대해서 알잖아요, 마틴. 돈은 벌 수 있을 거예요, 그렇죠?"

"내가 신문 때문에 충분히 고생했다는 생각은 안 드는 거야?"

"아, 항상 자기 생각만 하는군요. 네?" 제스가 말했다. "우리가 몇 파운드를 쥘 수 있다면 어쩔 거예요?"

"하지만 기삿거리가 뭐가 있지? 이야기할 게 없잖아. 우린 올라갔다가 내려왔고, 그게 끝이야. 사람들도 늘 그러면서 살걸." 제이제이가 말했다.

"그 문제는 생각해봤어요. 우리가 뭔가 봤다면 어떨까요?" 제스가 말했다.

"뭘? 뭘 봤어야 하는 건데?"

"좋아요. 천사를 봤다면?"

"천사라." 제이제이가 어이없다는 듯이 말했다.

"그래."

"난 천사를 보지 못했어. 넌 천사를 언제 봤지?" 모린이 말했다.

"아무도 천사는 못 봤소. 제스는 재정적인 이득을 위해 영적인 체험을 꾸며내자고 하는 거요." 내가 설명했다.

"끔찍한 짓이에요." 모린이 말했다. 제스에게 그 밖에 뭘 기대할 수 있다면 좋으련만.

"사실은 꾸며내는 게 아니잖아요?" 제스가 말했다.

"아니라니? 어떻게 우리가 실제로 천사를 만난 게 가능한데?"

"시에서 그런 걸 뭐라고 하죠?"

"뭐?"

"있잖아요, 시에서. 영문학 말이에요. 어쩔 때 사람들이 뭔가가 뭔가와 비슷하다고 하고, 어쩔 때는 뭔가가 뭔가라고 하잖아요. 있잖아요, 내 사랑은 염병할 장미라느니 뭐라느니."

"비유와 은유."

"맞아요, 바로 그거. 셰익스피어가 만들어낸 거죠? 그래서 그 사람이 천재라는 거예요."

"아닌데."

"그럼 누가 만든 거예요?"

"신경 쓰지 마."

"그럼 왜 셰익스피어가 천재죠? 뭘 했는데?"

"그 이야긴 다음에 하지."

"좋아요. 어쨌든 뭔가가 뭔가라고 말하는 게 뭐죠? 당신이 개자식이 아닌 건 분명한데도 '넌 개자식이야.'라고 하는 경우 말이에요."

모린은 울 것 같은 표정이었다.

"오, 제발 좀, 제스." 내가 말했다.

"미안해요, 미안. 문법 토론을 하는 경우에도 똑같이 욕설 금지 규칙이 있는 줄 몰랐어요."

"당연히 있지."

"알았어요. 미안, 모린. 좋아요. 그렇다면 돼지가 아닌데도 '넌 돼지야.'라고 할 때요."

"은유."

"맞아요. 우린 말 그대로 천사를 본 건 아니에요. 하지만 은유적으로는 본 셈이에요."

"우리가 말하자면 은유적으로 천사를 본 셈이라." 제이제이가 다시 말했다. 그는 이제는 전혀 믿을 수 없다는 말투였다.

"알았어요, 알았어. 그러니까 뭔가가 우릴 돌려보냈다고요. 뭔가가 우리 목숨을 살려줬어요. 그게 천사라면 안 될 까닭이라도 있어요?"

"천사가 없었으니까."

"알았어요. 우린 천사를 못 봤어요. 하지만 뭐든 천사라고 할 수 있어요. 어쨌든 여자라면 누구든지. 나나 심지어 모린까지도요."

"모든 여자는 천사가 될 수 있다." 제이제이가 다시 되풀이했다.

"그래. 천사들은 여자니까."

"혹시, 가브리엘 천사라고 들어봤나?"

"아뇨."

"음, 그 천사는 남자였어."

"그래요?"

무슨 까닭인지 나는 갑자기 인내심을 잃었다.

"이게 무슨 헛소리지? 자기가 어떤 이야기를 하고 있는지 한번 들어봐, 제스."

"내가 지금 뭐랬는데요?"

"우리는 직설적으로든 은유적으로든 천사를 보지 않았어. 그리고 말이 나온 김에 말인데, 뭔가를 은유적으로 봤다는 게 뭔지 모르겠지만, 그건 뭔가를 본 것과는 달라. 눈으로 직접 본 것하곤 말이야. 네가 우리에게 하라는 말과는 다른 거야. 그건 과장 정도가 아니야. 그건 염병할 헛소리야. 미안해요, 모린. 솔직히 말해서 이 이야긴 아무한테도 하지 않는 게 좋겠어. 난 누구한테도 천사 이야긴 하지 않을 거야. 전국 방송에 나간대도."

"하지만 만약 텔레비전에 나가서 우리의 메시지를 전할 기회가 있다면요?"

우리는 모두 그녀를 노려보았다.

"대체 우리의 메시지가 뭔데?"

"음, 그거야 우리가 정해야죠. 그렇지 않아요?"

도대체 이런 정신머리를 가진 사람과 어떻게 논쟁이 가능한가? 우리 셋은 방법을 찾지 못했고, 그래서 놀려먹고 비아냥거리는 것으로 만족했다. 우리 가운데 사분의 삼은 잠시 동안 매스컴을 탄 것이 전혀 즐겁지 않았다는 암묵적인 동의에 도달하며 그렇게 오후가 지나갔다. 우리의 정신 건강에 대해 일고 있는 관심은 조용히 사라지도록 놔둘 터였다. 그런 다음 내가 집에 돌아온 뒤 두 시간쯤 지났을 때, 매니저 테오에게서 전화가 걸려왔는데, 어째서 천사를 봤다는 이야기를 하지 않았냐고 물었다.

· 제스 ·

그들은 좋아하지 않았다. 특히 마틴이 가장 심했다. 마틴은 펄펄 뛰다시피 했다. 그는 집에 있던 내게 전화를 해서 십 분쯤 벨을 울려댔다. 하지만 나는 마틴이 개의치 않을 거라고 생각했다. 아빠가 그 전화를 받았는데 아빠한테 아무 말도 하지 않았으니까. 만약 마틴이 아빠한테 무슨 이야길 했더라면 이야기가 어긋났을 것이다. 우리 넷이 입을 맞추어야 했고, 우리가 그러기만 한다면 뭐든 원하는 걸 봤다고 할 수 있었다. 문제는 그냥 버리기엔 아이디어가 너무 좋잖아? 그들도 그 사실을 알고 있었던 것이다. 그러니까 결국에는 내 말대로 따르기로 했지. 그리고 나로 말할 것 같으면, 그것은 우리가 한 그룹으로서 거쳐야 할 첫 번째 중요한 테스트라고 생각했다. 그들은 모두 확실히 선택을 해야 했다. 내 편을 들 것인가 말 것인가? 솔직히 그들이 내 편을 들지 않기로 결정했더라면, 그들과 더 이상 할 일이 없었을 것이라고 생각된다. 만약 그랬다면 그들에 대해서 할 말이 많았을 것이고, 좋은 말은 한 마디도 없었을 것이다.

내가 좀 뒤통수를 친 건 사실이다. 우선, 나는 제이제이에게 그날 아침 그를 만나러 간 여자의 이름을 물었고, 그는 그녀 이름과 그녀의 신문사까지 알려주었는데, 그건 보너스였다. 제이제이는 그냥 하는 소리려니 했지만, 언젠가 써먹을 때가 올 거라고 생각했다. 그리고 집에 돌아온 다음, 그 신문사에 전화를 했다. 나는 그녀에게만 이야기할 거라고 했고, 내 이름을 대니까 그녀의 휴대전화 번호를 알려줬다.

그녀는 린다라고 했고 정말 친절했다. 나는 그녀가 좀 이상하게 여길지도 모른다고 생각했지만, 그녀는 아주 큰 관심을 보였고 나를 격려해주었다. 그녀에게 기자로서 약점이 있다면 상대방의 기를 너무 살려주는 점이라고 하겠다. 남의 말을 너무 잘 믿고 신용한다. 훌륭한 기자라면 당연히, 당신이 사실을 말하는지 어떻게 알죠? 라는 식으로 나와야 하는데, 내가 무슨 말을 해도 그녀는 받아 적을 것이다. 이건 우리끼리 하는 이야기인데, 그녀는 좀 프로답지 못했다.

그러니까 그녀는 그 천사가 어떻게 생겼던가요, 제스? 하는 식이었다. 그녀는 우리가 친구 사이라는 걸 증명하기 위해서 자주 제스라고 불렀다.

그 일에 대해선 생각해봤다. 그—가브리엘 때문에 천사는 남자라고 정했다—가 날개 같은 것이 달린 성당의 천사처럼 생겼다면 바보 같을 것이다. 그러면 사람들이 착각을 할 것이라고 생각했다.

당신이 생각하는 거랑 달라요, 라고 내가 말했다. 그러자 린다가 이랬다. 네? 날개나 후광이 없나요, 제스? 그러더니 그녀는 웃었다. 마치, 어떤 멍청이가 날개랑 후광이 있는 천사를 봤다고 하겠어? 라는 식으로. 그래서 나는 결정을 잘했다고 생각했다. 나도 함께 웃었고, 이렇게 말했다. 네, 아주 현대적으로 생겼어요. 그러자 그녀는 정말요? 라고 했다(다른 사람이 한 말에 대해서 이야기할 때 나는 늘 이렇다. 나는 항상 그래서 그녀가 이랬다, 내가 이랬다, 이런 식이다. 하지만 대화가 좀 계속되면 이런 것도 짜증 난다. 이랬다, 저랬다. 그래서 이제부터는 희곡처럼 써보려고 한다. 괜찮겠지? 나는 따옴표 같은 것을 잘 모르지만, 학교 다닐 때 배운 희곡은 기억나니까).

나 네, 현대적인 옷을 입었어요. 그는 밴드를 하고 있는 사람처럼 생겼어요.

린다 밴드요? 무슨 밴드요?

나 글쎄요. 라디오헤드나 뭐 그런 거요.

린다 왜 라디오헤드죠?

그녀는 뭘 묻지 않고는 아무 말도 못했다. 내가 라디오헤드라고 한 건 그들이 그냥 평범하기 때문이었다. 그냥 평범한 놈들 같지 않나?

나 글쎄요. 아님 블러나. 아님…… 그거 누구죠? 그 영화에 나온 사람. 제니퍼 로페즈랑 결혼 안 한 사람 말고, 다른 쪽요. 청소부인데도 수학을 잘해서…… 오스카 상을 탄 사람요. 금발 머리. 맷…… 로빈 윌리엄스, 맷 데이먼 주연의 영화 〈굿 윌 헌팅〉 이야기를 하는 것임—옮긴이

린다 천사가 맷 데이먼을 닮았어요?

나 네, 그런 거 같아요. 약간.

린다 그렇군요. 맷 데이먼처럼 생긴 잘생긴 천사라.

나 그렇게 맷 데이먼이랑 똑같진 않아요. 하지만 비슷해요.

린다 그 천사가 언제 나타났죠?

나 언제?

린다 네, 언제요. 그러니까 당신이…… 뛰어내리기 직전이었나요?

나 아, 직전이었죠. 그는 마지막 순간에 나타났어요.

린다 와, 그럼 당신들은 가장자리에 서 있었나요? 모두?

나 네. 함께 뛰어내리기로 했거든요. 동행이랄까, 그런 거요. 그래서 우리는 서로 작별 인사를 하면서 거기 서 있었어요. 그리고 하나, 둘, 셋 하고 뛰어내릴 참이었는데 등 뒤에서 그 목소리가 들렸어요.

린다 정신이 나갈 정도로 놀랐겠군요.

나 네.

린다 놀라서 떨어지지 않은 게 놀랍군요.

나 네.

린다 그래서 모두 돌아보니……

나 네. 우리 모두 돌아보니 그가 이렇게 말하더라고요……

린다 잠깐만요. 무슨 옷을 입고 있던가요?

나 그냥…… 헐렁한 정장 같은 거요. 헐렁한 하얀색 정장요. 패션 감각이 꽤 좋았어요. 돈 좀 들었겠던데요.

린다 디자이너 브랜드 양복이던가요?

나 네.

린다 넥타이는요?

나 아뇨, 넥타이는 안 했어요.

린다 격식을 차리지 않는 천사로군요.

나 네. 캐주얼 정장 스타일이었어요.

린다 그가 인간이 아니란 걸 곧바로 알았나요?

나 아, 네.

린다 어떻게요?

나 그는 아주…… 흐릿했어요. 화면이 흔들릴 때처럼 말이에요. 그리고 투명했어요. 간이나 그런 게 보이는 건 아니었지만. 그의 뒤에 있는 건물이 다 비쳐 보였어요. 아, 맞아요. 또 옥상 위에 둥둥 떠 있었죠.

린다 얼마나 높이요?

나 꽤 높이요. 내가 처음 봤을 땐, 키가 5미터는 되나 보다 그랬어요. 하지만 발밑을 쳐다보니까 바닥에서 1미터 정도 올라와 있더라고요.

린다 그럼 키가 4미터쯤 되나요?

나 그럼 바닥에서 2미터요.

린다 그럼 키가 3미터로군요.

나 3미터요. 뭐, 어쨌든.

린다 그럼 그 천사의 발이 당신들 머리 위에 있었겠군요.

나 (그 여자가 미터를 따지는 데 열 받았지만, 감추려고 애쓰며) 그렇죠. 하지만 그는 너무 올라간 걸 알아차리고, 약간 내려왔어요. 그는 한동안 떠 있지 않았던 것 같은 인상을 받았어요. 솜씨가 녹슬었다고나 할까요.

(나는 이야기를 하면서 즉흥적으로 이야기를 지어냈다. 천사 자체가 애초에 지어낸 이야기이긴 하지만 말이다. 하지만 미리 생각해두지도 않고 그 여자에게 전화를 건 셈치고는 정말 잘해내고 있다고 생각했다. 어쨌든 그 여자

도 마음에 든 것 같았으니까.)

린다 놀랍군요.

나 네. 정말 그랬어요.

린다 그래서 그가 뭐라고 하던가요?

나 뭐, 뛰어내리지 말라고 했죠. 아주 평화롭게 말했어요. 침착하게. 그에겐 뭐랄까, 내면의 지혜가 있었어요. 그가 신이 보낸 메신저란 걸 알 수 있었어요.

린다 그가 그렇게 말하던가요?

나 딱히 그렇게 말하진 않았어요. 하지만 알 수 있었어요.

린다 내면의 지혜 때문에 말이죠.

나 네. 그는 신을 직접 본 사람 같은 분위기가 있었어요. 아주 멋졌어요.

린다 그 말만 했나요?

나 너희의 때는 아직 오지 않았다는 식으로 말했어요. 돌아가서 사람들에게 이 위로와 기쁨의 메시지를 전하라. 그리고 전쟁은 멍청한 짓이라고 해라. 물론 나도 개인적으로 그 말을 믿고(내가 개인적으로 그 말을 믿는다는 건 대화의 일부가 아니었다. 그냥 덤으로 정보를 주는 거다. 내가 어떤 사람인지 좀 더 잘 알 수 있도록).

린다 그래서 그 메시지를 전할 계획인가요?

나 네, 물론이죠. 그래서 이 인터뷰를 하는 거예요. 그리고 만약 독자들 중에 세계 지도자나 장군이나 테러리스트 등이 있다면 하느님이 지금 유쾌하지 않다는 걸 알아야 해요. 하느님은 그런 일들 때문에 아주 열 받았다고요.

린다 우리 독자들이 그 점을 아주 깊이 생각할 것 같군요. 그리고 당신들 모두 그걸 봤고요?

나 오, 그럼요. 그를 안 볼 순 없었어요.

린다 마틴 샤프도 봤어요?

나 아, 그럼요. 물론이죠. 그도 봤어요. 우리 중에 누구보다 확실히 봤어요.

나는 그 말이 무슨 뜻인지 잘 몰랐지만, 그녀에겐 마틴도 관여되어 있다는 것이 중요하다는 건 알 수 있었다.

린다 그럼 이제 어쩔 건가요?

나 음, 우리가 앞으로 어떻게 할지 생각해봐야 해요.

린다 물론이죠. 다른 신문사와도 인터뷰를 할 건가요?

나 아, 그럼요. 당연하죠.

나는 그 말을 하면서 기뻤다. 결국 나는 그 여자한테서 5,000파운드를 얻어냈다. 하지만 그 대가로 그녀에게 나머지 사람들과 이야기를 할 수 있도록 주선하겠다고 약속해야 했다.

. 제이제이 .

그렇게 어려운 일이 될 것 같지는 않았다. 처음엔 말이다. 하긴 제스 때문에 이 천사 건에 엮이게 되었다고 기뻐하는 사람은 아무도 없었지만, 그렇다고 싸울 일도 아니었다. 우리는 이를 악물고 천사를 봤다고 한 다음, 돈을 받고 없었던 일로 여기려고 노력할 셈이었다.

하지만 이튿날 저널리스트 앞에 앉아 모두 다 멀쩡한 얼굴로 그 염병할 천사 놈이 맷 데이먼처럼 생겼다고 맞장구를 치고 있자니, 약속을 지키는 것이 인간이 지켜야 할 도리 중에 제일 멍청한 것처럼 느껴졌다. 천사를 봤다고 하려니 대충 넘길 수도 없는 노릇이었다. '그래요, 어쩌고저쩌고, 천사, 뭐 그런 거죠.'라고 할 순 없는 일이다. 천사를 보는 건 분명히 중대한 일이고, 그러니 흥분해서 입을 딱 벌리고 대단한 일을 목격한 것처럼 행동해야 한다. 이를 악문 상태에서 입을 딱 벌리고 경외심을 나타내긴 불가능하다. 이 일을 믿음이 가게 해낼 수 있는 사람이 있다면 모린일 텐데, 그녀는 그런 것의 존재를 믿기 때문이다. 하지만 그녀는 그런 것을 믿기 때문에 거짓말을 가장 어려워했다. "모린." 모린은 영원불멸할 자신의 영혼이 받을 심판을 두려워하고 있었지만 제스는 그런 그녀를 바보 취급하면서, 인내심 있게 천천히 설명했다. "5,000파운드를 위해서라고요."

신문사에서는 요양소 사람을 불러 매티를 봐주도록 주선했고, 우리는 일월 일 일 아침에 식사를 했던 카페에서 린다와 만났다. 우리는 사진도 찍었다. 대개 단체 사진이었지만, 우리가 턱에 힘을 빼고 경탄하는 표정으로 하늘을 가리키는 사진을 바깥에서 두어 장 찍기도 했다. 우리 중에 적어도 두 명은 오버하고, 한 명은 꼼짝도 하지 않은 바람에 그 사진을 사용할 순 없었지만. 그리고 촬영

이 끝난 뒤 린다는 우리에게 질문을 했다.

그녀의 목적은 마틴이었다. 대박은 바로 마틴이었다. 마틴 샤프에게 천사가 자살을 막아줬다는 이야기를 듣는다면, 즉 마틴 샤프에게서 '나는 공식적으로 사이코요.'라는 말을 듣는다면, 1면 톱기사를 쓸 수 있게 되기 때문이다. 마틴도 그 사실을 알고 있었기 때문에 그의 연기는 영웅적이었다. 아니, 평생 영웅과 어떤 관련도 없을 것 같은 케이블 TV 토크쇼의 변태 진행자치고는 영웅에 최대한 가까이 다가간 셈이라고 말하는 편이 낫겠다. 마틴이 린다에게 천사를 봤다는 이야기를 하는 것을 보고 있으려니 《두 도시 이야기》영국 작가 찰스 디킨스가 프랑스 혁명을 배경으로 런던과 파리를 무대로 하여 쓴 역사소설—옮긴이에서 시드니 카튼이 사랑하는 여자를 위해 친구 대신 단두대로 가는 장면이 생각났다. 마틴은 더 큰 가치가 있는 일을 위해 곧 머리를 잘릴 사람의 표정을 짓고 있었다. 하지만 그 시드니란 친구는 아마 내면의 숭고함을 찾았기에 숭고한 표정이었겠지만, 마틴은 그저 열 받은 사람처럼 보였다.

제스가 처음부터 모든 이야기를 도맡아 했기 때문에, 린다는 그녀에게 지쳐 마틴에게 직접 질문하기 시작했다.

"그럼 그 천사 같은 형상이 언제부터 떠다니기 시작했나요? 떠다녔다고 하는 게 맞나요?"

"네, 맞아요." 제스가 다짐하듯 말했다. "내가 말했던 것처럼, 처음에는 오랜만이라 서툴러서 너무 높이 떠 있었지만, 곧 적당한 높이를 찾았어요."

마틴은 천사가 땅에 발을 붙이기를 거부한 것이 왠지 상황을 더욱 창피스럽게 만든다는 듯이 인상을 찡그렸다.

"그럼 그 천사가 앞에서 떠다니고 있을 때, 마틴 당신은 무슨 생각을 했나요?"

"생각?" 마틴이 되물었다.

"별로 생각은 하지 못했을 거예요. 그렇죠? 다들 너무 깜짝 놀라서 말이죠." 제스가 말했다.

"맞아요." 마틴이 말했다.

"하지만 뭔가 생각했을 것이 분명해요. 그냥 '이런 세상에, 저자를 〈페니와 마틴과 함께 상쾌한 아침을〉에 출연시킬 수 있을지 모르겠군.' 같은 생각이라도 말이죠." 린다는 그런 식의 대답을 기대한다는 표정으로 웃었다.

"음, 이제 그 쇼 사회를 그만둔 지 한참 되었소, 알겠소? 그러니 그에게 청해봤자 시간 낭비였을 것이오." 마틴이 말했다.

"하지만 케이블 TV에서도 토크쇼를 하시잖아요."

"그렇소."

"그러면 거기 출연시킬 순 있겠네요." 그녀는 다시 기대한다는 표정으로 웃었다.

"우리는 주로 연예계 사람들을 초대해요. 나이트클럽 코미디언이나 아침 드라마 스타, 별난 스포츠맨 같은."

"그럼 그를 초대할 생각은 없었다는 말씀이군요." 일단 이런 식의 질문을 꺼낸 린다는 거기서 멈추기 싫은 눈치였다.

"글쎄올시다."

"글쎄올시다, 라고요?" 그녀는 코웃음을 쳤다. "당신 쇼가 〈데이빗 레터맨〉미국의 유명 토크쇼—옮긴이은 아니잖아요. 그렇죠? 거기 출연하고 싶어서 사람들이 안달하는 그런 쇼는 아니라고요."

"그런대로 잘 꾸려나가고 있소."

그녀가 이야기의 핵심을 놓친 것 같은 느낌을 받을 수밖에 없었다. 천사—주님이 보낸 전령일지도 모르지 않나?—가 아치웨이의 아파트 옥상에 찾아와 우리가 자살하는 것을 막았는데, 그녀는 그가 토크쇼에 초대받지 못한 이유를 알고 싶어한다. 글쎄, 잘은 모르지만 그건 인터뷰가 다 끝나갈 때쯤 나와야 할 질문일 것 같았다.

"어쨌든 그는 우리가 이름을 들어본 사람 중에 처음으로 그 토크쇼에 출연한 사람이 되었을 거예요."

"전에도 그 사람 이야기를 들어봤다고요? 바로 그 천사를? 맷 데이먼을 닮은 천사를?" 마틴이 말했다.

"천사들 이야기를 들어봤다고요." 그녀가 말했다.

"흠, 여배우들 이야기도 들어봤을 거요. 우린 여배우들도 초대하긴 해요." 마틴이 말했다.

"무슨 이야기를 하고 있는 거죠? 맷 천사가 마틴의 쇼에 초대받지 못한 까닭에 대한 기사를 정말로 쓰고 싶은 거예요?" 내가 말했다.

"그를 그렇게 부르나요? 맷 천사?" 그녀가 말했다.

"보통은 '그 천사'라고만 불러요. 하지만……" 제스가 말했다.

"마틴이 대답하면 안 될까요?"

"벌써 마틴에게 여러 가지를 물었잖아요. 모린은 아무 말도 안 했어요. 제이제이도 별로 대답하지 않았고." 제스가 말했다.

"대부분의 사람들이 아는 건 마틴이에요. 마틴, 당신은 천사를 뭐라고 부르나요?" 린다가 말했다.

"그냥 '그 천사'라고만 해요." 마틴이 말했다. 마틴은 자살하려던 그날 밤에도 이것보다는 행복해 보였다.

"뭐 좀 확인해도 될까요? 정말 본 거죠, 그렇죠? 마틴?" 린다가 말했다.

마틴은 자세를 고쳐 앉았다. 그가 놓친 탈출구가 없다는 것을 확인하기 위해 머리를 굴리고 있다는 걸 알 수 있었다.

"아, 그렇소. 나는 그를 확실히 봤소. 그는…… 대단했소." 마틴이 말했다.

그 말과 함께, 그는 린다가 열어놓은 올가미 속으로 결국 들어간 것이었다. 이제 일반 대중은 자유롭게 그를 찔러대며 욕할 수 있게 되었고, 그는 괴물 쇼의 전시품처럼 그 자리에 앉아 당하고 있어야 했다.

하지만 그렇다면 우리 모두 괴물이 된 셈이었다. 이튿날 아침, 친구들과 가족, 헤어진 연인들이 신문을 펼쳐보면, 오직 두 가지 결론 중에 한 가지를 내리게 될 것이었다. (1)우리는 모두 완전히 돌았다. 혹은 (2)우리는 사기꾼이다. 하긴 엄밀히 따지자면 세 번째 결론으로 우리가 진실을 말한다고 생각할 수도 있었다. 우리는 맷 데이먼을 닮은 천사를 보았고, 그 천사는 무슨 까닭인지 모르겠지만 우리에게 옥상에서 내려오라고 했다. 하지만 솔직히 말해서 그걸 믿을 사람이 누가 있을지 모르겠다. 어쩌면 앨라배마에 살면서 매주 일요일 오전에 성당에서 뱀을 다루는 고모할머니 아이다는 믿을지도 모르겠다. 하지만 어차피 고모할머니도 사이코인걸.

그리고 잘은 모르겠지만, 거기서 여기까지는 참 먼 길처럼 보였다. 지도를 그리자면, 주택 대출이니 관계니 직업이니 하는 것들,

정상적인 생활을 구성하는 모든 것들이 뉴올리언스쯤에 있다 치면, 이런 엉터리 같은 소리를 들고 나온 우리는 알래스카 북쪽 어디쯤 있는 셈이었다. 천사를 본 사람한테 누가 일자리를 주려고 할까? 돈 몇 푼 때문에 천사를 봤다고 하는 사람한테 더더욱 누가 일자리를 주려고 할까? 아무도 없을 것이다. 우리는 이제 진지한 사람 노릇을 하긴 틀렸다. 우리는 1,250파운드에 진지함을 팔아먹었고, 내가 알기로 우리가 하느님이나 엘비스나 다이애나 황태자비를 만나지 않는 한, 그 돈으로 여생을 버텨야 할 것이다. 그리고 다음번에는 그들을 정말로 보고, 사진도 찍어야 할 것이다.

바로 이 년 전, 미국의 록 밴드 R.E.M.의 매니저가 빅 옐로를 만나러 와서, 그의 회사가 우리의 매니지먼트를 해주는 데 관심이 있냐고 물었고, 우리는 그냥 하던 대로가 좋다고 했다. R.E.M.이란 말이다! 겨우 이십육 개월 전에! 우리는 그 화려하게 꾸민 사무실에 모여앉아 있었고, 초유명 밴드의 매니저라는 사람이 우리를 설득하고 있었던 것이다. 그런데 이제 나는 모린이랑 제스 같은 사람들과 모여앉아 우리가 스스로 망신당할 준비만 되어 있으면, 우리에게 푼돈을 쥐여주지 못해 안달이 난 사람에게서 그 돈을 짜내려는 가련한 시도에 가담하고 있었다. 지난 이 년 동안 내가 배운 것이 한 가지 있다면, 열심히 노력하면 망치지 못할 일이 없다는 것이다.

유일하게 위로가 되는 점은 이곳에는 친구도 가족도 없다는 것이었다. 내가 누군지 아는 사람은 아마 밴드의 몇몇 팬들 외엔 아무도 없을 것이고, 그 팬들은 린다의 신문을 읽는 종류의 사람들이 아니라고 생각하고 싶다. 피자 가게 사람들이라면 어딘가 돌아다니는 신문을 볼 수도 있겠지만, 그들은 내가 얼마나 궁한지 알 테니 망신살 따위는 별로 신경 쓰지 않아도 되었다.

그러니 남은 것은 리지뿐인데, 내가 미친놈 꼴을 한 사진을 리지가 본다면, 보라지 뭐. 그녀가 나를 왜 차버렸는지 아는가? 그녀가 날 찬 건 결국 내가 로큰롤 스타가 되지 못할 것이기 때문이었다. 제길, 그걸 믿을 수 있단 말인가? 물론 믿을 수 없다. 믿음을 벗어나는 문제이고, 따라서 믿을 수 없으니까. '싸가지여, 그대 이름은 여자이니라.' 그 시점에서 내게 든 생각은 그것이었다. 자신이 나를 얼마나 망가뜨려놓았는지 본다 해도 그녀가 상처받을 일은 없을 거라고. 사실 내가 잠시 투명인간이 된다면 제일 먼저 하고 싶은 일은, 은행을 털고 헬스장의 여자 샤워실에 들어가는 등의 다른 보통 사람들이 하는 일들을 다 마친 뒤, 리지 눈앞에 그 신문을 갖다 놓고 그걸 읽는 리지의 표정을 구경하는 거였다.

그러니 그때 나는 아무것도 몰랐던 것이다. 내가 다 아는 줄 알았지만 그게 아니었다.

· 모린 ·

내가 린다와 인터뷰를 한 뒤 다시 성당에 가게 될 줄은 몰랐다. 그 전날 그 문제를 잠깐 생각해보긴 했었다. 나는 성당이 몹시 그리웠고, 내가 맨 뒤에 앉아 있기만 하다가 고해성사를 하지 않고, 성체배령을 하기 전에 몰래 빠져나온다면 하느님께서 정말 못마땅해하실지 궁금했다. 하지만 린다에게 천사를 보았다고 말하고 나면, 나는 성당에 가까이 갈 수 없고, 죽기 전에 돌아갈 수 없으리란 걸 알고 있었다. 정확히 내가 무슨 죄를 저지른 것인지는 몰랐지만, 천사를 보았다고 거짓말하는 죄는 결코 용서받을 수 없을 거란 생각이 들었다.

그때까지도 나는 6주만 지나면 자살할 거라고 생각하고 있었다. 마음을 바꿀 까닭이 없었으니까. 기자 인터뷰와 모임 등으로 전보다 바빠졌고, 그래서 정신이 딴 데 팔려 있었던 것 같다. 하지만 바쁘게 뛰어다니는 건 휴가를 떠나기 전 모든 준비를 마치는 것처럼 마지막 준비를 하는 것 같았다. 그때 나는 그런 사람이었다. 때만 되면 곧 자살하려는 사람.

나는 그날, 그러니까 린다와 인터뷰하던 날 처음으로 희미한 빛을 보았다고 말하려 했지만, 사실 그런 것은 아니었다. 그건 오히려 이미 텔레비전에서 무엇을 볼지 골라놓고, 그것을 기다리다가 텔레비전에서 좀 더 재밌을 것 같은 프로그램을 발견한 것과 비슷했다. 이 글을 읽는 당신이 어떤 사람인지는 모르지만, 나는 늘 선택을 원하는 것은 아니다. 두 프로그램을 번갈아 보다가 어느 한쪽도 제대로 못 보는 수도 있으니까. 케이블 TV를 시청하는 사람들은 그 많은 채널을 어떻게 다 보는지 모르겠다.

그 인터뷰가 끝난 후, 나는 나도 모르게 어느새 제이제이와 이야기하고 있었다. 그는 자기 아파트로 돌아가는 길이었고, 나는 버스 정류장으로 향하는 중이었는데, 우리는 함께 걷게 되었다. 사실, 내가 십이월 삼십일 일 밤에 제스 남자친구의 뺨을 때린 뒤, 우리는 거의 이야기를 하지 않았기 때문에 그가 나랑 같이 걷고 싶었는지 모르겠지만, 내가 그보다 다섯 발자국 뒤에서 걷고 있는 어색한 상황이라서 그가 걸음을 멈추고 날 기다려줬다.

"좀 힘들었죠?" 그가 말했고 나는 놀랐다. 그 일이 힘든 사람은 나밖에 없는 줄 알았기 때문이었다.

"나는 거짓말이 싫어." 내가 말했다.

그는 나를 쳐다보더니 웃었고, 나는 그의 거짓말이 기억났다.

"기분 나쁘라고 한 말은 아니었어. 나도 거짓말을 한걸. 천사에 대해서 거짓말을 했잖아. 그리고 매티한테도 거짓말을 했고. 십이 월 삼십일 일 밤에 파티에 간다고. 그리고 요양원 사람들에게도." 내가 말했다.

"그런 거짓말은 하느님이 용서해주실 거예요." 우리는 좀 더 함께 걸었고, 제이제이는 무슨 이유에서인지 이렇게 말했다. "어떻게 하면 마음이 바뀔 것 같아요?"

"무슨 마음?"

"그러니까…… 알잖아요. 다 끝내버리고 싶은 마음."

나는 뭐라고 해야 할지 알 수 없었다.

"하느님이랑 거래를 할 수 있다면…… 하는 맘 같은 거요. 그 하느님이 테이블을 사이에 놓고 맞은편에 앉아 있다면요. 그리고 이렇게 말하는 거예요. 그래, 모린. 우리는 널 좋아한다. 하지만 우린 너를 정말로 땅 위에 두고 싶단다. 어떻게 하면 널 설득할 수 있겠느냐? 뭘 해주면 좋겠느냐?"

"하느님이 내게 직접 묻는다고?"

"네."

"나한테 직접 묻기만 하신다면, 아무것도 해주시지 않아도 괜찮아."

"정말요?"

"하느님이 그 전지전능함으로 날 이 땅에 두고 싶어하신다면, 내가 어떻게 뭘 요구할 수 있겠어?"

제이제이는 웃었다. "좋아요. 그럼 하느님 말고."

"그럼 누구?"

"예를 들면…… 글쎄요. 전 우주를 관할하는 대통령요. 아니면 총리라든가. 토니 블레어. 아무튼 능력 있는 사람 말이에요. 토니 블레어에게 뭔가 요구할 수 있다면요."

"블레어가 매티를 고쳐줄 수 있을까?"

"아뇨. 하지만 뭔가 주선해줄 수는 있지 않을까요."

"휴가를 얻고 싶어."

"세상에, 정말 그걸로 만족한단 말이에요? 겨우 플로리다에서 일주일 보내는 걸로 평생 만족한다는 거예요?"

"외국에 가보고 싶어. 한 번도 가본 적이 없거든."

"외국에 가본 적이 없어요?"

그는 부끄러운 일처럼 말했고, 나는 잠시 부끄러웠다.

"마지막으로 휴가를 가진 것이 언제였어요?"

"매티가 태어나기 직전에."

"매티가 지금 몇 살이죠?"

"열아홉 살이야."

"좋아요. 음, 당신의 매니저로서 나는 그 높은 사람에게 일 년에 한 번, 아니 두 번 휴가를 요청하겠어요."

"안 돼!" 나는 정말 아연실색했다. 지금 생각해보니 그 이야기를 너무 진지하게 받아들인 것 같지만, 내겐 진짜로 느껴졌고, 일

년에 그 정도의 휴가는 너무 많은 것 같았다.

"내 말 믿어요. 나는 거래라는 걸 어떻게 하는지 아니까요. 전 우주를 관할하는 토니 블레어라면 눈도 깜짝하지 않을 거예요. 자, 그 밖에 또 뭐가 있어요?" 제이제이가 말했다.

"오, 더 이상 바라는 건 말도 안 돼."

"그가 당신에게 일 년에 2주간의 휴가를 준다고 쳐요. 그걸 기다리며 50주를 보내는 것도 충분히 길잖아요? 또 우주적인 토니와 다시 만날 기약도 없어요. 딱 한 번뿐이라고요. 원하는 건 뭐든지, 지금 이 기회에 얻어야 해요."

"일자리야."

"일자리를 원해요?"

"그래, 물론이지."

"무슨 일요?"

"뭐든지 좋아. 식당에서 서빙을 해도 좋아. 아무튼 집에서 나갈 수 있는 거라면 뭐든 좋아."

매티가 태어나기 전엔 나도 일을 했었다. 터프넬 파크의 사무용품 가게에서였다. 그 일은 재미있었다. 나는 온갖 종류의 펜, 다양한 크기의 종이와 봉투가 좋았다. 사장도 좋은 사람이었다. 그 후로는 일한 적이 없었다.

"좋아요. 자, 어서 말해봐요. 어서."

"약간의 사교 생활도 있었으면 좋겠어. 성당에서도 이따금 퀴즈를 풀곤 해. 펍 영국의 대중적인 술집—옮긴이 퀴즈 같은 건데, 펍에서 하는 게 아니야. 나도 그런 데 가보고 싶어."

"네. 퀴즈 정도야 해줄 수 있죠."

제이제이가 농담을 하고 있다는 걸 알았으므로 웃어 보이려고 했지만, 그 대화가 어렵게 느껴졌다. 별로 생각나는 것도 없고, 짜증이 났다. 그리고 이상하게도 두려운 느낌이 들었다. 자기 집에 있지만 발견하지 못했던 문을 찾아버린 느낌이었다. 그 문을 열면 무엇이 있는지 알고 싶을까? 분명히 그런 사람들도 있겠지만 난 아니었다. 나는 나 자신에 대해서 계속 이야기하고 싶지 않았다.

"당신은 어때? 당신이라면 우주적인 토니에게 뭐라고 할 거 같아?" 나는 제이제이에게 물었다.

"아, 글쎄 잘 모르겠는데요. 뭐, 글쎄요. 지난 십오 년을 완전히 다시 살 수 있다든지 하는 거요. 고등학교를 마치고…… 음악은 잊고…… 원하는 사람이 되기보단 자기 생긴 대로 만족하고 사는 사람이 되는 거요. 아시겠어요?"

"하지만 우주적인 토니도 그건 할 수 없어."

"그렇죠. 맞아요."

"그럼 당신이 나보다 더 안 좋은 상황이네. 우주적인 토니가 내 청은 들어줄 수 있지만 당신 건 곤란하니까."

"그렇죠, 제길. 미안해요, 모린. 그런 말을 하려는 건 아니었는데. 당신은…… 당신은 정말 힘들게 살았고, 당신 잘못은 조금도 없어요. 하지만 내게 일어난 모든 일은 내가 멍청했기 때문이고…… 비교할 수 없어요. 괜히 그런 얘길 꺼내서 미안해요."

하지만 나는 유감스럽지 않았다. 나는 하느님에 대해서 생각하는 것보다는 우주적인 토니에 대해서 생각하는 것이 훨씬 더 좋았다.

· 마틴 ·

린다의 신문 1면에는 나이트클럽 앞에 뻗은 내 사진과 나란히 '하프를 구하려면- 샤프를 찾아라'라는 머리기사가 실려 있었다. 린다가 약속한 것과는 달리, 기사 내용은 옥상에서 우리가 겪은 아름답고 신비로운 경험에 관한 것이 아니라 다른 각도에 초점을 맞추고 있었는데, 그것은 바로 예전 텔레비전 출연자의 갑작스럽고 유쾌하고 우스꽝스러운 정신착란 증세였다. 같은 저널리스트로서 나는 그녀가 기사를 거의 정확하게 쓴 것이 아닐까 싶다.

"그게 무슨 뜻이에요?" 그날 아침 제스가 전화로 내게 물었다.

"옛날 맥주 광고에 그런 게 있었어. 하프- 샤프하게 살자." 내가 말했다.

"맥주랑 이게 무슨 상관인데요?"

"아무 상관도 없지. 하지만 그 맥주 이름이 하프였어. 그리고 내 이름은 샤프이고."

"그렇죠. 근데 하프는 또 무슨 상관이죠?"

"천사들이 하프를 연주한다고 하지."

"그래요? 그가 하프를 연주하고 있었다고 말했어야 해요? 그래야 더 그럴싸했을까요?"

나는 그녀에게 우리가 그린 맷 데이먼 천사 그림에 하프를 쥐어 준다고 해서 사람들이 진짜라고 믿을 가능성은 없는 것 같다고 말했다.

"그리고 어쨌든, 대체 왜 당신이 주인공이 됐죠? 우리에 대해서는 빌어먹을, 한 마디도 안 나왔잖아."

그날 아침 전화를 여러 통 받았다. 테오는 그 기사에 많은 흥밋거리가 있다고 하면서 내가 대중에게 분명 개인적인 영적 체험에 대해서 말할 의사만 있다면 자신이 손써볼 일거리가 드디어 생겼다고 했다. 페니는 우리가 만나서 이야기를 해야 한다고 했고, 딸들도 전화를 했다.

나는 몇 주 동안 애들과 이야기를 못했는데, 신디의 모성 본능이 아빠가 신문에 나와서 신의 전령을 본 이야기를 했다면 접촉을 재개해도 좋을 거라고 말한 것이 분명했다.

"천사를 봤어요, 아빠?"

"아니."

"엄마는 아빠가 봤대요."

"음, 본 게 아니란다."

"그럼 왜 엄마는 아빠가 봤대요?"

"엄마한테 물어보려무나."

"엄마, 왜 아빠가 천사를 봤다고 했어요?"

수화기 너머로 짧은 대화가 오가는 동안 나는 참을성 있게 기다렸다.

"엄마가 그렇게 말하지 않았대요. 신문에서 그렇게 말했대요."

"내가 거짓말을 했단다. 돈을 좀 벌려고."

"아."

"그래야 너한테 좋은 생일 선물을 사주지."

"아, 천사를 봤다고 하면 왜 돈을 벌어요?"

"그건 다음에 이야기해주마."

"아."

그런 다음 신디와 이야기를 했지만, 그리 오래 걸리진 않았다. 짧은 대화를 나누는 동안 나는 두 종류의 여성 비하 발언을 할 수 있었다.

또 핏업!TV의 상사에게서도 전화를 받았다. 그는 내게 해고 소식을 전하려고 전화했다.

"농담이죠?"

"나도 농담이었으면 좋겠네, 샤피. 하지만 자네가 내게 달리 선택의 여지를 주지 않았네."

"정확하게 내가 무슨 일을 했다고 그러는 겁니까?"

"오늘 아침 신문 봤나?"

"그게 문제가 된다고요?"

"솔직히 말하면 자네는 약간 돈 것 같네."

"채널 홍보 효과는 어쩌고요?"

"모두 마이너스라고 생각되네."

"핏업!TV에 마이너스 홍보라는 게 있다고 생각합니까?"

"그게 무슨 소리지?"

"우리, 아니 당신 방송사에 대해 아무도 들어본 적이 없으니까요."

아주, 아주 오랜 침묵이 이어졌고, 그동안 가엾은 디클런의 머릿속에 있는 녹슨 톱니바퀴가 삐걱거리며 돌아가기 시작하는 소리가 들리는 것 같았다.

"아, 그렇군. 아주 예리한 지적이야. 그 생각은 하지 못했네."

"무리하게 조르는 건 아닙니다, 덱. 하지만 내가 보기에 이 일은 좀 말이 안 되는 거 같아요. 당신은 세상에서 아무도 내게 일자리를 주려 하지 않을 때 나를 채용했어요. 그런데 내가 뜨니까 해고라니. 오늘 당신 사회자들 중에서 신문마다 다 나온 사람이 몇이나 됩니까?"

"그래, 그래, 옳은 말일세. 옳은 말이야. 무슨 뜻인지 알겠네. 내가 정확히 이해한 거라면, 자네 말은 그러니까…… 신생 케이블 채널에는 마이너스 홍보 효과라는 게 있을 수 없다는 거지."

"확실히 그렇게 고상하게 표현하진 못했어요. 하지만 맞아요. 결국 그런 이야기입니다."

"좋네. 자네 때문에 마음이 바뀌었네, 샤피. 오늘 오후에 누가 출연하지?"

"오늘 오후요?"

"그래. 오늘은 목요일이네."

"아."

"잊어버렸나?"

"실은 그렇습니다. 네."

"그럼 아무도 없나?"

"제이제이, 모린, 제스를 출연시킬 수 있을 것 같군요."

"그 사람들이 누구지?"

"다른 세 명요."

"다른 세 명 누구?"

"기사를 제대로 읽긴 했습니까?"

"자네가 천사를 봤다는 것만 읽었네."

"나랑 함께 있었던 사람들입니다."

"그 위에서?"

"그 천사 사건은 전부 다 내가 자살하려고 했기 때문에 생긴 겁니다, 디클런. 그런데 그때 같은 생각을 하고 있던 세 명을 고층 아파트 옥상에서 우연히 만난 거예요. 그리고…… 음, 간단히 말해서 그 천사가 우리에게 다시 내려가라고 한 거예요."

"저런 맙소사."

"바로 그거죠."

"그런데 나머지 세 명을 데려올 수 있다고?"

"거의 확실해요."

"세상에, 출연료를 얼마나 달라고 할지 혹시 알 수 있겠나?"

"아마 세 명에게 한 명당 300파운드? 그 밖의 비용하고요. 그중 한 명의…… 음, 한 명이 미혼모인데 아이를 돌봐줄 사람이 필요합니다."

"그럼 진행하게. 까짓것. 비용 따위는 신경 쓰지 말게."

"최고예요, 덱."

"좋은 아이디어 같네. 마음에 들었어. 노장 디클런이 아직 죽지 않았다고, 그렇지?"

"그럼요. 당신은 뉴스를 찾는 하운드사냥개—옮긴이입니다. 당신은 바스커빌가의 뉴스하운드코난 도일의 추리소설 《바스커빌가의 개》에 등장하는 전설의 개에 비유한 것—옮긴이예요."

"모두 생각해둘 것은, 아무도 이 프로그램을 보지 않을 거란 사실이오." 내가 그들에게 말했다.

"그건 당신이 프로로서 터득한 요령이겠죠?" 제이제이가 다 안다는 듯이 말했다.

"아니, 진짜야. 말 그대로 아무도 안 볼 거야. 나는 내 쇼를 봤다는 사람을 한 명도 만나보지 못했거든." 내가 말했다.

핏업!TV—그 직원들끼리는 팃츠젖꼭지—옮긴이업!TV로 통하는—의 국제 본부는 혹스턴에 있는 창고 비슷한 곳이다. 그 창고에는 조그만 응접 공간, 탈의실 두 개, 스튜디오가 한 개 있는데 그 스튜디오에서 우리가 자체 제작하는 네 개의 프로그램이 모두 만들어진다. 매일 아침, 캔디 앤이라는 여자가 화장품을 판다. 목요일 오후에 나와 디제이 굿뉴스라는 남자가 함께 방송을 하는데, 그는 보통 안내 직원, 창문 청소를 하는 사람, 그가 집에 갈 때 타는 택시 운전사, 혹은 지나가는 사람들을 위해 죽은 사람들과 이야기를 나눈다. 'A란 글자를 보면 무슨 생각이 떠오르나요, 아시프?' 하는 식이다. 그 외 오후에는 미국에서 찍어온 늙은 개 경주의 녹화 방송으로 채워진다. 옛날 옛적에 이 방송을 시작한 의도는 시청자들에게 내기를 할 기회를 주자는 것이었지만 아무런 반응이 없었고, 내 생각에 내기를 할 수 없다면 개 경주, 특히 늙은 개 경주의 매력은 상당 부분 사라지는 것 같다. 저녁 시간이면 여자 둘이 앉아서 서로 이야기를 나누는데, 속옷 차림으로 보통 속옷에 관해서 이야기를 나누고, 시청자들이 저질스런 메시지를 보내면 무시한다. 주로 그런 이야기다. 디클런은 정체불명의 아시아 사업가를 위해 이 방송국을 운영하고 있으며, 핏업!TV에서 일하는 우리는 우리가 파악하기에는 너무나 뻔하기도 하고, 너무나 복잡하기도 한 여러 가지 방법을 통해 A급 마약 밀수와 아동 포르노에 연루되어 있다고 추측할 수 있을 따름이다. 한 가지 이론은 경주에 나오는 개들이 마약 밀수업자들에게 보내는 암호라는 것이다. 예를 들어, 만약 바깥쪽 레인에서 달린 개가 이기면 태국 쪽 중개자에게 아침 일찍 헤로인 2킬로그램과 열세 살짜리 네 명을 보내야 한다는 뜻이다. 어쨌든 그럴지도 모른다는 것이다.

〈샤프 워즈〉에 초대되는 내 손님들은 뭔가 도움이 되어주려는 옛 친구들이거나 나와 비슷한—바닥에 구멍이 나서 수면 아래로 급속도로 침몰 중인—배를 탄 옛 유명 인사들이다. 이따금 아직 추락 중인 사람들을 데려오면 모두 다 미친 듯이 흥분하지만, 그나마도 추락한 지 오래된 사람들이 대부분이다. 캔디 앤과 디제이 굿뉴스와 옷을 반쯤 입은 두 명의 여자들도 내 쇼에 여러 번 출연했는데, 시청자들이 그들에 대해서 좀 더 잘 알도록 해주기 위해서였다(〈샤프 워즈〉는 두 시간짜리 프로그램이고 광고부—다시 말해 안내를 맡은 캐런—에서 최선을 다하고 있지만, 우리 방송은 스폰서의 메시지가 중간에 끼어드는 법은 거의 없다. 그러니 우리 프로를 본다고 가정하고 있는 시청자들은 우리가 대화를 수박 겉핥기 식으로 한다는 느낌을 받을 리가 거의 없다). 모린과 제스 같은 가치 있는 사람들을 초대하는 것은, 그렇다면 쿠데타에 해당하는 대사건이었다. 누구든지 신문에 등장한 지 십 년 이내에 내 쇼에 초대 손님으로 나오는 경우는 극히 드물었던 것이다.

나는 내 인터뷰 능력에 자부심이 있었다. 물론 지금도 자부심을 느끼고 있지만, 그때는 뭐 한 가지도 제대로 할 수 없는 사람처럼, 절벽 경사지에 뿌리를 내린 나무를 붙들고 있는 심정으로 스튜디오에서 내 능력을 붙잡고 있었다. 나도 전성기 때는 술에서 덜 깨 훌쩍거리는 배우들과 아침 여덟 시에 인터뷰를 했고, 술에서 덜 깨 난폭한 축구 선수들과도 아침 여덟 시에 인터뷰를 했다. 나는 거짓말쟁이 정치가들에게서 진실처럼 보이는 말을 얻어냈고, 슬픔 때문에 듣는 사람이 불편할 정도로 말이 많아진 어머니들도 상대했지만, 단 한 번도 분위기가 흐트러진 적은 없었다. 스튜디오 소파는 내가 학생들을 가르치는 교실이나 마찬가지였고, 나는 이곳에서는 그 누구라도 제멋대로 구는 것을 용납하지 않았다. 보잘것없는 사람들, 이야기할 거리도, 이야기할 능력도 없는 사람들과 상대하며 핏업!TV에서 절망적인 몇 달을 보냈지만, 그래도 내가 능력을 발휘할 수 있는 곳이 아직 남아 있다고 생각하면 큰 위로가 되었다. 그래서 제스와 제이제이가 내 프로그램을 엉터리라 생각하고 거기에 맞게 행동했을 때, 나는 유머 감각의 고장 비슷한 것을 겪었다. 물론 그러지 않았으면 더 좋았을 것이다. 내 마음이 이 상황들을 좀 더 겸허하고 느긋하게 받아들일 수 있었으면 좋았을 것이다. 사실 나는 그들이 그런 일을 겪지 않았다는 것을 누구보다도 잘 알고 있으면서 그들에게 그 '잊을 수 없는 경험'에 대해서 이야기하도록 독려하고 있었던 것이다. 물론 너무나도 당연히, 그 상상 속의 잊을 수 없는 경험은 앞뒤가 맞지 않았다. 하지만 그런 걸림돌에도 불구하고 나는 좀 더 수준 높은 프로페셔널리즘을 기대했던 것이다.

내 일을 과장해서 말하고 싶지 않다. 텔레비전 인터뷰를 하는 것은 무슨 로켓 과학 같은 것이 아니다. 우선 초대 손님과 먼저 이야기를 나누면서 대강의 리허설을 통해 대화 내용을 정한 뒤, 그들에게 재미있는 에피소드들을 잊지 말고 말해달라고 당부하는데, 이 경우에는 우리가 나눌 허구의 사실, 즉 제스가 원래 인터뷰에서 했던 말대로 맷 데이먼을 닮은 천사가 옥상 위에서 떠다녔으며, 그가 헐렁한 하얀 정장을 입고 있었다는 것이었다. 그런 단편적인 사실들은 절대 잊어버리면 안 된다고, 헷갈리면 다 들통 난다고, 나는 몇 번이나 그들에게 주의를 주었다. 그런데 무슨 일이 일어났는지 아는가? 그것도 방송 시작하자마자? 내가 제이제이에게 천사가 어떤 옷을 입고 있었느냐고 묻자, 그는 천사가 산드라 블록의 영화 〈당신이 잠든 사이에〉의 홍보용 티셔츠를 입고 있었다고 했고, 그러자 때마침 제스가 그 영화를 얼마 전 텔레비전에서 봤다며 상당히 오랫동안 그 줄거리를 읊어댔다.

"우리의 이야기 주제에서 벗어나지 말았으면 좋겠군요. 〈당신이 잠든 사이에〉를 본 사람들은 많지만, 천사를 본 사람은 아주 적지요." 내가 말했다.

"염병할. 아무도 안 본다면서요."

"그건 여러분의 긴장을 풀어주기 위해 한 말이었습니다."

"그럼 이제 큰일 났군요. 왜냐하면 방금 내가 '염병할'이란 말을 했으니까요. 그것 때문에 항의가 빗발치겠어요."

"우리 시청자들은 극단적인 경험을 하고 난 뒤에는 극단적인 언어를 쓰게 된다는 것을 이해해주시리라 믿습니다."

"좋아요. 염병할, 염병할, 염병할." 제스는 모린을 향해 미안하다는 듯 손짓을 하더니, 카메라를 향해, 분노한 영국 국민들을 향해서도 손을 흔들었다. "어쨌든 쓰레기 같은 산드라 블록 영화를 본 건, 별로 극단적인 경험은 아니었어요."

"산드라 블록이 아니라 천사 말이에요."

"무슨 천사요?"

대강 그런 식의 상황이 이어지다가, 디클런이 화장품 파는 여자와 함께 걸어들어와 우리를 카메라 밖으로, 길거리로 내쫓았고, 나도 자리에서 쫓겨났다.

· 제스 ·

누군가 노래 가사나 뭐 그런 걸로 '그들이 널 끝냈어, 네 엄마랑 아빠가.'라는 걸 써야 한다. '그들이 너를 끝냈어, 네 엄마랑 아빠가. 그들이 너를 엄청 짱 나게 만들어.' 이런 식으로. 왜냐하면 그게 사실이니까. 특히 아빠가. 아빠는 내가 이런 말을 하는 걸 좋아하지 않겠지만, 나랑 젠이 아니었다면 아마 아빠 이름을 들어본 사람은 아무도 없을 것이다. 아빠는 교육계 우두머리가 아니다. 그건 국무장관이다. 내각에는 장관이 아주 많은데, 아빠는 그중 한 명일 뿐이고, 그래서 아빠를 하급 장관이라고 부르는 것이다. 그건 웃기는 일인데, 아빠는 별로 젊지도 않기 때문이다. 그러니 아빠는 사실 별 볼일 없는 정치가인 것이다. 아빠가 멍청이라도 별 상관은 없는데, 왜냐하면 아빠는 이라크나 뭐 여러 가지에 대해서 자기 생각을 말하는 게 아니기 때문이다. 아빠는 말하라고 들은 내용을 말할 뿐이고, 그래봤자 별 도움이 안 된다.

대부분의 사람들은 누군가에 의해 밧줄로 묶여 있는데, 그 밧줄은 너무 짧거나 길 수도 있다. 하지만 자신은 그 길이를 모른다. 그건 자신이 선택하는 것도 아니다. 모린의 밧줄은 매티에게 묶여 있는데 길이가 20센티미터도 되지 않고, 그것 때문에 모린은 괴롭다. 마틴의 밧줄은 딸에게 묶여 있는데, 멍청한 개처럼 마틴은 그 밧줄이 있는 줄도 모른다. 그는 어디론가 여자를 따라 나이트클럽에 가든가, 아파트 옥상으로 가든가, 쫓아다니다가 갑자기 그 밧줄이 확 잡아당기니까 목이 막혀 놀란 행동을 하고는 이튿날 똑같은 짓을 한다. 제이제이는 계속 이야기하는 그 에디란 자식, 전에 같은 밴드에 있었다는 그놈한테 묶여 있는 것 같다.

그리고 이제야 알게 된 것인데 나는 엄마 아빠, 그러니까 집이 아니라 젠에게 묶여 있는 것 같다. 원래 밧줄은 집에 묶여 있어야 하고, 젠도 자기가 집에 묶여 있다고 생각했을 것이 틀림없다. 젠은 부모와 함께 있는 아이라서 안전하다고 느꼈기 때문에 자꾸만 자꾸만 자꾸만 걷고 또 걸어가 절벽이나 사막으로, 혹은 기계공과 함께 텍사스로 건너가게 된 것이다. 젠은 밧줄이 잡아당겨져 돌아오게 될 줄 알았지만 밧줄은 없었다. 젠은 그 사실을 힘든 방식으로 알게 되었다. 그래서 나는 이제 젠과 묶여 있지만, 젠은 집처럼 한 곳에 서 있지 않다. 젠은 둥둥 떠다니고, 바람에 날려 다니고, 아무도 젠이 어디 있는지 모른다. 그러고 보면 젠은 아무짝에도 쓸모가 없다. 그렇지?

어쨌든 나는 엄마 아빠한테 빚진 것이 아무것도 없다. 엄마도 그걸 알고 있다. 엄마는 옛날 옛적에 뭐든 기대하기를 포기했다. 엄마는 아직도 젠 때문에 제정신이 아니고, 아빠를 미워하고, 나를 포기했기 때문에 모든 것이 다 엉망이다. 하지만 아빠는 정말로 뭔가 해낼 수 있다고 생각하는데, 그건 말도 안 된다. 예를 들면, 아빠는 자꾸만 나한테 사람들이 아빠에 대해서 쓴 기사를 보여주는데, 딸이 엉망진창이라 아빠가 사임해야 한다는 내용이다. 그게 나랑 무슨 상관이라고. 그래서 나는 이런다. 그래요? 사임해요.

아님 말든가. 맘대로 해요. 아빠는 딸이 아니라 보좌관과 상의해야 했다.

어쨌든 우리가 신문에 오랫동안 나올 것도 아니었다. 우리는 새로운 채널5 토크쇼에 나가서 한 번 더 돈을 벌었다. 그때는 정말로 제대로 해볼 생각이었지만, 우릴 인터뷰한 여자가 내 성질을 제대로 건드려서 나는 돈 좀 벌어보자고 지어낸 이야기라고 해버렸고, 그녀는 우리한테 나가달라고 했고, 방청석에 앉아 있던 머리가 썩은 아줌마들은 우리를 향해 야유를 보냈다. 그게 끝이었다. 더 이상 아무도 우리한테 말을 걸지 않았다. 우리는 우리끼리 놀아야 했다. 그렇게 힘든 일도 아니었다. 내겐 여러 가지 아이디어가 있었다.

예를 들면, 정기적으로 커피를 마시는 모임을 갖는 것. 모린네 집이나, 매티를 봐줄 사람이 있다면 이즐링턴의 어딘가에서. 번 돈 중에 일부를 베이비시터나 뭐 그런 사람에게 써도 무방했다. 우리는 모린에게 휴식 시간을 주기 위해 베이비시터나 도우미 같은 사람에게 드는 비용을 내고 싶은 척했지만, 실은 늘 그녀의 집에 가고 싶지 않아서였다. 나쁜 뜻에서 하는 말은 아니지만, 매티는 무슨 일이든지 정말 우울하게 만들었다.

물론 마틴은 내 아이디어를 좋아하지 않았다. 처음에는 정기적으로가 무슨 뜻이냐고 물었는데, 마틴은 꼭 참가하겠다는 약속을 원치 않았기 때문이었다. 그래서 내가 이랬다. 그래요, 애도 없고 와이프도 없고 애인도 없고 일자리도 없으면 시간 내기가 어렵겠죠. 그랬더니 그는 시간의 문제가 아니라 선택의 문제라고 했고, 나는 그가 우리 일당에 끼기로 했다는 걸 상기시켜줬다. 그러자 그가 이랬다. 그래서 뭐. 그래서 내가 이랬다. 음, 그러면 애초에 찬성했던 의의가 없잖아요? 그러자 그가 또 이랬다. 의의 같은 건 없어. 그는 그 말을 웃기다고 생각했는데, 그건 내가 십이월 삼십일일 밤 옥상에서 한 말과 거의 똑같았기 때문이었다. 그래서 내가 음, 당신은 나보다 나이도 훨씬 많고 내 정신은 아직 완전히 성숙하지 않았어요, 라고 말했더니 그는 맞는 말이야, 라고 했다.

그리고 우리는 어디에서 만날지도 정할 수 없었다. 나는 프라푸치노 같은 것을 좋아하기 때문에 스타벅스에 가고 싶었지만, 제이제이는 전 세계에 프랜차이즈를 내는 거대 기업을 싫어했고, 마틴은 어느 잡지에선가 에섹스 로드와 어퍼 스트리트 사이에 조그맣고 고상한 척하는 커피숍에서 손님이 기다리는 동안 커피콩을 직접 기른다나 뭐라나 하는 기사를 읽었다고 했다. 그래서 그를 만족시키기 위해 우리는 거기서 만났다.

어쨌든 그곳은 이전과는 이름도 바뀌고 분위기도 바뀌었다. 고상한 척하는 분위기가 먹히지 않아서 더 이상 고상한 척하지 않기로 한 것이다. 전에는 브라질의 댐 이름을 따서 트레스 마리아스라는 이름을 붙였지만, 주인은 그 이름이 사람들의 기억을 흐트러뜨린다고 생각했다. 왜냐하면 마리아가 하나도 아니고 셋씩이나 커피하고 무슨 상관인가 싶으니까. 그래서 그는 마리아를 모조리 빼 버렸다. 그리고 이제 캡틴 커피라는 이름을 붙였고, 모두 다 그곳에서 뭘 파는지 알게 되었지만, 그렇다고 별 차이도 없는 것 같았다. 가게는 여전히 텅 비어 있었다.

우리가 걸어들어가자 낡은 군복을 입은 그곳 주인이 우리한테 인사를 하더니 캡틴 커피에게 명령을 내려주세요, 라고 했다. 나는 그가 웃기다고 생각했지만, 마틴은 이런 맙소사 하면서 나가려고 했고, 캡틴 커피가 우리를 막았다. 그만큼 절박했던 것이다. 그는 우리에게 처음 왔으니 커피와 원한다면 케이크까지 공짜로 드리겠다고 했다. 그래서 우리는 나가지 않았지만, 다음 문제는 공간이 너무 비좁다는 거였다. 테이블이 세 개 정도 있었는데, 모두 카운터에서 20센티미터 정도밖에 떨어져 있지 않아서, 카운터에 기대서 있는 캡틴 커피가 우리가 하는 말을 전부 다 들을 수 있었다. 우리는 상황이 상황인지라 개인적인 일들을 이야기해야 하는데, 그가 거기 서 있으니 당황스러웠다.

마틴은 어서 마시고 갑시다, 라는 식으로 자리에서 일어났다. 하지만 캡틴 커피가 황급히 우리를 만류하며, 또 뭐가 문제입니까? 라고 했다. 그래서 내가 말했다. 문제는 우리끼리 사적인 대화를 해야 한다는 거예요. 그러자 그는 충분히 이해한다면서 우리가 마칠 때까지 밖에 나가 있겠다고 했다. 그래서 내가 이랬다. 하지만 우리가 하는 말은 정말 전부 다 비밀이고, 그 이유는 말할 수 없어요. 그러자 그는 상관없다고, 다른 사람이 오지 않는 한 바깥에서 기다리겠다고 했다. 그는 정말 그렇게 했고, 결국 우리는 커피 모임을 위해 스타벅스로 가기로 했다. 그 군복을 입은 얼간이가 창문 바깥에 기대서서, 자기가 비스코티두 번 구워서 딱딱하고 바삭한 이탈리아 비스킷—옮긴이라고 우기는 비스킷 같은 것을 혹시 우리가 훔쳐갈까 봐 감시하고 있으니, 처량한 신세나 다름없는 우리는 집중하기 어려웠다. 사람들은 스타벅스 같은 곳이 인간미가 없다느니 하는 말을 하지만, 그게 내가 원하는 거라면 어쩔 건가? 제이제이나 그런 사람들이 자기 식대로 사는 것은 말릴 수 없지만, 세상에 인간미 있는 것은 없다. 나는 아무도 서로에게 신경 쓰지 않는 널따란 곳이 있다는 게 좋다. 단골손님이 다니는 작은 곳, 작은 서점이나 작은 음반 가게, 작은 레스토랑이나 카페에 가려면 믿음이 필요하다. 나는 아무도 누가 오는지 상관하지 않고, 내가 누군지 아무도 모르는 버진 메가 스토어세계적인 음반 쇼핑몰—옮긴이랑 보더스대형 복합 문화 서점—옮긴이, 스타벅스, 피자 익스프레스에 갔을 때 가장 편하다. 엄마 아빠는 늘 그런 곳에 영혼이 없다느니 하지만 나는 이런다. 누가 그걸 모른대? 바로 그래서 좋아하는 거라고요.

독서 그룹은 제이제이의 아이디어였다. 그는 미국에서는 사람들이 그런 것을 많이 한다고, 책을 읽고 그것에 대해 이야기를 나눈다고 했다. 마틴은 그것이 여기서도 유행하고 있다고 했지만, 나는 들어본 적이 없어서 그렇게 유행일 리는 없다고, 유행이라면 영화 〈데이즈드 앤 컨퓨즈드〉에도 나왔을 거라고 했다. 그 독서 모임의 목적은 다른 것에 대해 이야기해서, 누가 얼간이고 누가 싸가지인가를 놓고 싸우는 일을 막자는 것이었다. 보통 스타벅스에서 만난 날은 늘 그 이야기로 끝이 나게 마련이었으니까. 그리고 우리가 결정한 것은 자살한 사람들이 쓴 책을 읽기로 한 것이다. 그들은 마치 우리 편 같았고, 그래서 우리는 그들의 머릿속에서 무슨 일이 일어났는지 알아봐야 했다. 마틴은 자살하지 않은 사람한테서 배울 것이 더 많을 거라고, 자살하는 것이 뭐가 그렇게 대단한지 알아볼 것이 아니라, 살아 있는 것이 뭐가 그렇게 대단한지부터 읽어야 할 거라고 했다. 하지만 자살하지 않은 작가는 수천만이고, 자살한 사람은 서넛이라서 우리는 쉬운 쪽을 택했다. 우리는 매스컴에 출연해서 얻은 자금을 써서 책을 사기로 합의했다.

어쨌든 알고 보니 전혀 쉬운 쪽이 아니었던 것이다. 빌어먹을! 당신도 자살한 사람들이 쓴 것을 읽어봐야 한다! 우리는 버지니아 울프로 시작했는데, 난 이 등대에 대한 책을 두 장밖에 읽지 않았는데도 왜 그 여자가 자살을 했는지 알 수 있었다. 그 여자가 자살한 것은 남에게 이해받을 수가 없었기 때문이다. 한 문장만 읽어봐도 알 수 있다. 나는 그 여자에게 약간은 공감한다. 나도 그런 점 때문에 괴로운 때가 있으니까. 하지만 그 여자의 잘못은 그걸 공개한 것이다. 뭐, 어떻게 보면 운이 좋다고도 볼 수 있다. 우리 같은 사람들이 그녀가 겪은 어려움에 대해서 알 수 있도록 일종의 기념품 같은 것을 남겨놓았으니까. 하지만 그 여자한테는 불운이었다. 그리고 생각해보면 그녀는 또 다른 불운도 있었다. 옛날에는 별로 경쟁자가 없어서 아무나 출판할 수 있었을 테니까. 그러니까 출판사에 걸어가서 이봐요, 이 책을 출판하고 싶어요, 하면 그들은 아, 좋아요, 하는 거다. 반면에 지금은 출판사에서 오, 안 돼요, 아가씨, 저리 가요, 아무도 당신 말을 이해하지 못할 거요, 라고 할 거다. 대신 필라테스나 살사 댄스를 해봐요, 라면서.

그 책이 훌륭하다고 생각한 건 제이제이뿐이라서 나는 제이제이를 공격했고, 제이제이는 반격했다. 내가 그 책을 싫어했으니까. 그는 네 아빠가 책을 읽기 때문에 이러는 거니? 그래서 네가 이렇게 멍청이가 된 거니? 라는 식이었다. 그건 대답하기 쉬운 질문이었다. 아빠는 책을 읽지 않으니까. 그래서 그렇게 말해줬다. 그런 다음 나는 이랬다. 네가 학교에 다니지 않아서 이러는 거야? 그래서 거지 같은 책들도 다 좋아 보이는 거야? 라고 해줬다. 그런 사람들이 있으니까. 책이니까, 책은, 뭐랄까, 하느님 같은 존재니까 책에 대해서는 뭐라고 하면 안 된다고 생각하는 사람들. 어쨌든 제이제이는 그 말을 좋아하지 않았다. 다시 말해 나는 그의 약점을 제대로 찌른 것이다. 제이제이는 우리 독서 그룹은 내가 망쳐놓을 것이고, 뭔가 다른 결과를 바라다니 자기가 멍청했다고 했다. 그래서 내가 이랬다. 나는 아무것도 망치지 않을 거야, 단지 책이 후지면 후지다고 할 거야. 그러자 그가 이랬다. 그래, 하지만 전부 다 후지다고 할 거잖아? 왜냐하면 넌 지랄 맞게, 미안해요 모린, 딴지만 거니까. 그래서 나는 그래, 당신은 전부 다 좋다고 하겠지, 쪼다라서, 라고 했다. 그러자 그는 책은 다 훌륭해, 라고 하더니 그룹에서 토론해야 할 사람들을 전부 다 늘어놓았다. 실비아 플라스, 프리모 레비, 헤밍웨이. 그래서 내가 말했다. 음, 당신이 이미 그들이 다 훌륭하단 걸 알고 있다면 독서 그룹을 할 필요가 뭐가 있지? 그게 뭐가 재미있어? 그러자 그가 말했다. 이 사람들은 아이돌 콘테스트에 나온 게 아니야. 최고를 투표로 뽑는 게 아니라고. 이 사람들은 모두 훌륭하고, 우리는 그걸 받아들인 다음 그 사상에 대해서 이야기하는 거야. 그래서 내가 말하길 음, 일단 나는 그들이 다 훌륭하다는 말을 받아들일 수 없어, 사실 나는 그 반대라고 생각해, 라고 했다. 그러자 제이제이는 그 말에 정말로 화가 나서 불쾌한 말들이 오갔고, 마틴이 끼어들어 우리는 당분간, 다시 말해 다시는 독서 토론을 하지 않기로 했다. 그런 다음 우리는 대신 자살한 뮤지션의 음악을 살펴보기로 했다. 모린은 커트 코베인을 들어본 적도 없다고 했다. 믿을 수 있는가?

나도 생각을 한다. 아무도 그 말을 믿지 않는다는 걸 알지만, 나는 정말로 생각을 한다. 단지 생각하는 방식이 남들과 다를 뿐이다. 나는 생각하려면 화가 나고 약간 거칠어져야 한다. 그건 남들 모두에게 좀 짜증 나는 일이겠지만, 뭐 까짓것 그러면 좀 어때. 어쨌든 그날 밤 침대에 누워서 나는 제이제이에 대해서 생각했고, 내가 책을 싫어하는 것은 아빠가 책을 읽기 때문이라고 한 말을 생각해보았다. 그때 내가 한 말은 사실이다. 아빠가 책을 읽지 않는다는 것. 정말이다. 하지만 아빠는 직업 때문에 읽는 척하는 게 문제다.

하지만 젠은 책을 많이 읽었다. 젠은 책을 좋아했지만, 나는 책이 무서웠다. 젠이 여기 있을 때도 책이 무서웠지만, 지금은 훨씬 더 무섭다. 그 책들 속에 뭐가 들어 있었을까? 젠이 불행하고, 친구도 동생도 누구의 말도 듣지 않고, 책만 들여다볼 때 책이 뭐라고 말해줬을까? 나는 침대에서 나와 젠의 방으로 갔다. 그 방은 젠이 떠나던 날과 똑같은 상태로 있었다(영화를 보면 늘 그런데, 사람들은 그런 장면을 보면서 잘도 그러겠다, 저 사람들은 손님 방이나 쓸모없는 잡동사니를 넣어둘 방이 필요 없나, 하고 생각한다. 하지만 거기 들어가서 다 치워버릴 수 있는지 한번 해봐라). 그 책들도 전부 있었다. 《비밀의 계절》 《캐치—22》 《앵무새 죽이기》 《호밀밭의 파수꾼》 《노 로고》 《종 모양의 주전자》(이건 우연이거나 그렇지 않을지도 모른다. 왜냐하면 제이제이가 우리한테 읽자고 한 책 중에 이것도 있었으니까) 《죄와 벌》 《1984년》 《사라지고 싶을 때 가면 좋은 곳》…… 마지막 것은 농담이다.

머리가 좋은 건 내가 아니라 젠이었으니까, 내가 책을 많이 읽을 거란 생각은 해본 적이 없지만, 젠이 사라져버리지 않았더라면 지금보다는 훨씬 더 많이 읽었을 것이다. 젠의 방에는 전에도 들어와 본 적이 있고, 앞으로도 들어갈 것이지만, 거기 앉아 나를 노려보는 책들을 보고 있으면, 그 책 중에 한 권을 보면 젠을 이해하는 데 도움이 될지도 모른다는 생각이 든다. 젠이 어딘가에 밑줄을 쳐놔서 지금 어디 있는지 알아낼 수 있는 실마리를 찾게 될 거란 말은 아니다. 물론 전에 찾아보긴 했지만. 나는 혹시 젠이 웨일스란 단어에 느낌표를 찍어두거나 텍사스에 동그라미를 쳐둔 게 없나 하고 책을 샅샅이 훑어보았다. 내 말은 만약 젠이 좋아하던 책을 다 읽고, 마지막 몇 달 동안 관심을 쏟았던 것들을 다 살펴보면, 젠이 무슨 생각을 하고 있었는지 약간은 짐작이 갈 거란 뜻이다. 나는 이 책들이 진지한지 슬픈지 무서운지조차 알지 못한다. 내가 젠을 얼마나 사랑했는지 등을 생각하면, 내가 그걸 알고 싶을 거라고 생각될 것이다. 하지만 나는 알고 싶지 않다. 알 수도 없다. 왜냐하면 나는 너무 게으르고, 멍청하고, 뭔가 나를 막고 있는 탓에 노력도 할 수 없기 때문이다. 책들은 늘 나를 쳐다보고 있다. 언젠가 나는 그 책들을 전부 상자에 넣어 태워버릴 거다.

그러니까, 그렇다, 나는 책을 좋아하지 않는다.

· 제이제이 ·

우리의 문화 프로그램은 모두 내가 책임져야 한다. 다른 사람들은 아무것도 모르기 때문이다. 모린은 2주마다 한 번씩 도서관에서 책을 빌려 보지만, 우리가 이야기하고 싶은 종류의 책을 읽지 않았다. 그러니까 우리가 그 간호사가 나쁜 부자랑 결혼해야 할지, 아니면 착한 가난뱅이랑 결혼해야 할지 이야기하고 싶은 게 아니라면 말이다. 그리고 마틴은 문학에 대해서는 별로 관심이 없다. 그는 교도소에서 많은 책을 읽었지만, 대부분 큰 역경을 극복한 사람들, 넬슨 만델라 같은 사람들의 전기였다. 내 짐작에 넬슨 만델라는 마틴 샤프를 영혼의 형제라고 생각할 것 같지 않다. 그들의 삶을 자세히 들여다보면, 서로 다른 이유에서 교도소에 가게 된 것을 알 수 있을 것이다. 그리고 이건 진심인데, 제스가 책에 대해서 어떻게 생각하는지 따위는 알고 싶어할 필요도 없다. 불쾌해질 뿐일 테니까.

하지만 제스가 내게 한 말은 어느 정도 옳은 말이었다. 어떻게 옳지 않을 수 있겠는가? 나는 평생 책을 읽지 않는 사람들—부모, 누나, 밴드 사람들 대부분, 특히 리듬 파트—과 지냈고, 한동안 그렇게 지내다 보면 정말로 방어적이 된다. 보통 사람이라면 호모라는 놀림을 몇 번이나 들어야 주먹을 날리게 될까? 그렇다고 호모니 뭐니 하는 소리에 신경 쓰는 건 아니다. 나랑 제일 친한 친구들 중에도 그런 친구들이 있으니까. 하지만 내게 호모란 것은 남자를 좋아하느냐의 문제이지 돈 드릴로미국 출신의 세계적인 포스트모던 작가—옮긴이를 좋아하느냐의 문제가 아니다. 물론 돈 드릴로도 남자이긴 하지만, 내가 좋아하는 건 그의 책이지 그의 엉덩이가 아니다. 왜 사람들은 독서를 그렇게 끔찍하게 여길까? 물론 우리가 순회공연 중일 때 내가 좀 비사교적으로 굴기는 했지만. 만일 내가 계속해서 게임보이에 매달려 있었더라면 그런 일을 겪진 않았을 것이다. 내가 사귀는 사람들 속에선 외계 괴물들을 쳐부수는 것은 사회적으로 용인되는 행동이지만, 《미국의 전원시》전후 60년대 미국인들의 삶을 탐색한 필립 로스의 소설—옮긴이를 읽는 것은 그렇지 않다.

에디가 제일 심했다. 이건 꼭 우리가 결혼한 사이라고 치면, 내가 책을 집어드는 것은 매일 밤마다 아내가 머리 아프다며 잠자리를 거부하는 것과 같은 의미였다. 그 증세는 결혼 생활과 마찬가지로 우리가 오래 지낼수록 점점 더 심해졌다. 하지만 지금 와서 생각해보니 우리가 오래 함께할수록 모든 것이 더 나빠졌다. 우리는 밴드 멤버로서도, 심지어 친구로서도 잘 지낼 수 없다는 걸 알았고, 그래서 둘 다 당황하고 있었다. 그리고 내가 책을 읽는 건 에디를 더욱 당황하게 만들었다. 아마도 그는 내가 책을 읽음으로써 새로운 직업을 찾게 될 거라는 말도 안 되는 생각을 했던 것 같다. 참 내, 그런 일이 잘도 생기기도 하겠다. '어이, 당신 업다이크 좋아해요? 멋진 친구로군. 여기 우리 광고 회사에 10만 달러짜리 일자리가 있어요.' 이렇게 되기라도 한다는 건가? 우리는 그 오랜 세월 동안 공통점을 이야기하며 지내다가, 마지막 몇 달 동안 다른 점을 발견해서 서로의 마음을 찢어놓았다.

내가 제스를 보고 열 받았던 게 바로 그 때문이었다. 나는 난폭한 문맹자들로 가득한 밴드를 그만두었고, 또다시 그런 밴드에 낄 생각은 전혀 없었다. 마음이 심란할 때면 세상 모든 것—읽기, 먹기, 잠자기—어딘가에 나를 더 불행하게 만들 무언가가 숨겨져 있는 것같이 느껴진다.

그리고 무슨 이유에서인지 음악이 더 쉬울 거라는 생각을 했는데, 내 전직이 음악이었다는 사실을 감안하면 정말 똑똑지 못한 생각이었다. 내가 책에 투자를 많이 했다면, 음악에는 인생 전부를 투자했다. 우울한 사람들을 모아놓고 닉 드레이크를 함께 들으면 싫다고 할 사람이 없을 줄 알았다. 혹시 이 책을 읽는 당신이 닉 드레이크를 들어본 적이 없다면…… 그건 마치 그가 온 세상의 멜랑콜리, 모든 상처와 깨져버린 꿈을 다 끓여서 졸인 다음, 그 정수를 아주 작은 병에다 붓고 나서 마개를 닫은 것과 같다. 그리고 그가 연주와 노래를 하는 것은 그 병의 마개를 여는 것과 같아서, 우리는 그 냄새를 맡을 수 있는 것이다. 그의 연주를 들으면 마치 소음의 벽에 에워싸이는 것처럼 자리에서 꼼짝도 할 수 없는데, 그건 소음이 아니다. 그것은 고요하고 조용해서, 듣는 사람은 그 음악이 놀라 달아날까 봐 숨도 크게 쉬지 못한다. 스타벅스에서는 음악을 틀 수 없으니까 모린의 집에서 그의 음악을 들었는데, 모린의 집에 가면 매티의 숨소리가 마치 뭔가 괴상한 악기를 추가한 것처럼 들려온다. 그래서 나는 거기 앉아서 와, 이건 이 사람들의 인생을 영원히 바꿔놓을 거야, 하고 생각하고 있었다.

첫 곡이 끝나자 제스는 손가락을 목구멍에 쑤셔 넣으면서 토할 것 같은 표정을 지었다.

"하지만 이건 너무 징징거리는 소리잖아. 이 사람은 뭐랄까, 시인 같은 거잖아." 그게 모욕이랍시고 그녀가 한 말이었다. 나는 시인을 대장에서 기생하고 있는 생물 취급을 하는 사람과 시간을 보내고 있었던 것이다.

"나는 싫지 않아. 이 사람이 와인 바에서 연주를 한다면 나가버리진 않을 것 같아." 마틴이 말했다.

"나는 나가버릴 거예요." 제스가 말했다.

두 사람을 동시에 주먹으로 쳐서 쫓아버리는 게 가능할지 생각하고 있었지만, 그러면 너무 빨리 끝장나버리고 충분히 아프지도 않을 거라는 판단에서 포기했다. 나는 그들을 쓰러뜨려놓고 계속

두들겨주고 싶었는데, 그렇게 하려면 한 번에 하나씩 상대해야 했다. 이건 운전할 때 길이 막히면 울화통을 터뜨릴 때와 비슷한 음악 울화통이라는 것으로, 다만 전자의 경우보다 훨씬 더 정당하다. 운전을 하다 화를 낼 때는 마음 한구석으로 내가 미친놈이라는 생각이 들지만, 음악 울화통의 경우에는 하느님의 뜻을 이행하는 셈이니까. 하느님은 이런 인간들이 사라지기를 바라실 것이다.

그런데 참 이상한 일이 벌어졌다. 닉 드레이크의 앨범 《다섯 개 남은 낙엽》에 깊은 감명을 받은 것을 이상하다고 부를 수 있을지는 모르겠지만 말이다.

"당신들은 귀가 없어요? 저 사람이 얼마나 불행한지, 이 노래들이 얼마나 아름다운지 모르겠단 말이에요?" 모린이 갑자기 말했다.

우리는 모린을 쳐다보았고, 제스는 날 쳐다보았다.

"하하. 당신은 모린이랑 취향이 같군요." 제스가 이 말을 꼬마들이 얼레리꼴레리 할 때처럼 리듬을 붙여 말했다.

"실제보다 더 바보인 척하지 마, 제스. 지금 그대로도 충분히 바보 같으니까." 모린이 열 받아서 말했다. 그녀도 음악 울화통을 터뜨렸다. "잠시라도 그냥 들어보고, 헛소리 좀 그만해."

그러자 제스는 모린이 진심이란 걸 알고 입을 다물었고, 우리는 아무 말 없이 앨범을 끝까지 들었다. 모린을 자세히 봤다면, 눈에 물기가 약간 고이는 걸 알 수 있었을 것이다.

"이 사람 언제 죽었지?"

"1974년. 스물여섯 살 때였어요."

"스물여섯 살." 모린은 잠시 생각에 잠겨 아무 말이 없었고, 나는 그녀가 그와 그의 가족들을 가엾게 생각하길 진심으로 바라고 있었다. 혹은 그가 불필요한 세월을 사느라 고생하지 않아도 되었던 것을 부러워했을지도 모른다. 사람들이 음악에 반응하는 것을 바라긴 하지만, 이따금 오버하는 반응이 나올 수도 있지 않은가?

"사람들은 이 음악을 듣고 싶어하지 않을 것 같아, 그렇지?" 모린이 말했다.

아무도 말이 없었다. 모린의 말뜻을 잘 알 수 없었기 때문이다.

"나는 매일 이 음악 같은 기분이 드는데, 사람들은 그걸 알고 싶어하지 않아요. 톰 존스의 노래를 들을 때의 느낌은 알고 싶어하면서 말이죠. 아니면 〈네이버스〉1980년대부터 방영되며 국제적인 인기를 끌었던 호주의 연속극—옮긴이에 나왔던 호주 여자가수 겸 배우인 카일리 미노그를 말함—옮긴이의 노래나. 하지만 나는 늘 이런 기분인데, 라디오에서는 내 느낌과 같은 음악을 틀어주지 않아요. 슬픈 사람들이랑은 어울리고 싶어하지 않으니까."

우리는 모린이 이렇게 말하는 것을 처음 보았고, 모린이 이렇게 말할 수 있다는 것도 몰랐다. 제스조차도 모린의 말을 막고 싶어하지 않았다.

"웃기는 일이에요. 사람들은 내가 자기들과 어울리지 못하는 게 매티 때문이라고 생각하니까요. 하지만 매티는 그렇게 나쁘지 않아요. 일이 힘들긴 하지만…… 매티 때문에 드는 감정이 나를 사람들과 어울리지 못하게 해요. 모든 것의 무게를 제대로 가늠하지 못해요. 늘 무엇이 심각한 것인지 가벼운 것인지, 특히 상대방의 마음이 심각한지 가벼운지 가늠해야 하는데, 그걸 제대로 못하니까 사람들이 멀어져버리죠. 그러고 사는 데 지쳤어요."

그러자 갑자기 모린이 내 여자친구처럼 느껴졌다. 그녀가 그것을 이해했으니까. 음악 울화통도 함께 느꼈으니까. 그래서 나는 그녀에게 꼭 맞는 말을 해주고 싶었다.

"당신한텐 휴가가 필요해요."

내가 그 말을 한 것은 그녀에게 뭔가 친절한 말을 해주고 싶기 때문이었는데, 말을 하고 보니 우주적인 토니가 생각났고, 이제 우주적인 토니에게 돈이 생겼다는 것도 기억났다.

"모두 그거 어때요? 네? 우리 모두 모린을 데리고 어딘가 놀러 가요." 내가 말했다.

마틴이 웃음을 터뜨렸다.

"웃기지 말아요. 우리가 무슨 양로원 같은 데 자원봉사자예요?" 제스가 말했다.

"모린은 노인이 아니야. 나이가 몇이에요, 모린?" 내가 말했다.

"쉰하나야." 모린이 말했다.

"좋아요. 양로원은 아니네. 지루한 사람들을 모아놓은 요양원."

"그럼 제스 넌 세상에서 제일 멋진 사람이라도 되는 줄 알아?" 마틴이 말했다.

"내가 멋지다는 건 아니에요. 어쨌든 당신은 내 편인 줄 알았는데……"

그러자 우리가 알지도 못하는 새, 그 웃음과 비웃음 속에서 모린이 울기 시작했다.

"미안해요, 모린. 마음을 상하게 굴려는 건 아니었소. 다만 우리 넷이 수영장 가장자리에서 일광욕 의자에 앉아 있는 모습이 상상이 안 되는 것뿐이오." 마틴이 말했다.

"아뇨, 아뇨. 기분 나쁜 게 아니에요. 괜찮아요. 그리고 나랑 같이 휴가를 가고 싶은 사람이 아무도 없다는 건 알아요. 그건 상관없어요. 다만 제이제이가 그런 말을 해줬다는 것 때문에 눈물이 좀 났어요. 그런 지가 하도 오래되어서…… 아무도…… 여태까지…… 정말 친절해서요. 그뿐이에요." 모린이 말했다.

"오, 빌어먹을." 마틴이 나직이 말했다. 그러니까 '빌어먹을'은 여러 가지 의미를 가질 수 있지만, 이 경우에는 혼동할 게 하나도 없었다. 우리는 모두 이해했다. 마틴이 이 맥락에서 '빌어먹을'이라고 한 것은, 욕설을 욕설로 풀어 설명하자면 그가 엿 먹었다는 뜻이었다. 왜냐하면 '그렇소. 중요한 건 마음이지. 그걸로 충분하다 칩시다.'라고 모린에게 말할 수 있는 나쁜 자식이 어디 있겠냔 말이다.

그래서 결국 우리는 닷새 뒤 테네리페 섬아프리카 북서쪽에 위치한 카나리아 제도의 섬—옮긴이으로 가는 비행기를 타고 있었다.

· 모린 ·

그건 그들의 결정이었지 내 결정은 아니었다. 사실 그 돈의 사분의 일은 내 몫이긴 하지만 내겐 결정할 권리가 없는 것 같았다. 우주적인 토니 이야기를 하던 중에 제이제이에게 처음으로 휴가 이야기를 꺼낸 당사자가 나이므로, 투표할 때 내가 끼는 것은 옳지 않은 것 같았다. 내가 한 행동은 기권이었다.

하지만 큰 논쟁이 있었던 것도 아니다. 모두가 찬성했다. 단지 날씨 때문에 지금 갈 것인지, 여름에 갈 것인지 말이 많았지만 여러 가지로 미루어볼 때 밸런타인데이가 되기 전, 지금 가는 게 낫다는 것이 공통적인 의견이었다. 잠시 그들은 카리브 해—바베이도스 같은 곳—에 갈 돈도 있다고 생각했지만, 마틴이 우리가 갖고 있는 돈으로 매티를 보호센터에 보낼 돈도 내야 한다는 사실을 지적했다.

"그럼 모린은 빼고 가요." 제스가 그렇게 말하는 바람에 나는 잠시 상처를 받았지만, 제스는 곧 농담이라고 했다.

내가 마지막으로 기뻐서 눈물이 났던 때가 언제였는지 기억나지 않는다. 사람들이 나를 불쌍히 여기라고 하는 말이 아니다. 그냥 정말 낯선 감정이기 때문에 하는 말이다. 제이제이가 좋은 생각이 있다면서 말을 꺼냈을 때, 나는 잠시라도 그게 실현될 거라고 상상조차 해보지 않았다.

생각해보면 우습지만, 그 순간까지 우리는 서로에게 잘 대해준 적이 한 번도 없었다. 우리가 어떻게 만났는지 생각하면, 우리가 사이좋게 지내는 것도 이야기의 일부라고 생각할 것이다. 이 이야기는 불행한 네 사람이 만나서 서로를 도와주고 싶어하는 이야기일 거라고 생각할 것이다. 하지만 그때까지는 전혀 그렇지 않았다. 나와 마틴이 제스를 깔고 앉아 있었던 것을 빼면 말이다. 그것조차도 평범하고 분명한 친절이라기보다는 좀 잔인한 친절이었다. 그 순간까지 이 이야기는 불행 때문에 만난 네 사람이 서로 욕설을 퍼붓는 이야기였다. 어쨌든 그중 셋은 욕설을 몹시 많이 했으니까.

내가 조그맣게 흐느끼는 소리를 내는 바람에 나를 포함한 모두가 당황했다.

"젠…… 기껏해야 카나리아 제도같이 후진 데서 일주일 노는 거예요. 난 거기 가봤는데, 그냥 평범한 바닷가랑 클럽 같은 것뿐이에요. 볼 건 아무것도 없어요." 제스가 말했다.

나는 매티가 학교를 그만둔 뒤로 영국의 바닷가도 본 적이 없다고 말하고 싶었다. 학교에서는 매년 아이들을 브라이튼 비치에 데려가는데, 나도 한두 번 따라간 적이 있었다. 하지만 아무 말도 하지 않았다. 남들이 하는 말이 어떤 의미를 갖는지는 몰라도, 그 말의 무게는 느낄 수 있었기 때문에 그냥 혼자 삭였다. 내가 내 삶에 대해 아주 단순한 것이라도 남에게 얘기할라치면 그들은 그걸 동정을 구하는 말로 받아들이는 것 같다. 그래서 늘 마음이 편치 않다. 아마 그래서 결국 모두 멀게 느껴지는 모양이다. 그들에게 이야기할 수 있는 것이 무엇이든 결국에는 그들의 마음을 불편하게 만들고 마니까.

여행의 모든 순간을 묘사하고 싶다. 모두 너무나 즐거웠으니까. 아차, 또 실수를 한 것 같다. 당신이 여느 사람들과 같다면, 공항이 어떻게 생긴 곳이며, 어떤 소리와 냄새가 나는지 알고 있을 것이고, 내가 그런 이야기를 한다면 결국 십 년 동안 바다를 보지 못했다는 이야기를 다른 방식으로 하는 셈일 테니 말이다. 나는 우체국에서 일 년짜리 여권을 받았고, 그것만으로도 신 나는 일이었는데, 줄을 서서 기다리다 성당 사람 두엇을 만났다(그들은 물론 내가 여행을 다니지 않는다는 걸 잘 알고 있었다). 내가 만난 사람 중 한 명은 브리짓, 내가 참석하지 않았던 십이월 삼십일 일의 파티를 열 뻔한 사람이었다. 언젠가 브리짓에게 내가 첫 해외여행을 할 수 있도록 도와준 사람이 바로 그녀라는 얘기를 해줘야겠다고 생각했다. 물론 그전에 내 이야기가 가진 무게를 미리 가늠해봐야 하겠지만.

당신은 비행기에서 사람들이 세 줄로 앉는다는 걸 알고 있을지도 모르겠다. 그들은 나를 창가 자리에 앉혀주었다. 그들은 모두 비행기를 타보았기 때문이었다. 마틴은 가운데에 앉았고, 제이제이는 처음 몇 분 동안은 그 옆, 복도 쪽 자리에 앉아 있었다. 잠시 후 제스와 제이제이가 자리를 바꾸어야 했다. 제스가 옆에 앉아 있던 여자와 비행기에서 나눠준 땅콩 봉지 때문에 소리를 지르며 싸우는 일이 벌어졌기 때문이다. 이륙할 때는 엄청난 소리가 난다는 것과 공중에서 비행기가 흔들린다는 것도 당신은 이미 알고 있을 것이다. 음, 물론 나는 그런 것을 전혀 몰랐고, 속이 뒤집히는 것 같아서 비행기에 타고 있던 내내 마틴이 내 손을 잡고 이야기를 나눠주어야 했다.

또 이것도 아마 알고 있을지 모르겠다. 비행기 창문으로 조그맣게 세상이 줄어드는 모습을 보고 있으면 내 인생을 처음부터 지금 이 순간까지, 내가 아는 모든 사람들에 대해서 생각해볼 수밖에 없다는 걸. 그리고 그런 것을 생각하다 보면 그들을 주신 하느님께 감사하게 되고, 그들을 더 잘 이해할 수 있도록 도와주지 않으신 데 대해 화도 나고, 그래서 어수선해진 마음에 신부님을 만나고 싶어진다는 것도. 나는 돌아갈 때는 창문 쪽 자리에 앉지 않기로 했다. 일 년에 비행기를 한두 번씩 타야 하는 사람들이 어떻게 그런 심란함을 견뎌내는지 도무지 이해할 수 없다.

매티가 곁에 없으니 마치 다리 한쪽이 없어진 것 같았다. 그만큼 낯설었다. 하지만 그 가뿐함이 좋기도 했으니, 다리 한쪽이 없어진 것과는 전혀 다른 느낌이었는지도 모르겠다. 왜냐하면 다리 한쪽을 잃은 사람은 가뿐해졌다고 좋아하지 않을 테니까. 또 매티 없이 돌아다니기는 훨씬 더 쉬웠지만, 한쪽 다리 없이 돌아다니는 건 훨씬 힘들지 않을까? 그러니 매티 없이 비행기를 타는 것은 세 번째 다리가 없어진 것 같았다고 하는 편이 더 나을 것 같다. 세 번째 다리는 무겁고, 거추장스럽게 느껴질 것이고, 없어지면 편해질 테니까. 비행기가 흔들릴 때 매티가 가장 보고 싶었다. 매티에게 작별 인사도 못한 채 죽어버리는 줄 알았기 때문이었다. 그때는 정말 무서웠다.

첫날은 모두 사이가 좋았다. 그때는 모두 다 즐거워했다. 제스까지도. 호텔 시설도 깨끗하고 좋았다. 우리는 각자 욕실이 딸린 방을 얻었는데, 나는 그런 것까진 기대하지도 않았다. 덧문을 열자, 댐이 터져 물이 쏟아져 들어오듯 햇빛이 쏟아져 들어와 나는 거의 쓰러질 뻔했다. 잠깐 동안 몸이 휘청거려 벽에 기대야 했을 정도다. 바다가 보였는데, 바다는 햇빛처럼 맹렬하고 강하진 않았다. 바다는 그저 고요하고 파랗게 펼쳐져 나지막한 소리로 일렁이고 있었다. 이런 것을 원하면 언제든지 볼 수 있는 사람들도 있겠지만, 그런 생각까지 하는 건 그만두어야 했다. 왜냐하면 내가 생각하고 싶은 것들에 방해가 되었으니까. 이웃 사람의 아내나 그 사람들이 하는 바다 구경을 부러워할 때가 아니라, 감사할 때였다.

우리는 호텔에서 멀지 않은 바닷가 레스토랑에서 식사를 했다. 나는 맛있는 생선 요리를 먹었고, 남자들은 오징어 요리와 가재 요리를 먹었으며, 제스는 햄버거를 먹었다. 나는 와인을 두세 잔 마셨다. 내가 마지막으로 레스토랑에서 외식을 하거나, 식사와 함께 와인을 마셔본 것이 언제였는지는 말하지 않겠다. 그러면 안 된다는 걸 깨닫는 중이니까. 다른 사람들에게도 그런 말을 하지 않으려고 노력했다. 그 말을 들으면 얼마나 마음이 무거워지는지 나도 느낄 수 있었고, 그들도 그 무게를 감당하고 싶지 않다는 걸 알았기 때문이다. 어쨌든 그 무렵엔 내가 평생 어떻게 지냈는지, 매티를 돌보는 것 외의 다른 일은 해본 지가 너무나도 오래되었다는 걸 모두 알고 있었다. 그들은 그것을 당연하게 여겼다.

하지만 이 말은 꼭 하고 싶다. 이 말을 듣고 뭐라고 생각하든 상관없다. 그날 저녁은 내가 평생 먹어본 것 중에 가장 맛있는 식사였고, 어쩌면 내가 평생 살아온 중 가장 근사한 저녁 시간이었을 것이다. 뭔가에 대해서 이렇게 긍정적인 게 그렇게 나쁜 일인가?

· 마틴 ·

첫날 저녁은 그렇게 나쁘지 않았던 것 같다. 나를 알아보는 사람들이 두엇 있어서 나는 결국 제이제이의 야구 모자를 푹 눌러쓰고 다녔는데, 그 때문에 조금 우울해졌다. 나는 야구 모자를 쓰고 다니는 성격이 아니고, 저녁식사 시간에 어떤 종류든 머리에 뭘 쓰고 있는 사람들을 혐오한다. 우리는 관광객을 등쳐먹는 바닷가 식당에서 그저 그런 해물 요리를 먹었는데, 내가 모든 것에 대해 불평하지 않은 유일한 이유는 모린의 표정 때문이었다. 모린은 전자레인지로 데운 가자미와 뜨뜻미지근한 백포도주에 황홀해했고, 그걸 망치는 건 야비한 짓처럼 느껴졌다.

모린은 아무 데도 가본 적이 없고, 나는 바로 몇 달 전 휴가를 갔었다. 교도소에서 나온 지 사나흘 뒤, 페니와 나는 마요르카로 여행을 갔다. 우리는 데야 외곽에 있는 별장에 묵었고, 내 생애 최악의 삼 개월이 끝났으므로 나는 이때가 최고의 며칠이 될 거라고 생각했다. 하지만 물론 전혀 그렇지 않았다. 교도소에서 보낸 시간을 일생을 통틀어 최악의 삼 개월이라고 묘사하는 것은, 끔찍한 교통사고를 최악의 십 초라고 말하는 것이나 마찬가지였다. 얼핏 들으면 이 말이 어디가 이상한지 알 수 없을 것이다. 얼핏 논리적이고 간단명료하게 들린다. 진실처럼 느껴지기도 한다. 하지만 절대 그렇지 않다. 최악의 순간은 사고가 난 후 병원에서 깨어나보니 아내가 죽었거나 두 다리를 절단해버렸다는 사실을 알게 되고 최악의 순간은 이제 막 시작되었다는 사실을 깨닫게 될 때이다. 완벽하게 쾌적한 지중해 섬에서의 짧은 휴가를 이렇게 부르는 건 매우 우울한 일이라는 걸 알고 있지만, 최악의 시간은 아직 끝나지 않았으며 영원히 계속될 거라는 사실을 안 것은 바로 마요르카에서였다. 교도소는 굴욕적이고, 두렵고, 정신을 마비시키며, '영혼을 파괴하는'이라는 말로는 다 표현할 수 없을 정도로 한 사람의 영혼을 황폐화시킨다. '퀴즈'가 뭔지 아는가? 나도 그곳에서 첫날 밤을 보내기 전까지는 몰랐다. 퀴즈란 약에 취한 사이코들이 다른 구역에 있는 사이코들에게 이런저런 질문을 던지는 것인데, 그 질문은 모두 유명하건 유명하지 않건 신참이 들어왔을 때 그들에게 하고 싶은 짓에 관해 초점이 맞춰져 있다. 나도 첫날 밤 퀴즈의 주인공이 되었다. 보다 상상력이 풍부한 질문들조차 일일이 열거하고 싶지도 않다. 다만 그날 밤에 잠을 제대로 자지 못했으며, 평생 처음으로 대단히 격렬한 복수를 꿈꿔보았다는 사실만 말해두겠다. 나는 매사에 출감하는 날만 생각하려고 했고, 바로 그날이 되자 엄청나게 마음이 놓이긴 했지만, 그것도 오래가지는 못했다.

범죄자들은 정해진 형기 동안 복역하지만, 나는 B동 친구들과 달리 범죄자가 아니었다. 정말이다. 나는 실수를 한 텔레비전 토크쇼의 사회자였고, 역설적이긴 하지만 바로 그렇기 때문에 결코 형기를 다 마칠 수 없었다. 그건 계급의 문제였고, 유감스럽긴 하지만 아닌 척해봤자 아무런 도움도 되지 않는다. 그러니까 다른 수감자들은 형기를 마친 다음에도 결국 도둑질이건 마약 거래건, 아니면 보호 감호건, 예전의 생활로 돌아갈 것이다. 그들에게 교도소는 사회적으로나 직업적으로나 아무런 방해가 되지 않는다. 사실 그들의 경우는 앞으로의 전망이나 사회적 지위가 더 좋아질 수도 있다.

하지만 교도소에 있다가 중산 계급으로 돌아갈 순 없다. 세상은 끝났고, 나는 쫓겨난 것이다. 텔레비전 방송국장에게 가서 〈상쾌한 아침을〉의 사회자로 돌아가겠다고 말할 수 없다. 친구들의 집 문을 두드리고 다시 디너파티에 참석할 수 있게 되었다고 말할 수도 없다. 전처에게 아이들을 다시 만나고 싶다고 말할 건더기조차 없다. 하지만 교도소를 자주 들락거리는 빅 조라는 건달 친구가 있다고 치자. 빅 조의 부인은 출감한 남편에게 아이와의 대면을 거부하지도 않을 것 같고, 그가 펍에서 어울리는 친구들이 구석에 서서 못마땅한 듯 수근거리지도 않을 성싶다. 그들은 그에게 술을 한잔 사주고, 여자도 만나게 해줄 것이 틀림없다. 나는 이 문제에 대해서 오랫동안 열심히 생각해보았고 좀 급진적인 형법 개혁이 필요하다는 생각까지 하게 되었다. 즉 나는 예컨대 연봉이 7만5천 파운드가 넘는 사람들은 절대 교도소에 수감해서는 안 된다는 결론에 다다랐다. 그 처벌은 언제나 범죄보다 더 가혹할 것이기 때문이다. 그냥 상담 의사를 만나거나, 자선 기관 같은 데 돈을 기부하는 정도로 끝내야 한다.

페니와 보낸 그 휴가 때 나는 처음으로 내가 당면한 문제, 내가 영원히 겪게 될 문제와 부딪치게 되었다. 길 끝에 있는 별장의 주인은 우리 둘 다 아는 사람이었는데, 프로덕션 회사를 운영하는 부부로 더 좋은 시절에는 우리 둘에게 일자리를 권하기도 했었다. 우리는 그곳 바에서 그들과 우연히 마주쳤는데, 그들은 우리를 모르는 척했다. 그 뒤 부부 중 여자가 슈퍼마켓에서 페니를 구석으로 데려가더니 십 대 딸이 염려되어서 그랬다고 설명했다. 그 딸은 눈에 띄게 못생긴 열네 살짜리였는데, 아주 솔직히 말해서 앞으로 한참 동안, 더구나 나로 인해 처녀를 잃을 가능성은 전혀 없는 애였다. 물론 말도 안 되는 일이었고, 그녀는 내가 자기 지갑에 손대는 걸 걱정하지 않는 것만큼이나 자기 딸에 대해서도 걱정하지 않았음이 분명하다. 그건 그 후 많은 사람들이 그랬듯이, 내가 이즐링턴의 동산에서 쫓겨나 영원히 허섭스레기 케이블 회사를 전전할 운명이라는 사실을 그 여자 나름대로 알려준 것이었다.

그래서 테네리프에서의 첫날 저녁식사는 나를 무척이나 우울하게 했다. 이들은 내가 어울리던 사람들이 아니었다. 그들은 내가 같은 보트에 타고 있기 때문에 말을 걸어온 것뿐이었고, 그 보트는 바다 항해에 맞지 않는 낡고 후진 것이었다. 그리고 곧 부서져 가라앉을 신세란 걸 알고 있었다. 그것은 리전트 파크의 호수에서나 돌아다녀야 하는 보트인데, 우리는 그걸 타고 염병할 테네리프까지 가려고 한 것이었다. 더 이상 그 보트가 물에 떠 있을 거라고 생각한다면 멍청이가 틀림없었다.

· 제스 ·

이튿날 일어난 모든 일이 다 내 잘못 때문이라고는 생각하지 않는다. 나도 잘못한 건 있지만, 뭔가 잘못되었을 때 오버하면 더 나빠지는 것 아닐까? 그런데 오버한 사람은 좀 있었다. 아빠는 신노동당인지 뭔지라서 늘 다른 문화를 가진 사람들을 관용해야 한다고 말하는데, 내가 보기에 그날 있었던 일은 누군가, 다시 말해 마틴이 내 문화를 관용하지 않았기 때문에 빚어졌다. 내 문화가 그의 문화보다 훨씬 많은 술을 마시고, 약을 하고, 신 나게 섹스하는 문화라고 해서 말이다. 나는 그의 문화를 존중한다. 나는 그에게 약에 절어서 여자들을 좀 더 많이 만나야 한다고 말하지 않는다. 그럼 그도 내 문화를 존중해야 한다. 내가 만약 유태인이라면 나더러 돼지고기를 먹으라고 강요하진 않을 텐데, 왜 나한테 다른 일들은 하지 말라고 해야 할까?

비틀스의 첫 앨범이 나온 때로부터 마지막 앨범이 나온 때까지는 칠 년밖에 되지 않는다. 그들의 헤어스타일과 음악이 변한 것을 생각해보면, 칠 년은 아무것도 아니다. 어떤 밴드는 칠 년 내내 거의 아무런 변화 없이 보낸다. 어쨌든 비틀스는 칠 년이란 세월이 지나는 동안 서로 꼴도 보기 싫어졌을 테고, 또 서로 다른 것을 원했을 것이다. 존은 자루 속에 들어가 있고 싶어했고존 레논과 오노 요코가 주창한 배기즘bagism을 일컫는 것. 배기즘은 자루 속에 살면서, 편견과 고정관념을 비판하는 운동을 말한다 — 옮긴이, 폴은 농장에서 지내고 싶어했기에, 서로의 다른 가치관으로 인해 그들은 관계를 유지할 수 없었다. 특히 한 사람이 자루 속에 들어가 있고 싶을 때는. 하긴 우리는 만난 지 7주도 되지 않았지만 시작부터 너무나 달랐다. 존과 폴은 같은 음악을 좋아했고, 같은 학교를 다녔지만 말이다. 우리는 서로를 이어줄 것이 하나도 없었다. 심지어 우리는 국적조차 같지 않았다. 그래서 어떻게 보면 우리의 3주가 그들의 칠 년에 집약되었다 해도 그리 놀랄 일은 아니다.

무슨 일이 일어났냐 하면, 함께 아침식사를 한 뒤 우리는 저녁까지 각자 따로 행동하기로 했다. 그 뒤에 호텔 바에서 만난 뒤 칵테일을 한 잔하고 저녁식사할 곳을 찾을 예정이었다. 모린이 쳐다보는 가운데 제이제이와 호텔 수영장에서 수영을 한 뒤 나는 혼자 나가기로 했다.

우리는 섬 북쪽 푸에르토 델라 크루즈란 곳에 머물렀는데, 거긴 괜찮았다. 내가 전에 왔을 때는 남쪽에 있었는데, 그곳은 정말 신 나는 곳이었다. 아마 모린에게는 아주 신 나는 곳이었을 것이다. 어쨌든 모린을 위한 휴가였으니, 나는 별로 상관하지 않았다. 하지만 마리화나를 좀 사고 싶었고, 여기보다는 그 아래로 내려가면 더 구하기 쉬울 것 같다는 생각을 했던 것이 화근이 되어 마틴에게 한소리 들어야 했다.

나는 마리화나를 팔 만한 사람들을 찾아서 술집 두어 곳을 돌아다녔는데, 두 번째 바에서 젠하고 똑같이 생긴 여자를 보았다. 허

풍이 아니다. 그녀가 나를 보고서도 알아보지 못했을 때, 나는 그녀가 일부러 그러는 줄 알았다. 하지만 이내 눈이 젠만큼 크지 않고, 머리카락도 염색이란 걸 알게 되었다. 젠이라면 아무리 변장을 하고 싶어도 염색을 하지는 않을 것이다. 어쨌든 그 여자는 내가 자길 노려보는 것이 맘에 들지 않았고, 내가 던진 몇 마디를—그 여자가 영국인이라서—재수 없게 알아들어버렸다. 그래서 그 여자는 나한테 잔뜩 퍼부었고, 나도 묵묵히 듣고만 있지는 않았다. 그런 식으로 한참 싸우는데 바의 주인이 우리 둘 다 나가달라고 했다. 솔직히 말하겠다. 아직 이른 시간이었지만, 나는 이미 바카르디 브리저스를 두 병이나 마셨고 그래서 난폭해진 모양이다. 그런 다음에는 일어날 법한 일이 벌어졌다. 젠이 아닌 여자의 오빠, 바, 그 남자, 돈, 마약 중독자, 엑스터시 두어 알, 한동안 못할 것 같아 결국 한꺼번에 다 해버렸고, 내니치라고 하는 곳에서 온 사람들과 그 남자는 겁이 나서 나만 혼자 남겨두고 도망쳐버렸다. 토하고, 바닷가에서 자다가, 깨서, 놀라고, 경찰차를 타고 호텔로 돌아왔다. 나는 이제까지 내니치에서 온 사람들은 한 번도 본 적이 없고, 모든 일은 낮 동안에 일어났지만, 이 두 가지만 빼면 사실 이 모든 소란은 내가 밤에 놀러 나갔다 하면 항상 벌어지는 일상다반사였다. 경찰에게 모린과 마틴이 내 부모라고 한 일로 마틴은 기분 나빠했다. 하지만 그렇다고 그가 호텔에서 체크아웃하고 나올 필요는 없었다고 생각한다. 전부 다 망칠 뻔했다.

이튿날 아침 끔찍한 기분이 들었는데, 전날 아무것도 먹지 않고 잠자리에 들었기 때문이다. 엑스터시와 브리저스, 마리화나 때문에 더했을 거다. 또 기분도 우울했다. 나는 이렇게 생겨먹은 인간이고, 뭘 어쩔 수 없다는 걸 깨달았을 때 느껴지는 끔찍한 기분 말이다. 그럴 때면 십이월 삼십일 일 밤에 했던 것처럼, 제인 오스틴 소설《오만과 편견》을 말함—옮긴이의 주인공 흉내를 내거나 다른 사람처럼 행동하면 좀 기분이 나아지긴 한다. 하지만 언제까지나 그렇게 살 순 없기에, 또다시 수상한 클럽 바깥에서 토하고 있거나 사람들한테 싸움이나 거는 나 자신으로 돌아가는 거다. 아빠는 내가 왜 이러고 사는지 궁금해하지만, 사실 나도 이러고 싶어서 이러는 건 아니다. 그래서 자살하고 싶어지는 거다. 수상한 클럽 바깥에서 토하는 걸 뺀 삶을 생각해보려고 하지만 그럴 수가 없다. 아무것도 떠오르지 않는다. 이게 나다. 이게 내 목소리고, 이게 내 몸이고, 이게 내 인생이다. 제스 크라이튼, 이게 네 인생이야. 그리고 내니치에서 온 사람들이 너에 대해서 이야기하러 왔어.

아빠에게 정치를 하지 않았으면 무슨 일을 했을 거냐고 물은 적이 있는데, 아빠는 정치를 하고 있을 거라고 했다. 아빠 말은, 아빠가 세상 어디에 있든, 무슨 일을 하든, 고양이가 이사 간 집을 찾아오듯이 아빠도 자기 일을 찾아가게 될 거라는 뜻 같다. 아빠는 지방의회에 있든, 팸플릿을 나눠주든, 어쨌든 정치를 하고 있었을 것이다. 그 정치계의 일부이기만 하다면 아빠는 뭐든 하고 있을 것이다. 아빠는 그 말을 하면서 약간 서글퍼했다. 아빠는 그게 결국 상상력 결핍이라고 했다.

나도 그렇다. 나도 상상력 결핍을 겪고 있다. 나는 매일 내가 원하는 일을 할 수 있었는데, 내가 하고 싶은 것은 머리를 두드려 맞고 싸움을 거는 것인 모양이다. 내게 원하는 건 뭐든 할 수 있다고 하는 건, 욕조 마개를 뽑고 물한테 원하는 곳이면 어디든 갈 수 있다고 말하는 거나 마찬가지다. 한번 해보라고, 그리고 어떻게 되는지 보라고.

. 제이제이 .

첫날은 나도 즐거웠다. 오전에는 수영장에서 《스포츠라이터》를 읽었는데 끝내주게 멋진 책이었다. 그런 다음 샌드위치를 주문하고, 그런 다음…… 음, 문제의 진실은 아마 사오 개월 동안 생명유지 장치에 의존해서 살아 있다는 신호를 전혀 보여주지 않던, 나의 리비도에 시동을 걸어야 할 때가 아닌가 생각했다는 것이다. 혹시 어떤 친구가 눈꺼풀로 쓴 책을 읽어본 적 있는가? 그는 도와주는 사람이 정확한 알파벳 철자를 알 수 있도록 매번 눈을 깜박여야 했다. 실제 이야기다. 어쨌든 나의 염병할 리비도는 그런 책도 쓸 수 없었을 것이다. 하지만 반바지를 입고 수영장 가장자리에 앉아서 오랫동안 얼어붙어 있던 내 신체 일부분에 햇볕을 따뜻하게 쬐고 있으니, 약하긴 하지만 놓칠 수 없는 생명의 신호가 느껴졌다.

그렇다고 그걸 해결하기 위해서 당장 달려나갔단 말은 아니다. 그저 산책을 하면서 주위를 둘러보고 그쪽 방면의 생활을 재개해야 되겠다고 생각했을 뿐이다. 하지만 먼저 방에 가서 옷을 입어야 했다. 나는 가슴을 드러내고 돌아다니는 종류의 남자가 아니다. 몸무게 58킬로그램에 뼈가 앙상하고 유령처럼 창백한 꼴로 살갗을 구릿빛으로 태우고서 배에 왕王자가 새겨진 남자들 옆을 돌아다닐 순 없지 않은가. 앙상하고 유령 같은 스타일을 좋아하는 여자를 만난다 하더라도, 그런 분위기 속에서 그 여자는 자기가 뭘 좋아하는지조차 기억할 수 없지 않을까? 만약 돌리 파튼이란 컨트리 가수를 좋아하는 사람이 있더라도, 힙합 쇼 가운데 그녀의 앨범을 들려주고 있다면 멋지게 들릴 수 없는 법이다. 아마 제대로 들을 수도 없을 것이다. 그러니 물 빠진 블랙 진과 낡은 티셔츠를 입는 것은 내 스타일을 좋아하는 사람의 눈에 띄기 위한 방식이었다.

그런데 이걸 알아두시라. 나는 눈에 띄었을 뿐만 아니라, 우리 밴드를 알고 좋아했던 사람 눈에 띄었다. 그러니까 그럴 확률이 얼마나 될까? 물론 그녀는 우리를 아주 분명하게 기억하진 못했고, 내가 그녀에게 우릴 좋아했다는 걸 말해줘야 했긴 하지만, 그래도 말이다. 어떻게 된 거냐면, 내가 시내에서 그곳 미술가가 디자인한 멋진 수영장을 발견하고, 바로 그 건너편 바에 맥주를 한잔 하려고 들렀던 것이다. 그런데 그 영국 아가씨가 혼자 앉아《벨 칸토》라는 책을 읽고 있어서 나도 그걸 읽었다고 말했고, 우리는 책에 대해 이야기를 하게 되었고, 잠시 후 나는 그녀와 한 테이블에 앉게 됐다. 그런 다음 우리는 음악 이야기를 시작했다.《벨 칸토》는 음악—실은 오페라인데, 이걸 음악이라고 생각하는 사람들도 있다—에 관한 내용이었기 때문이다. 그녀는 오페라보다는 로큰롤을 더 좋아한다고 했고, 나는 어떤 밴드를 좋아하냐고 물었다. 그러자 그녀는 몇몇 밴드의 이름을 잔뜩 늘어놓았고, 그중에는 우리 밴드와 몇 년 전 순회공연을 함께했던 클러커스라는 밴드도 있었다. 그녀는 자기가 살고 있는 맨체스터에서 그 공연을 보았고, 공연장에 일찍 도착해서 오프닝 무대도 봤다고 했다. 그래서 나는 '음, 그게 우리였어요.'라고 했다. 그러자 그녀는 '어머, 맞아요, 기억나요. 정말 멋졌어요.'라고 했다. 그래, 나도 알고 있다. 나는 얻을 수 있는 것을 받아들이는 시기에 있었다.

우리는 그날 오후를 함께 보내게 되었고, 나는 가족과의(함께 여행을 하고 있으니 가족이라 해도 괜찮지 않을까) 저녁식사를 일방적으로 취소하고 그녀와 함께 저녁을 보냈으며, 결국 우리는 내 호텔 방에서 잤다. 그녀의 방에는 룸메이트가 있었기 때문이다. 어쨌든 그날 밤 나는 시체를 상대하는 것 같았던 리지와의 마지막 밤 이후로 처음으로 여자와 잤다.

캐시와 나는 이튿날 아침, 식당에서 아침식사를 함께했는데, 호텔 등급이 별로 좋지 않아서 룸서비스가 없었기 때문만은 아니었다. 나는 왠지 다른 사람들과 마주치고 싶었다. 왜 그런 생각이 들었는지 모르지만 약간은 점수를 딸 수 있을 것 같았다. 하긴 모린은 아닐지 몰라도, 마틴은 예쁜 여자를 보는 눈이 있으니까 분명했다. 제스도 좀 좋은 인상을 받을 거라는 생각까지 하게 되었다. 그들 셋이 식당 반대편에 앉을 테고, 그중 둘은 지저분한 농담을 건넬 것이고, 그러면 나는 다시 멋진 놈이 된 기분이 들 것 같았다.

제일 먼저 내려온 건 모린이었다. 모린이 안으로 들어올 때 나는 인사를 하려고 손을 흔들었는데, 어쩐 일인지 그 손동작을 이리 오라는 것으로 오해하는 바람에 그녀가 우리 테이블로 와서 앉았다. 모린은 수상하다는 듯 캐시를 살펴보았다.

"아침을 먹지 않을 사람이 있을까?" 모린이 일부러 무례하게 군 건 아니었다. 그냥 헷갈려서 그러는 거였다.

"아뇨, 저기……" 하지만 뭐라고 해야 할지 알 수 없었다.

"저는 캐시라고 해요." 역시 뭐가 뭔지 혼란스러운 캐시가 말했다. "제이제이의 친구예요."

"테이블에 다섯 명이 전부 앉지 못할 것 같으니 문제네." 모린이 말했다.

"모두 다 내려오면 캐시랑 내가 옮길게요." 내가 말했다.

"모두 다가 누구죠?" 캐시가 이렇게 묻는 것도 당연했다.

"마틴이랑 제스 말이에요. 하지만 제스는 어제 경찰차를 타고 돌아오더군요. 그러니까 아마 지금까지 누워 있을지도 몰라요." 모린이 말했다.

"아." 내가 말했다. 그러니까 제스가 왜 경찰차를 타고 돌아왔는지 알고 싶긴 했다. 하지만 바로 그 자리에서 알고 싶진 않았다.

"무슨 일을 했는데요?" 캐시가 물었다.

"무슨 일을 안 했는지가 더 궁금하네요." 모린이 말했다. 웨이트리스가 오더니 우리 잔에 커피를 채워주었다. 모린은 뷔페 테이블로 크루아상을 가지러 갔다.

캐시가 나를 쳐다봤다. 내게 물어보고 싶은 게 많다는 걸 알 수 있었다.

"모린은……" 하지만 그 문장을 뭐라고 끝내야 할지 알 수 없었다. 게다가 방법을 찾지 않아도 되었다. 그때 제스가 걸어들어와 앉았기 때문이다.

"나는 뒈져야 해." 그녀가 말했다. 그게 첫인사인 셈이었다. "기분 정말 더럽네. 보통 실컷 토하고 나면 기분이 좋아지는데. 어젯밤에 속에 든 걸 다 토했거든요. 이제 남은 것도 없어요."

"나는 캐시예요." 캐시가 말했다.

"안녕하세요. 내 상태가 이렇다 보니 당신이 처음 보는 사람이란 것도 몰랐네요." 제스가 말했다.

"제이제이의 친구예요." 캐시가 말하자, 제스의 눈이 불길하게 반짝였다.

"어떤 친구요?"

"어제 만났어요."

"그런데 같이 아침을 먹고 있어요?"

"입 다물어, 제스."

"내가 뭐랬다고?"

"문제는 앞으로 할 말이야."

"내가 뭐라고 할 줄 알고?"

"모르지."

"아직 우리 엄마랑 아빠 못 만났죠, 캐시?"

캐시가 불안한 눈으로 모린을 쳐다보았다.

"나보다 더 용감하네, 제이제이. 나라면 가족들이 모여서 아침식사 하는데 하룻밤 상대를 데려오지 않을 거야. 그거 참 멋지다, 야." 제스가 말했다.

"저분이 어머니예요?" 캐시가 말했다. 아주 아무렇지도 않게 말하려고 애썼지만, 약간 당황하고 있다는 걸 알 수 있었다.

"당연히 아니죠. 우린 국적도 달라요. 제스가……"

"제이제이가 음악 한다는 얘기 했어요? 분명 했을 거예요. 항상 그러니까. 그래야만 애인을 구할 수 있거든요. 결국 사람들이 알게 되니까 그런 소린 하지 말라고 늘 말하는데도. 알고 나면 실망하잖아요. 분명히 자기가 가수라고 했죠?" 제스가 말했다.

캐시는 고개를 끄덕이더니 나를 쳐다봤다.

"참 웃기네. 캐시한테 노래 불러줘봐, 제이제이. 한번 들어봐요. 끝내준다니까."

"캐시는 내 밴드를 봤어." 내가 말했다. 하지만 그 말을 하자마자 캐시가 그 밴드를 봤다고 말한 건 나였다는 사실이 기억났다. 그렇다면 이야기가 좀 달라진다. 캐시도 나를 쳐다보았고, 그녀도 똑같은 사실을 기억하고 있다는 걸 알 수 있었다. 오, 이런.

모린이 크루아상을 가지고 테이블에 앉았다.

"마틴이 내려오면 어떻게 하지? 자리가 없는데."

"오, 저런. 으아~ 도와줘요. 정말 큰일 나겠네." 제스가 말했다.

"내가 옮기는 게 좋겠어요." 캐시가 말했다. 캐시는 일어나더니 커피를 한 모금 꿀꺽 마셨다. "나한테 무슨 일이 벌어진 건 아닌지 애나가 걱정할 거예요."

"우린 다른 테이블로 옮겨도 괜찮아요." 나는 이렇게 말해봤지만 이미 끝났다는 것을, 통제할 수 없는 악의적인 힘에 의해서 모든 것이 파괴되었다는 걸 알 수 있었다.

"또 봐요." 제스가 명랑하게 말했다.

캐시와는 그것이 마지막이었다. 내가 그녀라면, 지금도 머릿속으로 그날의 대화를 다시 생각해보고, 종이에 적은 다음 친구들에게 읽어보라고 하고, 그날 아침식사 때 대체 무슨 일이 벌어진 건지 파악하는 것을 도와달라고 부탁하고 있을 것이다.

제스에 대해서는 날카로운 건지 운이 좋은 건지 알 수가 없다. 제스처럼 재빨리, 자주 입을 놀리다 보면 언젠가는 뭔가 옳은 소리를 하게 될 수밖에 없긴 할 거다. 하지만 무슨 이유에서든 제스의 말이 옳았다. 음악이 없었더라면 캐시를 데리고 아침식사를 하러 갈 수는 없었을 것이다. 그녀는 약간의 각성제였을 것이다. 밴드가 깨진 이후 처음으로, 그러니까 음악을 하지 않는 뮤지션으로서 그런 상대를 만난 것은 처음이었다. 내가 동정을 잃었을 때도 이미 밴드에 있었고, 그 후로 계속 밴드를 했으니까. 그러니 캐시가 나가버린 다음, 나는 이런 식이 계속 통할 것인지 염려되기 시작했다. 사십 년 후쯤 내가 빌어먹을 양로원 같은 데서 이가 하나도 없는 할머니한테 R.E.M.의 매니저가 우리 밴드의 매니저가 되어준다고 했다는 이야기를 하고 있는 건 아닌지. 내가 한 번이라도 어엿한 한 사람, 직업 같은 것도 있고, 사람들이 호감을 갖는 성격을 가진 사람이 되려고 한 적이 있었던가? 뭔가를 그만두더라도 그 자리를 채울 것이 아무것도 없다면 아무짝에도 쓸모없는 일이다. 만약에 우리가 둘 다 읽었던 그 책 이야기만 하고 음악 이야기를 꺼내지 않았더라면…… 그래도 우리가 같이 잤을까? 그건 상상이 되지 않았다. 내 생각에는 나의 옛 삶이 사라진다면 내겐 삶이란 것 자체가 없었다. 사기 진작 차원에서 만난 여자는 결국 나를 완전히 절망에 빠져 허우적거리게 만들고 말았다.

· 모린 ·

우리는 마틴이 아침식사를 하지 않은 것을 정말 아무렇지도 않게 생각했다. 숙박료에 식사가 포함되어 있었는데도 말이다. 나는 하루에 한두 번은 꼭 내가 이해하지 못하는 일이 생기는 데 적응하는 중이었다. 제스가 그 전날 밤 뭘 하고 있었는지도 이해할 수 없었고, 우리 아침 식탁에 왜 모르는 여자, 여자라기보다는 어린 아가씨가 앉아 있는지도 이해할 수 없었다. 또 마틴이 왜 떠났는지도 이해할 수 없었다. 하지만 이해하지 못하는 건 별 상관이 없는 모양이었다. 이따금 텔레비전에서 경찰과 강도가 나오는 영화를 보다 보면, 첫 부분은 이해하지 못해도 이해하라고 만든 것이 아니란 걸 알게 될 때가 있다. 하지만 계속 보다 보면, 유심히 보다 보면 누군가가 결국 설명해주게 마련이다. 나는 제스와 제이제이, 마틴과의 생활을 경찰 영화처럼 생각하려고 노력하고 있었다. 모든 것을 이해할 수 없을 때면, 당황하지 말자고 생각했다. 누군가가 실마리를 줄 때까지 기다리면 되었다. 어쨌든 아무것도 이해하지 못해도 큰 문제는 없다는 것도 알게 되었다. 우리가 천사를 봤다고 말해야 하는 까닭도, 어떻게 그 일 때문에 텔레비전에 출연하게 되었는지도 사실 이해할 수 없었다. 하지만 이제 그 일은 이미 지난 일인데 뭐 하러 골치를 썩일 것인가? 솔직히 아침식사 때 모두 다 어디 앉을지 걱정되긴 했지만, 그건 내가 혼란스러웠기 때문이 아니었다. 그저 마틴이 우리가 무례하다고 생각하지 않길 바랐을 뿐이다.

아침식사가 끝난 뒤 요양원에 전화를 하려고 했는데, 혼자서는 할 수 없었다. 결국 제이제이에게 부탁을 했고, 그는 더 눌러야 하는 번호와 누르지 말아야 하는 번호가 있다고 설명해주었다. 전화를 쓰는 것에 있어서 내가 몰염치하게 군 건 아니다. 다른 사람들이 아무리 비싸더라도 하루에 한 번은 전화해도 된다고 말했기 때문이다. 그렇지 않으면 내가 제대로 휴가를 즐길 수 없을 거라고 했다.

그리고 그 전화 통화가…… 음, 그것 때문에 모든 것이 바뀌었다. 바로 그 이삼 분 때문에. 옥상에 올라가 있던 시간보다도 그 통화를 하면서 더 많은 생각이 들었다. 그렇다고 무슨 나쁜 소식 같은 게 있었던 것도 아니다. 매티는 잘 있었다. 그럴 수밖에 없지 않을까? 그 애는 보살핌이 필요했고, 보살핌을 받고 있었으며, 그 밖에 달리 내게 해줄 이야기도 없었을 테니까. 나는 대화를 좀 더 길게 해보려고 애썼고, 사실 간호사도 내가 오래 통화할 수 있도록 도와주었다. 하지만 우리 둘 다 달리 할 이야기를 찾을 수 없었다. 매티는 하루 내내 아무 일도 하지 않고, 그날도 아무 일도 하지 않았다. 매티가 휠체어를 타고 밖으로 나갔다기에 우리는 잠시 그 이야기를 나누었지만, 그러고 나서는 주로 날씨나 정원 이야기를 했다.

그런 다음 나는 고맙다고 하고 전화를 내려놓은 뒤 잠시 생각하면서 나 자신을 불쌍히 여기지 않으려고 애썼다. 사랑과 염려와 그런 것들, 어머니만이 제공할 수 있는 것들…… 매티가 태어난 후 처음으로, 그런 것들이 어쨌든 그 애에게 아무 소용이 없다는 걸 깨달았기 때문이다. 내가 그 애에게 갖는 의미는 요양소 사람들이 갖는 의미와 똑같았다. 나는 숙련되었기 때문에 그들보다 훨씬 더 나을지는 모른다. 하지만 2주 정도면 그들에게 필요한 모든 것을 알려줄 수 있을 것이다.

그렇다면 내가 죽더라도 매티는 잘 지낼 거라는 뜻이었다. 그리고 그건 그 애가 태어난 이후 줄곧 내가 염려했던 것이 조금도 두려워할 일이 아니라는 뜻이었다. 그 사실을 깨닫고 나자 자살을 하고 싶은 건지 하고 싶지 않은 건지 알 수 없었다. 내 평생이 시간 낭비였는지 아니었는지 알 수 없었다.

나는 아래층으로 내려갔고, 로비에서 제스를 보았다.

"마틴이 호텔에서 체크아웃했대요." 제스가 말했다.

그래서 나는 상냥하게 제스를 향해 미소를 지었지만, 걸음을 멈추지 않고 계속 걸었다. 마틴이 호텔에서 체크아웃을 하든지 말든지 관심 없었다. 그 전화를 걸지 않았더라면 신경을 썼을 것이다. 그가 우리의 돈을 다 맡아 가지고 있었으니까. 하지만 그가 그 돈을 다 갖고 떠났더라도 큰 상관은 없을 것이다. 나는 거기 묵든지 말든지, 먹든지 말든지, 술을 마시든지 말든지 했을 것이고 집에 돌아오든지 말든지, 내가 뭘 하든지 말든지 아무한테도 상관없었을 것이다. 그래서 나는 그날 거의 내내 걸었다. 사람들도 휴가 중에 슬퍼질 때가 있을까? 그 많은 시간 내내 생각에 잠겨 있다 보면 그럴 것 같다.

그 주가 끝날 때까지 나는 그들을 피하려고 애썼다. 마틴은 어쨌든 사라졌고, 제이제이는 신경 쓰지 않는 것 같았다. 제스는 내가 피해 다니는 걸 별로 좋아하지 않아서 두세 번 정도 함께 식사를 하자고도 하고, 해변에 함께 앉아 있자고 하기도 했다. 하지만 나는 그냥 미소를 지으며 "아니, 괜찮아."라고만 했다. '하지만 넌 나한테 늘 무례하잖니! 왜 이제 와서 나랑 이야기하고 싶은 거니?'라고는 하지 않았다.

나는 로비의 작은 책장에서 책을 한 권 빌렸는데, 《베스와 고양이》라는 밝은 핑크색 표지에 바보 같은 내용의 책이었다. 애인 없는 아가씨가 있었는데 그녀가 키우는 고양이가 잘생긴 청년으로 변하는 이야기였다. 그 청년은 그녀와 결혼하고 싶어하지만, 그녀는 그가 고양이이기 때문에 어쩌면 좋을지 모르고 결정하는 데 한참 걸린다. 나는 그걸 읽다가 자다가 했다. 나는 언제나 혼자서도 잘 지냈다.

그리고 집으로 돌아오기 전날, 나는 성당에 미사를 드리러 갔다. 한 달 남짓 만에 처음 가는 것이었다. 시내에는 오래된 성당이 있었는데, 네모반듯한 현대식 건물로 된 우리 성당보다 훨씬 더 근사한 곳이었다(이따금 하느님이 우리 성당을 찾기나 하셨는지 궁금하지만, 이제쯤이면 찾으셨을 것 같다). 성당 안으로 걸어들어가 앉는 것은 생각보다 쉬웠는데, 거기에는 아는 사람이 하나도 없었기 때문이다. 하지만 그다음에는 모든 것이 조금 힘들었다. 사람들이 너무나 이국적으로 느껴졌고, 언어 때문에 지금 어떤 순서가 진행 중인지 알 수 없을 때가 많았다.

하지만 곧 적응했다. 어두운 방에 걸어들어가는 것과 마찬가지였다. 그 성당은 우리 성당보다 훨씬 더 어둡기도 했다. 조금 지나자 앞이 보이기 시작했고, 우리 성당 사람들이 보였다. 물론 우리 성당에 다니는 사람들과 똑같은 사람들은 아니었지만 마치 그들을 테네리프에 그대로 옮겨다 놓은 것처럼 보였다. 브리짓처럼 모든 사람을 다 알고 시선을 내리깔며 미소를 짓고 고개를 끄덕이는 여자도 있었다. 시간이 그렇게 이른데도 약간 비틀거리며 걷는 남자도 있었는데, 그는 팻이었다.

나도 있었다. 그녀는 내 나이에 혼자였고, 그날이 몇 월 며칠인지도 모르는 아들을 휠체어에 태우고 왔다. 나는 잠시 그들을 가만히 지켜보았고, 그녀는 내가 쳐다보는 것을 눈치채고 무례하다고 생각한 것이 분명했다. 그런 우연이 정말 이상하게 느껴졌다. 그러다가 깨달았다. 세상 어느 성당에 가더라도 중년 여자가 남편 없이 휠체어에 젊은 청년을 앉혀 데리고 들어오는 것을 볼 수 있을 것이다. 어쩌면 그렇기 때문에 성당이 발명된 것일지도 모른다.

· 마틴 ·

나는 특별히 내성적인 사람도 아니고, 이런 소리를 변명이랍시고 하는 것도 아니다. 세상에서 일어나는 문제의 대부분은 내성적인 성격 때문에 일어난다고 할 수도 있다. 전쟁이나 기아, 질병, 폭력 범죄 같은 문제를 말하는 게 아니다. 내가 생각하는 것은 짜증스런 신문 칼럼이나 울어대는 토크쇼 게스트 등이다. 하지만 가만히 앉아서 자신에 대해서 생각하는 것 외에는 할 일이 없는 사람은 내성적이 될 수밖에 없다는 것을 이제 알게 되었다. 다른 사람들에 대해서 생각해보려고 노력할 순 있지만, 내가 생각해보려는 타인들은 내가 아는 사람들이고, 내가 아는 사람들에 대해서 생각하다 보면 다시 나의 원치 않는 상황을 생각하는 것으로 귀결되었다.

그러므로 어떤 면에서는 호텔에서 체크아웃하고 나 혼자 나와버린 것이 실수였다. 제스 때문에 미칠 것같이 짜증이 났고, 모린 때문에 우울해지긴 했지만, 그들도 그냥 비워둘 수만은 없는 나 자신의 일부가 되었기 때문이다. 그뿐만도 아니었다. 그들과 함께 있으면 나는 상대적으로 이룬 것이 많다고 느껴졌다. 나는 해온 일도 있었고, 해온 일이 있기 때문에 다른 일을 할 수 있는 가능성도 있었다. 그들은 아무것도 해놓은 것이 없으며, 앞으로도 아무것도 하지 않을 거라고 상상하는 것은 그리 어렵지 않았다. 그들과 함께 있으면 나는 밤에는 다국적 기업을 경영하고, 주말에는 스카우트 연대를 운영하는 세계 지도자처럼 보였고, 또 나도 그런 느낌이 들었다.

나는 여태까지 지내던 방과 거의 똑같이 생긴 방으로 옮겼는데, 다만 바다가 보이고 발코니가 딸린 곳으로 골랐다. 그래서 나는 꼭 이틀 동안 발코니에 앉아 바다를 바라보며 나 자신에 대해 생각했다. 내 자아 성찰이 그다지 독창적인 것이었다곤 말할 수 없다. 첫날 내가 내린 결론은 거의 모든 일을 다 망쳐놓았으니 죽는 게 더 낫다는 것이고, 내가 죽는다 하더라도 날 그리워하거나 내 죽음에 서운해할 사람은 아무도 없다는 것이었다. 그런 다음 나는 술에 취했다.

이튿날은 아주 조금 더 건설적이었다. 그 전날 밤, 내가 죽더라도 아무도 그리워할 사람이 없다는 결론에 도달한 나는 내 불행의 대부분이 남의 잘못 탓이라는 사실을 뒤늦게야 깨달았다. 내가 아이들과 떨어진 것은 신디 때문이고, 우리 결혼 생활이 끝난 것도 신디 탓이었다. 내가 저지른 실수는 하나뿐이었다! 좋다, 아홉 가지 실수였다. 하지만 뭐, 백 가지 가능성 중에 아홉 개란 말이다! 나는 91점을 맞았는데도 시험에서 떨어졌다! 나는 첫째, 덫에 걸렸고 둘째, 십 대들의 성에 관한 사회의 태도가 시대에 뒤떨어졌기 때문에 교도소에 갔다. 나는 상사들의 위선과 배신 때문에 일자리를 잃었다. 그러므로 이튿날이 끝나갈 무렵 나는 자살하기보다는 다른 사람들을 죽이고 싶어졌다. 사실 그게 더 건전한 정신 상태

아닌가?

셋째 날, 제스가 나를 발견했다. 내가 카페에 앉아 이틀 지난 《데일리 익스프레스》지를 읽으면서 커피를 마시고 있는데, 제스가 내 앞에 앉았다.

"거기 우리 기사는 없어요?" 제스가 말했다.

"나도 있을 줄 알았는데…… 하지만 스포츠와 별자리 운세만 읽었어. 아직 1면은 못 읽었고." 내가 말했다.

"재밌네. 같이 앉아도 돼요?"

"아니."

그래도 제스는 앉았다.

"그런데 왜 이러는 거예요?"

"뭘?"

"지금 삐쳤잖아요."

"내가 삐친 거라고 생각하나?"

"그럼 이러는 걸 뭐라고 불러요?"

"너한테 진절머리가 난 것뿐이야."

"우리가 뭘 어쨌는데요?"

"당신들이 아니라 너 말이야. 단수라고. 부vous, 프랑스어 2인칭 복수형—옮긴이가 아니라 투아toi, 프랑스어 2인칭 단수—옮긴이야."

"엊그제 밤에 있었던 일 때문에요?"

"그래. 엊그제 밤 때문에."

"당신이 내 아빠라고 한 게 마음에 안 들었던 거군요, 그렇죠? 당신 나이면 그 정도는 된다고요."

"나도 그건 알고 있어."

"그래요. 그러니까 잊어버려요. 진정제를 먹어요."

"그 일은 잊었어. 진정제도 먹었고."

"그런 것 같네요."

"제스, 나는 삐친 게 아니야. 네가 나더러 아버지라고 해서 내가 호텔에서 나왔다고 생각하는 건가?"

"나라면 그럴걸요."

"당신 아버지를 미워해서? 아니면 딸이 부끄러워서?"

"둘 다요."

제스를 상대하면 늘 이렇다. 내가 물러선다고 생각하면, 제스는 사려 깊은 척한다(여기서 '사려 깊다'는 말은 '자기혐오'란 뜻인데, 그녀는 조금이라도 생각이란 것을 하다 보면 자기혐오에 도달할 수밖에 없는 모양이다). 나는 말려들지 않기로 마음먹었다.

"네 말에 말려들지 않을 거야. 어서 가봐."

"내가 뭘 어쨌다고 그래요? 제기랄."

"가책을 느끼는 인간 흉내를 내고 있잖아, 지금."

"'가책'이 무슨 말이에요?"

"미안해한다는 뜻이지."

"왜요?"

"그만 꺼져."

"왜요?"

"제스, 나는 쉬고 싶어. 특히 너로부터 자유로워지고 싶다고."

"그럼 내가 열 받아서 약이나 했으면 좋겠군요?"

"그래. 꼭 그랬으면 좋겠군."

"그래요, 좋아요. 그렇게 하면 엄청 야단치겠죠."

"아니, 야단치지 않아. 어서 내 눈앞에서 사라져줘."

"지루해요."

"그럼 가서 제이제이나 모린을 찾아보지그래."

"그 사람들은 지루해요."

"난 아니고?"

"가수 중에 누구 만나봤어요? 에미넴 만났어요?"

"아니."

"만나놓곤 나한테 말 안 해주는 거죠."

"오, 제발 좀."

나는 테이블에 돈을 좀 올려놓고, 일어나서 밖으로 나왔다. 제스도 나를 따라 거리로 나왔다.

"당구 한판 할래요?"

"아니."

"섹스할래요?"

"아니."

"내가 마음에 안 들어요?"

"그래."

"마음에 든다는 남자들도 있는데."

"그럼 그들과 섹스를 하지그래. 제스, 이런 말 해서 미안한데 우리의 관계는 끝났다고 생각해."

"내가 하루 종일 따라다니면 끝날 수 없죠."

"그런 게 장기적으로 효과가 있을 거라고 생각하나?"

"장기적인 건 상관없어요. 아빠가 나를 지켜봐달라고 한 건 어쩌고요? 당신이 그러고 싶은 줄 알았는데. 당신이 잃어버린 딸들

대신 날 딸 삼아요. 그렇게 하면 내면의 평화를 찾을 수 있잖아요? 그런 영화들 되게 많은데." 제스는 이 마지막 문장을 아주 당연하다는 듯이 말했다. 그런 영화가 많다는 사실이 그녀가 상상하는 시나리오의 진실을 반증하는 것이 아니라, 입증하기라도 한다는 듯이.

"아까 섹스를 하자고 했던 이야기는? 어떻게 그것과 내가 잃은 딸을 대신하는 것이 들어맞을 수 있지?"

"이건, 알잖아요, 다른 문제라고요. 길이 달라요. 전혀 다른 노선이라고요."

우리는 뉴욕 시티라고 하는 휑한 술집 앞을 지나쳤다.

"저기서 싸우다 쫓겨났어요." 제스가 자랑스러운 말투로 말했다. "내가 또 들어가려고 하면 죽이려 들 거예요."

그걸 확인시켜주듯 불만에 가득 차 보이는 주인이 살인이라도 저지를 듯한 표정으로 문 앞에 서 있었다.

"화장실에 갔다 와야겠어. 아무 데도 가지 마."

나는 뉴욕 시티로 들어가 로어 이스트 사이드뉴욕의 구역 이름. 화장실 위치를 바 이름에 빗대어 쓴 것—옮긴이 어딘가에서 화장실을 찾아 《익스프레스》지의 텔레비전 섹션을 펼치고 변기 위에 앉은 다음 문을 잠갔다. 그 후 한두 시간 동안 벽을 통해 제스가 나한테 질러대는 소리가 계속해서 들려왔지만, 결국 소리는 멈췄다. 그녀가 간 것 같았지만, 나는 혹시나 해서 계속 앉아 있었다. 문을 잠근 시각이 오전 열한 시였고 내가 나온 것은 오후 세 시였다. 그 시간이 싫진 않았다. 내가 즐긴 휴가란 그런 것이었다.

내가 마지막으로 했던 밴드는 지금 내 아파트가 있는 곳에서 바로 몇 블록 떨어진 이즐링턴의 '희망과 닻'이라는 펍에서 공연을 한 뒤 깨졌다. 우리는 무대에 서기 전에도 깨질 것을 알고 있었지만, 그 이야길 하지는 않았다. 그 전날 우리는 맨체스터에서 몇 명 안 되는 사람들 앞에서 연주를 한 탓에, 런던으로 돌아오는 동안 모두 좀 뚱했지만, 대부분은 그냥 침울하고 말이 없었다. 사랑하는 여자랑 헤어질 때와 똑같은 기분이었다. 속이 메슥거리고, 무슨 말을 하더라도 아무것도 바뀔 게 없다는 걸 아는 것. 혹은 바꿀 수 있다 하더라도 한 오 분 이상 계속되지 않을 거라는 것. 밴드의 경우에는 더 이상했는데, 여자친구와는 달리 두 번 다시 안 만날 사이가 아니라는 걸 알기 때문이었다. 이튿날 밤 다른 세 명과 싸우지 않고 함께 바에 앉아 있을 수도 있지만, 그래도 밴드는 존재하지 않을 것이다. 밴드는 우리 넷만이 아니었다. 그건 집과 같은 것으로 우리는 거기 사는 사람들이었고, 우리가 집을 팔아버린 것이므로 더 이상 우리 소유가 아니었다. 이건 비유적인 소리가 분명하다. 밴드가 없어졌다고 아무도 돈 한 푼 주지 않았으니까.

어쨌든 '희망과 닻'에서 공연한 뒤—그 공연은 우울하게 강렬했다. 헤어지기 전 필사적으로 하는 섹스처럼—우리는 초라한 탈의실로 들어가 한 줄로 앉았다. 에디가 말했다. "이제 때가 된 것 같네." 그러더니 에디는 너무나 그답지 않은 행동, 너무나 어울리지 않는 행동을 했다. 에디는 양손을 내밀더니 내 손과 제시의 손을 꼭 잡았다. 제시가 빌리의 손을 잡자, 우리는 마지막으로 하나가 되었다. 빌리는 "엿 먹어라, 이 호모 자식아."라고 말하더니 벌떡 일어났는데, 그 말은 드러머들에 대해서 알아야 할 모든 것을 알려주는 셈이었다.

휴가 친구들을 알게 된 건 몇 주밖에 안 됐지만, 호텔에서 공항으로 가는 동안 비슷하게 속이 메슥거리는 기분이 들었다. 해체가 다가오고 있는 냄새가 났고, 누구도 아무 말도 하지 않았다. 이유도 똑같았다. 우리는 할 수 있는 것을 다 해보았고, 더 이상 함께 갈 수 있는 곳이 없었다. 아마 모두 이런 이유로 헤어지는 것 같다. 밴드건 친구건 부부건 뭐건. 파티건 결혼식이건 어떤 것이든.

우습지만 밴드가 해체됐을 때, 내가 괴로워한 이유 중에 하나는 다른 친구들이 걱정되었기 때문이었다. 그들이 대체 무슨 일을 하게 될까? 우리 중에 그 누구도 자격증 같은 건 없었다. 빌리는 글쓰기와 읽기도 별로 잘하지 못했고, 에디는 어느 한 직장에 오래 있기에는 너무 욱하는 성질이었고, 제시는 마리화나를 좋아했고…… 그나마 제일 걱정되지 않는 사람은 나뿐이었다. 나는 잘 지낼 것 같았다. 나는 똑똑하고, 안정적이고, 여자친구도 있었다. 비록 평생 하루도 빠짐없이 음악을 만드는 것이 그리워지리란 건 알고 있었지만, 그것 없이도 뭔가 할 수 있었다. 그런데 어떻게 되었나? 몇 주 뒤, 빌리와 제시는 리듬 섹션이 빠진 고향 밴드에 들어가고, 에디는 아버지 밑에서 일하고, 나는 피자 배달을 하다가 염병할 옥상에서 뛰어내릴 뻔했다.

그러니 그때쯤 나는 새로운 밴드 친구들에 대해 걱정하지 않기로 마음먹었다. 그들은 잘살 거라고 나는 스스로에게 말했다. 그렇게 보이진 않았지만 그들은 그때까지 잘 살아남았고, 어쨌든 그건 내 문제가 아니었다.

공항으로 가는 택시 안에서 우리는 무엇을 했는지, 무엇을 읽었는지, 집에 돌아가면 무슨 일을 제일 먼저 할 건지 뭐 그딴 시시한 이야기를 좀 했고, 비행기에 탄 다음에는 모두 잠들었다. 이른 비행기였기 때문이었다. 그런 다음 우리는 히드로 공항에서 킹스크로스까지 지하철을 타고 갔고, 거기서 버스를 탔다. 우리가 그렇게 자주 만나지 않을 거라는 사실을 깨닫기 시작한 것은 버스 안에서였다.

"왜요?" 제스가 말했다.

"우린 아무 공통점도 없으니까. 휴가가 그걸 증명했잖아." 마틴이 말했다.

"괜찮았다고 생각하는데요."

마틴은 코웃음을 쳤다. "우린 서로 이야기도 안 했어."

"당신은 내내 화장실에 숨어 있었으니까요." 제스가 말했다.

"왜 그랬을 것 같아? 우리가 정신적인 교감이나 하는 사이라서? 아니면 우리의 관계가 내가 맺은 인간관계 가운데 가장 충만한 것이 아니라서?"

"그래요. 그럼 당신의 인간관계 중에 가장 충만한 건 뭔데요?"

"넌?"

제스는 잠깐 생각하더니 어깨를 으쓱했다.

"당신들과의 관계요." 그녀가 말했다.

우리 모두 제스가 한 말의 진실이 그녀에게 어떤 영향을 미치는지 알 수 있을 만큼 오랫동안 침묵이 흘렀다. 그리고 그 진실이 우리에게도 어떤 영향을 미칠 수 있을지 깨달으려는 찰나, 다행히 마틴이 말을 꺼내주었다.

"그래. 하지만 그래서는 안 되지, 안 그래?"

"나를 밀어내는 거예요?"

"그런 식으로 표현하고 싶다면 그렇게 해. 제스, 우린 휴가를 마쳤어. 이제 각자의 길을 가야 할 시간이야."

"밸런타인데이는 어쩌고요?"

"원한다면 밸런타인데이에 만날 수도 있어. 그러기로 했으니."

"옥상에서요?"

"아직도 뛰어내릴 수 있을 거라고 생각하니?"

"몰라요. 매일 바뀌니까."

"위에서 만나고 싶어요." 모린이 말했다.

"밸런타인데이가 당신한테 참 중요한 날일 거 같네요, 모린." 제스가 말했다. 마치 대화를 하고 싶다는 듯한 말이었지만, 모린은 그 뒤에 숨겨진 비아냥거림을 파악하고 대답하지 않았다. 제스가 하는 말은 뭐든지 쏘아붙여줄 수 있었지만, 우리는 그럴 기력이 없었다. 우리는 창밖의 비 내리는 거리를 가만히 내다보고 있었고, 엔젤 역에서 나는 인사하고 내렸다. 버스가 떠나는 모습을 보면서 모린이 모두에게, 심지어 제스에게도 민트 사탕을 권하는 걸 보았다. 그 모습을 보니 마음이 좀 짠했다.

그다음 주 동안 나는 거의 아무것도 하지 않았다. 책을 많이 보고, 이즐링턴 주위를 거닐며 내가 할 만한 후진 일자리가 있는지 알아보았다. 하루는 유니언 채플에서 연주하고 있는 '팻 챈스'라는 밴드 공연을 보려고 10파운드를 날렸다. 그들은 우리와 비슷한 시기에 시작했는데 이제 괜찮은 계약도 하고, 어느 정도 입소문도 타게 되었지만, 내가 보기에는 어설펐다. 그들은 그 자리에 서서 자기들 곡을 연주했고, 사람들은 박수를 쳤으며, 앙코르 연주가 있었고, 그런 다음 우리는 나왔다. 우리 중 아무도 그 경험 덕분에 더 풍요로워진 것 같진 않았다.

나오는 길에 사십 대 남자 한 명이 날 알아보았다.

"잘 지내요, 제이제이?" 그가 말했다.

"절 아세요?"

"작년에 '희망과 닻'에서 당신을 봤어요. 밴드가 해체됐다던데. 여기 사세요?"

"네, 당분간."

"무슨 일 해요? 솔로로 나왔어요?"

"예, 맞아요."

"잘됐네."

우리는 밸런타인데이 밤 여덟 시에 만났고, 모두가 제시간에 나왔다. 제스는 좀 더 완벽하게 비극적인 효과를 위해 더 늦은 시간, 밤 열두 시 같은 때 만나길 바랐지만 아무도 찬성하지 않았고, 모린은 집에 그렇게 늦게 돌아가고 싶지 않다고 했다. 나는 올라가는 계단에서 모린을 만났는데 다시 집으로 돌아갈 생각을 해서 기뻤다고 말해줬다.

"달리 어딜 가겠어?"

"아뇨, 그러니까…… 지난번에는 집에 돌아갈 생각이 없었잖아요? 그러니까 버스를 탔을 때 말이에요."

"버스를 탔을 때?"

"지난번에는 옥상에서 떨어질 생각이었잖아요. 빠른 길로." 나는 손가락으로 공중에서 아래로 획 떨어지는 시늉을 했다. 옥상에서 뛰어내리는 것처럼. "하지만 오늘 밤에는 오래 걸리는 길로 내려갈 것처럼 이야기하네요."

"아, 그래. 난 조금 나아졌어. 그러니까 머릿속이 말이야." 그녀가 말했다.

"잘됐네요."

"아직도 휴가 덕을 보고 있는 것 같아."

"그렇군요."

그러더니 모린은 더 이상 이야기하지 않았다. 올라가려면 멀었고 숨이 찼기 때문이었다.

마틴과 제스는 이 분쯤 뒤에 도착했고, 우리는 인사를 한 다음 모두 그 자리에 서 있었다.

"그런데 정말 이러는 게 무슨 소용이지?" 마틴이 말했다.

"위에서 만난 다음에 다들 기분이 어떤지 그런 걸 알아보려는 거였잖아요." 제스가 말했다.

"아."

우리는 발을 질질 끌며 걸었다.

"그럼 우리 모두 기분이 어떤 거요?"

"모린은 잘 지내고 있어요. 그렇죠, 모린?" 내가 말했다.

"그래요. 제이제이한테 그렇게 말했어요. 아직도 휴가 덕을 보고 있는 것 같다고."

"무슨 휴가요? 바로 전에 그 휴가?" 마틴은 모린을 쳐다보더니 경탄과 존경이 섞인 표정으로 고개를 저었다.

"당신은요, 마틴? 어떻게 지내고 있어요?" 나는 그렇게 말했지만 그 질문에 대한 대답이 어떨지 대충 알 수 있을 것 같았다.

"오, 글쎄. 꼼씨꼼싸'그럭저럭'이라는 뜻의 프랑스어 — 옮긴이라고 할 수 있지."

"재수 없어." 제스가 말했다.

우리는 발을 질질 끌며 좀 더 걸었다.

"당신들 모두가 흥미를 가질 만한 것을 읽었소." 마틴이 말했다.

"그래요?"

"궁금한 게 있었는데…… 어쩌면 여기 말고 딴 곳에서 이야기하는 게 나을 것 같소. 펍 같은 데서."

"난 좋아요. 어쨌든 축하해야 하지 않겠어요?" 내가 말했다.

"축하라." 마틴이 별 미친놈 다 본다는 투로 말했다.

"그래요. 그러니까 우린 살아 있고……"

그런 다음에는 더 할 말이 없었다. 하지만 살아 있는 것만으로도 한 잔씩 할 가치는 있어 보였다. 축하할 가치가 있는 것 같았다. 물론 그걸 원하지 않는다면 그렇지 않겠지만…… 오, 집어치우자. 어쨌든 나는 한잔 하고 싶었다. 다른 걸 생각해낼 수 없다면, 내가 한잔 하고 싶은 것만으로도 축하할 가치가 있었다. 우울증과 우유부단을 뚫고서 정상적인 인간의 욕구가 드러난 것이니까.

"모린은요?"

"그래. 좋아."

"아무도 뛰어내릴 것 같진 않군요. 오늘 밤엔 말이에요. 안 그래? 제스?" 내가 말했다.

제스는 듣고 있지 않았다.

"이런, 세상에." 그녀가 말했다.

제스는 옥상 한쪽 구석, 마틴이 십이월 삼십일 일 밤에 철망을 잘라놓은 곳을 뚫어져라 쳐다보고 있었다. 거기, 마틴이 앉아 있던 바로 그 자리에 한 남자가 앉아 있었고, 그는 우리를 보고 있었다. 나보다 몇 살쯤 많아 보였고, 정말로 겁먹은 표정이었다.

"이봐요, 거기." 내가 조용히 말했다. "이봐요, 거기 가만있어요."

나는 천천히 그쪽으로 걸어가기 시작했다.

"더 가까이 오지 마세요." 그가 말했다. 그는 담배연기를 내뿜으며 당황해서 울음을 터뜨리려고 했다.

"우리 모두 그 자리에 있었어요. 이쪽으로 넘어오면 우리 모임에 낄 수 있어요. 오늘은 동창회 같은 거예요." 나는 두어 발자국 더 나아갔다. 그는 아무 말도 하지 않았다. 내가 말했다.

"그래요. 우릴 봐요. 우린 잘 살아요. 오늘 밤을 버텨낼 수 없을 것 같겠지만, 할 수 있어요." 제스가 말했다.

"그러고 싶지 않아요." 그 남자가 말했다.

"왜 그러는지 우리한테 말해봐요." 내가 말했다. 나는 조금 더 가까이 다가갔다. "그러니까 우린 이 방면에 염병할 전문가라고요. 여기 모린은……"

하지만 더 이상 가까이 가지 못했다. 그는 담배를 아래로 던지더니, 조그만 신음과 함께 몸을 던졌다. 그러고 정적이 흐르다 그의 몸이 저 아래 콘크리트와 부딪치는 소리가 들려왔다. 그 두 가지 소리, 신음 소리와 부딪치는 소리를 나는 그 후로 매일같이 듣고 있다. 하지만 어느 쪽이 더 무서운지는 아직도 모르겠다.

3부

· 마틴 ·

옥상에서 몸을 던진 남자는 우리에게 두 가지 심오하고도 모순되는 영향을 미쳤다. 우선 그는 우리에게 자살할 능력이 없다는 사실을 자각하게 만들었다. 둘째, 그 사실을 안 우리는 다시 자살하고 싶어졌다.

인간 본성이 얼마나 비뚤어진 것인지에 대해서 조금이라도 안다면, 사실 그건 모순도 아니다. 오래전 나는 여러분 모두 들어본 사람이 분명하기 때문에 이름을 밝힐 수 없는 어떤 알코올중독자와 같이 일했다. 그런데 그는 처음으로 술을 끊으려는 시도에서 실패했을 때가 평생에 가장 무서운 날이었다고 했다. 그는 마음만 먹으면 술을 끊을 수 있다고 늘 생각했었고, 그래서 그 결심을 머리 안쪽 어딘가에 서랍에다 양말을 쑤셔 넣듯 박아두었다. 하지만 술을 마시지 않고는 견디지 못한다는 것을 알게 되었을 때, 실은 선택의 문제가 아니라는 걸 알게 되었을 때…… 음, 우리의 이슈와 잠시 혼동해도 된다면, 그도 죽어버리고 싶었던 것이다.

그 남자가 옥상에서 뛰어내리는 것을 보기 전까지 나도 그의 말을 제대로 이해하지 못했다. 그때까지 자살은 언제나 한 가지 선택이자 탈출구였고, 어려운 때를 위해 저축해둔 여유자금 같은 것이었다. 그런데 갑자기 그 돈이 사라졌다. 아니, 애초에 우리 돈이 아니었던 것이다. 그 돈은 뛰어내린 그 남자와 그 남자 같은 사람들의 몫이었다. 낭떠러지 끝에서 다리를 대롱거리며 앉아 있는 것은, 몇 센티미터를 더 나아가지 않는 한 아무 의미도 없기 때문이고, 우리는 아무도 그렇게 하지 못했기 때문이었다. 우리는 우리 자신과 서로에게 뭔가 다른 이야기를 할 수 있었다. 오, 그녀만 없었더라면 할 수 있었어. 혹은 그가 없었더라면, 혹은 누군가 내 머리를 깔고 앉지 않았더라면. 하지만 사실 우리는 여전히 살아 있고, 죽을 수 있는 가능성은 모두에게 충분했던 것이다. 우리가 왜 그날 밤 내려왔던 것일까? 나중에 보니 우리 이야기에 별 상관도 없는 채스라는 멍청이를 찾아야 했기 때문에 내려왔다. 그 뛰어내린 친구에게도 가서 채스를 찾아보자고 설득할 수 있었을지 모르겠다. 그는 다른 생각을 했을 것이다. 나는 그가 애런 벡의 자살 욕구 등급에서 몇 점을 받았을지 궁금하다. 애런 벡이 헛짚은 게 아니라면 상당히 높은 점수를 받았을 것이다. 그의 마음속에 그 욕구가 없었다고 할 수 없을 것이다.

그가 뛰어내린 뒤 우리는 재빨리 옥상에서 내려왔다. 우리는 거기서 얼쩡거리다가 그 가엾은 친구에게 우리가 어떤 역할을 했는지, 내지는 하지 못했는지 설명해야 하는 상황에 처하지 않는 것이 최선이라고 결론을 내렸다. 우리가 나타나봐야 쟁점을 혼란시킬 뿐이었다. 우리가 그 위에 있었다는 것이 알려지면, 불행한 남자가 아파트 옥상에서 뛰어내려 자살했다는 명징한 이야기가 사라지고 사람들은 그 기사를 제대로 이해하지 못할 것이다. 우리는 그것을 원치 않았다.

그래서 우리는 손상된 폐와 정맥류를 앓는 다리가 허락하는 한 재빨리 계단을 내려왔고 각자의 길을 갔다. 우리는 너무 긴장한 나머지 근처에서 술을 마시지도, 택시로 함께 움직이지도 못하고 보도에 발이 닿는 순간 흩어졌다(집에 돌아오는 길에 토퍼스하우스 근처 펍은 저녁때가 되면 어떨까 궁금해졌다. 토퍼스하우스에 올라가는 길에 들른 불행한 사람들이 가득할까, 아니면 방금 전에 그곳에서 내려와 약간은 혼란스럽고, 약간은 안도한 사람들로 가득할까? 아니면, 두 종류의 사람들이 어색하게 섞여 있을까? 주인은 손님이 어떤 사람인지 알아볼까? 주인은 손님의 기분을 이용해서 이익을 얻을까? 예를 들면, '미저러블아워' 비참한 시간'이란 뜻으로 보통 레스토랑이나 술집에서 저렴한 가격을 받는 시간대, '해피아워'를 바꾼 말—옮긴이를 만든다든지? 주인이 올라가는 사람들—이 맥락에서는 매우 불행한 사람들이란 뜻이다—과 내려온 사람들의 만남을 주선해본 적이 있을까? 아니면, 올라가는 사람들끼리 서로 어울릴까? 거기서 생겨난 관계가 있을까? 그 펍에서 만나 결혼한 사람들, 그래서 혹시 태어난 애도 있을까?).

이튿날 오후, 우리가 스타벅스에서 다시 만났을 때는 모두 침울했다. 며칠 전, 휴가 직후에는 우리에게 서로가 필요 없다는 사실이 아주 분명했다. 그런데 이제는 달리 누가 적당한 친구가 되어줄 수 있을지 상상하기 어려웠다. 나는 카페의 다른 손님들을 둘러보았다. 유모차를 끌고 온 젊은 엄마들, 휴대전화와 서류를 들고 정장을 입은 젊은 남녀, 외국인 학생⋯⋯ 그들 가운데 아무하고나 이야기를 하는 모습을 상상해봤지만 불가능했다. 그들은 아파트 옥상에서 뛰어내리는 사람들에 대해서 듣고 싶어하지 않을 것이다. 나와 함께 앉아 있는 사람들 외에는 아무도 그러지 않을 것이다.

"제기랄, 밤새 그 사람을 생각하며 잠도 못 잤어요. 대체 왜 그런 거죠?" 제이제이가 말했다.

"어쩌면 드라마 퀸 매사에 과민 반응하는 사람 — 옮긴이이었을지도 몰라. 남자 드라마 퀸. 드라마 킹이겠네. 그럴 것처럼 생겼어." 제스가 말했다.

"그거 참 빨리도 파악했군, 제스. 그가 떨어져 죽기 직전에 잠시 본 걸로는 심각한 문제를 가진 사람 같지 않던데. 네 수준은 아니었어, 어쨌든." 내가 말했다.

"지역신문에 났을 거예요. 보통은 기사가 나오니까. 전에는 그런 기사를 읽곤 했어요. 특히 십이월 삼십일 일에는. 그런 사람들과 나를 비교했지요." 모린이 말했다.

"그런데요? 어땠어요?"

"아, 나는 괜찮았어요. 이해할 수 없는 사람들도 있었어요." 모린이 말했다.

"어떤 건데요?"

"돈 문제요."

"나는 여러 사람한테 돈을 꿨어요." 제스가 자랑스럽게 말했다.

"넌 자살을 좀 생각해봐야 돼." 내가 말했다.

"많진 않아요. 여기저기 20파운드씩 정도라고요." 제스가 말했다.

"그렇다 하더라도 말이야. 빚은 빚이야. 그리고 갚을 수 없다면…… 명예스러운 탈출구를 찾는 게 좋겠어."

"이봐요, 한 가지에 집중해요, 네?" 제이제이가 말했다.

"무슨 한 가지? 그게 문제잖아? 집중할 게 없다는 거?"

"그 남자에게 집중하자고요."

"우린 그에 대해서 아무것도 몰라."

"그래요. 하지만 모르겠어요. 나한테는 왠지 중요한 사람처럼 보여요. 우리가 하려던 것이었으니까."

"그랬나?"

"나는 그랬어요." 제스가 말했다.

"하지만 하지 않았잖아."

"당신이 내 머리를 깔고 앉아서 말이죠."

"하지만 그 후로도 하지 않았잖아."

"음, 우린 그 파티에 갔잖아요. 휴가도 갔고. 알잖아요. 일이 자꾸 생기다 보니."

"그것 참 끔찍하지? 그런 중요한 일은 다이어리에 표시를 해놔야지. 살다 보면 자꾸 거치적거리는 일이 생기니."

"닥쳐요."

"이봐, 보라고……"

나는 또 한 번 제스와의 고상하지 못한 싸움에 말려들었다. 나는 좀 더 정치가다운 행동을 취하기로 결심했다.

"제이제이처럼 나도 밤새 명상하며 지냈어."

"재수 없어."

"그리고 내가 내린 결론은 우린 심각한 사람들이 아니란 거야. 우리는 심각한 적이 없었어. 우리는 다른 사람들보다는 자살에 가까이 갔지만, 또 다른 사람들만큼 가까이 간 적은 없어. 그것이 우리를 하나로 묶어주는 것 같아."

"동감이에요. 우린 새 됐죠. 미안해요, 모린." 제이제이가 말했다.

"뭔가 허전해요." 제스가 말했다.

"바로 그거야. 이게 우리야." 내가 말했다.

"뭐요?"

"이거 말이야." 나는 우리 주위, 우리가 모여 있는 자리와 밖에 내리는 비를 대충 가리켰다. 그 모든 것이 우리가 당면한 상태를 유창하게 설명해주는 것 같았다. "바로 이거야. 도망갈 길은 없어. 도망치는 것도 실은 도망치는 게 아니야. 우리한테는 말이지."

"염병할. 그리고 난 하나도 미안하지 않아요, 모린." 제스가 말했다.

"어젯밤, 잡지에서 읽은 이야기를 해주려고 했어. 자살에 대한 거였는데. 기억하나? 어쨌든 그 사람이 위기 기간은 90일이라고 했어."

"어떤 사람인데요?" 제이제이가 물었다.

"자살학자."

"그것도 직업이에요?"

"뭐든지 직업이 될 수 있지."

"그래서 뭐요?"

"우린 90일 가운데 46일이 지났어."

"그럼 90일이 지나면 무슨 일이 일어나는데요?"

"아무 일도 일어나진 않아. 그저…… 상황이 달라지는 거지. 상황이 변하는 거야. 인생이 견딜 수 없다고 생각하게 만드는 바로 그 상황이…… 어떻게든 변하는 거야. 그건 천문학의 실생활 버전 같은 거지." 내가 말했다.

"당신한테는 아무것도 변하지 않을 거예요. 90일이 지나도 당신은 열다섯 살짜리랑 잤다가 교도소에 갔다 와 방송국에서 쫓겨난 변태일 거라고요. 아무도 그걸 잊진 않을 거예요." 제스가 말했다.

"그렇지. 음, 내 경우에는 90일이 적용되지 않을 거야. 그래서 네가 더 기쁘다면." 내가 말했다.

"모린에게도 도움이 되지 않아요. 제이제이도. 하지만 나는 변할지도 몰라요. 사실 지금도 많이 변하고 있으니까." 제스가 말했다.

"내 말은 어쨌든, 다시 데드라인을 미루자는 거요. 왜냐하면 음, 당신들에 대해서 잘 모르니까. 하지만 오늘 아침 그러니까, 아직 혼자 지낼 수 없다는 걸 깨달았소. 우습지 않소? 사실 당신들 중에 아무도 맘에 들진 않으니까. 하지만 당신들은 글쎄 뭐랄까…… 내게 필요한 존재요. 양배추를 좀 더 먹어야 한다는 걸 스스로 아는 때가 있잖소? 물을 더 마시거나? 그것과 같소."

잠시 술렁임이 있었는데, 나는 그것을 내키진 않지만 의견 일치를 선언하는 것으로 해석했다.

"고마워요. 무지 감동적이에요. 그런데 그 90일이 끝나는 날은 언젠데요?" 제이제이가 말했다.

"삼월 삼십일 일이야."

"그것 좀 우연이네요? 정확히 석 달이라니." 제스가 말했다.

"무슨 말을 하고 싶은 거지?"

"뭐, 과학적이지 않잖아요."

"그럼, 88일이라면?"

"좀 더 과학적이죠."

"아뇨. 나는 이해할 수 있어요. 석 달이면 될 거 같아요. 석 달이면 한 계절이니까." 제이제이가 말했다.

"그렇군." 나도 동의했다. "일 년이 열두 달이고, 사계절이 있으니."

"그럼 우린 함께 겨울을 보내겠군요. 그것 좋네요. 겨울이면 우울해지니까." 제이제이가 말했다.

"그런 것 같아." 내가 말했다.

"하지만 우린 뭔가 해야 해요. 그냥 앉아서 석 달이 지나기를 기다릴 순 없어요." 제이제이가 말했다.

"전형적인 미국인이네. 뭘 하고 싶어? 어디 가난하고 작은 나라에 폭탄이라도 떨어뜨릴까?" 제스가 말했다.

"그럼 딴 데 신경을 쓸 수 있을 거 같군."

"뭘 해야 되겠나?" 내가 제이제이에게 물었다.

"글쎄요. 그저 6주 동안 짜증을 부리고 우울해하기만 한다면 스스로에게 별 도움이 되지 않을 거라고요."

"제스 말이 맞군. 전형적인 미국인이야. '자기계발'이니. 집중할 거리만 있다면 뭐든 할 수 있겠지? 대통령도 될 수 있을 거야." 내가 말했다.

"대체 당신들은 왜 그러는 거예요? 대통령이 되겠다는 이야기가 아니라고요. 서빙 일자리 같은 걸 찾는 거 말이에요."

"멋지네. 누군가 50펜스 팁을 줄지도 모르니까 모두 다 자살하지 말자고." 제스가 말했다.

"이놈의 염병할 나라에선 그럴 가망이 없다고. 미안해요, 모린." 제이제이가 말했다.

"언제든 당신네 나라로 돌아가. 그럼 뭔가 변할 거야. 게다가 당신네 나라 빌딩이 더 높잖아?" 제스가 말했다.

"자, 44일 남았소." 내가 말했다.

내가 읽은 기사에는 다른 내용도 있었다. 샌프란시스코 골든게이트 브리지에서 뛰어내렸다가 살아난 사람과의 인터뷰였다. 그는 뛰어내린 이 초 뒤, 자기 인생에서 대처할 수 없는 일, 풀 수 없는 문제는 없다는 것을 깨달았다고 했다. 그가 방금 다리에서 뛰어내림으로써 만든 문제 외에는 말이다. 다른 사람들에게 왜 그 이야기를 하지 않았는지 모르겠다. 그것도 관련 정보라고 생각했을 텐데. 하지만 당분간 그 이야기는 나만 알고 싶었다. 이야기가 끝난 뒤, 나중에 얘기하는 게 더 적절한 것 같았다. 만일 이야기가 끝난다면.

·모린·

그다음 주 지역신문에 그 기사가 실렸다. 나는 기사를 오려서 보관해두었고, 그 가엾은 남자를 좀 더 이해해보려고 그 기사를 수시로 읽었다. 그를 잊을 수가 없었다. 그는 데이비드 폴리라는 사람이었고, 아내와 자식들 문제로 뛰어내렸다. 아내는 다른 사람을 만나 집을 나갔고, 아이들도 데리고 갔다. 그는 바로 두 거리 건너에 살았는데, 처음에는 참 이상한 우연처럼 느껴졌지만, 생각해보니 이 지역신문에 나오는 사람들은 다 이 근방에 살았다. 학교를 설립하기 위해 방문하는 사람이 아니라면. 예를 들면, 글렌다 잭슨이란 여배우가 매티의 학교를 찾아왔을 때처럼 말이다.

마틴 말이 옳았다. 데이비드 폴리가 뛰어내리는 것을 보았을 때, 그러니까 십이월 삼십일 일 밤에 나는 그 사람처럼 행동할 마음의 준비가 되어 있지 않았다는 걸 알게 되었다. 내가 십이월 삼십일 일이란 날짜를 잡은 것은 내게 할 일을 만들어주었기 때문이었다. 내게도 십이월 삼십일 일이 희한한 방식으로 기대할 날짜가 되었던 것이다. 그리고 이야기를 나눌 사람을 만나자, 뛰어내리는 대신 이야기를 하는 것으로 만족했다. 내가 왜 옥상에 올라왔는지 이야기하자, 그들도 내게 뛰어내리게 해주겠다고 했다. 그들은 나를 가로막거나 머리를 깔고 앉지 않았다. 하지만 그래도 나는 계단을 내려가 그 파티에 갔다. 하지만 그 가련한 데이비드는 우리와 이야기하고 싶어하지 않았다. 그는 수다를 떨기 위해서가 아니라 뛰어내리기 위해 옥상에 올라갔다. 나는 뛰어내리려고 올라갔다고 생각했지만, 결국 수다나 떠는 것으로 끝났다.

생각해보면 나와 그 데이비드란 청년은 정반대다. 그는 아이들을 잃어서 자살했고, 나는 아들이 아직 곁에 있어서 자살을 생각했다. 따져보면 그런 것들은 아주 많을 것이다. 결혼 생활이 끝나서 자살하는 사람들도 있고, 지금의 결혼 생활에서 벗어나기 위해 자살하는 사람들도 있을 것이다. 모든 사람에게, 모든 불행한 상황과 반대의 불행한 상황에도 같은 것이 적용되는지 궁금했다. 하지만 빚이 있는 사람들에 대해서는 그런 식이 적용될 수 없었다. 돈이 너무 많아서 자살하는 사람은 아직까지 본 적이 없다. 중동의 석유 재벌이 자살했다는 이야기는 들어본 적이 없으니까. 또 혹시 그런 사람들이 자살을 하더라도 아무도 거기에 대해 이야기하지 않는다. 어쨌든 이 반대라는 개념이 중요하다. 내게는 누군가가 있었지만, 데이비드에겐 아무도 없었고, 그는 뛰어내렸지만, 나는 뛰어내리지 않았다. 자살에 관해서는, 아무도 없는 것이 누군가 있는 것보다 더 큰 힘을 발휘한다. 아무도 붙잡는 사람이 없으니까 말이다.

아무 소용이 없다는 걸 알지만 데이비드의 영혼을 위해 기도했다. 그는 절망의 죄를 지었고, 내 기도는 아무도 들어주지 않을 테니까. 그런 다음, 매티가 자러 간 뒤 나는 오 분 동안 아이를 혼자 놔두고 걸어나가 데이비드가 살던 곳에 가보았다. 왜 그랬는지, 왜 보고 싶었는지 모르겠지만, 물론 거기엔 아무것도 없었다. 그곳은 아파트로 바꾼 커다란 집들이 가득한 거리 가운데 하나였고, 그래서 나는 그가 아파트에 살았다는 것을 알게 되었다. 이제 돌아서 집으로 갈 시간이었다.

그날 저녁, 텔레비전에서 전처와 별로 잘 지내지 못하는 스코틀랜드인 형사가 나오는 프로그램을 보았고, 그래서 데이비드에 대해 좀 더 생각하게 되었다. 그도 전처와 별로 잘 지냈을 것 같지 않았기 때문이다. 그 프로그램에서 하려는 이야기가 이것인지는 모르겠지만, 그 스코틀랜드인 형사와 전처 사이에는 싸울 여유도 별로 없었다. 그는 누가 어떤 여자를 죽여서 시체를 그 전남편의 집 앞에다 갖다 놓아 그가 죽인 것처럼 꾸몄는지 알아내느라 바빴으니까(이 사람은 다른 전남편이다). 그래서 한 시간짜리 프로그램에서 그가 전처와 아이들과 싸우는 장면은 십 분뿐이었고, 나머지 오십 분 동안은 누가 그 여자의 시체를 쓰레기통에 버렸는지 찾는 내용이었다. 광고를 빼면 사십 분인 것 같다. 싸우는 장면이 십 분이었다는 걸 안 것은, 그 어느 장면보다 싸우는 장면이 더 인상 깊었고, 그런 반면 그 분량이 너무 적었기 때문이었다.

그런데 한 시간에 십 분이면 적당하게 느껴졌다. 그 프로그램에 얼추 적당한 것이었다. 형사인 그와 시청자들에게는 그가 대부분의 시간을 살인자를 추적하는 데 쓰는 것이 더 중요하니까. 하지만 텔레비전 프로그램에 나오는 사람이 아니더라도, 무슨 문제가 있으면 한 시간에 십 분만 거기 쓰는 것이 옳다는 생각이 든다. 데이비드 폴리란 남자는 실업자라서 한 시간에 육십 분 동안 전처와 아이들에 대해서 생각했을 가능성이 농후하고, 그러다 결국 토퍼스 하우스의 옥상에 올라가게 됐을 터이다.

나도 그걸 알아야 한다. 나는 싸우진 않지만, 살면서 매티가 한 시간에 육십 분이 돼버리는 걸 막을 수 없는 때가 매우 많았다. 달리 생각할 것이 없었으니까. 다른 사람들과 그들에게 생긴 일들 때문에 최근에는 다른 생각할 거리가 많아졌다. 하지만 대부분의 시간, 대부분의 날들 동안엔 나 자신과 아들에 관한 것밖에 생각할 것이 없었고, 그러면 꼭 말썽이 생겼다.

어쨌든 그날 저녁에는 온갖 것이 다 뒤죽박죽 떠올랐다. 나는 반쯤 잠든 채 침대에 누워 데이비드와 스코틀랜드인 형사, 채스를 찾기 위해 옥상에서 내려온 일을 생각했고, 결국 그 생각들을 마무리 짓지 않은 채 아침에 깨어나서는 마틴의 부인과 아이들이 어디 사는지 알아내어 찾아가 이야기를 하고, 그 가족을 다시 하나로 묶어 줄 수 없을지 알아보기로 마음먹었다. 그렇게만 된다면, 마틴도 몇 가지 문제에 대해서는 그렇게 괴롭지 않을 것이고, 아무도 없는 게 아니라 누군가 있게 될 것이고, 나도 한 시간에 사십 분 내지 오십 분 동안 할 일이 생길 테니 모두에게 이익이 될 것이었다.

하지만 나는 무능한 탐정이었다. 마틴의 부인 이름이 신디라는 것을 알았기 때문에 전화번호부에서 신디 샤프를 찾아보았는데, 그 이름이 보이지 않자 그다음에는 어떻게 해야 할지 아무 생각도 나지 않았다. 그래서 나는 제스에게 물어보았다. 제이제이는 내 계획에 찬성할 것 같지 않았기 때문이었다. 제스는 우리에게 필요한 모든 정보를 오 분 만에 컴퓨터에서 알아냈다. 제스는 나와 함께 신디를 만나러 가고 싶다고 했고, 나는 그래도 좋다고 하고 말았다. 나도 잘못했다는 걸 안다. 하지만 제스에게 그녀가 원하는 것을 못하게 하는 것은 정말 불가능한 일이다. 그건 해보면 안다.

· 제스 ·

아빠의 컴퓨터를 켜고 인터넷 검색창에다 '신디 샤프'라고 입력했다. 마틴이 교도소에 갔을 때, 그녀가 여성 잡지와 한 인터뷰를 금방 찾을 수 있었다. '신디 샤프, 최초의 심경 고백'이라는 제목이었다. 그녀와 두 딸의 사진도 볼 수 있었다. 신디는 아이를 낳아서 조금 더 뚱뚱하고, 나이를 먹은 것만 빼면 페니와 비슷하게 생겼다. 페니는 그 열다섯 살짜리랑 똑같이 생겼는데, 열다섯 살짜리가 페니보다 훨씬 더 날씬하고 가슴이 더 큰 거 아닐까? 마틴 같은 남자들 변태잖아? 여자들이 무슨 노트북인 줄 안다. 옛날 것은 구식이 되었으니 새로 나온 날렵하고 성능 좋은 것으로 바꿀 수 있다고 생각한다. 정말 끔찍하다.

어쨌든 나는 그 인터뷰를 읽었고, 그녀는 런던 외곽에서 60킬로미터쯤 떨어진 곳에 있는 톨리 히스라는 마을에 산다고 했다. 만약 그녀가 우리처럼 문을 두드리고 남편과 합치라고 말하는 사람들을 꺼린다면 큰 실수를 한 거다. 왜냐하면 그녀는 인터뷰 도중 기자한테 그 마을 어디에 집이 있는지 정확하게 설명했던 것이다. 모퉁이에 있는 구식 상점 맞은편, 마을 학교 바로 옆집. 그녀는 자신의 인생이 얼마나 이상적인지 알려주고 싶어서 이 이야기를 했다. 전남편이 열다섯 살짜리랑 자고 교도소에 간 것만 빼면 말이다.

제이제이한테는 말하지 않기로 했다. 무슨 엉터리 같은 이유를 대면서 우리를 말릴 것이 틀림없었다. 당신들이 상관할 일이 아니에요, 라든가 그에게 마지막 남은 기회를 날려버릴 거예요. 하지만 우리, 모린과 내가 할 말은 반박할 수 없을 것이다. 우리가 할 이야기는 이렇다. 신디가 마틴을 미워하는 것은 그가 누구하고 어디든지 가는 바람둥이라서 그럴지도 모른다. 하지만 이제 마틴은 자살을 하려고 드니까, 누구랑 어디든 가지 않을 거다. 적어도 당분간은 말이다. 그러니 따지고 보면, 만약 그녀가 마틴을 다시 받아주지 않을 거면, 그가 죽기를 바랄 만큼 미워해야 한다. 그러면 엄청 미워하는 것이다. 사실이다. 마틴은 그녀에게 돌아가고 싶다는 말을 한 적은 없지만, 안정적인 가정의 보살핌을 받아야 한다. 톨리 히스 같은 곳에서 말이다. 십 대 여자애들이나 나이트클럽, 아파트 같은 골칫거리가 잔뜩 있는 런던보다는 아무것도 할 일이 없는 그런 곳에서 아무것도 안 하는 편이 낫다. 우리는 그렇게 생각했다.

그래서 우리는 하루 날을 잡았다. 모린은 달걀과 야채를 잔뜩 집어넣은 끔찍한 구식 샌드위치를 만들어왔는데, 난 도저히 먹을 수 없었다. 우리는 지하철로 패딩턴 역에 간 다음, 뉴베리행 기차를 탔고, 버스를 갈아타고 톨리 히스에 도착했다. 둘이서 할 이야기가 별로 없어 지루한 나머지 내가 뭔가 멍청한 짓을 할까 봐 걱정이 되었다. 하지만 주로 내 덕분에, 나의 노력 덕분에 전혀 그렇지 않았다. 나는 인터뷰 기자 타입의 사람이 되리라 결심했고, 여행하는 동안 모린의 인생에 대해 알아냈다. 그 인생이 아무리 지루하고 우울하다 할지라도. 딱 한 가지 문제는 모린의 이야기는 실제로 너무나 지루하고 우울해서 그녀가 말할 때는 귀를 닫고서 다음 질문을 생각했다는 것이다. 두어 번은 모린이 웃기는 표정을 지어서, 그녀가 방금 말한 것을 내가 또 물어보았나 싶었다. 한번은 무슨 이야기를 하는지 들었는데, 뭐라 뭐라 뭐라 뭐라 프랭크를 만났어요, 라는 거였다. 그래서 내가 프랭크를 언제 만났어요? 했는데, 생각해보니 방금 모린이 한 말이 그때 프랭크를 처음 만났어요, 같았다. 그러니 나는 인터뷰 기자가 될 생각이 있으면 그 점을 고쳐야 했다. 하지만 사실 그렇다. 내가 인터뷰 기자가 된다 해도 장애인 아들을 두고 아무것도 할 일이 없는 사람들을 인터뷰하진 않을 거니까. 그러니까 내가 정말로 알고 싶은 새 영화나 그런 것에 대해서 이야기할 때는 집중하기 쉬울 거다.

어쨌든 중요한 건, 내가 그녀에게 후배위로 섹스해봤냐는 따위를 묻지 않은 채 촌구석까지 순조롭게 여행했다는 거다. 그때 십이월 삼십일 일로부터 참 먼 길을 왔다는 사실을 깨달았다. 나는 한 사람으로서 성장했다. 그런 생각이 들자 우리 이야기가 끝이 다 되었고, 해피엔딩이 될 것 같았다. 나는 성장했고, 우리가 서로의 문제를 해결하는 때가 되었으니까. 그냥 침울하게 앉아 있는 게 아니니까. 그러면 이야기가 끝나는 거 아닐까? 사람들이 뭔가 배웠다는 걸 보여주고, 문제가 해결될 때. 그런 영화들을 많이 보았다. 우리는 오늘 마틴의 문제를 해결해주고, 제이제이 그리고 나, 그리고 모린에게 관심을 돌릴 것이다. 그리고 90일 뒤 옥상에서 다시 만나 미소를 짓고 끌어안고 우리가 이겨냈다는 걸 알게 될 것이다.

버스 정류장은 그 잡지 기사에 나왔던 마을 상점 바로 옆에 있었다. 그래서 우리는 버스에서 내리자마자 그 상점 앞에 서서 길 건너편에 뭐가 있는지 쳐다보았다. 담장이 낮은 전원주택 비슷한 집이 있고, 정원이 들여다보였는데, 그곳에서는 모자를 쓰고 스카프를 두른 여자아이 둘이 개와 놀고 있었다. 그래서 나는 모린한테 말했다. 마틴의 아이들 이름을 알아요? 그러자 모린이 말했다. 음, 폴리랑 메이지라고 해. 꼭 어울리는 것 같았다. 마틴이랑 신디가 폴리랑 메이지라고 하는 아이들을 키우는 것. 폴리랑 메이지는 옛날식 고상한 이름이라, 다아시 제인 오스틴의 소설 《오만과 편견》의 남자 주인공—옮긴이나 그 옆집 사람처럼 굴면서 살 수 있을 것이다. 내가 소리를 쳤다. 어이, 폴리! 메이지! 그러자 그 애들이 우리한테로 왔고, 그것으로 내 탐정 일은 끝났다.

우리가 문을 두드리자 신디가 나왔는데, 날 약간 알아보는 눈치여서 내가 말했다. 난 제스예요. 토퍼스하우스에 모였던 넷 중 하나이고, 신문에서 당신 남편이랑 엮였던 사람이에요. 하지만 그건 거짓말이었어요(거짓말이었다는 건, 이 이야기를 읽고 있는 당신한테 하는 말이 아니라 신디한테 하는 말이다. 나도 따옴표 같은 걸 알았으면 좋겠다. 이제야 그런 걸 왜 쓰는지 알겠다).

그러자 그녀가 말했다. 전남편이겠죠. 그렇게 말하다니, 좀 퉁명스럽고 도움이 안 되는 출발이었다.

그래서 내가 말했다. 글쎄요, 바로 그게 문제죠.

그러자 그녀가 말했다. 그런가요?

그래서 내가 말했다. 네, 그래요. 그는 당신의 전남편이 될 필요가 없으니까요.

그러자 그녀가 말했다. 아, 그럴 필요는 있죠.

그렇게 주고받는 바람에 우리는 아직 집 안에 들어가지도 못했다.

그때 모린이 말했다. 안에 들어가서 이야기를 좀 나눠도 될까요? 나는 모린이에요. 나도 마틴의 친구예요. 우리는 런던에서 기차를 타고 왔어요.

그리고 버스도 탔고요. 나는 그녀에게 우리가 노력했다는 걸 알리려고 말했다.

그러자 신디가 말했다. 미안해요, 들어오세요. 미안하지만 꺼져요, 라고 말할 줄 알았는데 그게 아니었다. 그녀는 예의 없게 우리를 문 앞에 세워둔 것을 사과한 것이다. 그래서 나는 아, 이거 쉽겠는걸 하고 생각했다. 십 분이면 그녀에게 겁을 줘서 마틴을 도로 받아주게 만들 수 있을 것 같았다.

그래서 우리는 집 안으로 들어갔고, 그곳은 아늑하긴 했지만 내 생각처럼 잡지에 나오는 전원주택 같진 않았다. 가구는 세트도 아니었고, 오래됐고, 개 냄새가 좀 났다. 그녀는 우리를 거실로 안내했는데, 난로 옆에 웬 아저씨가 한 명 앉아 있었다. 그는 잘생기고, 신디보다 젊어 보였는데, 나는 어라, 저 남자 테이블 밑에 발을 뻗고 있네 하고 생각했다. 그는 신발을 벗고 워크맨을 듣고 있었는데, 남의 집에 놀러온 거라면 신발을 벗고서 워크맨을 듣진 않으니까 말이다.

신디는 그에게 다가가더니 어깨를 두드리고 말했다. 손님이 왔어. 그러자 그는 아, 미안. 스티븐 프라이라는 배우가 읽어주는 《해리 포터》를 듣는 중이었어, 라고 했다. 아이들이 그 책을 아주 좋아하니까, 나도 한번 죽 들어보려고. 이거 들어봤어요? 그래서 나는 내가 아홉 살짜리처럼 보여요? 라고 했다. 그러자 그는 뭐라고 해야 할지 몰라 했다. 그는 헤드폰을 벗더니 워크맨의 버튼을 눌렀다.

신디가 말했다. 아이들이 데리고 놀고 있던 개는 폴의 개예요. 그래서 나는 네, 그래서요? 라고 하고 싶었지만, 말하진 않았다.

신디는 그에게 우리가 마틴의 친구라고 했고, 그는 신디에게 자기가 자리를 비켜줄까 물었는데 그녀가 말했다. 아니, 물론 아니야. 저분들이 무슨 이야기를 하든 당신이 들어줬으면 좋겠어. 그래서 내가 말했다. 음, 나는 신디한테 마틴이랑 다시 합치길 바란다고 말하러 왔으니까 당신은 그 이야길 듣고 싶지 않을 수도 있어요. 그러자 그는 그 이야기에도 뭐라고 대꾸해야 할지 모르는 것 같았다.

모린은 날 쳐다보더니 이렇게 말했다. 우린 마틴이 걱정돼요. 그러니까 신디가 말하길 그래요, 놀랐다고 할 순 없네요, 하고 말했다. 그러자 모린이 뛰어내렸던 그 자식 이야기를 해주면서 그도 아내랑 아이들이 떠나버렸기 때문이었다고 말했고, 신디는 마틴이 우릴 떠난 거지, 우리가 그를 떠난 게 아니거든요? 라고 했다. 그래서 내가 말했다. 맞아요, 그래서 우리가 온 거예요. 당신이 그를 떠났으면 이렇게 멀리까지 온 건 다 시간 낭비였겠죠. 하지만 있잖아요, 그가 마음을 바꾸었다고 말해주러 왔어요. 그리고 모린이 말했다. 마틴도 실수란 걸 알아요. 그러자 신디가 말했다. 나도 언젠간 그가 깨달을 날이 오리라는 걸 알고 있었죠. 그리고 그때가 되면 이미 늦으리라는 것도요. 그래서 내가 말했다. 배움에 너무 늦은 때란 없어요. 그러자 그녀가 말했다. 그 사람의 경우엔 그래요. 그래서 내가 그녀에게 그에게 한 번만 더 기회를 줘야 한다고 말했고, 그녀는 미소 비슷한 걸 지으며 동의하지 않는다고 말했다. 나는 그녀가 동의하지 않는 것에 동의하지 않는다고 말했고, 그녀는 우리가 동의하지 않는 것에 동의해야 한다고 말했다. 그래서 내가 말했다. 그럼 그가 죽길 바라는 거예요?

그러자 그녀는 조용해졌고, 나는 이제 됐다고 생각했다. 하지만 그녀는 이렇게 말했다. 나도 한참 전에 상황이 정말 나빴을 땐 자살 생각을 했어요. 하지만 아이들 때문에 그럴 수 없었어요. 그러니까 그가 그 선택을 할 수 있다는 게 상황이 어떤지를 설명해주는 거예요. 그는 가족의 일원이 아니에요. 그는 가족의 일원이라는 걸 싫어했어요. 그래서 그건 그의 문제이고 우리가 상관할 바 아니라고 생각하게 됐어요. 아무하고나 잘 수 있는 자유가 있으면, 자살할 자유도 있는 거죠. 그렇지 않아요?

내가 말했다. 왜 그런 말을 하는지 이해해요. 그런데 그건 실수였다. 내 주장에 도움이 되지 않으니까.

신디가 말했다. 내가 아이들을 만나지 못하게 할 거라고 그가 말하던가요?

그러자 모린이 말했다. 네, 그런 이야기를 했어요. 그러자 신디가 말했다. 음, 그건 사실이 아니에요. 나는 그가 여기서 애들을 만나지 못하게 할 뿐이에요. 그는 주말에 애들을 데리고 런던에 갈 수 있지만, 그러지 않으려고 해요. 아니면, 그러겠다고 한 다음 핑계를 대죠. 그는 그런 아빠가 되고 싶지 않은 거예요. 그러려면 너무 번거로운 거죠. 그는 일하고 집에 와서 어떤 날은 동화책을 좀 읽어주고, 어떤 날은 안 읽어주고, 애들이 나오는 크리스마스 연극이나 보러 가고 싶어해요. 그 밖의 다른 일은 하고 싶어하지 않아요. 그러더니 그녀가 말했다. 내가 왜 이런 소릴 하는지 모르겠네요.

그래서 내가 말했다. 마틴은 정말 좀 재수가 없어요. 그러자 그녀가 웃었다. 그는 실수를 많이 저질러요. 앞으로도 계속 그럴 거예요.

그때 폴이란 작자가 그가 만약 컴퓨터라면 프로그램 오류가 있다고 할 거예요, 라고 말했다. 그래서 내가 그게 당신이랑 무슨 상관이죠? 하고 말했다. 그러자 신디가 말했다. 보세요. 나는 지금까지 두 분께 아주 참을성 있게 대했어요. 낯선 사람 둘이 문을 두드리더니 전남편, 나를 파멸시킬 뻔한 사람과 합치라고 했는데도, 나는 집 안으로 들어오라고 해서 이야기를 들어줬으니까요. 하지만 폴은 내 파트너고, 내 가족의 일원이며, 아이들한테 아주 좋은 새 아빠예요. 그래서 그랑 이 일이 상관있는 거고요.

그러자 폴이 일어서더니 말했다. 위층에 가서《해리 포터》를 들어야 되겠어. 나가다가 그는 내 발에 걸려 넘어질 뻔했고, 신디는 구르다시피 해서 달려오더니 조심해, 자기, 그러는 게 아닌가. 그때 나는 그가 장님이란 걸 알게 되었다. 장님이라니! 이런 맙소사! 그래서 그는 개를 데리고 있는 거였다. 그래서 그녀는 그 개가 그의 것이라고 말했던 것이다(왜냐하면 내가 아홉 살 같아 보여요? 따위의 소릴 했기 때문에. 오, 이런. 오, 이런). 그러니 우리는 신디한테 장님을 버리고 열다섯 살짜리랑 섹스나 하고 그녀를 개똥 취급한 남자랑 다시 합치라고 말하려고 런던에서 여기까지 온 것이었다. 하지만 그렇다고 달라질 건 없어야 한다, 그렇지 않은가. 장님들은 늘 다른 사람들과 똑같이 대우받고 싶다고 말한다. 그러니까 앞을 보지 못하는 건 제쳐두겠다. 나는 그저 우리가 신디에게 그녀와 그녀의 애들에게 잘해주는 괜찮은 남자를 버리고 나쁜 놈하고 재결합하라고 말하러 거기까지 왔다고 말하겠다. 하지만 이렇게 말해도 여전히 별로다.

그럼에도 내가 정말로 알게 된 것을 말해보겠다. 마틴이 신디와 조금이라도 관계가 있다는 유일한 증거는 우리가 신디의 집에 찾아갔던 것이었다. 우리랑, 또 그 애들이긴 한데, 애들이 관련이 있다는 증거가 되려면 유전자 검사 같은 걸 시켜야 할 것이다. 어쨌든 내 말은, 신디에게 있어서 마틴은 존재하지 않는 거나 다름없다는 것이다. 그들은 모두 새 삶을 시작했다. 신디는 이제 완전히 새로운 삶을 살고 있었다. 거길 찾아가는 길에 나는 새 출발을 했다고 생각했지만, 내가 한 일이라곤 기차 한 번 타고 버스 한 번 타면서 모린한테 섹스할 때의 체위를 묻지 않은 것뿐이었다. 신디를 만나고 나자, 내가 그렇게 먼 길을 온 것 같지 않았다. 신디는 마틴을 치워버리고 새 출발을 해서 다른 사람을 만났다. 그녀의 과거는 과거가 되었지만, 우리의 과거는 글쎄…… 우리의 과거는 아직도 그대로 남아 있다. 잠에서 깨면 매일 우리의 과거를 볼 수 있었다. 신디는 도쿄 같은 현대적인 도시에 살고, 우리는 로마나 어디 그런 옛날 도시에 사는 것 같았다. 정확히 말하면 그렇진 않은데, 로마는 옷도 멋지고, 아이스크림도 있고, 싱싱한 남자애들도 있으니까, 도쿄만큼 멋진 곳일지도 모르니까 말이다. 그런데 우리가 사는 곳은 멋지지 않았다. 그러니까 다시 말하면, 그녀는 현대식 고급 주택에 살고 우리는 다 쓰러져가는 낡은 집에 살고 있는 것일지도 모른다. 우리는 벽에 구멍이 나 있어서, 원하기만 하면 누구든지 거기다 머리를 들이밀고서 우리를 보고 인상을 찡그릴 수 있는 그런 곳에 살고 있었다. 그리고 모린과 나는 신디에게 멋진 고급 주택에서 나와 우리랑 같이 누추한 곳에 살자고 설득하려 했던 것이다. 이제 보니 말도 안 되는 소리였다.

우리가 그 집을 나설 때 신디는 이랬다. 그가 만약 직접 청했다면 그를 다시 봤을 거예요. 그래서 내가 말했다. 뭘 청해요? 그러자 그녀가 말했다. 내가 그를 도울 수 있다면 도울 거예요. 하지만 그가 어떻게 도움을 받고 싶어하는지 모르겠어요.

그녀가 그렇게 말했을 때, 나는 우리가 그날 오후에 한 일은 완전히 방향을 잘못 잡았던 것이고, 좀 더 나은 방법이 있었다는 걸 알 수 있었다.

· 제이제이 ·

한 가지 문제는 미국의 자조自助, 자기의 발전을 위해 스스로 애쓴다는 의미 — 옮긴이 청년이 어떻게 스스로를 도울지 아무런 생각이 없다는 거였다. 그리고 솔직히 말하자면, 90일 이론에 대해서 생각하면 생각할수록 그게 어떻게 나한테도 적용되는지 점점 더 알 수 없었다. 내가 아는 한, 나는 90일보다 훨씬 더 오랫동안 새 됐다. 나는 영영 뮤지션 되기를 포기했고, 뮤지션을 포기하는 것은 담배를 끊는 것과는 다를 것이다. 그건 내가 살아가는 매일매일, 날마다 점점 더 괴롭고 힘들어질 것이다. 버거킹에서 일하는 첫날은 그다지 어렵지 않을 것이다. 왜냐하면 나 자신에게 이렇게 말해줄 것이기 때문이다. 그러니까…… 음, 사실 나 자신한테 뭐라고 말할지 도무지 알 수 없지만, 뭔가 생각은 할 것이다. 하지만 닷새째 되는 날부터 비참해질 것이고, 삼십 년이 되면…… 으으, 햄버거 뒤집기 30주년에 대해서는 이야기하지 말자. 그날이 되면 나는 정말 우울할 것이다. 게다가 나는 예순한 살이 되었을 테니까.

이런 것들이 머릿속에서 한동안 계속 떠오르면, 나는 마음속으로 벌떡 일어나 말할 거다. 좋다, 집어치워라. 나는 자살할 거다. 그런 다음 나는 우리가 본 그 남자가 자살하는 장면을 기억해내고 다시 주저앉아 정말 끔찍한 기분이 될 것이다. 벌떡 일어났을 때보다 더 괴로운 마음으로. 자조는 말도 안 되는 개소리다. 나는 혼자서는 공짜 음료수도 마시지 못한다.

그다음 우리가 함께 모였을 때, 제스가 자신과 모린이 신디를 만나러 교외로 갔었던 이야기를 해주었다.

"내 전처도 이름이 신디인데." 마틴이 말했다. 그는 커피를 홀짝이며 《텔레그래프》를 읽으며 제스가 한 이야기를 아무것도 듣지 않았다.

"그러게, 그것 참 우연의 일치로군요." 제스가 말했다.

마틴은 계속 커피를 마셨다.

"아직도 감이 안 잡히나 봐." 제스가 말했다.

마틴은 《텔레그래프》를 내려놓고 그녀를 보았다.

"무슨 말이지?"

"당신의 신디를 말하는 거예요, 멍청이 같으니."

마틴은 제스를 쳐다봤다.

"설마 신디를 만난 건 아니겠지. 신디. 내 전처를."

"지금 그 이야기를 하던 중이라고요. 모린이랑 내가 그녀랑 이야기하려고 그 뭐라더라, 거길 갔었다고."

"톨리 히스요." 모린이 말했다.

"신디가 거기 사는데!" 아연실색한 마틴이 말했다.

제스는 한숨을 쉬었다.

"신디를 만나러 갔다고?"

제스는 《텔레그래프》를 집어들고 뒤적이기 시작했는데, 그가 무관심했던 것에 대한 일종의 조롱이었다. 마틴은 그녀에게서 신문을 빼앗았다.

"대체 왜 그런 짓을 한 거지?"

"그러면 도움이 될지도 모른다고 생각했어요."

"어떻게?"

"신디한테 당신을 다시 받아달라고 부탁하러 갔어요. 하지만 신디는 그러지 않겠대요. 그녀는 어떤 장님 남자랑 같이 살고 있어요. 잘 지내고 있더라고요. 그렇죠, 모린?"

모린은 자기 구두만 내려다보고 있을 만큼 분별이 있었다.

마틴은 제스를 노려보았다.

"미쳤어? 무슨 권한으로 그런 짓을 한 거야?" 그가 말했다.

"무슨 권한이라뇨? 내 권한으로요. 여긴 자유 국가라고요."

"그럼 그녀가 울음을 터뜨리면서 '그가 돌아오길 바라고 있어요.'라고 했으면 어떻게 했을 거야?"

"당신이 짐 싸는 걸 도와줬겠죠. 그리고 당신은 우리가 말해준 대로 아주 잘 살았을 테고."

"하지만……" 그는 뭐라고 중얼거리는 소리를 내더니 그만두었다. "이런 맙소사."

"어쨌든 그럴 가능성은 없어요. 신디는 당신이 아주 나쁜 자식이라고 생각해요."

"내가 전처에 대해서 한 말을 조금이라도 귀담아들었더라면, 거기까지 갈 필요는 없었을 거야. 그 여자가 날 다시 받아줄 거라고 생각했다고? 내가 돌아갈 거라고 생각했다고?"

제스는 어깨를 으쓱했다. "한번 해볼 가치는 있죠."

"당신, 모린 당신 말이오. 바닥에는 아무것도 없으니 그만 보고 나를 쳐다봐요. 제스랑 같이 갔다고요?" 마틴이 말했다.

"모린의 아이디어였어요." 제스가 말했다.

"그럼 당신은 제스보다도 더 바보로군."

"우리 모두 도움이 필요해요. 우린 모두 우리가 원하는 게 뭔지 몰라요. 당신들은 모두 나를 도와줬어요. 나도 당신들을 돕고 싶었어요. 그리고 그게 제일 좋은 방법이라고 생각했어요." 모린이 말했다.

"전에 안 되던 게 어떻게 이제 된다는 거요?"

모린이 아무 말도 하지 않기에 내가 말했다.

"그럼 우리 중에 전에 소용없던 일을 이제 다시 시도해볼 생각이 없는 사람은 누구예요? 이제 대안이 뭔지 알았으니까 말이에요. 대안이란 결코 아무것도 없다는 것."

"그럼 당신은 뭘 되돌리고 싶은데, 제이제이?" 제스가 물었다.

"전부 다. 밴드랑. 리지도."

"참 바보네. 그 밴드는 쓰레기였잖아. 음." 제스는 내 표정을 보곤 재빨리 말했다. "쓰레기는 아니고. 하지만 그렇다고…… 뭐, 알잖아."

나는 고개를 끄덕였다. 나도 알았다.

"그리고 리지는 당신을 버렸잖아."

그것도 알고 있었다. 하지만 너무 구차해서 안 한 이야기가 있는데, 되돌릴 수만 있다면 나는 밴드의 마지막 몇 주로, 리지와의 마지막 몇 주로 되돌아가고 싶었다. 이미 모든 게 돌이킬 수 없을 정도로 엉망이 된 상태였어도 말이다. 그래도 그때는 음악을 하고 있었고 리지를 만나고 있었으니까. 그러니까 그때는 불평할 게 없었다. 하긴 모든 것이 죽어가고 있긴 했지만. 그래도 완전히 죽어버린 건 아니었단 말이다.

영문을 모르겠지만, 가질 수 없다 해도 원하는 걸 말해버리고 나니 좀 후련했다. 모린에게 우주적 토니라는 작자를 만들어주었을 때, 그의 초능력에 한계를 둔 것은 모린에게 어떤 실질적인 도움이 필요한지 알아보기 위해서였다. 결국 알게 되었듯이 모린은 휴가가 필요했고, 우리가 도울 수 있었기 때문에 우주적 토니는 알 만한 가치가 있는 사람이 되었다. 하지만 초능력에 한계가 없다면, 여러 가지를 알아내게 될 것이다. 그러니까…… 잘 모르겠지만 애초에 자신에게 잘못된 부분 같은 것 말이다. 우리는 자신이 원하는 게 뭔지 말하지 않으면서 너무 오랜 시간을 보낸다. 그걸 가질 수 없다는 걸 알기 때문이다. 그리고 그걸 말하는 게 구차스럽거나, 고마움을 모르거나, 유치하거나, 진부한 것처럼 느껴지기 때문이다. 혹은 우리가 너무 처절하게 모든 것이 괜찮은 척하기 때문일 수도 있다. 자기 자신에게 사실은 그렇지 않다고 고백하는 건 현명하지 않은 행동처럼 보이는 것이다. 자, 어서 원하는 걸 말하라. 곤란할 것 같다면, 크게 소리 내서 말하지 않아도 된다. '그랑 결혼하지 않았으면 좋았을걸.' '그녀가 아직도 살아 있었으면 좋겠어.' '그녀랑 애들을 낳지 않았더라면 좋았을걸.' '돈이 무지 많았으면 좋겠어.' '알바니아 놈들은 전부 다 알바니아로 돌아가버렸으면 좋겠어.' 그게 뭐든지, 자신에게 말하라. 진리가 너희를 자유롭게 하리라. 그렇지 않으면 당신은 코에 한 방 맞게 될 거다. 지금 살고 있는 인생이 어떤 것이든지 거기서 살아남으려면 거짓말을 해야 하고, 거짓말은 영혼을 썩게 만드니까 딱 일 분만 거짓말을 그만두고 쉬어라.

"밴드를 도로 하고 싶어. 여자친구도. 밴드랑 여자친구를 다시 갖고 싶어." 내가 말했다.

제스는 나를 쳐다봤다. "방금 그 말 했잖아."

"그동안 이 말을 충분히 못했어. 밴드랑 여자친구를 다시 갖고 싶다는 거. 나는 밴드랑 여자친구를 다시 갖고 싶어. 마틴, 당신은 뭘 원해요?"

그는 일어났다. "커피 한 잔 더 마시고 싶나. 더 마실 사람?" 그가 말했다.

"그렇게 계집애처럼 굴지 마요. 뭘 원해요?"

"그럼 내가 말하면 무슨 좋은 점이 있나?"

"글쎄요. 일단 말해봐요. 그러면 어떤지 말해줄 테니까."

그는 어깨를 으쓱하더니 자리에 앉았다.

"세 가지 소원을 빌 수 있어요." 내가 말했다.

"좋아. 결혼 생활을 잘할 수 있었으면 좋겠어."

"그렇군요. 하지만 그런 일은 절대 일어나지 않을 거예요. 당신 거시기를 바지 속에 얌전히 넣어두질 못했으니까요. 미안해요, 모린." 제스가 말했다.

마틴은 무시했다.

"그리고 물론 그 여자애랑 자지 않았다면 좋겠고."

"그래요, 하지만……" 제스가 말했다.

"입 다물어." 내가 말했다.

"글쎄, 내가 그렇게 못된 놈이 아니었다면 좋을지도 모르지." 마틴이 말했다.

"잘했어요. 별로 어렵지 않았죠?"

나는 농담이라고 한 건데 아무도 웃지 않았다.

"그냥 그 여자애랑 같이 자고, 그런 다음에 아무 일도 당하지 않았길 바라지 그래요? 내가 당신이라면 그걸 바라겠어요. 당신은 아직도 거짓말을 하는 것 같아요. 당신이 좋은 사람처럼 보이도록 해주는 것들을 바라고 있잖아요." 제스가 말했다.

"하지만 그 바람은 사실 문제를 해결해주지 못할 거야. 나는 여전히 못된 놈일 테니까. 뭔가 다른 일로 걸렸겠지."

"음, 그럼 아무 일로도 걸리지 않길 바라는 게 어때요? 당신이…… 그 케이크 어쩌구 하는 말이 뭐였죠?"

"무슨 소리야?"

"케이크 먹는 것 가지고 어쩌구 하는 이야기가 있잖아요?"

"케이크를 가지려면 먹을 수 없다, 그 이야기 말이야?"

제스는 좀 의심스럽다는 표정을 지었다. "확실해요? 애초에 케이크를 갖지 않고서 어떻게 먹을 수가 있어요?"

"거기서 하는 말은, 두 가지 방식으로 다 갖는다는 의미야. 케이크도 먹고, 케이크는 그대로 남아 있는 거야. 그러니까 '갖는다'는 건 '수중에 갖고 있다'는 뜻이지." 마틴이 말했다.

"말도 안 돼."

"그렇지."

"그런 일이 어떻게 가능해요?"

"불가능해. 그래서 생긴 표현이지."

"그럼 그놈의 케이크가 무슨 소용이에요? 먹지 않을 거면?"

"주제에서 벗어나고 있잖아. 문제는 우릴 더 행복하게 해줄 것이 뭔지 말해보는 거야. 나는 마틴이 왜, 뭐랄까, 새사람이 되고 싶어하는지 알겠어." 내가 말했다.

"난 젠이 돌아왔으면 좋겠어." 제스가 말했다.

"아, 그렇군. 그건 이해해. 또 뭐?"

"없어. 그것뿐이야."

마틴은 코웃음을 쳤다. "좀 덜 못된 인간이 되는 건 바라지 않고?"

"젠만 돌아오면 그러지 않을 거예요."

"미친 것도 낫고?"

"난 미치지 않았어요. 그냥, 있잖아요. 혼란스러운 거죠."

모두 생각에 잠겨 아무 말이 없었다. 테이블에 앉은 모든 사람이 다 수긍하는 건 아니란 걸 알 수 있었다.

"그럼 두 가지 소원은 버리는 거야?" 내가 말했다.

"아니. 다 써버릴 수 있어. 으음…… 마리화나를 영원히 구할 수 있는 거? 그리고, 글쎄…… 아, 피아노를 칠 수 있다면 좋을 거 같아."

마틴은 한숨을 내쉬었다. "맙소사, 네 문제는 그것뿐이야? 피아노를 칠 수 없는 거?"

"혼란이 줄어들면 피아노를 칠 시간이 있을지도 모르죠."

우리는 그 문제를 더 이상 거론하지 않았다.

"당신은 어때요, 모린?"

"전에 말했잖아요. 우주적 토니가 도와줄 수 있다고 했을 때요."

"모두에게 말해봐요."

"매티를 도와줄 방법을 찾을 수 있었으면 좋겠어요."

"그것보다는 좀 나은 것 없어요?" 제스가 말했다.

우리는 모두 움찔했다.

"어떻게?"

"아니, 글쎄. 난 당신이 무슨 말을 할지 궁금했거든요. 매티가 정상으로 태어났길 바랄 수 있으니까. 그러면 그렇게 오랫동안 똥이나 치우면서 살지 않아도 되잖아요."

모린은 잠시 아무 말이 없었다.

"그럼 나는 어떤 사람이 되는 거지?"

"네?"

"그렇게 되면 난 내가 어떤 사람이 될지 모르겠어."

"그래도 당신은 모린이라고요, 멍청한 아줌마 같으니."

"그런 말이 아니야. 모린 말은 그러니까, 우리에게 일어난 일이 우리를 형성한다는 말이지. 그러니까 일어난 일을 없애버리면…… 무슨 말인지 알겠어?" 내가 말했다.

"아니. 염병할, 모르겠어." 제스가 말했다.

"젠 일이 일어나지 않았더라면, 그 밖에 모든 일이 일어나지 않았더라면……"

"채스랑 그런 것 따위?"

"그렇지. 그런 중요한 일들. 음, 그럼 넌 어떤 사람이 되었을까?"

"다른 사람이 되었겠지."

"바로 그거야."

"그렇게 되면 정말 끝내주겠네."

그 말을 듣자 우리는 소원 빌기 게임을 그만두었다.

· 마틴 ·

그러니까 이 모든 일이 깔끔하게 다 정리될 수 있기라도 하다는 듯이, 한 번에 정리하기 위해 이렇게 엄청난 이벤트를 의도적으로 만들었던 것이다. 그게 요즘 젊은이들의 문제다, 그렇지 않은가? 그들은 해피엔딩을 너무 많이 보고 있다. 모든 일은 미소를 지으며 눈물을 흘리고 손을 흔들며 깔끔하게 정리되어야 한다. 모두가 깨달음을 얻고, 사랑을 발견하고, 자기가 잘못했음을 깨닫고, 일부일처제나 아버지 노릇이나 자식으로서의 의무, 인생 그 자체의 즐거움을 알게 된다. 내가 젊은 시절에는 인생이란 공허하고 암울하고 잔인하고 짧다는 것만 배운 뒤, 총에 맞는 걸로 끝나는 영화가 많았는데.

스타벅스에서 '내 소원은'이란 대화를 한 지 2주 내지 3주 지났을 때였다. 어쩐 일인지 제스는 입을 닫고 지낼 수 있었다. 라디오 스포츠 해설가처럼 모든 것을 일어나는 상황 그대로, 또는 그전부터 일일이 떠드는 게 보통 대화법인 사람치고는 대단한 성과라 아니할 수 없었다. 돌이켜보니 제스는 이따금 뭔가 꿍꿍이속이 있다는 걸 드러냈던 것이 사실이다. 우리 가운데 한 명이라도 제스 같은 사람 역시 속셈이라는 게 있다는 걸 알았더라면 말이다.

어느 날 오후, 모린이 매티를 보러 돌아가야 한다고 말하자, 제스는 키득거리더니 매티를 곧 볼 수 있을 거라는 수수께끼 같은 소리를 했다.

모린이 제스를 쳐다보았다.

“버스만 빨리 오면 이십 분 뒤에 매티를 보게 될 거야.” 모린이 말했다.

“네, 하지만 그다음엔?” 제스가 물었다.

“금방 보겠지만 그다음엔 뭐 할 거냐고?” 내가 물었다.

“네.”

“매일 대부분의 시간을 그 앨 보면서 지내죠.” 모린이 말했다.

그런 다음 우리는 그 일에 대해서 모두 잊어버렸다. 제스가 한 말을 항상 다 잊어버리듯이.

그러고서 아마 일주일쯤 뒤, 그녀는 여태까지 감추고 있었던 리지, 제이제이의 헤어진 여자친구에 대한 관심을 보이기 시작했다.

“리지는 어디 살아?” 그녀가 제이제이에게 물었다.

“킹스크로스. 묻기 전에 미리 대답하자면, 창녀는 아니야.”

“직업이 뭔데요, 창녀? 하하. 아무하고나 붙어먹고 돌아다니는 여자로군.”

“그래. 참 훌륭한 농담이다.”

“그럼 킹스크로스에 사람 살 곳이 어딨나? 창녀가 아니라면 말이야.”

제이제이는 어이없다는 표정을 지었다. “그녀가 어디 사는지는 말해주지 않을 거야, 제스. 내가 무슨 바본 줄 알아?”

“난 그 여자랑 이야기하고 싶지 않아. 멍청한 걸레하고는.”

“정확히 말해 왜 그녀가 걸레인 거지? 우리가 알기로 그녀는 평생 한 사람하고만 잤는데.” 내가 물었다.

“그거 뭐라고 했죠? 개자식이랑 상관있는 거였는데?”

“‘비유’.” 내가 말했다. 누군가가 ‘개자식’이란 말을 했는데 바로 그 단어가 '비유'와 같은 뜻이란 걸 알 수 있다면, 그 사람의 정신 세계를 너무 잘 알고 있는 것이 아닌가 하는 의심이 드는 것도 당연하다. 그런 사람을 알고 지내느니 차라리 모르는 사이인 편이 낫지 않을까 하는 생각이 드는 것도 당연하다.

"바로 그거예요. 그 여자는 비유하자면 걸레란 말이에요. 제이제이를 버리고 딴 남자랑 사귀러 갔을 게 뻔하니까."

"그래. 모르겠어. 나를 버렸다고 영원히 수절하는 벌을 받아야 하는지 모르겠어." 제이제이가 말했다.

그리하여 우리는 우리를 버린 상대들에게 어떤 벌이 적합한지, 죽음은 너무 편한 벌이 아닌지 이야기하느라 리지에 관한 것을 잊어버렸다. 그 시절 우리가 알지 못하게 지나가버리는 것들이 너무 많았으니까. 하지만 리지는 거기 있었다. 쓰레기가 여기저기 널려 있는 지저분한 십 대의 방 같은 제스의 머릿속에 말이다.

문제의 당일, 나는 매니저 테오와 함께 점심을 먹었다. 물론 내가 테오와 점심을 먹고 있었을 때는 그날이 중요한 날이 될지 몰랐지만 말이다. 테오와 점심을 먹는 것만으로도 충분히 기념비적인 일이었다. 나는 출감한 이후로 단 한 번도 그를 직접 대면한 적이 없었다.

그는 그의 말에 따르면, 평판 좋은 출판사에서 자서전을 내자는 '실속 있는' 제안을 받았기 때문에 나와 의논하고 싶어했다.

"얼만데?"

"아직 돈 이야기는 하지 않았어요."

"그렇다면 이 일을 어떤 면에서 '실속 있다'고 할 수 있는지 물어봐도 되겠나?"

"음, 아시다시피 내용이 있으니까요."

"그게 무슨 말인가?"

"허구가 아니라, 실제라는 뜻이죠."

"그렇다면 실제 사용법으로 '실제'란 실제로 무슨 뜻이지?"

"마틴, 당신은 너무 까다롭게 굴고 있어요. 이렇게 말해도 괜찮다면 말입니다. 최고로 잘나갈 때도 쉬운 고객은 아니었어요. 그리고 이 프로젝트는 정말 어렵게 추진한 거라고요."

나는 발밑에 농장 분위기를 내느라 깔아놓은 지푸라기가 있어서 잠시 한눈을 팔았다. 우리는 '농장'이라는 레스토랑에서 식사를 했는데, 음식은 전부 농장에서 나온 것이었다. 머리도 좋지. 고기! 감자! 그린 샐러드! 대단한 착상 아닌가. 지푸라기가 꼭 필요했을 것 같다. 그것이 없었더라면 그들의 테마는 상상력 부족이라고 느껴졌을 테니까. 웨이트리스들은 전부 다 명랑하고 뚱뚱하고 볼이 빨갛고 앞치마를 두르고 있었다고 말하고 싶지만, 물론 그들은 모두 퉁명스럽고 말라깽이에다 창백하고 검은 옷을 입고 있었다.

"하지만 자네가 무슨 일을 한 건가, 테오? 누군가 전화를 해서, 뭔가 표현하기 어려운 실속 있는 방식으로 내 자서전을 만들자고 제안하기라도 했다는 건가?"

"음, 내가 그들에게 전화를 걸어서 자서전을 쓰지 않겠냐고 했어요."

"그렇군. 그런데 흥미가 있는 것 같나?"

"그쪽에서 전화를 다시 걸어왔어요."

"실속 있는 제안과 함께."

테오는 생색내는 미소를 지었다.

"출판계에 대해서는 잘 모르지 않습니까?"

"실은 잘 몰라. 자네가 지금 점심을 먹으면서 이야기해준 것밖에는. 그 사람들이 실속 있는 제안과 함께 전화를 걸었다는 것 말이야. 아마 그래서 우리가 이렇게 만난 것 같은데."

"걷기도 전에 뛸 순 없지요."

테오 때문에 짜증이 나기 시작했다.

"좋아. 찬성이야. 걷는 부분에 대해서만 이야기해보게."

"아뇨. 저…… 걷는 것도 이미 뛰는 것과 마찬가지입니다. 그것보다는 더 뭐랄까, 전략적이죠."

"걷는 것이 왜 뛰는 건지 말해달라고 부탁한다면?"

"살금살금 다가가서 확 잡는 거죠."

"이런, 세상에. 테오."

"그런 반응은 살금살금이 아니에요. 그건 쿵쿵거리는 거고 심지어 파직파직하는 반응이죠."

나는 그 후로 그 제안에 대해서 더 듣지 못했고, 그날 가졌던 점심식사가 무슨 의미였는지도 영영 깨닫지 못했다.

제스가 전화를 걸어와서는 네 시에 어퍼스트리트의 널따랗고 휑한 스타벅스 지하에서 비상 모임을 갖자고 했다. 소파랑 테이블이 많이 있는 반면 창문은 없고, 버리지 않고 계속 재사용하는 종이컵에다만 커피를 마신다면 꼭 자기 집 거실처럼 느껴지는 곳이다.

"왜 지하지?" 제스가 전화를 했을 때 내가 물었다.

"개인적으로 할 이야기가 있어서요."

"개인적인 이야기라니?"

"섹스랑 관련된 거예요."

"저런, 다른 사람들도 함께 모이는 거 맞나?"

"내가 개인적인 섹스 이야기를 당신한테만 하고 싶을 거 같아요?"

"그러지 않기를 바라고 있었어."

"참 나, 내가 늘 당신에 대해 엉큼한 상상이라도 한다고 생각해요?"

"나중에 보자고."

나는 웨스트엔드에서 어퍼스트리트까지 19번 버스를 타고 갔다. 결국 돈이 다 떨어졌기 때문이었다. 시시껄렁한 토크쇼에 출연한 보수와 장관한테 받은 얼마 안 되는 돈을 다 썼고, 일자리도 없었다. 그래서 언젠가 제스가 가장 값싼 형태의 교통수단은 택시라고, 어디로 가든지 공짜로 데려다 주며 목적지에 도착한 뒤에만 돈을 내면 된다고 말했음에도 불구하고, 나는 택시를 타느라 재정 상태를 더욱 악화시키는 것은 별로 좋은 생각이 아니라는 결론을 내렸다. 내 경우, 택시 기사와 나는 목적지까지 가는 길에 나의 징역형이 부당한 것이며, 그건 아주 정상적인 행동이었으며, 그런 꼴로 돌아다닌 그 여자의 잘못이라는 등의 이야기를 할 것이 거의 분명했다. 나는 얼마 전부터 미니 캡영국의 콜택시로 정식 택시인 블랙캡보다 좀 더 저렴함—옮긴이을 더 좋아하게 되었다. 그들은 런던의 지리를 모르는 것만큼이나 런던 사람들에 대해서도 무지하기 때문이다. 버스에서도 나를 알아보는 사람이 두 명 있었는데, 한 명은 나에게 속죄에 관한 성경 구절을 읽어주고 싶어했다.

스타벅스로 걸어가는데 젊은 축에 드는 커플이 내 바로 앞에서 걸어가더니 곧바로 아래층으로 내려갔다. 물론 처음에는 기분이 좋았다. 그들이 아래로 내려간다면, 제스는 그렇게 하고 싶어하던 섹스에 관한 이야기를 하지 못할 테니까. 전혀 모르는 사람들이 있는 곳에서 그런 얘기를 한다는 것은 쉽지 않을 테니 말이다. 하지만 커피를 사기 위해 줄을 서 있던 도중, 제스가 창피함에 면역되어 있다는 사실이 떠올랐다. 그러자 내 위장이 내가 마흔 살이 된 이후로 늘 해왔던 일을 하기 시작했다. 속을 휘젓는 기분이 아니다. 그건 확실하다. 늙은 사람의 위장은 휘저을 수 없다. 그보다는 오히려 위장 안쪽 벽이 혓바닥이고, 다른 쪽 벽은 배터리가 된 것과 비슷하다. 그리고 긴장되는 순간이 오면 양쪽이 맞붙어 재난을 일으키는 것이다.

지하 층에서 제일 먼저 눈에 띈 것은 휠체어에 앉아 있는 매티였다. 그 옆에는 건장한 남자 간호사 둘이 서 있었는데, 아마 그들이 매티를 운반해 내려왔을 것이다. 간호사 중 한 명은 모린과 이야기하고 있었다. 매티가 무슨 일로 스타벅스에 왔는지 생각해보려는데, 두 명의 조그만 금발 소녀들이 나를 향해 달려오며 "아빠! 아빠!" 하고 외쳤다. 그때까지만 해도 그 애들이 내 딸이라는 걸 바로 알아보지 못했다. 나는 그 애들을 안아올려 껴안았고, 울지 않으려고 애쓰며 주위를 둘러보았다. 페니는 나를 보고 미소를 띠었지만, 신디는 한쪽 구석에서 굳은 얼굴로 나를 바라보고 있었다. 제이제이는 내 앞에 들어온 커플과 어깨동무를 하고 있었고, 제스는 아버지와 아마도 어머니일 것 같은 여자와 함께 서 있었다. 그녀는 틀림없는 노동당의 장관 부인이었다. 키가 크고, 값비싼 옷을 입고, 자신의 감정과는 전혀 무관한 끔찍한 미소, 선거 유세장에서나 볼 수 있는 미소를 짓느라 얼굴을 일그러뜨리고 있었으니까. 그녀의 손목에는 마돈나가 차는 붉은 줄이 감겨 있었다. 겉보기와는 달리 그녀는 대단히 영적인 사람일지도 모르겠다. 제스의 멜로드라마 성향에 비추어, 그녀의 언니까지 참석했다 해도 전혀 놀랍지 않았겠지만, 유심히 살펴보아도 그 언니는 보이지 않았다. 제스는 스커트와 재킷을 입고 있었고, 가까이에서 본 사람이라면 눈 화장에 겁을 먹었을 것이다.

나는 아이들을 내려놓고 함께 애들 엄마에게로 갔다. 하지만 그 사이에 페니가 소외감을 느끼지 않도록 손을 흔들어주었다.

"잘 있었소?" 나는 신디의 뺨에 입을 맞추려고 몸을 숙였고, 신디는 날렵한 몸놀림으로 몸을 피했다.

"그런데 여긴 어떻게 온 거요?" 내가 말했다.

"저기 미친 여자가 어떻게든 도움이 될 거라고 생각하는 것 같았어요."

"아, 어떻게 도움이 되는지 설명해줬소?"

신디는 코웃음을 쳤다. 그녀는 내가 무슨 말을 하건 코웃음을 치고, 코웃음이 그녀가 선호하는 대화 수단이 될 거라는 느낌이 들기에, 나는 아이들과 이야기하려고 무릎을 꿇었다.

제스가 손뼉을 치더니 방 한가운데로 나가서 섰다.

"인터넷에서 읽은 이야긴데요. 이런 걸 참견이라고 한대요. 미국에서는 사람들이 늘 이런 걸 한다던데요." 그녀가 말했다.

"늘 하지. 우린 그것밖에 안 하는걸." 제이제이가 외쳤다.

"봐요. 누군가 새 되면…… 마약이든 술이든 잘못해서 망하면,

친구들과 가족들이 모두 함께 모여서 그 사람한테 이런대요. 염병할, 때려치워. 미안해요, 모린. 미안해요, 엄마 아빠. 미안해, 얘들아. 미국에는 숙련된…… 에잇, 빌어먹을. 그 이름을 잊었네. 내가 갔던 웹 사이트에선 그 사람 이름이 스티브였는데."

제스는 재킷 주머니에 손을 넣어 뒤지더니 종이 한 장을 꺼냈다.

"촉진자로군요. 미국에선 숙련된 촉진자가 있는데, 우린 없어요. 사실 나는 누구한테 물어봐야 할지 몰랐다고요. 그런 기술이 있는 사람이 아무도 없어요. 또 이 참견이란 건 돌아가며 하는 것이기도 해요. 우리는 당신들이 참견해주길 부탁하는 거니까요. 당신들이 우리한테 오는 게 아니라, 우리가 당신한테 가는 거예요. 당신한테, 당신의 도움이 필요해요, 라고 말하는 거예요."

매티와 함께 온 간호사들은 이 시점에서 약간 어색해했고 제스는 눈치를 챘다.

"여러분들 말고요. 여러분들은 아무것도 할 필요 없어요. 사실을 말하자면, 여러분이 여기 온 건 모린 쪽 일행의 숫자를 늘려주기 위해서예요. 왜냐하면 모린한테는 정말 아무도 없으니까요. 그렇죠? 그래서 당신 둘과 매티가 있어주면, 아무도 없는 것보다는 나을 거 같아서요. 그렇죠? 모린 혼자 거기 서서 이 재회를 본다면 좀 우울했을 거예요." 그녀가 말했다.

제스에게는 당해낼 수 없다. 일단 그녀는 한번 물었다 하면 놔줄 생각이 없었다. 모린은 고마운 미소를 지어 보이려 했다.

"어쨌든 그럼 누가 누군지를 좀 따져보죠. 저쪽 제이제이랑 있는 사람들이 헤어진 여자친구 리지랑 후진 밴드에 같이 있던 친구 에드예요. 에드는 미국에서 특별 손님으로 왔어요. 나한테는 엄마 아빠가 있는데, 저분들이랑 한방에 있는 게 흔한 일은 아니죠, 하하. 마틴에겐 전처, 딸들, 예전 여자친구가 있어요. 혹시 모르죠, 예전이 아닐지도. 이 모임이 끝나고 나면 부인하고도 다시 합치고 여자친구하고도 다시 합칠지도 모르잖아요."

모두 다 웃다가 신디의 얼굴을 보고선 웃다가 혼이 날까 봐 웃음을 멈췄다.

"그리고 모린한테는 아들 매티가 있고, 요양원에서 온 아저씨 둘이 있어요. 그러니까 내 생각은 이래요. 우리 각자의 가족이나 친구랑 이야기를 좀 나누고, 어떻게 지내는지 좀 알아보자고요. 그런 다음에 돌아가면서 남의 가족이나 친구랑 이야기를 하는 거예요. 그러니까 이건 미국에서 하는 거랑 학부모 모임을 섞어놓은 거예요. 친구나 가족이 한쪽 구석에 앉아서 사람들이 찾아오길 기다리는 거니까."

"이유가 뭐지? 뭣 때문에 그러자는 거야?" 내가 말했다.

"글쎄요, 뭐면 어때요. 그냥 웃자고요. 그러면 뭔가 배우게 되지 않겠어요? 서로에 대해서? 그리고 우리 자신에 대해서?"

제스는 또 해피엔딩에 집착했다. 다른 사람들에 대해서 알게 된 것은 사실이었지만, 사실에 입각한 내용 이외에는 결코 아무것도 배우지 못했다. 그러니까 에드가 연주하던 밴드 이름도 알고 있었고, 크라이튼 부부의 실종된 딸 이름도 알고 있었다. 하지만 그들이 내가 그런 것들을 알고 있다고 해서 위로는커녕 도움을 받을 수 있을 것 같진 않았다.

그리고 어쨌든, 시간표나 스페인 수상의 이름 외에 한 사람이 배울 수 있는 게 뭐가 있을까? 나는 열다섯 살짜리랑 자면 안 되는 것을 배웠길 바라지만, 그건 아주 옛날, 내가 실제로 열다섯 살짜리랑 자기 수십 년 전부터 배워서 알고 있었던 것이다. 문제는 그녀가 내게 열여섯 살이라고 한 것이었다. 그러니 나는 열여섯 살짜리, 또는 매력적인 젊은 여자들과 자면 안 된다는 걸 배운 것일까? 아니다. 하지만 내가 여태까지 인터뷰한 사람들은 모두 다 어떤 일을 함으로써, 그러니까 암을 극복한다거나, 산을 오른다거나, 영화에서 연쇄살인범 역할을 함으로써 자신에 대해 뭔가 알게 되었다고 말했다. 그러면 나는 실제로는 이렇게 몰아붙이고 싶어도, 감명받은 표정으로 고개를 끄덕이며 미소를 짓는다. 그렇다면 암에서 뭘 배운 겁니까? 병드는 것이 싫다는 것? 죽고 싶지 않다는 것? 가발을 쓰면 두피가 가렵다는 것? 이봐요, 좀 구체적으로 말해보시오. 그들은 그 경험을 완전히 시간 낭비가 아닌, 뭔가 가치 있는 것처럼 보이게 하기 위해 스스로에게 그렇게 말하는 것이 아닐까 싶다.

지난 몇 달 동안 나는 교도소에 갔고, 자존심을 한 점도 남김없이 잃었으며, 아이들과 헤어지고, 자살을 매우 진지하게 생각했다. 그 정도면 심리적으로 따졌을 때 암에 걸린 것과 비슷하지 않을까? 그것은 후진 영화에서 연기하는 것보다는 훨씬 더 큰 문제였다. 그런데 내가 아무것도 배우지 못한 까닭은 무엇일까? 나는 무엇을 배워야 했을까? 하긴 나는 자부심에 상당한 애착을 갖고 있었다는 것과 그것이 사라지는 것이 아쉽다는 걸 알게 되었다. 또 교도소와 가난은 나와 전혀 맞지 않는다는 것도 알게 되었다. 하지만 그런 것은 눈 감고도 알 수 있었을 것이다. 나를 상상력이 결여된 인간이라 불러도 좋지만, 사람들이 암에 걸리지 않으면 자신에 대해서 더 많이 알게 되지 않을까 싶다. 시간도 많고, 에너지도 많을 테니까.

"자." 제스가 계속 이야기했다. "누가 어디로 갈까요?"

그 순간, 프랑스인으로 보이는 십 대 펑크족 몇 명이 커피 머그잔을 들고서 우리가 있는 데로 왔다. 그들은 매티의 휠체어 옆 빈 테이블로 향했다.

"어이, 어디로 가려는 거야? 위로 올라가요, 모두." 제스가 말했다.

그들은 제스를 노려보았다.

"이봐요, 시간 없거든. 빨리빨리, 어서어서!" 제스는 계단을 향해 손짓을 했고, 그들은 불평하지 않고 올라갔다. 제스는 그저 이해할 수 없는 난폭한 나라의 이해할 수도 없고 난폭한 국민일 뿐이었다. 나는 전처의 테이블에 앉아서 또 페니에게 손을 흔들었다. 그건 다목적 파티 제스처로서, '그냥 한잔 하려고 말이오.'와 '나중에 반지를 주겠소.'의 중간쯤 되는 의미에다 '계산서 좀 갖다주겠소?'가 섞인 의미였다. 페니는 이해한다는 듯 고개를 끄덕였다. 그러고 나서 마찬가지로 어울리지 않게, 나는 맛도 좋고 영양가도 높은 자아 인식의 기회가 기다려진다는 듯이 양손을 비볐다.

·모린·

내가 할 이야기가 많을 거라고는 생각하지 않았다. 그러니까 매티에게 할 수 있는 이야기는 사실 한 마디도 없었다. 그렇다고 요양소에서 온 두 청년에게 할 이야기가 있을 것 같지도 않았다. 나는 그들에게 차 한 잔 하겠느냐고 물었지만, 그들은 사양했다. 그래서 매티를 들고 계단을 내려올 때 힘들었냐고 물었더니 둘이라서 힘들지 않았다고 했다. 그래서 나는 나 같은 사람은 열 명이라도 내려올 수 없었을 거라고 했더니 그들은 웃었고, 그런 다음 우리는 서로 바라보고만 서 있었다.

그러고 있자니 키가 작은 쪽, 호주에서 왔고, 매티가 전에 갖고 있던 장난감 로봇처럼 머리도 몸통도 네모나게 생긴 청년이 이 모임이 무슨 모임이냐고 물었다. 그들이 모를 거란 생각을 하지 못했다.

"생각해봤지만, 도통 모르겠네요."

"그래요. 음, 아주 혼란스러울 거예요." 내가 말했다.

"좀 가르쳐주세요. 지금 어떤 상황인지 말이에요. 여기 스티브 말로는 모두 다 금전적인 문제가 있다는 것 같은데."

"그런 사람들도 있긴 해요. 하지만 나는 아니에요."

사실 나는 돈 걱정은 한 번도 해본 적이 없었다. 나는 장애아를 돌보는 부모에게 주는 수당을 받고 있는데, 어머니 집에서 살고 있고, 어머니는 약간의 유산도 물려주셨다. 그리고 아무 데도 가지 않고 아무것도 하지 않으면 생활비는 얼마 들지 않는다.

"하지만 문제가 있지요." 네모난 청년이 말했다.

"그래요. 우린 문제가 있어요. 하지만 각자 다른 문제예요." 내가 말했다.

"그래요. 저 사람에게 문제가 있는 건 알고 있어요." 다른 청년, 스티븐이 말했다. "저 사람은 방송국에서 쫓겨났죠."

"그래요. 저 사람은 고민이 있어요."

"그런데 어떻게 저 사람을 알게 되셨어요? 같은 나이트클럽에 다니는 건 상상이 안 되는데."

그래서 나는 그들에게 자초지종을 다 이야기해주었다. 물론 그러고 싶진 않았다. 그냥 어쩌다 보니 그렇게 됐다. 그리고 일단 이야기를 꺼내자, 그들에게 말하는 것이 큰 문제가 되지 않았다. 그리고 이야기가 끝날 즈음에서야 그들이 아무리 상냥하게 들어주고, 유감이라고 말해줘도 애초에 꺼내서는 안 되는 이야기였음을 깨달았다.

"센터 사람들한테 이야기하진 않겠죠?" 내가 말했다.

"왜 거기다 이야기하겠어요?"

"만약에 그들이 내가 매티를 센터에 영영 맡겨버릴 계획이었다는 걸 알게 되면, 다시는 받아주지 않을지도 모르니까요. 내가 전화를 걸어서 애를 데려가달라고 할 때마다, 내가 어딘가 옥상에서 뛰어내릴 생각을 한다고 여길지도 모르잖아요."

그래서 우리는 거래를 했다. 그들은 내게 근처의 다른 센터 이름을 알려주었다. 그곳이 그들의 센터보다 더 환경이 좋은 사립 기관이라고 그들은 말했고, 만약 자살할 생각이라면 나는 그곳에 전화를 걸기로 약속했다.

"우리가 알고 싶지 않아서 그러는 게 아니에요." 얼굴이 네모난 청년, 숀이 말했다. "우리 센터가 매티를 떠맡게 되는 것이 싫어서 그러는 것도 아니고요. 그저 아주머니께서 전화를 하실 때마다 무슨 문제가 생겼다고 생각하고 싶지 않아서 그래요."

왠지 모르겠지만, 그 말을 들으니 행복한 기분이 들었다. 내가 잘 알지 못하는 두 사람이 자살하고 싶으면 자신들에게 전화를 하지 말라고 하니, 그들을 꼭 끌어안고 싶어졌다. 나는 사람들이 나를 가엾게 여기는 걸 원치 않았다. 그들이 도와주길 바랐다. 비록 돕는다는 것이 그들이 돕지 않을 거란 뜻이라고 할지라도 말이다. 너무 아일랜드 사람처럼 말하는 것 같긴 하다. 그리고 우스운 것은, 이것이 바로 제스가 모임을 주선하면서 원했던 것이라는 점이다. 제스는 내게는 아무것도 기대하지 않았고, 그 청년들을 부른 것은 매티가 그들 없이는 이곳에 올 수 없었기 때문이었는데, 오 분 만에 그 청년들이 나를 기쁘게 해주었던 것이다.

스티븐과 숀과 나는 상황이 어떻게 되어가는지 알아보려고 잠시 다른 사람들을 쳐다보았다. 제이제이가 제일 잘하고 있었다. 그때까지만 해도 그와 그의 친구들은 아직 싸움을 시작하지 않았으니까. 마틴과 전처는 아무런 말 없이 딸들이 그림 그리는 것을 쳐다보고 있었고, 제스와 부모님은 소리를 지르고 있었다. 올바른 일을 가지고 소리를 지른다면 좋은 징조일 수도 있겠지만, 이따금 제스가 제일 크게 이런저런 소리를 질러대는 것이 들려왔는데, 별 도움이 될 것 같지 않은 이야기였다. 예를 들면 "나는 염병할 귀걸이에 손댄 적 없다고요!" 같은. 그 안에 모여 있던 사람들은 모두 다 그 소리를 들었고 마틴과 제이제이는 서로 쳐다보았다. 우리 가운데 그 귀걸이가 무슨 상관인지 아는 사람은 아무도 없으니 판단하고 싶진 않았지만, 제스의 문제의 근원이 그 귀걸이라는 건 상상하기 어려웠다.

아직도 혼자 서 있던 페니가 안쓰러워서, 내가 가서 내 쪽으로 오겠냐고 물었다.

"거기서 하실 말씀이 많을 거예요." 페니가 말했다.

"아니에요. 할 이야기 다 했어요. 정말로." 내가 말했다.

"음, 당신이 여기서 제일 잘생긴 남자를 데리고 있네요." 페니가 말했다. 키 큰 스티븐을 놓고 한 말이었다. 반대쪽에 와서 스티븐을 쳐다보니, 무슨 말인지 알 것 같았다. 그는 길고 숱 많은 금발에 밝은 파란색 눈을 가졌고, 방 안을 따뜻하게 해주는 미소를 짓고 있었다. 그걸 몰랐다니 슬픈 일이었지만, 정말이지 나는 그런 것에 대해서는 더 이상 생각하지 않는다.

"그럼 와서 저 사람과 이야기해요. 당신을 만나면 좋아할 거예요." 내가 말했다. 그가 좋아할지 확실히 알진 못했지만, 휠체어에 앉은 남자애 옆에 서 있는 것 말고는 할 일이 없다면, 텔레비전에 출연하는 예쁜 여자를 만나는 것이 기쁠 것이다. 그리고 나는 그 말을 한 것 외에는 아무 일도 안 했으니 별로 생색내고 싶진 않지만, 페니가 건너와 스티븐과 이야기를 했기 때문에 너무나 많은 일이 일어났다는 걸 생각하면 웃음이 나온다.

· 제스 ·

나만 빼고 모두 다 괜찮은 시간을 보내는 것 같았다. 나는 아주 후지게 보냈다. 그 참견 학부모 모임을 짜느라 엄청 오랜 시간을 보낸 게 나라는 걸 생각하면 억울한 일이었다. 나는 인터넷으로 제이제이의 밴드 매니저를 하던 작자의 이메일 주소를 알아냈다. 그는 내게 에드의 전화번호를 알려줬고, 나는 그가 일을 마치고 집에 돌아올 때까지 기다리느라 새벽 세 시까지 자지 않고 기다렸다. 제이제이가 얼마나 엉망이 되었는지 알려주자, 그는 여기로 오겠다고 했고, 그가 리지에게 전화해 자초지종을 이야기하자 리지도 오겠다고 한 거였다. 또 신디랑 애들 문제도 있었으니, 거의 일주일 내내 꼼짝도 못하고 일만 한 셈이었다. 그런데 내가 얻은 게 뭐냐고? 염병할, 엄마랑 아빠하고 이야기를 하는 게 무슨 놈의 소용이 있을 거라고 생각했을까? 그 사람들하고 매일 시끄럽게 떠들어대지만 아무것도 변하지 않는다. 도대체 달라질 게 뭐라고 생각했을까? 매티랑 페니를 모두 모아놓고? 스타벅스에서? 특히 내가 모두 모아놓고 그들의 도움이 필요하다고 하면 내 말에 귀 기울여줄 줄 알았는데, 엄마가 그 귀걸이 이야기를 꺼내자 차라리 길거리에서 아무나 끌고 와서 날 입양하라고 조르는 편이 낫지 않았을까 하는 생각이 들었다.

우리는 그 귀걸이에 대해서 절대 잊지 않을 거다. 엄마가 죽을 때도 아마 그 이야기를 할 거다. 그건 엄마식으로 욕을 하는 것과 마찬가지다. 엄마한테 화가 나면 나는 '염병할'이란 소릴 많이 하는데, 엄마는 나한테 화가 나면 '귀걸이'란 소릴 많이 한다. 어쨌든 그건 엄마의 귀걸이도 아니었다. 젠의 귀걸이였고, 내가 말했듯이 나는 거기 손대지 않았다. 젠이 사라진 직후 몇 주 동안 우리 모두 전화기 옆에 앉아서 젠의 시체를 찾았다는 경찰의 전화를 기다리고 있었는데, 그때까지만 해도 그 귀걸이는 젠의 침대 옆 테이블에 있었다. 엄마는 밤마다 그 침대에 앉아 있었고, 매일 밤마다 본 것을 사진처럼 정확하게 기억한다는데, 지금도 그 빈 커피 잔과 문고판 책 몇 권 옆에 놓여 있던 귀걸이를 생생하게 떠올릴 수 있다는 거였다. 그러다 우리가 정상 생활 내지는 전처럼 정상과 비슷한 생활로 돌아가던 중, 그 귀걸이가 사라졌다. 물론 내가 그걸 훔쳐갔다는 것이다. 나는 늘 도둑질을 하니까. 사실 그렇다. 그건 인정한다. 하지만 내가 주로 훔치는 건 돈이고, 엄마나 아빠한테서 훔친다. 그 귀걸이는 젠의 물건이지 엄마나 아빠 것이 아니고. 아무튼 젠은 그 귀걸이를 캠든 마켓에서 아마 한 5파운드 정도 주고 샀을 것이다.

확실히는 모르겠지만, 나 자신을 불쌍하게 생각하고 푸념하는 건 아니다. 하지만 부모한테도 좋아하는 애가 있지 않은가. 그렇지 않을 수가 없지 않나? 말하자면, 미노그 부부가 다른 애들보다 카일리가수 겸 배우 카일리 미노그를 가리킴—옮긴이를 더 좋아하지 않을 수 있겠냐는 말이지. 젠은 엄마랑 아빠한테서 도둑질을 한 적이 없었다. 젠은 항상 책만 읽고, 학교에서 공부도 잘했고, 아빠한테 내각 편성이니 하는 정치적인 이야기도 했고, 재무 장관인지 뭔지 앞에서 바닥에다 토하지도 않았다. 예를 들어서 토한 것만 해도 그렇다. 팔라펠중동식 샌드위치—옮긴이이 상한 것이었겠지? 학교를 땡땡이 치고, 아마 마리화나를 두 대쯤 피우고 브리저스를 두어 병 마셨을 테니까 정신적인 시간을 보낸 건 아니었지만, 정말 별것 아니었다. 그런데 집에 오기 직전에 그 팔라펠을 먹은 것이다. 음, 현관문 열쇠를 돌리면서 그 팔라펠이 다시 올라오는 걸 느낄 수 있었다. 그러니까 왜 구역질이 났는지 알 수 있었다. 그리고 나는 화장실까지 갈 틈이 없었다. 그런데 아빠는 부엌에서 그 재무 뭔가 하는 작자랑 있었고, 나는 싱크대를 쓰려다 미처 닿지 못했다. 팔라펠이랑 브리저스가 온통 쏟아져 나왔다. 팔라펠을 먹지 않았다면 토했을까? 아니다. 아빠가 문제는 팔라펠이라는 걸 믿었을까? 아니다. 젠이라면 그들이 믿었을까? 그렇다. 단지 젠은 술도 안 마시고, 마리화나도 안 한다는 이유로. 글쎄, 나도 모르겠다. 늘 이런 일이 벌어진다. 팔라펠이나 귀걸이나. 말하는 법은 모두 다 알지만, 무슨 말을 해야 할지는 아무도 모른다.

귀걸이 이야기가 끝나니까, 엄마는 이랬다. 원하는 게 뭐니? 그래서 내가 이랬다. 아무 말도 안 듣는 거예요? 그러니까 엄마는, 대체 무슨 소리를 내가 들어야 하는 거니? 그래서 내가 이랬다. 내가 앞에 나가서 말할 때 도움이 필요하다고 했잖아요. 그러니까 엄마는, 음, 그게 무슨 소리니? 우리가 안 해주는 것 중에 무슨 일을 해야 되는 거야?

나도 대답을 몰랐다. 부모님은 나를 먹여주고 입혀주고 술 살 돈도 주고 학교도 보내준다. 내가 들어봐요, 라고 한 건 나를 도와줘야 한다고 말하면, 그들이 도와줄 거라고 생각했기 때문일 뿐이다. 내게 할 말이 없으리라곤, 그들도 할 말이 없으리라곤, 그들이 해줄 일도 없으리라곤 깨닫지 못했다.

그래서 엄마가 어떻게 도와줄 수 있냐고 물었을 때는 마치 그 남자가 옥상에서 떨어지던 순간이랑 비슷했다. 하긴 따지고 보면 그렇게 무시무시하고 두려운 건 아니었고, 또 누가 죽은 것도 아니었고, 우리는 실내에 있긴 했다. 하지만 저금통에 돈을 넣어두듯이 어떤 생각을 머릿속에 묻어두는 것 있잖아? 예를 들면, 어느 날 더 이상 견딜 수가 없어지면 나는 떨어져 죽을 거라든가. 어느 날 정말 엉망이 되어버린다면, 다 포기하고 엄마 아빠한테 나를 내보내달라고 부탁할 거라든가. 어쨌든 그 머릿속의 저금통은 이제 비었고, 웃기는 건 원래부터 그 통 안에는 아무것도 들어 있지 않았단 것이다.

그래서 나는 이런 상황에서 보통 하는 일을 했다. 나는 엄마한테 꺼지라고 하고 아빠한테 꺼지라고 한 다음, 밖으로 나갔다. 그다음에 다른 사람의 친구나 가족과 이야기해야 했지만 말이다. 위층으로 올라가니 멍청한 짓을 한 것 같았지만, 다시 내려가기에는 너무 늦어서 그냥 곧바로 문을 열고 나가 어퍼스트리트를 지나 엔젤 지하철역으로 들어가 처음 온 지하철을 탔다. 아무도 나를 따라오지 않았다.

. 제이제이 .

그 지하에서 에드와 리지를 본 순간, 도저히 어쩔 수 없는 희망의 불꽃이 깜빡거리는 걸 느꼈다. 마치, 바로 이거야! 싶은 것. 재들이 날 구하러 왔구나! 다른 밴드 친구들은 오늘 밤 공연을 준비하고, 공연이 끝난 다음 리지와 나는 그녀가 우릴 위해 빌린 멋진 아파트로 돌아가는 거로구나! 지금까지 리지가 그 준비를 했던 것이로구나! 아파트를 구하고, 실내장식을 하고! 그런데…… 제스한테 이야기하는 저 늙은 남자는 누구지? 혹시 레코드 회사 중역인가? 에드가 새로운 계약을 따온 건가? 아니, 그런 게 아니다. 그 늙은 남자는 제스의 아빠였고, 나중에 알고 보니 리지에겐 새로 사귀는 남자가 있었다. 햄스티드에 집도 갖고 있고, 자기 그래픽디자인 회사를 경영하는 사람이었다.

나는 꽤 빨리 꿈에서 깼다. 그들의 얼굴, 목소리에는 흥분한 기색이 없었고, 그래서 내게 새로운 소식이 없다는 것을, 내 미래에 관한 거창한 발표가 없다는 걸 알 수 있었다. 그 얼굴에서 사랑과 염려가 비쳤기에 솔직히 말하면 약간 눈물이 나려고 했다. 나는 내가 울먹거리는 걸 보지 못하게 하려고 그들을 오랫동안 끌어안고 있었다. 하지만 그들은 스타벅스 지하로 오라고 해서 온 것이었지, 모인 까닭은 둘 다 몰랐다.

"무슨 일이야, 친구? 별로 잘 지내지 못한다던데." 에드가 말했다.

"그래. 음, 뭔가 일이 생기겠지." 내가 말했다. 나는 디킨스 책에 나오는 미커버《데이비드 카퍼필드》에 등장하는 철저한 낙천주의자 — 옮긴이란 친구에 대해서 한마디 하고 싶었지만, 우리가 이야기를 시작하기도 전에 에디가 내 문제에 참견하길 원하지 않았다.

"여기선 아무 일도 생기지 않을 거야. 집으로 돌아가야지." 에디가 말했다.

90일에 관한 이야기를 전부 늘어놓고 싶지 않아서 화제를 바꾸었다.

"멋진걸." 내가 말했다. 에디는 굉장히 비싸 보이는 스웨이드 재킷과 하얀 코듀로이 바지를 입고 있었고, 머리는 아직 길었지만 건강하게 빛이 나는 것 같았다. 그는 〈섹스 앤 더 시티〉의 여자들이랑 데이트하는 나쁜 자식처럼 보였다.

"옛날처럼 꾸미고 다니는 게 난 좋았던 적이 없어. 그렇게 하고 다닌 건 돈이 없어서였어. 또 우리는 괜찮은 샤워 시설이 딸린 곳에서 지낸 적도 없었고."

리지는 예의바르게 미소를 지었다. 거기 그 두 사람과 함께 있기는 힘들었다. 마치 첫 번째 아내와 두 번째 아내가 함께 입원한 나를 만나러 온 것 같았다.

"나는 너를 겁쟁이라고 못 박은 적 없었어." 에드가 말했다.

"이봐, 말조심해. 여긴 겁쟁이들의 클럽이라고."

"그래. 하지만 내가 들은 바로는 다른 사람들한테는 적당한 이유가 있었어. 너는 왜 그러는데? 그럴 까닭이 하나도 없잖아."

"그래. 그런 것 같지."

"내 말은 그게 아니라."

"커피 마실 사람?" 리지가 말했다.

나는 리지가 나가는 게 싫었다.

"나랑 같이 가." 내가 말했다.

"모두 같이 가자." 에드가 말했다. 그래서 우리 모두 나갔고, 리지와 나는 계속 아무 말도 없었고, 에드만 계속 이야기를 했으며, 지난 이 년간 나의 인생이 커피를 사기 위해 늘어서 있는 줄로 집약된 것 같았다.

"우리 같은 사람들한테 로큰롤은 대학 같은 거야." 주문을 한 뒤 에드가 말했다. "우린 노동자 계층이야. 밴드에 들어가지 않으면 대학생처럼 아무하고나 섹스할 수가 없다고. 우리는 몇 년을 그렇게 보내고, 밴드가 짜증 나기 시작하고, 돌아다니는 것도 짜증 나기 시작하고, 돈 없이 사는 것도 정말 진저리나기 시작하지. 그럼 일자리를 구하는 거야. 그게 인생이라고, 친구."

"그럼 모든 것이 진저리나기 시작하는 시점…… 그게 우리의 대학 졸업장 같은 거로구나. 졸업식 말이야."

"바로 그거지."

"그럼 밥 딜런은 언제 모든 게 다 진저리나기 시작할까? 브루스 스프링스틴은?"

"오후 여섯 시까지 뜨거운 물을 쓸 수 없는 모텔에 묵게 될 때쯤?"

우리가 마지막 공연 때 사우스캐롤라이나에서 그런 모텔에 묵은 것은 사실이었다. 하지만 나는 열기가 가득했던 공연을 기억한다. 그런데 에드는 그렇지 않았던 샤워를 기억한다.

"어쨌든 나도 스프링스틴은 아는데. 아니, 적어도 그가 그 스트리트 밴드브루스 스프링스틴의 백밴드—옮긴이 재결합 공연 때 라이브를 하는 건 봤어. 그런데 제이제이, 너는 스프링스틴과는 달라."

"고마워, 친구."

"제길, 제이제이. 내가 뭐라고 했으면 좋겠어? 그래, 너는 스프링스틴이야. 너는 음악 비즈니스 역사에서 가장 성공한 가수 중에 하나야. 너는 《타임》이랑 《뉴스위크》의 표지 인물로도 나왔어. 매일 밤마다 스타디움이 꽉꽉 들어차. 이제 기분 좋냐? 이런, 철 좀 들어라."

"뭐라고? 네 아버지가 너를 불쌍히 여겨서 불법 케이블 방송국에 사람들을 꾀어 데려가는 일자리를 줘서 너는 철이 들었냐?"

에드는 주먹질을 시작할 때면 귓불이 빨개진다. 이 정보는 아마 나 말고 세상 사람 누구에게도 소용없을 것이다. 왜냐하면 당연히도 그는 주먹질을 하는 사람에게 진정하고 싶은 애착을 형성하지 않는 경향이 있고, 또 맞는 사람들도 주위에서 오래 얼쩡거리지 않으니까. 아마 몸을 피할 때를 아는 사람은 나밖에 없을 것이다.

“귓불이 빨개지고 있어.” 내가 말했다.

“엿 먹어.”

“그 말 하려고 여기까지 날아온 거야?”

“엿 먹어.”

“그만둬, 너희 둘 다.” 리지가 말했다. 확실히는 모르겠지만, 마지막으로 우리 셋이 모였을 때도 리지가 똑같은 말을 했던 기억이 난다.

우리가 주문한 커피를 만들던 사람이 우리를 유심히 쳐다보았다. 나와 그는 인사를 하고 지내는 사이였는데, 그는 괜찮은 사람이었다. 학생인데, 우리는 두어 번 음악 이야기를 한 적 있다. 그는 개러지 록 밴드 화이트 스트라입스를 무척 좋아했고, 나는 그에게 머디 워터스와 하울링 울프 같은 고전적 블루스 뮤지션의 음악을 들어보라고 했다. 우리가 그를 조금 당황시켰던 것이다.

“이것 봐, 나는 여기 자주 오거든. 나를 때려눕히려거든 밖으로 나가자.” 내가 에디에게 말했다.

“고마워요. 저…… 여기 아무도 없으면 상관없겠지만, 당신은 단골손님이고, 단골손님이니 잘해드리고 싶긴 하지만……” 화이트 스트라입스를 좋아하는 청년이 말했다.

“아뇨, 아뇨, 이해해요. 고마워요.” 내가 말했다.

“커피는 여기 카운터에 둘까요?”

“네. 오래 걸리지 않을 거예요. 한 대 거하게 치고 나면 보통 진정하거든요.”

“엿 먹어.”

그래서 우리는 모두 길거리로 나왔다. 춥고 어둡고 축축했지만,

에디의 귓불은 어스름 속에서 두 개의 횃불처럼 반짝였다.

· 마틴 ·

천사 이야기가 신문에 났던 날 아침 이후로 페니를 만나지도, 이야기를 하지도 않았다. 그녀를 좋은 사람이라고 생각했지만, 사실 그렇게 그립지는 않았다. 섹스 면에서나 사교 면에서나. 나의 리비도는 휴직 중이었다(어쩌면 그것이 조기 퇴직을 선택해서 다시는 일하러 돌아오지 않을지도 모른다는 가능성에도 마음의 준비를 해야 했다). 나의 사교 생활은 제이제이, 모린, 제스하고만 이루어졌는데, 그것은 성욕만큼이나 활기 없는 것임을 암시했다. 섹스건 사교건 당분간 만족감을 줄 수 있을 것 같지 않았다. 그래도 페니가 매티의 간호사 한 놈과 시시덕거리는 것을 보자 참을 수 없이 화가 났다.

인간 본성이 얼마나 비뚤어진 것인지 조금이라도 안다면, 이건 전혀 모순이 아니다(전에도 이 말을 했던 것이 틀림없고, 따라서 이 말의 권위와 정신분석학적 정확도가 좀 떨어져 보일지도 모른다. 다음에는 비뚤어졌다는 말을 빼고 일관성이 없다고 해야 되겠다. 그리고 인간 본성도 빼고). 질투는 언제든, 어떤 경우에든 사람을 사로잡을 수 있다. 특히 금발의 간호사가 키도 크고, 젊고, 구릿빛 피부의 소유자라면. 그런 사람이 혼자서 스타벅스 지하에 서 있거나, 아니면 런던 어디에 서 있더라도 나를 걷잡을 수 없이 화나게 만들 가능성은 충분하다.

돌이켜보니 나는 가족의 품을 떠날 구실을 찾고 있었던 것 같다. 추측대로 나는 지난 몇 분 동안 나 자신에 대해서 거의 배운 것이 없었다. 전처의 비웃음이나 딸들의 크레용도 제스가 원한 것처럼 깨달음을 가져다주지 못했다.

"고마워." 나는 페니에게 말했다.

"오, 괜찮아요. 나는 아무 일도 하지 않았는데, 제스가 도움이 될 거라고 생각하는 것 같아서요."

"아니." 나는 곧바로 윤리적으로 몰아붙였다. "그것 때문에 고맙다는 것이 아니라, 여기 서서 내가 보는 앞에서 시시덕거려준 것에 대해 고맙다는 거야. 다시 말해 아무것도 해주지 않아서 고맙단 거지."

"이 사람은 스티븐이에요. 매티를 돌봐주는 중인데 이야기 상대가 없어서 내가 와서 인사한 거예요." 페니가 말했다.

"안녕하세요." 스티븐이 말했다. 나는 그를 노려보았다.

"당신이 대단하다고 생각하는 모양인데." 내가 말했다.

"네?" 그가 말했다.

"마틴!" 페니가 말했다.

"내 말 들었잖소. 저질 같은 놈." 내가 말했다.

나는 저쪽 구석, 딸아이들이 그림에 색칠하고 있는 곳에서 또 다른 마틴—좀 더 친절하고 상냥한 마틴—이 경악스런 표정으로 쳐다보는 것 같은 느낌이 들어서, 어떻게 하면 그와 다시 합체할 수 있을지 잠시 궁금했다.

"저리 가요. 바보 같은 짓 하기 전에." 페니가 말했다. 그녀가 아직도 내가 바보 짓을 피할 기회를 가진 사람이라고 생각하다니, 그녀의 관대한 영혼에 대해 많은 이야기를 해주는 대목이다. 그보다 더 공평한 관찰자라면 이미 나는 바보스러운 놈이라고 주장했을 것이다. 하지만 나는 움직이지 않았으니 어쨌든 상관없었다.

"그것 참 쉽지 않소? 남자 간호사 일?"

"별로요." 스티븐이 말했다. 그는 마치 나의 질문이 꼬인 것이 아니라는 듯 대답해주는 초보적인 실수를 저질렀다. "그러니까 보람은 있지만 근무 시간은 길고 급료는 적고 당직도 있거든요. 다루기 힘든 환자도 있고요." 그는 어깨를 으쓱했다.

"다루기 힘든 환자도 있다." 내가 징징거리는 목소리로 놀리듯 말했다. "급료는 적고, 당직도 있고 등등등."

"숀, 위층에 가서 기다릴게. 이 사람이 자꾸 시비를 걸어서." 스티븐이 동료에게 말했다.

"가만 서서 내 말 들어! 네놈이 얼마나 대단한 국민 영웅인지 주절거리는 걸 나는 다 들어줬잖아. 이젠 네가 내 말을 들으라고."

그는 이 분 정도 더 있는 게 싫지 않았을 것이다. 이런 식의 선정적이고 무례한 행위는 대단한 호기심을 불러일으키고, 나의 유명세 내지는 그 유명세 가운데 아직까지 남아 있는 일부가 그 구경거리의 흥행에 필수적이라고 말한다 해도 오만한 소리는 아닐 것이다. 보통 텔레비전에 자주 나오는 유명 인사들은 나이트클럽에서 다른 텔레비전 출연진들이 에워싸고 있을 때만 무례하게 굴기 때문에, 내가 제정신으로 남자 간호사에게 스타벅스 지하에서 시비를 건 것은 대담하고, 심지어 혁신적인 일이었다. 그리고 그것은 내가 그의 신발에다 똥을 쌌다고 해서 그가 화를 낼 수 없는 것처럼, 개인적인 모욕이라 받아들일 수 없는 것이었다. 속에서 불이 붙은 것을 밖으로 표출할 때는 정확히 어떤 방향을 목표로 삼는 경우가 없다.

"나는 너 같은 사람들이 싫어. 장애인을 휠체어에 태워서 좀 돌아다니고 훈장을 받고 싶어하지. 그런데 그게 얼마나 힘든 일이란 거지?" 내가 말했다.

유감이지만 이 지점에서 나는 매티의 휠체어 손잡이를 빼앗아 앞뒤로 밀어댔다. 그리고 문득 장애인을 휠체어에 태우고 다니는 건 여자 같은 짓이라는 걸 보여주기 위해 휠체어를 밀면서 한 손을 허리에 얹는 것이 탁월한 발상처럼 느껴졌다.

"아빠 좀 봐요, 엄마." 딸아이 하나(유감스럽게도 누군지 모른다)가 즐거워하며 외쳤다. "아빠 웃기죠?"

"자, 이거 어때? 이제 내가 더 매력적으로 보이나?" 내가 페니에게 말했다.

페니는 내가 정말로 스티븐의 신발에 똥을 싸는 것 같은 표정으로 노려보고 있었다. 표정만으로도 질문에 충분한 대답이 되었다.

"여기 봐요, 모두!" 나는 이미 기대할 수 있는 모든 사람들의 시선을 끌었음에도 불구하고 이렇게 고함쳤다. "나 멋지지 않아요? 나 멋지지 않아요? 이거 어렵겠죠, 금발 청년? 뭐가 힘든지 말해줄까, 힘들다는 건……"

하지만 여기서 할 말이 바닥났다. 밝혀진 바대로 내가 직업인으로서 살아온 생활에는 그다지 어려운 사례가 없었다. 그리고 최근 내가 겪은 어려움이란 주로 미성년자 여자랑 잔 것 때문에 생긴 것이라 동정을 사는 데는 별로 도움이 되지 않았다.

"힘들다는 건……" 그 문장을 마칠 뭔가가 필요했다. 내가 직접 겪지 않은 것이라도 좋고, 뭐든 좋았다. 애를 낳는 것? 토너먼트 체스? 하지만 아무것도 떠오르지 않았다.

"다 됐나요?" 스티븐이 물었다.

나는 어떻게든 너무나 화가 나서 더 이상 말하기 싫다는 제스처를 해보려고 애쓰며 고개를 끄덕였다. 그런 다음 내게 가능한 유일한 선택을 취해 제스와 제이제이를 따라 문밖으로 나갔다.

· 모린 ·

제스는 늘 어디서든 뛰쳐나가버리니까 별로 걱정되지 않았다. 하지만 제이제이가 걸어나가고, 마틴이 나가자…… 음, 솔직히 말하면 좀 짜증이 나기 시작했다. 모두가 그곳에 모이느라 애쓴 것을 생각하면, 무례한 행동으로 느껴졌다. 특히 마틴은 유별났는데, 매티를 앞뒤로 밀면서 모두에게 자기가 매력적으로 보이냐고 물었다. 누구라도 그렇지, 왜 그가 매력적이라고 생각할까? 그는 전혀 매력적으로 보이지 않았다. 미친 사람처럼 보였다. 제이제이는 나갈 때 손님들을 다 데리고 나갔다. 그는 제스와 마틴처럼 손님들을 커피숍에 버려두고 나가지 않았다. 하지만 나중에 그가 그들과 싸우려고 모두 바깥으로 데리고 간 것을 알게 되자, 그가 무례한 것인지 아닌지 판단하기가 어려웠다. 한편으로는 손님과 함께 있었지만, 다른 한편으로는 그들을 때려눕히려고 한 것이었다. 그것 역시 무례한 행동이긴 하지만 다른 사람들만큼 무례한 건 아니었다고 생각한다.

뒤에 남겨진 사람들—간호사들, 제스의 부모님과 마틴의 여자친구와 가족—은 잠시 모여 서 있다가 아무도, 제이제이와 그의 친구들도 돌아오지 않을 것을 깨닫고는 어떻게 하면 좋을지 망설였다.

"이게 전부입니까?" 제스의 아버지가 말했다. "제 말은, 저는…… 저는 공감하지 못하는 사람으로 보이고 싶지 않습니다. 그리고 제스는 이 모임을 조직하느라 애를 많이 썼습니다. 하지만 아무도 안 남아 있죠. 우리가 남아 있었으면 좋겠습니까, 모린? 우리가 한 집단으로서 유용하게 이룰 수 있는 일이 있을까요? 확실히 만일 그런 것이 있다면…… 그러니까 제스가 뭘 바라고 있었던 걸까요? 그 애가 부재중에 그걸 이룰 수 있도록 도울 수 있을까요?"

나는 제스가 바라고 있는 걸 알았다. 제스는 엄마 아빠가 와주어 보통 엄마 아빠 들이 하는 식으로 모든 상황을 더 나은 방향으로 만들어주기를 바랐다. 나도 아주 오래전, 처음 매티를 혼자 키우기 시작할 때 그런 꿈을 꾸었고, 모두 다 그런 꿈을 갖고 있다고 생각한다. 어쨌든 인생이 지독하게 잘못된 사람들은 모두 말이다.

그래서 나는 제스의 아버지에게 제스는 사람들이 더 잘 이해해 주길 바랄 뿐인 것 같고, 그렇게 되지 않아서 유감인 것 같다고 말했다.

"그놈의 귀걸이 때문입니다." 그가 그렇게 말해서 내가 무슨 귀걸이 말이냐고 묻자 그가 자초지종을 이야기해주었다.

"그게 소중한 것이었나요?" 내가 말했다.

"젠에게요? 아니면 제스에게요?"

"젠에게요."

"실은 잘 모릅니다." 그가 말했다.

"그 애가 제일 좋아하던 거였어요." 크라이튼 부인이 말했다. 그녀는 희한한 표정을 짓고 있었다. 우리가 이야기하는 내내 미소를 짓고 있었지만, 마치 그날 오후에 비로소 미소라는 걸 알게 된 사람 같았다. 그녀의 표정은 기분 좋은 상태에 익숙하지 못한 사람의 표정 같았다. 얼굴의 주름은 도둑맞은 귀걸이 때문에 화난 사람의 표정 같았고, 입은 꽉 다물고 있어서 입술이 가늘게 보였다.

"그걸 가지러 돌아왔던 거예요." 내가 말했다. 왜 그렇게 말했는지 모르겠고, 사실인지 아닌지도 알 수 없었다. 하지만 그렇게 말해야 할 것 같았다. 그런 점에서 그 말은 진실처럼 느껴졌다.

"누가요?" 그녀가 말했다. 이제 그녀의 표정은 달라졌다. 내가 할 말을 갑자기 너무나 간절히 듣고 싶어했기 때문에, 그 얼굴은 익숙하지 못한 표정을 지어야 했다. 그녀는 남의 말을 제대로 듣는데 익숙하지 못한 것 같다. 그녀의 새로운 표정이 마음에 들었기에 나는 서둘러 이야기를 계속했다. 나는 마치 풀이 웃자란 곳에 길을 뚫는, 잔디 깎는 사람 같았다.

"젠 말이에요. 젠이 그 귀걸이를 많이 좋아했다면 아마 다시 가지러 왔을 거예요. 그 나이 또래 여자아이들은 그렇다는 걸 아시잖아요."

"이런, 그 생각은 못했군." 크라이튼 씨가 말했다.

"저도요. 하지만…… 그러고 보니 앞뒤가 맞네요. 왜냐하면 그 일 기억해요, 크리스? 그때 두어 가지 다른 것도 없어졌어요. 돈도 없어졌고." 크라이튼 부인이 말했다.

돈에 대해서는 동의할 수 없었다. 사라진 돈에 대해서는 다른 설명이 있을지도 모른다는 생각이 들었다.

"또 그때 책 두어 권도 같이 사라졌다고 했어요. 기억나요? 제스는 책 같은 걸 가져가지 않잖아요."

그러자 그들은 제스가 마음에 든다는 듯, 그러니까 제스가 책을 읽느니 고층 아파트에서 뛰어내릴 아이라는 점이 너무나 마음에 든다는 듯 함께 웃었다.

젠이 귀걸이를 가지러 집에 왔었다니…… 이제 모든 상황은 달라졌다. 젠은 사라진 것이다. 텍사스든 스코틀랜드든 노팅힐 게이트든 어디로든 사라진 것이지, 살해를 당하거나 자살한 것이 아니었다. 그렇다면 그들은 그녀가 어디 있을지, 어떻게 살고 있을지 상상할 수 있게 된 것이다. 그들은 젠이 자신들이 보지 못했고 앞으로도 영영 보지 못할지도 모르는 아기를 낳았는지, 혹은 그들도 모르는 직업을 갖고 있는지 생각해볼 수 있게 되었다. 머릿속으로는 여느 부모처럼 살아갈 수 있게 되었다. 나도 마찬가지였다. 매티에게 포스터와 테이프를 사다 주었을 때, 나도 머릿속으로는 잠시나마 여느 엄마가 되었던 것이다.

마음만 먹으면 그 이야기를 원점으로 돌려, 아니 일 초 만에 모든 것을 망쳐버릴 수도 있었다. 젠이 그 귀걸이를 하고 죽고 싶어서 돌아온 것일 수도 있다고 말하면 그만이니까. 젠이 돌아오지 않았을 수도 있다. 그리고 오 분 동안 돌아왔건 말건 그녀는 여전히 사라진 상태였다. 오, 하지만 삶을 지탱하기 위해서는 무엇이 필요한지 나는 알고 있었다. 애초에 우리가 그 커피숍에 모인 이유를 생각해보면 우습게 들릴지도 모른다. 하지만 지금까지 나는 삶을 지탱해온 것이 사실이다. 비록 그러기 위해서 토퍼스하우스의 옥상까지 계단을 올라가야 했지만 말이다. 상황을 조금만 달리 봐야 할 때가 있다. 사라진 누군가가 자기 귀걸이를 가지러 들렀었다고 생각하면, 세상이 잠시 살 만한 곳으로 보이니까.

하지만 그건 크라이튼 부부의 경우였고, 제스는 아니었다. 제스는 그 귀걸이 이론에 대해서 아무것도 몰랐지만, 사실 세상이 달라 보여야 하는 사람은 바로 제스였다. 나랑 함께 옥상에 있었던 것은 제스였다. 크라이튼 부부는 직업도 있고 친구도 있고 다른 모든 것이 있으니까, 그들에게는 귀걸이 이야기가 필요 없었다. 귀걸이 이야기를 그들에게 해봤자 아무런 득도 없다는 걸 알 수 있었다.

이렇게 말할 수도 있지만, 사실은 그게 아니다. 그들도 그 이야기가 필요했다. 그들의 표정을 보면 알 수 있었다. 삶을 지탱하는 데 아무런 이야기가 필요하지 않은 사람을 세상에서 딱 한 명 알고 있는데, 그가 바로 매티다(어쩌면 매티에게도 필요할지 모른다. 매티 마음속에 뭐가 들어 있는지 나는 모르니까. 사람들은 매티에게 계속 이야기를 해주라고 한다. 그래서 나는 이야기해주는데, 혹시 내가 해준 이야기를 매티가 마음속에 새겨듣고 있었을지도 모르겠다). 또 자살하지 않고도 죽는 방법이 있다. 자신의 일부를 죽게 할 수도 있다. 제스의 어머니는 얼굴 표정을 죽게 만들었고, 나는 거기 생명이 되돌아오는 것을 보았다.

· 제스 ·

처음으로 온 지하철이 남쪽으로 가는 거라서, 나는 런던브리지에서 내려 걸었다. 내가 벽에 기대 흐르는 강물을 쳐다보는 걸 봤더라면, 어머, 저 여자는 생각에 잠겨 있구나, 했을 테지만, 그런 건 아니었다. 그러니까 머릿속에서 단어들이 돌아다니긴 했지만 머릿속에 단어들이 돌아다닌다고 해서 생각하는 건 아니다. 호주머니에 동전이 가득하다고 해서 부자가 아닌 것과 마찬가지다. 머릿속에 돌아다니던 단어들은 멍청이들, 나쁜 인간, 못된 년, 제기랄, 염병할, 얼간이 같은 것이었고 머릿속에서 너무나도 빠르게 맴돌고 있어서, 나라고 해도 그걸로 문장을 만들 순 없었다. 그렇다면 사실 생각이 아니잖아?

그래서 나는 한동안 물을 쳐다보고 있다가 다리 옆의 상점에 가서 담배랑 신문, 성냥을 샀다. 그런 다음 서 있던 곳으로 돌아가 앉아서 담배를 몇 대 피웠다. 할 일이 없었으니까. 솔직히 말하면, 담배를 더 피우지 않은 까닭은 모르겠다. 잊어버린 것 같다. 나 같은 사람이 담배 피우기를 잊었다면, 담배에게 무슨 희망이 있을까? 날 보란 말이다. 내가 미친 듯이 담배를 피웠다는 데 얼마든지 돈을 걸겠지만, 실은 난 별로 담배를 피우지 않았다. 새해의 결심 : 담배를 더 많이 피우자. 아파트 옥상에서 뛰어내리는 것보다는 건강에 더 좋을 것이다.

어쨌든 나는 거기 앉아 벽에 등을 기대고 담배를 만지작거리고 있다가 그 대학교수를 보았다. 그는 1960년대부터 여기저기 들쑤시고 다니는 예술학교 타입의 늙은이였다. 그는 서예 같은 것을 가르쳤는데, 나는 그의 수업에 두어 번 들어갔다가 지겨워서 그만두었다. 콜린이라는 이름의 교수로 그리 싫지는 않았다. 그는 희끗희끗한 머리를 뒤로 묶지도 않았고, 물 빠진 청재킷을 입지도 않았다. 그리고 우리와 친하게 지내려고 하지도 않았다. 자기 친구들이 있다는 뜻일 것이다. 교수들 중에는 그렇지 않은 사람들도 있다.

사실에 더 가깝게 얘기하자면, 내가 그를 보기 전에 그가 나를 보았다고 해야 할지도 모르겠다. 왜냐하면 담배를 만지작거리다 고개를 들어보니 그가 내 쪽으로 걸어오고 있었기 때문이다. 정말로 제대로 진실하게 말하자면, 내가 하고 있던 생각, 다시 말해 머릿속에 떠다니던 욕은 확실하게 머릿속에만 있었던 게 아닐지도 모른다. 내 말이 무슨 말인지 알겠지. 머릿속에만 있어야 하는데, 그중 일부가 입 밖으로 흘러나오고 있었다. 마치 욕이 수도꼭지에서 흘러나와 양동이(내 머리 말이다) 속으로 들어가는데, 양동이가 다 찼는데도 수도꼭지를 잠그지 않은 것과 같았다.

내 관점에서 보기엔 그랬다. 그의 관점에서 보자면, 내가 길바닥에 앉아 담배를 만지작거리며 혼자 욕을 하는 것처럼 보였을 것이다. 사실 이게 별로 보기 좋은 꼴은 아니지. 그는 내게 다가왔고, 내 키에 맞추어 허리를 숙이고 조용하게 말했다. 그는 이랬다. 제스? 나를 기억하나?

바로 두 달 전에도 그를 봤기 때문에 물론 기억했다. 그래서 내가 아뇨, 라고 하고서 웃었는데…… 농담으로 한 거였는데 농담으로 들리지 않았던 모양이다. 그는 여전히 속삭이는 목소리로 나는 콜린 웨어링이네, 예술대학에서 자네를 가르쳤지, 라고 했다. 그래서 나는 그래요, 그래요, 라고 했고 그는 아니, 정말이네, 라고 해서 그는 내가 '그래요, 그래요.'라고 한 걸 '참 그렇기도 하겠다.'라고 받아들인 줄 알았다. 내가 한 말은 그런 뜻이 아니었는데 말이다. 내가 한 말은 아까는 농담이란 뜻이었는데, 오해가 더 심해졌던 것이다. 나는 그가 콜린 웨어링인 척하는 거라고 생각하는 것처럼 말한 건데, 그건 정말 제정신이 아닌 짓이었다. 그래서 대화는 완전히 꼬이기 시작했다. 바퀴가 고장 난 슈퍼마켓 카트처럼 밀기 쉬울 거라고 생각할 때마다 내가 말하는 것이 모두 다 엉뚱한 방향으로 간 것이다.

그는 이랬다. 왜 여기 길에 앉아 있는 건가? 그래서 나는 지랄맞은 엄마랑 귀걸이 때문에 싸웠다고 했다. 그러니까 그는, 그래서 집에 못 가는 건가? 라고 했다. 그래서 나는 원하면 갈 수 있다고 했다. 노던 라인을 타고 엔젤 역에 내려서 버스만 타면 된다고. 하지만 가고 싶지 않다고. 그러니까 그가 이랬다. 음, 여기 앉아 있으면 안 될 것 같네. 어디 갈 만한 곳 없나? 그래서 나는 그가 사이코로 변한 거라고 생각하고는 벌떡 일어났고, 그러는 바람에 그는 깜짝 놀랐다. 나는 그에게 욕을 퍼붓고 걸어갔다.

하지만 걸어가는 동안에 생각을 하게 되었다. 머릿속으로 욕하는 것과는 다른 것 말이다. 제일 먼저 생각한 것은 내가 사이코가 되는 건 아주 쉬울 거라는 거였다. 그렇게 사는 것이 후지단 말은 아니다. 그런 뜻에서 하는 말은 아니다. 단지 나는 길바닥에 앉아서 욕을 중얼거리며, 담배를 만지작거리는 사람들과 공통점이 많다는 뜻이다. 그중에 몇몇은 사람들을 싫어하는 것 같은데, 나는 거의 모든 사람들이 싫었다. 그들은 친구와 가족을 열 받게 했을 것이 틀림없고 나도 거의 그런다. 혹시 모르지. 젠도 지금쯤 사이코가 되었을지. 어쩌면 사이코 기질은 유전되는 거라서 아빠가 교육부 장관이라 할지라도, 한 세대를 걸러 나온 건지도 모른다.

이런 생각을 하다가 어떤 결론이 나올지 몰랐지만, 갑자기 나는 생각보다 큰 곤경에 처했다는 걸 알 수 있었다. 자살 생각을 한 것을 감안하면 바보 같은 소리란 걸 나도 알지만, 그건 모두 웃자고 한 짓이고, 내가 뛰어내렸다 해도 웃음거리가 되었을 것이다. 하지만 내게 이 지구상에서 미래가 있다면? 그러면 어쩌지? 강가에 주저앉아 욕을 중얼거리는 나 자신이 진짜 내 모습이란 걸 알게 되려면, 사람들을 얼마나 열 받게 하고, 얼마나 여러 번 도망쳐야 하는 것일까? 더 이상 그러지 않아도 내 본모습을 깨달아야 할 때가 되었다는 생각이 들었다.

그러니까 할 일은 돌아가는 거였다. 스타벅스로, 집으로, 아니면 어딘가 앞이 아닌 아무 데로나. 어딘가를 걷고 있는데 벽돌담이 나오면 걸어온 발자국을 다시 밟고 돌아가야 한다.

하지만 나는 그 벽을 기어오르는 법을 알게 된 셈이었다. 아니면 기어 지나갈 조그만 구멍을 찾았다고 해야 하나. 어쨌든 나는 정말 멋진 개를 데리고 나온 남자를 만났고, 그와 함께 가서 같이 잤다.

· 제이제이 ·

그래서 나는 길거리에 버티고 서서, 에드에게 기분이 조금이라도 풀리기만 한다면 나를 치라고 했다.

"네가 먼저 날 때리기 전에는 때리고 싶지 않아." 에드가 말했다.

옆에서 노숙자 자활 잡지를 팔고 있던 노숙자 청년이 우리를 구경하고 있었다.

"한 대 쳐줘요." 그가 나한테 말했다.

"당신은 입 닥쳐." 에드가 말했다.

“그냥 시작을 해보란 말이었어요.” 그 노숙자가 말했다.

“넌 제이제이가 힘들어한다고 대서양을 건너왔잖아.” 리지가 에드한테 말했다. “그런데 지금 이 꼴 좀 봐. 한마디씩 주고받더니 주먹질을 하려고 들다니.”

“일은 돌아가는 대로 돌아가야 하는 거야.” 에드가 말했다.

“그거 ‘남자라면 할 일을 해야 한다.’랑 같은 뜻이야? 나한테는 아무 의미도 없는 소리 같아서 그래.” 리지가 말했다. 리지는 상점 창문에 기대서서 지루한 표정을 지었지만, 속마음은 그렇지 않다는 것을 알 수 있었다. 리지도 화가 났지만 드러내고 싶지 않았던 것이다.

“제이제이는 내 편이야. 그러니까 네가 뭐라고 생각하든 상관없어. 쟤는 이해하니까.” 에드가 말했다.

“아니, 나도 이해 못해. 리지 말이 맞아. 나를 때리려고 여기까지 온 이유가 뭘까?” 내가 말했다.

“〈태양을 향해 쏴라〉랑 비슷한가 봐. 너희 둘은 로버트 레드포드와 폴 뉴먼처럼 같이 자고 싶지만 그럴 수 없는 거지. 둘 다 뼛속까지 이성애자니까.” 리지가 말했다.

이 말에 노숙자 청년은 정말로 즐거워했다. 그는 하이에나처럼 웃어댔다. “폴린 케일 미국의 저명한 영화평론가—옮긴이이 〈태양을 향해 쏴라〉에 대해 쓴 거 읽어봤어요? 와, 정말 싫어하던데.” 그가 말했다.

리지나 에드는 폴린 케일이 누군지 몰랐겠지만, 나는 그녀의 비평집을 두어 권 읽어봤다. 그 책을 변기 옆에다 놔둔 적도 있었다. 변기에 앉아서 집중할 때 좋았기 때문이다. 어쨌든 하필 그 순간, 하필 그런 사람한테서 그 이름이 나올 줄은 몰랐다. 나는 그를 쳐다봤다.

“아, 폴린 케일이 누군지는 알아요. 태어날 때부터 노숙자는 아니었거든.” 그가 말했다.

“나는 정말로, 정말로 재랑 자고 싶지 않아. 진짜 한 대 치고 싶다고. 하지만 재가 나를 먼저 쳐야 해.” 에드가 말했다.

“그렇지? 호모에로틱하잖아. 사도마조히즘도 좀 곁들였고. 그냥 키스해버려. 한 번 하고 잊어버리라고.” 리지가 말했다.

“키스해요.” 노숙자가 에드에게 말했다. “키스를 하든지 주먹질을 하든지. 뭐든 해보라고요, 제발!”

에드의 귓불은 더할 나위 없이 빨갛게 달아올라서 마치 불꽃처럼 타올랐다. 저러다 재만 남고 새카맣게 타버리는 건 아닌지 조마조마했다. 그렇다면 적어도 뭔가 새로운 구경거리를 봤다고 할 수는 있을 텐데.

“내가 죽는 꼴을 볼 작정이야?” 내가 리지에게 물었다.

“그냥 둘이 합치는 건 어때? 적어도 마이크를 함께 쓰는 건 할 수 있잖아. 그 거대한 전기 페니스 대용품 말이야.” 리지가 말했다.

“아, 그래서 너는 제이제이가 밴드 활동 하는 걸 싫어했구나. 질투가 나서.” 에드가 말했다.

“재가 밴드 하는 걸 내가 싫어했다고 누가 그래?” 리지가 물었다.

“그래. 그건 정말 착각이야, 에드. 리지는 그렇게 생각이 깊지 않아. 내가 밴드를 하지 않아서 날 차버린 거지. 내가 록 스타가 되어서 돈을 많이 벌지 못할 테니 나한테 관심이 없어진 거라고.” 내가 말했다.

“내 말을 그렇게 받아들인 거니?” 리지가 말했다.

갑자기 내 인생이 눈앞에서 다시 제대로 돌아가는 모습이 보였다. 그건 모두 엄청난 오해였고, 이제 그 오해가 사라지면서 껄껄 웃고 엉엉 울기도 할 것이다. 리지는 나랑 헤어지고 싶었던 게 아니었다. 에드도 나랑 깨지고 싶지 않았다. 나는 얻어맞으려고 길거리로 나왔지만, 대신 내가 원하는 것을 모두 다 얻게 되는 거였다.

"싸우지 않을 거로군요?" 노숙자가 서운한 목소리로 말했다.

"당신이라도 대신 좀 맞아볼래요?" 에드가 말했다.

"당신들이 어떻게 되는지만 듣게 해줘요. 안으로 들어가지 말아줘요. 이야기 끝을 모르고 넘어갈 순 없어요." 노숙자가 말했다.

해피엔딩이 될 거였다. 행복한 결말이 다가오고 있다는 느낌이 들었다. 그리고 우리 넷이 모두 관련될 것이다. 우리가 다시 합친 뒤 첫 공연에서 노숙자 청년에게 바치는 곡을 발표할 수도 있었다. 아, 그는 우리의 로드 매니저가 되어줄 수도 있을 것이다. 또 그는 결혼식에서 건배를 할 수도 있을 것이다. "모두 다시 합쳐야 해." 내가 말했다. 진심이었다. 이것이 나의 거창한 결론이었다. "해산했던 모든 밴드, 모든 연인들…… 지금처럼 십 초마다 사람들이 갈라서는 이런 세상엔 불행만 있을 뿐이야."

에드는 나를 미친놈 보듯이 쳐다봤다.

"진심은 아니겠지." 리지가 말했다.

어쩌면 내가 분위기를 착각했을지도 모른다. 세상은 나의 거창한 결론을 들을 준비가 되어 있지 않았다.

"그럼. 음, 그저…… 내 생각이야. 내가 세우는 이론이지. 아직 다 정리되진 않았어." 내가 말했다.

"저 사람 얼굴 좀 봐요. 오, 진심이라고요." 노숙자가 말했다.

"그 이론을 따르면 다른 밴드에서 나온 밴드는 어떻게 되는 거야? 예를 들면 글쎄, 너바나가 다시 합쳤다면. 그럼 푸 파이터스가 깨져야 한다는 말이잖아. 그럼 그들도 불행해질 거라고." 에드가 말했다.

"전부 다는 아니지." 내가 지적했다.

"그럼 재혼은? 재혼해서 행복하게 사는 사람들도 아주 많아."

"클래시도 없었겠네. 조 스트러머가 처음 만든 밴드랑 함께 있어야 하니까."

"그런데 네 첫 애인은 누구야?"

"케이시 고리키였지! 하!" 에드가 말했다.

"넌 아직도 그 여자랑 함께 있을 거야." 리지가 말했다.

"그래, 좋아." 나는 어깨를 으쓱했다. "그 여자 착했어. 그렇게 살아도 나쁘진 않았을 거야."

"하지만 걘 아무것도 내주지 않았을걸! 너는 속옷 밑에 손도 넣어보지 못했어!" 에드가 말했다.

"지금쯤이면 어떻게든 됐을 거야. 십오 년이나 사귀었으니까."

"야, 친구." 모린이 뭔가 가슴 아픈 이야기를 했을 때, 우리가 보통 쓰는 어조로 에드가 말했다. "난 널 때릴 수가 없어."

우리는 길을 좀 걷다가 펍에 들어갔고, 에드는 내게 기네스를 사주고, 리지는 자동판매기에서 담배를 한 갑 사와서 함께 피우자고 테이블 위에 올려두었다. 우리는 거기 앉아 있었고, 에드와 리지는 내가 숨을 고르기를 기다리는 것처럼 나를 쳐다보았다.

"그렇게 속상해하는지 몰랐어." 잠시 후 에드가 말했다.

"자살하려 한 것만 봐도 모르겠냐?"

"그래. 네가 자살하고 싶어한 건 알았어. 하지만 리지랑 밴드를 되돌리고 싶을 정도로 속상한지는 몰랐다고. 그건 자살보다 훨씬 더 심한, 전혀 다른 수준의 비참한 상태잖아."

리지는 웃지 않으려고 했는데, 그러느라 괴상한 콧방귀 소리가 나왔고, 나는 기네스 맥주를 한 모금 오래오래 들이켰다.

그러자 갑자기, 잠깐 동안, 기분이 좋았다. 내가 차가운 기네스 맥주를 아주 좋아한다는 것도 도움이 됐다. 내가 에드와 리지를 정말로 사랑한다는 것도 도움이 됐다. 혹은 그들을 사랑했었고, 지금도 사랑 비슷한 것을 한다든가, 아니면 사랑하면서 또 미워했다든가, 어쨌든. 그리고 지난 몇 달 만에 처음으로 나는 뭔가를 제대로, 내장 깊숙이 혹은 머리 뒤쪽 어딘가, 무시할 수 있는 곳에 감추어 두었던 것을 인정하게 되었다. 내가 감추어두었던 것은 이거였다. 자살하고 싶었던 건 살기 싫어서가 아니라 삶을 사랑했기 때문이라는 사실. 따지고 보면 자살을 생각하는 많은 사람들이 같은 심정일 것 같다. 모린과 제스와 마틴도 같은 심정일 것 같다. 그들은 삶을 사랑하지만 모두 다 망쳐버렸고, 그래서 내가 그들을 만난 것이고, 또 우리가 여태까지 이러고 있는 것이다. 우리는 삶으로 되돌아갈 수 없기 때문에, 그렇게 쫓겨나버렸기 때문에 옥상으로 올라갔다. 삶이 그냥 우리를 망가뜨려버렸으니까. 그러므로 자살은 허무주의가 아니라 절망의 행위에 가깝다. 그건 살인이 아니라 안락사다. 갑자기 왜 그런 생각이 들었는지는 모르겠다. 어쩌면 펍에서 사랑하는 사람들과 함께 기네스를 마셨기 때문일지도 모른다. 아까도 한 말이란 건 알지만, 나는 기네스를 무지 좋아한다. 모든 알

코올류를 사랑하듯이, 신의 영광스러운 피조물로서 술도 마땅히 사랑받아야 하는 존재이다. 그리고 우리는 길거리에서 바보 같은 장면을 연출했는데, 그것마저도 멋있었다. 그런 순간, 정말 복잡한 순간, 완전히 빠져드는 순간에, 어려운 시절에도 내게 살아 있음을 느끼게 해주는 것들이 있음을 깨닫기 때문이다. 또 음악이 있고, 여자들도 있고, 약도 있고, 폴린 케일을 읽은 노숙자들도 있고, 와와 페달전자기타의 소리를 변형시키는 페달—옮긴이, 영국식 포테이토칩 냄새, 나는 아직 《마틴 처즐위트》부유하지만 인간을 혐오하는 사람의 이야기인 찰스 디킨스의 소설—옮긴이도 읽지 못했고…… 그리고 아직 할 일이 많이 남아 있다.

이 갑작스런 깨달음이 무엇을 변화시켰는지는 모르겠다. 내가, 그러니까 갑자기 삶을 꽉 끌어안고 삶이 내게서 떠나기 전에 내가 먼저 버리지 않겠다고 맹세하고 싶었던 건 아니다. 어떻게 보면, 그 바람에 상황이 좋아진 게 아니라 오히려 더 나빠졌다. 모든 것이 엉망이니 어서 다 그만뒀으면 좋겠다는 그런 시늉을 그만두고 나면 괴로움은 오히려 배가 된다. 인생은 엿 같은 거라고 말하는 건 마취제와 같다. 그리고 애드빌진통제의 상표명—옮긴이을 끊고 현실을 직면해봤자 달라지는 건 통증이 얼마나 심한지 깨닫는 것뿐이다. 그리고 진통제로 가라앉힐 수 있는 고통을 그냥 겪는다고 무슨 대단한 득이 되는 건 아니니까 말이다.

그러니까 내가 그런 사실을 깨달은 바로 그 순간, 헤어진 애인과 헤어진 형제와 함께 있었던 건 말하자면 참 다행스러운 일이었다. 어쩌면 그것도 거의 같은 부류의 일이었으니까 말이다. 나는 그들을 사랑했고, 앞으로도 계속 사랑할 것이다. 하지만 그들이 들어올 곳이 이제 없으니, 내가 느끼는 모든 감정을 담아둘 곳이 없어졌다. 나는 그들과 함께 무엇을 해야 할지도 몰랐고, 그들 역시 나와 함께 무엇을 해야 할지 몰랐다. 그러니 인생과 꼭 같지 않은가?

"네가 록 스타가 되지 않을 거라고 해서 헤어지자고 한 적 없어." 잠시 후 리지가 이렇게 말했다. "그건 알고 있지 않아?"

나는 고개를 저었다. 나는 정말로 몰랐다. 그렇지 않은가? 여러분이 증명해줘야 한다. 이 책에서 단 한 번도 나는 고의든 아니든 그런 생각을 한다고 말한 적이 없었으니까. 지금까지 내가 알기로 그녀는 내 음악이 실패했기 때문에 나를 버렸던 것이다.

"그럼 뭐라고 했는데? 다시 말해봐. 이번에는 아주 잘 들어볼 테니까."

"우린 다 새 생활을 시작했으니까…… 이제 와서 달라질 것도 없잖아?"

"그렇지." 나는 새 생활을 시작하지 못하고 뒷걸음치고 있다는 걸 인정하지 않을 생각이었다.

"좋아. 내가 한 말은 네가 음악을 하지 않으면 너랑 함께 있을 수 없다는 거였어."

"그게 너에겐 그렇게 중요한 문제도 아니었잖아. 너는 음악을 그렇게 좋아하지도 않아."

"내 말을 안 듣는구나, 제이제이. 넌 음악가야. 그건 네가 하는 일 정도가 아니야. 너라는 인간 자체지. 그렇다고 네가 음악가로 성공할 거란 말은 아니야. 네가 좋은 음악가인지는 사실 나도 몰라. 다만 네가 음악을 그만두면 아무한테도 쓸모없는 존재라는 걸 알 수 있었을 뿐이야. 그리고 어떻게 되었는지는 잘 생각해봐. 너는 밴드를 해체하더니 바로 아파트 옥상에 올라갔어. 너는 음악에서 벗어나지 못해. 음악이 없으면 넌 죽은 거야. 아니, 죽은 거나 다름없어."

"그럼…… 좋아. 성공하지 못하는 것과는 상관없구나."

"세상에, 그동안 날 뭘로 본 거야?"

하지만 리지 이야기가 아니었다. 내 이야기였다. 전에는 그 문제를 그런 식으로 생각해본 적이 없었다. 나는 이 모든 문제가 나의 실패 탓이라고 생각했지만, 사실은 그게 아니었던 것이다. 그리고 그 순간, 나는 염병할, 가슴이 터져라 울고 싶었다. 리지 말이 옳았기 때문에 울고 싶었다. 진실을 듣고 나면 그렇게 울고 싶을 때가 있으니까. 나는 다시 음악을 만들 것이고, 그 일이 너무 그리웠기 때문에 울고 싶었다. 음악을 하는 일이 나를 성공시키지 못하리란 것도 알고 있었고, 그러므로 리지는 바로 그 순간 내게, 앞으로 삼십오 년 동안 가난하고, 정처 없고, 절망적이고, 의료보험도 없고, 차가운 물만 나오는 모텔을 전전하며, 맛없는 햄버거나 먹는 인생을 살라고 저주한 셈이었다. 하지만 햄버거를 뒤집는 게 아니라, 먹게 되었다는 사실이 나를 울게 만들었다.

· 마틴 ·

나는 집으로 걸어가 전화를 끄고, 그 후 48시간 동안 커튼을 치고, 술을 마시고, 자고, 최대한 많은 골동품 프로그램을 보면서 지냈다. 그 48시간 동안 나는 마리 프레보스트가 될 커다란 위험에 처했다고 할 수 있다. 기르던 닥스훈트에게 먹힌 채로 시체의 일부가 발견된 할리우드의 여배우 말이다. 내게 닥스훈트도 없고, 사실 집에서 기르는 애완동물이 없다는 것이 그 이틀 동안 약간의 위로가 되었던 기억이 난다. 나는 분명 혼자 죽을 것이고, 누군가 내 시체를 발견할 무렵이면 부패는 진행되었겠지만, 자연적인 원인에서 떨어져나간 부위 외에는 모든 것이 온전할 것이었다. 그러니 그 정도면 만족이었다.

문제는 이것이다. 내 문제들의 원인은 내 머릿속—그러니까 나의 인간성이 위치한 곳이 내 머릿속이라면—그곳에 있다(신디와 그 외의 사람들은 나의 인간성과 문제의 근원은 모두 내 허리 아래에 있다고 주장할 것이다. 하지만 내 말을 잘 들어보길 바란다). 나는 살면서 많은 기회를 얻어왔는데 계속해서 재난을 일으키는 그릇된 결정을 내림으로써 그것을 전부 다 하나씩 던져버렸다. 그럴 때마다 당시 내게, 그리고 내 머리에는 좋은 생각처럼 여겨졌다. 하지만 내 인생이 재난으로 향해 치닫는 것을 막기 위해 내가 쓸 수 있는 유일한 도구는 애초에 내 인생을 망쳐먹게 만든 바로 그 머리뿐이었다. 그러니 내게 무슨 기회가 있겠는가?

제스가 〈제리 스프링거 쇼〉일반적인 남녀의 추문이나 치정 사건을 노골적으로 다루는 미국의 TV 토크쇼—옮긴이 소동을 벌인 지 두어 주 지난 뒤, 나는 그 이틀간 적어놓은 쪽지를 읽었다. 너무 취해서 그런 것을 적어두었다는 것을 잊었다고 말하면 거짓말일 테고, 어쨌든 그 종이는 아주 잘 보이도록 바닥에 뒹굴고 있었다. 하지만 그걸 읽어볼 만한 용기가 생기는 데 보름이 걸렸고, 일단 그렇게 하고 나자 다시 커튼을 드리우고 한 번 더 글렌모렌지 위스키에 손을 뻗고 싶은 충동이 느껴졌다.

그렇게 한 목적은 내가 사용할 수 있는 유일한 머리로 그날 오후 왜 그렇게 어처구니없는 행동을 했는지 분석하고, 그 행동에 대한 모든 가능한 대답을 나열해보는 것이었다. 내 머리에 대해서 공평하게 말하자면, 그것은 그 행동이 어처구니없다는 사실을 인식할 능력이 조금도 없었다. 내 머리는 그 일에 대해서 대처할 능력이 별로 없었다. 모든 머리들이 다 이런가, 아니면 내 머리만 이런가?

어쨌든 주로 청구서가 들어 있는, 열지 않는 봉투 서너 개의 뒷면에 인간 행위의 순환성을 우울하게 증명해주는 단서가 있었다.

'왜 간호사에게 그런 끔찍한 짓을 했을까?' 내가 적은 것이다. 그 밑에는 다음과 같이 적혀 있었다.

1. 나쁜 놈이라서? 그놈이? 아니면 내가?
2. 페니한테 집적거려서?
3. 잘생기고 젊기 때문에 열 받아서?
4. 사람들한테 짜증이 나서(이 마지막 설명은 끼적거릴 당시에는 대단히 정확한 것이라고 생각했지만, 지금 다시 보니 놀랄 정도로 단순 모호하다).

다른 봉투에는 '행동 노선'이라고 휘갈겨져 있었다(참, 숫자에서 알파벳으로 바뀐 것은, 이 작업이 과학적인 성격을 가진 것임을 표시하려는 의도였던 것 같다).

a. 자살?
b. 모린한테 그 간호사를 앞으로는 쓰지 말라고 부탁한다?

c. 아무 짓도 안 한다.

그 시점에서 정신을 잃었거나, 나의 모든 문제를 해결하는 심오한 방법을 '아무 짓'이 간결하게 표현해주었기 때문에 c 항목은 거기서 끝났다. 생각해보라. 내가 아무 짓도 하지 않았더라면, 모든 상황이 얼마나 나았을지.

봉투를 샅샅이 살펴봐도 나의 인식 능력에 큰 자신감을 불어넣어주지는 못했다. 두 개의 봉투 모두 최근 일단의 사람들—거기에는 나의 어린 딸들도 포함되어 있었다—에게 모든 남자 간호사들은 여자 같고 잘난 척한다고 주장한 사람이 쓴 것임이 분명했다. '나쁜 놈'은 검시관에게 추리에 필요한 모든 증거를 제공해줄 것이 분명하다. 마찬가지로, 아파트 옥상에서 뛰어내릴까 망설이며 십이월 삼십일 일 밤을 보내본 사람은 '해야 할 일' 목록에 '자살?'을 휘갈겨 넣을 수 있는 종류의 사람이었다. 상자 속에 들어가서 궁리하는 것이 올림픽 종목이었다면, 나는 칼 루이스미국의 육상 선수. 올림픽에서 총 아홉 개의 금메달을 땄다—옮긴이보다 더 많은 금메달을 땄을 것이다.

분명히 나는 머리가 두 개 필요했다. 머리 한 개보다는 두 개가 나으니까. 옛날 머리는 사람들의 이름과 전화번호, 내가 좋아하는 시리얼 등을 기억하고 있기에 필요했다. 새로 생긴 머리는 텔레비전에 나오는 야생 생물 전문가와 같은 방식으로 옛날 머리의 행동을 관찰하고 해석할 수 있어야 한다. 지금 갖고 있는 머리에게 그 사고방식에 대해서 설명하라고 하는 것은 내 전화로 내 전화번호에다 전화를 거는 것이나 마찬가지로 무의미하다. 통화 대기음이 들릴 것이다. 아니면 내가 설치해놓은 자동 응답 장치가 나오거나.

다른 사람들도 머리가 있다는 것과 나의 폭발이 어떤 목적을 가진 것인지 그들의 머리가 더 잘 설명해주었으리란 것을 깨닫는 데는 창피할 정도로 많은 시간이 걸렸다. 그래서 사람들은 친구라는 개념에 매달리는 모양이다. 나는 교도소에 갈 무렵 친구들을 모두 잃은 것 같지만, 나를 어떻게 생각하는지 말해줄 준비가 되어 있는 사람들은 많이 알고 있었다. 사실, 사람들을 실망시키고 소외시키는 나의 성향은 여기서 큰 도움이 되었던 것 같다. 친구들과 연인들이라면 그 사건을 좋게 이해해주려고 할지 모르지만, 내게는 전에 친구였던 사람들과 전에 연인이었던 사람들밖에 없으므로, 사람들을 실망시키고 소외시키는 점에 있어서 나의 입지는 튼튼했다. 내게는 기꺼이 맹비난을 퍼부어줄 사람들밖에 없었다.

또 나는 어디서 시작해야 할지도 알고 있었다. 사실 첫 통화가 너무나 성공적이라서 따로 다른 사람과 이야기할 필요도 없었다. 나의 전처는 완벽—직설·유창·정확—했기에 나는 사랑하는 사람들과 같이 사는 사람들이 가엾게 느껴지게 되었다. 증오하는 사람과 함께 살지 않으면 안 되는 앞날이 뻔하기 때문이다. 삶 속에 신디 같은 사람이 있다면 기분 좋은 말을 들을 일이 사라진다. 듣느니 불쾌한 말뿐이며, 교육 과정에서는 불쾌한 말은 필수적이다.

"어디 있었죠?"

"집에. 취해서."

"응답기 들어봤어요?"

"아니. 왜?"

"오, 그냥 엊그제 오후에 대해서 몇 가지 생각을 남겨두었어요."

“아, 바로 그거요. 그것 때문에 전화한 거요. 그날 일이 어떻다고 생각하고 있소?”

“음, 당신 세정신이 아니죠. 제정신도 아니고, 심술궂고. 정신 나간 심술바가지.”

시작은 좋은 것 같았지만 초점이 없었다.

“저, 말해준 것도 고맙고 무례하게 굴고 싶진 않지만 ‘정신 나갔다’는 것보다는 ‘심술’이 더 흥미로운데. 거기에 대해 더 이야기해줄 수 있소?”

“그 이야기를 들으려면 돈을 내야 할걸요.” 신디가 말했다.

“정신과 의사를 찾아가란 말이오?”

신디는 코웃음을 쳤다. “정신과 의사한테라고요? 아뇨. 그것보다는 돈만 많이 내면 당신한테 온통 오줌을 갈겨주는 여자들을 생각했는데. 그런 걸 원하는 거 아니에요?”

나는 그 말을 생각해보았다. 어떤 말도 흘려보내고 싶지 않았다.

“그렇지 않소. 그런 쪽에는 흥미 없었소.” 내가 말했다.

“비유적으로 말하는 거예요.”

“미안. 이해를 잘 못했소.”

“당신은 남한테 학대당하는 게 싫지 않죠. 지금 그래서 괴로워하는 거 아니에요?”

“누가 괴로워한다는 말이오?”

“남자들 중에는 여자들한테…… 관둬요.”

그제야 그녀가 하려는 말을 어렴풋이 깨닫기 시작했다. 욕을 듣는 것이 기분 좋은 것은 사실이었다. 아니, 적절하다고 느껴졌다는 편이 낫겠다.

“그 가엾은 청년한테 왜 그랬는지 알잖아요, 그렇죠?”

“아니! 바로 그래서 당신한테 전화한 거요.”

이 부분에서 신디가 전화를 바로 끊었다면 나는 엄청난 충격에 빠졌을 거다. 아마 이 사실을 그녀가 미리 알았더라면 그녀는 그 유혹을 뿌리치지 못했을 텐데. 다행히 신디는 전화를 끊지 않고 나와 대화해주었다.

“그러니까 그 청년은 당신보다 열다섯 살이나 어리고 훨씬 더 잘생겼지만…… 이 문제는 그런 차원이 아니에요. 그는 무척 훌륭한 일을 하고 있어요. 그 청년이 그날 오후에 한 일은 당신이 평생 한 것보다 더 많을 거예요.”

그래! 바로 그거야!

“당신은 텔레비전에서 광대 짓이나 하고 여자애들이랑 섹스나 하지만, 그 청년은 장애아를 휠체어에 태워 다니는 일을 하잖아요. 보수도 아주 적을 텐데. 페니가 그와 이야기를 나눈 것도 이상한 일이 아니죠. 윤리적으로 따지자면, 페니는 프랑켄슈타인에서 브래드 피트로 옮겨간 것이나 마찬가지죠.”

“고맙소, 옳은 말이오.”

“나보다 먼저 끊을 생각은 하지도 말아요. 이제 시작이에요. 나는 할 말이 십이 년치나 쌓여 있으니까.”

“오, 꼭 다시 걸겠소. 약속해요. 하지만 한 번에 듣기엔 너무 많으니……”

알겠는가? 전처들이란, 참. 그렇다, 누구나 전처 한 명쯤은 있어야 한다.

· 모린 ·

그 참견의 날 끝에 무슨 일이 있었는지 설명하자니 약간 이상한 사람이 된 것 같은 기분이 드는데, 그건 너무나 우연한 사건이 많이 일어났기 때문이다. 하지만 어쩌면 내게만 우연처럼 느껴진 것인지도 모른다. 전에도 내가 상황의 무게를 배워가는 중이라고 말한 적이 있는데, 그건 사람들이 나에 대해서 나쁘게 생각하지 않도록 어떤 말을 해야 하고 어떤 말을 하지 말아야 하는지를 배워간다는 뜻이었다. 그러니 그들을 만나기 전 내 인생에 아무 일도 일어나지 않았다고 해서, 그게 불평처럼 들리는 것은 원치 않는다. 그저 사실 그대로를 말한 것뿐이었다. 아주 조용한 방에 앉아 있었는데 누가 등 뒤에서 다가와 "왁!" 하고 놀라게 한 것처럼. 키가 작은 사람들과 지내다가 문득 180센티미터가 넘는 경찰들을 보면 거인처럼 느끼는 것처럼. 아무 일도 일어나지 않다가 어떤 일이 일어나면 그 어떤 일이 아주 특이한 일처럼, 마치 하느님의 계시처럼 느껴지게 마련이다. 아무 일도 일어나지 않았던 상황이 그 일, 그 사건을 확대시켜 원래의 모습을 잃게 만드는 것이다.

무슨 일이 있었냐면 이렇다. 스티븐과 숀은 매티를 집으로 데려가는 일을 도와주었다. 우리는 택시를 불렀고, 넷이 겨우 탔다. 간호사 둘과 나는 자리에 거의 겹쳐 앉다시피 했다. 그것마저도 대단한 일처럼 느껴졌다. 몇 달 전의 나라면 집에 가서 매티에게 그 이야기를 했을 것이다. 매티가 함께 있지 않았더라면. 하지만 물론 매티가 그 자리에 없었더라면 할 이야기도 없었을 것이다. 스티븐과 숀이 함께 있을 필요도 없었고 택시를 타고 있지도 않았을 것이다. 혹시 어딜 갔다 치더라도 나는 혼자 버스를 타고 있었을 것이다. 아무 일도 일어나지 않은 것과 어떤 일이 일어난 것의 차이는 바로 이런 것이다.

일단 자리를 잡고 나자 스티븐이 숀에게 아직 아무도 없어? 라고 물었다. 그러니까 숀이 대답했다. 음, 생길 것 같지 않아. 그러자 스티븐이 말했다. 그럼 우리 셋뿐인가? 우린 죽었다. 그러자 숀은 어깨만 으쓱했고, 우리는 모두 잠시 창밖을 쳐다보고 있었다. 나는 그들이 무슨 이야기를 하는지 알 수 없었다.

그때 숀이 말했다. 퀴즈 잘해요, 모린? 우리 팀에 끼지 않을래요? 아무것도 몰라도 상관없어요. 절망적인 상황이라 누구라도 들어와주기만 하면 되거든요.

별로 놀라운 이야기는 아니지 않을까? 제스와 제이제이, 마틴의 이야기를 들어보면 그런 일은 늘 있다. 엘리베이터나 술집에서 누굴 만나면, 그 사람이 한잔 할래요? 혹은 같이 잘래요? 하고 묻는다. 어쩌면 그들은 같이 자고 싶다고 생각하고 있어서, 그런 생각을 하고 있을 때 바로 누군가 섹스를 제안해오는 것이 놀라운 우연처럼 보일 수도 있다. 하지만 내가 받은 느낌대로라면 그들은 그렇게 생각하지 않을 것이다. 많은 사람들이 그렇게 생각하지 않는다. 인생이란 그런 것이다. 한 사람이 다른 사람과 우연히 만나고, 그 사람이 뭔가를 원하거나, 뭔가를 원하는 다른 사람을 알고 있어서, 결과적으로 어떤 일이 벌어진다. 혹은 다르게 말하자면 밖으로 나가지 않고 아무도 만나지 않으면, 아무 일도 일어나지 않는다. 어떻게 일어날 수 있을까? 하지만 나는 잠시 아무 말도 할 수 없었다. 나는 늘 퀴즈에 참가하고 싶었는데, 이 사람들이 퀴즈 팀에 낄 사람을 구하고 있고, 그런 우연에 나는 등줄기가 오싹해졌다.

그래서 집으로 가는 대신 우리는 매티를 데리고 요양원으로 갔다. 숀과 스티븐은 일하지 않았지만, 일하는 사람들과 친구라서 친구들에게 매티를 저녁 동안만 봐달라고 했고 아무도 뭐라고 하지 않았다. 우리는 퀴즈를 하는 펍에서 만나기로 했고, 나는 옷을 갈아입으러 집으로 갔다.

그다음에 어떤 이야기를 해야 할지 모르겠다. 또 한 차례 우연한 사건이 일어났는데, 그 이야길 여기다 몰아서 해야 할지, 아니면 퀴즈에 대해서 이야기를 한 다음에 해야 할지 모르겠다. 혹시 내가 우연 부분을 따로 떼어 더 뒤로 미뤄두었다가 이야기하면 당신이 좀 더 믿어줄지도 모르겠다. 아니, 당신이 믿든 말든 상관없다. 그게 사실이니까. 솔직히 나는 아직도 그것이 우연인지 아닌지 알지 못한다. 어쩌면 원하는 것을 얻는 것은 절대 우연이 아닐지도 모른다. 치즈 샌드위치를 먹고 싶을 때 치즈 샌드위치를 얻는다면 그건 우연일 리가 없지 않을까? 그리고 마찬가지로, 일자리를 원할 때 일자리를 얻는다면 그것 역시 우연일 수 없다. 당신이 삶에 아무런 권한을 갖고 있지 않다고 생각할 때에만 이런 것들이 우연이 되는 것이다. 이왕 시작한 거, 모두 말해버려야겠다. 그 팀에 있던 또 다른 한 명은 잭이라는 나이 많은 남자였고 아치웨이 바로 옆에서 신문이나 잡지를 파는 일을 하는 사람이었는데, 그가 내게 일자리를 주겠다고 했다.

대단한 일자리는 아니다. 일주일에 사흘 오전에만 일하는 것이니까. 또 급료도 많지 않다. 시간당 5파운드가 조금 안 된다. 게다가 처음에는 수습 기간도 있다고 했다.

그의 일은 꽤 잘되었는데 그래서 늘 바빴다. 그는 이른 새벽에 가게를 연 뒤, 신문을 정리하고, 복잡한 출근 시간 동안 많은 사람들을 상대로 신문과 잡지를 팔았다. 그는 전쟁 같은 출근 시간대의 장사를 마치면 다시 잠자리에 들고 싶다고 했다. 그래서 스티븐과 숀이 내게 퀴즈 팀에 들겠냐고 물었던 때와 똑같은 식으로 내게 일을 하겠느냐고 물었던 것이다. 일할 사람이 너무나 필요해서 농담처럼 말이다. 텔레비전 관련 문제와 스포츠 관련 문제 사이에 그는 내게 무슨 일을 하느냐고 물었고, 내가 매티를 돌보는 것 외에는 아무 일도 안 한다고 대답했더니 이렇게 말했다. 일자리 필요 없겠죠? 그러자 다시 등줄기가 오싹해졌다.

우리는 퀴즈에서 우승하진 못했다. 우리는 열한 팀 중에 4등을 했지만, 청년들은 꽤 만족해했다. 그리고 나는 그들이 모르는 문제의 답을 알았다. 나는 메리 타일러 무어의 상사 이름이 루 그랜트란 것을 알았다. 그리고 존 메이저의 아들이 에마 노블과 결혼한 것도 알았고, 캐서린 쿡슨이 틸리 트로터와 메리 앤 쇼니시에 대해서 쓴 것도 알았다. 그러니까 그들은 나 덕분에 3점을 더 득점했고, 그래서 다음번 퀴즈에도 함께해주길 바랐다. 퀴즈 팀의 네 번째 팀원은 여자친구를 사귄 지 얼마 되지 않아 빠지는 일이 잦았다. 새로운 팀원을 찾고 있던 그들은 내가 자신들이 만날 수 있는 사람 중에 가장 믿음직한 사람일 거라고 말해주었다.

두어 달 전, 나는 오래전 잃어버린 오빠를 사랑하게 된 여자가 나오는 책을 도서관에서 빌려 읽었다. 하지만 물론, 결국 그는 잃어버린 오빠가 아니란 것이 밝혀졌고, 그녀의 표정을 보고 싶어서 그렇게 말했던 것뿐이었다. 게다가 그는 가난하지도 않다는 것이 밝혀졌다. 그는 아주 부자였다. 그리고 무엇보다도 그가 키우는 개의 골수가 그녀가 키우는 백혈병에 걸린 개의 골수와 일치한다는 걸 알게 되어서, 그녀는 개의 생명도 구하게 되었다.

사실대로 말하면, 내가 정리한 것보다는 훨씬 못한 소설이었다. 좀 감상적인 책이었다. 하지만 지금 내가 하려는 말은, 내 이야기가 그 책 줄거리처럼 들릴까 봐 걱정스럽다는 말을 하려는 것이다. 일자리도 그렇고, 퀴즈 팀도 그렇고. 만약 내 이야기가 그렇게 들리기 시작한다면, 두 가지를 짚어두어야 되겠다. 우선, 매티를 요양소에 맡기는 데에는 시간당 5파운드 이상 들기 때문에 나는 앞으로 예전보다 가난해질 것이다. 주인공이 예전보다 더 가난해지는 이야기는 동화가 아니지 않을까? 둘째, 퀴즈 팀의 네 번째 청년이 아예 오지 않는 것은 아니라서 내가 퀴즈에 참가하지 못할 때도 있다는 것이다.

나는 펍에서 레몬을 넣은 진을 마시고 있었는데, 다른 사람들은 내가 한잔 살 기회도 주지 않았다. 그들은 내가 대타 선수이니 자신들이 술값을 내야 한다고 했다. 어쩌면 그 술 때문에 그렇게 긍정적인 생각이 든 것일지도 모르지만, 그날 저녁이 지나자 나는 삼월 삼십일 일에 모두 만나면 옥상에서 뛰어내리고 싶지 않을 거라는 생각이 들었다. 당분간은. 그런 느낌, 이제 살아갈 수 있다는 느낌…… 나는 가급적 오랫동안 그 느낌을 꽉 붙잡고 싶었다. 지금까지는 성공적이다.

퀴즈 다음 날 아침, 나는 다시 성당에 갔다. 휴가 갔을 때 이후론 다른 곳의 성당에도 가지 않았고, 내가 다니는 성당에는 오랫동안 나가지 않았다. 옥상에서 그들을 만난 이후로 한 번도. 하지만 이제 당분간은 절망의 죄를 짓지 않을 거라고 생각하니 성당에 갈 용기가 생겼다. 그래서 나는 성당으로 돌아가 하느님의 용서를 구할 수 있었다. 하느님은 내가 절망하기를 그만둘 때에만 도와주실 수 있다. 생각해보면…… 음, 거기에 대해 생각하는 건 내가 할 일이 아니다.

조용한 금요일 아침이었고, 성당 안에는 거의 아무도 없었다. 미사라면 하나도 놓치지 않는 이탈리아인 할머니가 있었고, 전에 보지 못했던 아프리카인 부인 두어 명이 있었다. 남자는 아무도 없었고 젊은 사람들도 없었다. 고해성사를 하러 가기 전에는 무척 긴장됐지만 무사히 마칠 수 있었다. 나는 마지막으로 고해성사를 드린 것이 얼마나 오래전의 일인지 사실대로 말하고, 절망의 죄를 고백하고, 보속으로 묵주 기도 150번을 받았는데, 아무리 절망의 죄라고 해도 너무 심하다 싶었지만 불평하지는 않았다. 하느님의 은혜가 무한하다는 것을 잊어버릴 때가 있다. 내가 만일 뛰어내렸더라면 하느님은 무한하지 않았을 테지만, 나는 뛰어내리지 않았다.

그런데 앤서니 신부님이 말했다. 도와드릴 일은 없습니까? 어떻게 하면 내가 당신의 짐을 덜어드릴 수 있을까요? 당신도 이곳 성당의 일원이라는 것을 기억해야 합니다, 모린.

그래서 나는 말했다. 감사합니다, 신부님. 하지만 저를 도와주는 친구들이 있어요. 그 친구들이 어떤 소속인지는 말하지 않았다. 그들 모두 절망의 죄를 지은 이들이란 말도 하지 않았다.

시편 50편을 기억하는가? '환난의 날에 나를 부르라. 내가 너를 건지리니 네가 나를 영화롭게 하리로다.' 나는 부르고 부르고 또 불러도 구원을 받지 못했고, 나의 환난이 너무나 길지만 끝날 기미가 보이지 않아 토퍼스하우스에 갔다. 하지만 결국 하느님은 내 부름을 듣고 계셨다. 그래서 마틴과 제이제이와 제스를 보내주셨고, 스티븐과 숀과 퀴즈를 보내주셨고, 또 책과 그 가게를 보내주신 것이다. 다시 말해, 하느님은 듣고 계시다는 것을 내게 증명하셨다. 이렇게 증거가 많은데 어떻게 하느님을 의심할 수 있을까? 그러니 최선을 다해 하느님을 영화롭게 하는 것이 좋다.

· 제스 ·

그런데 개를 데리고 있던 이 작자는 이름이 없었다. 그러니까 이름이 있었던 시절도 있었겠지만, 자긴 이름에 찬성하지 않기 때문에 쓰지 않는다고 했다. 그는 이름 때문에 누구든지 원하는 사람이 될 수 없다고 했는데, 일단 설명을 듣고 나니 무슨 말인지 알 것 같았다. 예를 들어서 토니나 조애너라고 치자. 음, 당신은 어제도 토니나 조애너였고 내일도 토니나 조애너가 될 것이다. 그러니 정말로 망한 거다. 사람들은 어머, 너무나 조애너다운 짓이야, 라는 말을 늘 할 수 있을 것이다. 하지만 이 아저씨는 하루에도 백 명의 다른 사람이 될 수 있었다. 그는 머리에 떠오르는 대로 아무렇게나 부르라고 했고, 그래서 그의 이름은 개가 되었다. 그 개 때문이었다. 그런 다음, 그는 펍에 술을 마시러 가서 개를 밖에다 두었기 때문에 개 없음이 되었다. 그래서 우리가 만난 지 한 시간 만에 그는 전혀 다른 두 명의 인물이 되었다. 개와 개 없음은 말하자면 정반대 타입 아니냐고? 개를 데리고 있는 작자는 개를 데리고 있지 않은 작자랑 다르다. 개를 데리고 다니는 작자는 펍에 있는 작자랑 이미지가 다르다. 그리고 어머, 자기 개가 남의 정원에 똥을 싸게 두다니 저건 개 없음다운 짓이야, 란 말도 할 수 없다. 말이 안 되지. '개 없음'이 어떻게 남의 집 정원에 똥을 싸는 개를 키울 수 있냐고? 그가 하려는 말은, 우리 모두 하루 만에 개와 개 없음이 될 수 있다는 거다. 예를 들어서, 아빠는 일하러 가면 아빠 아님이 될 수 있다. 직장에 가면 아빠가 아니기 때문이다. 아주 심오한 이야기란 걸 나도 알지만, 열심히 생각해보면 대충 뜻은 통한다.

바로 그날, 그는 꽃이 되기도 했다. 우리가 사우스워크 브리지 근처의 작은 공원을 걷고 있었을 때 그가 내게 꽃을 한 송이 따주었기 때문이다. 그런 다음 그는 재떨이가 되었다. 비슷한 맛이 났기 때문이다. 꽃은 재떨이의 반대이기도 하다. 어떻게 하는 건지 알겠지? 인간은 하루에 수백만 개의 물건이 될 수 있는 거다. 그가 하는 방법은 뭐랄까, 서구의 사고방식보다 그걸 훨씬 더 잘 이해한다. 나는 그다음에 그에게 딱 한 가지 이름을 더 붙여주었는데, 그건 '저속해'였다. 그러니까 그건 비밀로 해야 한다. 내가 저속해, 라고 말하면 맥락에 상관없이 저속하다는 뜻으로 들릴 것이다. 남자의 몸을 존중하지 않는다면 정말 저속할 뿐이지만, 내 생각에 그렇게 생각하면 저속해지는 건 당신이지, 우리가 아니다.

그러니까 이 작자…… 솔직히 서구적인 사고방식에 한 가지 장점이 있다는 건 알겠는데, 그건 사람한테 이름이 있으면 그 사람을 뭐라고 불러야 할지 안다는 거다. 그건 아주 작은 장점이고 수백만 가지 커다란 단점이 있다. 그중 가장 큰 것은, 이름이란 게 사실 파시스트적이고 우리가 인간으로서 스스로를 표현하지 못하게 하고 우리를 하나의 물건으로 바꾸어버린다는 거다. 하지만 여기서 그에 대해 이야기를 하다 보니 그를 하나의 이름으로 불러야 되겠다는 생각이 든다. 개 없음이 좋겠다. 평범하지 않고, 누구 이야긴지도 알 수 있고, 개보다는 나으니까. 개라고 부르면 혹시 진짜 개랑 헛갈릴 수도 있으니까.

그래서 개 없음은 술을 마신 다음 나를 데리고 자기 집으로 갔다. 솔직히 개를 데리고 돌아다니는 것이나, 여러 가지로 보아 그에게 집이 있을 것 같지 않았다. 그는 여기저기 옮겨 다니고, 사는 것도 오르락내리락하는 작자처럼 생겼는데, 내가 만난 것은 좋은 때였던 모양이다. 하지만 정상적인 집은 아니었다. 그는 로더리드 역 뒤로 돌아가면 있는 가게에서 살았다. 주택으로 바꾼 가게도 아니었다. 아무것도 팔진 않았지만, 그래도 그냥 상점이었다. 전에는 뭐랄까, 모퉁이에 있는 구식 가게 비슷한 곳이었다. 그래서 선반이랑 카운터가 있고 커다란 창문도 있는데, 그는 그 창문을 덮개로 가려두었다. 개 없음의 개는 뒤쪽 자기 침대에 엎드려 있었는데, 아마 옛날에는 거기가 창고였을 것이다. 가게는 사실 굉장히 편하다. 약간의 불편함만 참으면 말이다. 옷은 선반에 올려두고 텔레비전은 금전출납기가 있던 카운터 위에 올려두고 바닥에 매트리스를 깔면 끝이다. 그리고 가게에는 화장실도 있고 수도도 있다. 욕조나 샤워 시설은 없지만 말이다.

거기 도착하자마자 우리는 곧바로 섹스부터 했다. 나와 정상적인 섹스를 한 사람은 채스뿐이었는데 이상하게 그건 하나도 좋지 않았다. 내 말뜻을 아는지 모르겠지만, 채스랑 할 때는 채스도 제대로 못하고 나도 제대로 못해서 마구 애를 썼다. 어쨌든 개 없음은 능숙하게 나를 이끌었고, 그래서 나는 사람들이 왜 그걸 자꾸 하려고 하는지 좀 더 잘 이해하게 되었다. 사람들은 처음이 중요하다고들 하지만 정말 중요한 건 두 번째다. 아니면 두 번째 사람이든가.

처음에 내가 얼마나 바보였는지 봐라. 완전히 엉망이 되어서 훌쩍거리며 집착했으니까. 그러니까 두 번째도 그랬다면 나한테 문제가 있다고 생각했을 것이다. 하지만 사실 개 없음을 다시 만나든 말든 상관없었기 때문에 오히려 진전이 있는 것 아닐까? 살아가려면 그런 식으로 해야 되는 거다.

섹스를 끝낸 다음, 그는 조그만 흑백 텔레비전을 켰고 우리는 매트리스에 누워서 뭐든 나오는 것을 보았다. 그러다 우리는 이야기를 시작했고 나는 젠과 토퍼스하우스, 다른 사람들 이야기를 하게 됐다. 그는 놀라지도 않았고, 동정이나 뭐 그런 것을 하지도 않았다. 그냥 고개를 끄덕이더니 이랬다. 아, 나도 항상 죽어버리고 싶어. 그래서 내가 이랬다. 음, 당신이 그런 짓을 할 리가 없어요. 그러니까 그가 말했다. 그게 중요한 게 아니잖아? 그래서 내가 이랬다. 그게 중요한 게 아니라고요? 그러니까 그는 중요한 건, 생명의 신과 죽음의 신에게 계속해서 자신을 바치겠다고 하는 거라고 했다. 그 신들은 이교도 신이니까 기독교와는 상관없다. 그리고 만약에 생명의 신이 나를 원하면 나는 사는 것이고, 죽음의 신이 나를 원하면 살지 못한다. 그러니까 십이월 삼십일 일 밤, 나는 생명의 신에게 선택된 것이고 그래서 뛰어내리지 않았다. 그래서 내가 이랬다. 내가 뛰어내리지 못한 건 사람들이 머리를 깔고 앉았기 때문이에요. 그러니까 그는 생명의 신이 그들을 통해 말한 거였다고 설명해줬고, 그러니까 확실하게 이해가 됐다. 왜냐하면 그 사람들이 그렇게 난리를 칠 이유가 없었기 때문이다. 그러니까 보이지 않는 힘이 그들을 조종하지 않았다면 말이다. 그리고 그는 뇌사 상태인 사람들, 조지 부시나 토니 블레어나 팝 아이돌 콘테스트의 순위를 매기는 사람들은 스스로를 생명과 죽음의 신에게 바치려 한 적이 없었고, 그러므로 그들은 살 권리가 있다는 증거가 절대 없다고 했다. 그러니까 우리는 그런 사람들의 법을 따르면 안 되고, 그들(팝 아이돌 콘테스트의 심사위원들 말이다)의 결정을 인정해서도 안 된다는 것이다. 그러니까 그들이 우리한테 시킨다고 해서 다른 나라들에 폭탄을 떨어뜨릴 필요도 없고, 팻 미첼 같은 가수가 팝 아이돌 상을 탔다고 해도 그 말을 들을 필요도 없다. 그냥, 아냐 그 여자는 상을 못 탔어, 라고 말해버리면 되는 것이다.

그가 하는 말은 하나같이 너무나도 옳은 말이라서, 지난 몇 주가 후회스러운 기분까지 들었다. 제이제이와 모린과 마틴이 내게 그럭저럭 잘해주긴 했지만, 머리가 좋은 건 아니었다. 그들은 개 없음이 대답해준 것처럼 내 의문에 대답을 해주진 못했으니까. 하지만 다시 생각해보면, 그 사람들이 없었다면 나는 개 없음을 만나지 못했을 것이다. 괜히 참견을 한다고 나서지도 않았을 것이고, 뛰쳐나가 쏘다닐 일도 없었을 테니까.

그러니까 생각해보니 그것도 생명의 신의 뜻인 것 같다.

집에 가니까 엄마랑 아빠가 이야기 좀 하자고 했다. 처음에 나는 하든지 말든지 그랬지만 그들은 정말로 이야기를 하고 싶어했고,

엄마는 차 한 잔을 끓여주면서 나를 주방 테이블에 앉히더니 누가 그걸 가져갔는지 알아냈다고 했다. 그래서 내가 이랬다. 누가요? 그러니까 엄마가, 젠이야, 라는 것이다. 나는 엄마를 빤히 쳐다보았다. 그러니까 엄마가 이랬다. 그래, 정말이라니까. 그래서 내가 말했다. 어떻게 그렇게 돼요? 내 대답에 엄마는 모린, 그녀가 너무나 뻔해서 모두 그냥 지나쳐버린 사실을 지적해줬다고 했다. 그 귀걸이는 젠이 제일 좋아하던 것이니까, 그것만 사라지고 아무것도 없어진 게 없다면 그건 우연일 리가 없다고. 처음에 나는 그게 무슨 차이가 있는지 알 수 없었다. 그래도 여전히 젠은 집에 없는데. 하지만 그 사실 때문에 엄마가 얼마나 변했는지, 엄마가 얼마나 더 차분해졌는지를 보니 이유는 상관없었다. 중요한 건 엄마가 나한테 더 잘해주고 싶어한 거였다.

그래서 나는 개 없음에게 더욱 감사하게 되었다. 그는 내게 이렇게 깊이 분명하게 생각하는 법, 사물을 있는 그대로 바라보게 해주는 방법을 가르쳐주었으니까 말이다. 그러니까 엄마가 사물을 있는 그대로 보지 못한다 하더라도, 예를 들어서 엄마가 팝 아이돌의 심사위원들이 인생을 살 권리가 없다는 걸 모른다 할지라도, 엄마는 자기한테 통하는 방식으로 세상을 보게 되어 그렇게 나쁜 년처럼 굴지 않게 되었다.

이제 개 없음의 가르침 덕분에 나는 뭐랄까, 그 사실을 받아들일 지혜를 얻었고, 엄마한테 그런 건 멍청하다거나 무의미하다고 말하지 않았다.

· 마틴 ·

누가 자기 아이를 파치노라고 부르고 싶을까 궁금할 것이다. 파치노의 부모들, 해리 콕스와 마샤 콕스가 바로 그 사람들이다.

"어떻게 그런 이름을 갖게 됐는지 물어봐도 되겠니?" 나는 파치노를 처음 알게 되었을 때 물어보았다.

파치노는 당황한 표정으로 나를 쳐다보았다. 하지만 파치노는 거의 모든 질문에 당황한다는 사실도 짚어두어야 한다. 그 애는 덩치가 크고, 앞니 사이가 벌어진데다 사시이며 지능까지 떨어진, 불행이 겹겹이 쌓인 아이였다. 카리스마와 외모의 덕을 꼭 봐야 할 사람이 있다면, 그건 바로 파치노였다.

"무슨 말이에여?"

"이름이 어디서 온 거냐고."

이름이 어디선가 왔다는 개념 자체가 그에게는 매우 새로운 것임에 틀림없었다. 그건 마치 그의 발가락이 어디서 왔냐고 질문한 것이나 다름없었다.

"파치노라는 유명한 영화배우가 있거든."

그는 나를 쳐다보았다.

"그래여?"

"그 사람 이름 처음 들어보니?"

"넵."

"그럼 그의 이름을 따서 지은 이름이 아니라고 생각해?"

"몰라여."

"물어본 적도 없고?"

"넵. 이름이 어디서 왔는지 물어보지 않았어여."

"그렇군."

"아저씨 이름은 어디서 왔어여?"

"마틴 말이니?"

"넵."

"마틴이란 이름이 어디서 왔냐고?"

"넵."

나는 그 애를 쳐다보며 한순간 입을 딱 벌렸다. 당혹스러웠다. 너무나 당연한 대답—파치노라는 이름을 그의 부모가 지어주었듯이, 내 이름도 내 부모한테서 왔다는 것(하지만 이 정보도 그에게는 놀라웠을 것이다)—외에 내 이름은 프랑스에서 기원한 것이고, 그 애의 이름은 이탈리아에서 기원한 것이라는 대답밖에 해줄 수 없었다. 그러므로 왜 내 이름은 그렇지 않은데, 그 애의 이름은 웃기다는 것을 말로 설명하기란 어렵다는 것을 알게 되었다.

"알겠져? 그건 무지 어려운 질문이라구여. 하지만 그 대답을 못한다고 해서 멍청하단 뜻은 아니져."

"그럼. 물론 아니지."

"아니면 아저씨도 똑같이 멍청하거나."

그 가능성은 완전히 배제할 수 없을 것 같은 느낌이 들었다. 아주 여러 가지 이유에서 나도 멍청이가 된 것 같은 기분이 들기 시작했다.

파치노는 우리 집 근처에 사는 8학년 학생이었고, 나는 그의 독서를 도와주기로 했다. 나는 신디와 대화한 뒤, 지역신문에서 조그만 광고를 본 뒤 그 일을 하겠다고 자원했다. 파치노는 자존심을 찾아가는 나의 여정에 첫 정류장인 셈이었다. 머나먼 길이라는 건 인정하지만, 파치노를 좀 더 나중에 만났더라면 하는 바람은 있었다. 나의 자존심은 시드니에 있는데 내 여정이 할러웨이 로드 전철역에서 시작한다면, 파치노는 내 비행기에 연료를 재공급할 야간 기착지 정도가 될 거라고 상상했다. 나는 그 애가 나를 시드니까지 데려가주진 못하리란 걸 알 수 있을 만큼은 현실적이었지만, 멍청하고 못생긴 아이와 한 시간 동안 앉아 있기로 자원한 것은 최소한 몇 천 킬로미터는 되지 않을까? 하지만 첫 시간 동안, 너무나 쉬운 단어도 다 막히는 걸 보고 나니 그 애는 싱가포르가 아니라 칼레도니안 로드에 해당하고, 앞으로 스물 몇 개의 전철역을 더 지나야 겨우 망할 놈의 히드로 공항에 도착할 거라는 걸 알게 되었다.

우리는 그 애가 읽고 싶어하는 끔찍한 책을 읽기 시작했는데, 그 책은 축구에 관한 이야기로, 다리가 하나밖에 없는 여자아이가 장애와 동료 선수들의 성차별을 극복하고 학교 축구팀의 주장이 된다는 내용이었다. 파치노가 억울하지 않게 말해주자면, 일단 스토리의 흐름을 알고 나자 그 애는 아주 적절하게 경멸적인 태도를 취했다.

"얘가 큰 시합에서 결승골을 넣겠져?" 그 애는 짜증난다는 표정으로 물었다.

"그럴 것 같구나. 응."

"하지만 다리가 하나뿐이잖아여."

"그렇지."

"게다가 여자애고."

"그렇구나."

"그런데 이 학교가 어디예여?"

"그렇게 묻는 것도 당연하구나."

"그래서 묻는 거예여."

"이 학교 이름을 알고 싶다고?"

"네. 우리 팀 선수들이랑 같이 가서 팀에 다리 한쪽만 있는 여자 애가 있다는 걸 놀려주고 올래여."

"진짜 학교인지는 모르겠구나."

"그럼 이게 진짜도 아니라구여?"

"그렇단다."

"그럼 이딴 책 갖고 고생 안 할래여."

"좋아. 가서 딴 책을 골라오렴."

그 애는 서재로 돌아갔지만 흥미를 끌 만한 책을 아무것도 찾지 못했다.

"그럼 좋아하는 게 뭐지?"

"좋아하는 거 없어여."

"하나도 없어?"

"과일은 좋아해여. 엄마는 내가 과일 먹기 챔피언이래여."

"그렇구나. 그렇다면 할 만한 게 있겠다."

우리가 공부할 시간은 사십오 분이 남아 있었다.

그렇다면 뭘 하겠는가? 어떻게 하면 좀 더 살고 싶은 마음이 들 정도로 자기 자신을 좋아하게 될까? 그리고 왜 파치노와 시간을 보내는 것도 도움이 되지 않을까? 어느 정도는 개 잘못이었다. 그 애는 배울 마음이 없었다. 그 애는 내가 상상하던 종류의 아이도 아니었다. 나는 매우 똑똑하지만 가정 형편이 나쁜 아이, 일주일에 한 시간의 과외만 받으면 노동자 계층의 신동이 될 아이를 원했다. 나는 내가 투자한 일주일의 한 시간이 앞으로 헤로인 중독자가 될 아이를 옥스퍼드 대학에서 영문학을 공부할 학생으로 만들어놓기를 바랐다. 그런 애가 필요했는데, 대신에 관심사라고는 과일 먹기밖에 없는 애가 나타났다. 그런데도 대체 그 애가 책을 읽을 필요가 있을까? 남자 화장실 기호는 국제 공통이고, 텔레비전에 뭐가 나오는지는 엄마한테 물어보면 되는데 말이다.

어쩌면 바로 그게 핵심일지도 모른다. 아무짝에도 쓸모없다는 사실. 가치 없는 일임이 너무나 분명한 일을 하고 있다는 걸 알게 된다면, 남을 돕는 것이 틀림없는 사람들보다 자신을 더 좋아하게 될지도 모른다. 어쩌면 그 금발 간호사보다 더 나은 사람이 되었다는 느낌이 들지도 모르고, 그를 또 비웃게 될지도 모르지만, 이번에는 나의 정당성이 확보되어 있는 것이다.

자신의 가치 역시 화폐와 마찬가지다. 오랫동안 그것을 저축했다가 원하면 하룻밤에 날려버릴 수도 있다. 나는 사십여 년간 모아온 나 자신의 가치를 몇 달 만에 다 날려버렸고, 이제 다시 저축을 시작해야 한다. 파치노는 일주일에 10펜스 정도가 될 것 같으니, 시내에 나가서 하룻밤 즐기려면 아직 한참 걸릴 것이다.

바로 그거다. 이제 그 문장을 마칠 수 있게 되었다. '힘들다는 건 파치노에게 독서를 가르치는 것이야.' 내지는 '힘들다는 건 지침서도 없이 어디로 가야 하는지 전혀 모르는 상태에서 나 자신을 한 조각 한 조각 다시 만들어가는 것이야.'

. 제이제이 .

리지와 에드는 덴마크 스트리트의 멋진 상점 한 곳에서 기타와 블루스하프블루스나 록 연주에 쓰는 하모니카의 일종—옮긴이, 목에 거는 하모니카 걸이를 사주었다. 히드로 공항으로 가는 길에 에드는 내게 미국으로 가는 비행기 표를 사주고 싶다고 했다.

"아직은 갈 수 없어, 친구."

나는 작별 인사를 하려고 따라갔지만, 지하철을 타고 하도 오래 가다 보니 결국 가판대에서 어떤 쓰레기 잡지를 살까 하는 이야기 외에 다른 이야기도 하게 되었다.

"여긴 네가 할 일이 없어. 집으로 돌아가서 함께 밴드를 차려."

"여기도 밴드가 있어."

"어디?"

"알잖아. 그 사람들."

"그 사람들을 밴드라는 거야? 스타벅스에서 봤던 그 얼간이들이랑…… 변태들?"

"나는 전에도 얼간이랑 변태들이랑 같은 밴드에 있었어."

"내 밴드에 변태는 없었어."

"달러 빌은?"

달러 빌은 우리의 첫 베이스 기타 연주자였다. 그는 우리보다 나이가 많았는데, 고등학교 잡역부의 아들이랑 사고를 치는 바람에 내보내야 했다.

"적어도 달러 빌은 연주할 줄은 알았다고. 네 친구들은 뭘 할 줄 아는데?"

"그런 밴드가 아니야."

"그건 밴드가 아니야. 아무튼 계속 이렇게 살 거야? 그 사람들이 죽을 때까지 어울릴 거야?"

"아냐, 친구. 모두 다 좋아질 때까지만."

"모두 다 좋아질 때까지? 그 여자애는 미쳤어. 그 아저씨는 다시는 사람들 앞에서 고개를 들지 못할 거고. 그 아줌마는 숨도 제대로 못 쉬는 애가 딸려 있잖아. 그런데 그 사람들이 언제 좋아지겠냐? 차라리 모두 다 나빠지길 바라는 게 낫지. 그럼 망할 아파트에서 뛰어내리고 너는 돌아올 수 있으니까. 너한테 해피엔딩은 그것뿐이라고."

"너는?"

"나랑 이놈의 일이 무슨 상관이냐?"

"네 해피엔딩은 뭐가 될 건데?"

"무슨 소리야?"

"다른 사람들에겐 어떤 해피엔딩이 가능한지 알고 싶어. 차이가 뭔지 알려줘. 마틴이랑 모린, 제스는 모두 끝장난 인간들이지만 너…… 너한테는 케이블 방송국에다 사람들을 꾀어 데려가는 일자리가 있으니까. 너는 그 일로 어떻게 될 건데?"

"내가 될 사람이 되는 거지."

"그래, 그게 뭔지 말해봐."

"엿 먹어."

"설명을 하려는 것뿐이야."

"그래, 알았어. 내 해피엔딩도 네 친구들이랑 똑같다는 거지. 고맙다. 내가 권총 자살하기 전에 먼저 미국으로 돌아가도 되겠냐?

아니면 그냥 여기서 해버릴까?"

"야, 그런 말은 아니야."

하지만 그런 말이었던 것 같다. 그곳, 내가 십이월 삼십일 일에 올라갔던 그곳에 올라가면, 옥상 위에 올라오지 않은 사람들은 바다 건너 백만 킬로미터 떨어져 있는 것처럼 느껴지지만, 사실은 그렇지 않다. 바다는 없다. 거의 모두 다 마른 땅 위에서, 손을 뻗으면 만질 수 있는 거리에 있다. 행복이란 얼마나 가까이 있는지, 뭐 그런 헛소리를 하려는 건 아니다. 자살을 생각하는 사람들이 겨우겨우 살아가는 사람들과 그렇게 다르지 않다는 이야기도 아니다. 내 말은, 겨우겨우 살아가는 사람들이 자살과 그다지 멀지 않다는 것이다. 어쩌면 그 사실에서 지금처럼 위로를 받아서는 안 되는 일일지도 모른다.

90일은 거의 다 끝나가고, 마틴이 말한 자살학자에게 일리가 있다는 생각이 든다. 상황이 바뀌었다. 상황은 그렇게 빨리 바뀌지 않았고, 그렇게 극적으로 바뀌지도 않았으며, 우리가 상황을 바꿔보려고 많은 일을 한 것도 아니었다. 내 경우 별로 더 나아진 것도 아니었다. 솔직히 내 경제적 여유나 앞으로의 전망은 십이월 삼십일 일보다 삼월 삼십일 일에 훨씬 더 어두워질 것이다.

"너 정말 끝까지 해볼 거야?" 공항에 도착했을 때 에드가 물었다.

"끝까지 뭘?"

"글쎄, 사는 거."

"포기할 이유도 없지."

"정말? 제길. 다른 사람들이면 몰라도 네가 이럴 줄은 몰랐다.

네가 뛰어내렸더라면 우리 모두 이해했을 거야. 진심이야. 재능을 그렇게 던져버리다니 아깝기도 하지, 라고 아무도 생각하지 않았을 거라고. 왜냐하면 네가 던진 게 뭐가 있어? 아무것도 없지. 아까울 게 아무것도 없으니까."

"고맙다, 친구."

"천만에, 그냥 내 생각대로 말하는 거야."

에드도 웃고 나도 웃었다. 우리는 전에 살다가 틀어진 일에 대해 서로에게 늘 이야기했듯이 이야기하고 있었다. 평소보다 좀 더 심하게 구는 것뿐이었다. 얼마 전에 나를 버린 여자가 어쨌든 자길 더 좋아했다고 말했던 때나, 내가 에드가 몇 달 동안 쓴 곡이 쓰레기라고 말했던 때로 돌아간 것이지만, 수위가 좀 더 높았다. 하지만 그의 말은 옳았다. 에드가 한 말 중에 가장 옳은 말일지도 몰랐다. 아까울 것 하나도 없었을 것이다. 중요한 건 아직도 내게 일흔 살의 수명을 다할 자격이 있다고 생각하는 것이다.

길에서 연주하는 건 그렇게 나쁘진 않다. 좋다. 나쁘지만 끔찍한 건 아니다. 음, 그렇다. 끔찍하긴 하지만…… 다음번에 돌아와서 이 문장을 삶을 긍정하면서도 진실한 단어로 끝맺도록 하겠다. 첫날은 오랜만에 기타를 잡으니 끝내주게 좋았다. 이튿날도 손 굳은 것이 좀 풀려서 꽤 좋았다. 코드와 노래와 자신감이 돌아오는 것을 느낄 수 있었다. 그 뒤부터는 길거리 연주처럼 느껴졌고 길거리 연주는 피자 배달보다는 좋았다.

그리고 사람들이 정말로 담요 위에 돈을 놓아주었다. 마담 투소 밀랍인형 박물관 앞에서 스페인 꼬마들 한 무리에게 〈나의 믿음을 잃은 것〉을 연주해서 10파운드를 벌었고, 그다음 날 스웨덴인지 어딘지에서 온 사람들 앞에서도 거의 그만큼 벌었다(테이트 모던 미술관 앞에서 〈윌리엄, 그건 정말 아무 일도 아니었어〉를 불렀을 때 말이다). 그 자식만 죽일 수 있다면, 길에서 연주하는 건 내가 얻을 수 있는 최고의 직업일 것이다. 적어도 길에서 기타를 연주하는 일자리 중에서는 최고일 것이다. 그 자식은 자칭 제리 리 페이브먼트라고 하는데, 하는 일은 내 바로 옆에 자리를 잡고 나랑 같은 노래를 두 박자 늦게 부르는 것이다. 그러니까 내가 〈나의 믿음을 잃는 것〉을 연주하면 그도 〈나의 믿음을 잃는 것〉을 연주하기 시작하고, 듣기 싫어서 내가 그만두면 그도 그만두어서 모두 다 웃게 만든다. 염병하게 웃기니까. 하하하. 그래서 다른 곳으로 옮기면 그도 졸졸 따라온다. 내가 어떤 노래를 연주하든 상관없다. 그 점은 칭찬할 만하다고 말할 수밖에 없다. 나는 리플레이스먼트의 〈스카이웨이〉를 부르면 그 자식을 쫓아낼 수 있을 거라고 생각했는데, 아마 그 곡을 아는 사람은 지구상에 열아홉 명밖에 없을 것이기 때문이었다. 그런데도 그는 따라 불렀다. 아, 그리고 모두 다 그 자식한테 동전을 던진다. 천재는 그 자식이지, 내가 아니니까. 한번은 리스터 스퀘어에서 그를 한 대 친 적이 있었는데, 모두 다 내게 야유를 보냈다. 그는 모두에게 사랑받기 때문이다.

하지만 누구나 직장에 가면 잘 지낼 수 없는 사람이 있을 것 같다. 그리고 직장 생활의 멍청함과 헛됨을 표현할 비유가 부족하다면—고맙게도 모두 다 그렇진 않나—제리 리 페이브먼트를 이기는 건 어렵다는 말만 해주면 된다.

· 모린 ·

우리는 90일 파티를 하러 토퍼스하우스 건너편의 펍에서 만났다. 원래는 두어 잔 한 다음 옥상에 올라가 모든 일을 잠시 생각해 보고, 할러웨이 로드의 인디언 오션이라는 식당으로 커리를 먹으러 갈 생각이었다. 커리에 대해서는 미심쩍었지만 다른 사람들이 내 입맛에 맞을 만한 것을 골라주겠다고 했다.

하지만 나는 옥상에 올라가고 싶지 않았다.

"왜요?" 제스가 말했다.

"거기 가면 자살하는 사람들이 있으니까." 내가 말했다.

"이런 참." 제스가 말했다.

"오, 넌 밸런타인데이 때 즐거웠겠군, 안 그래?" 마틴이 제스에게 물었다.

"아뇨, 즐겁지는 않았어요. 하지만 알잖아요."

"아니, 몰라." 마틴이 말했다.

"이것도 다 삶의 일부죠?"

"사람들은 늘 불쾌한 일에 대해서 말하지. '와, 이 영화에는 사람 눈을 코르크 따개로 뽑는 장면이 나와. 하지만 그것도 다 삶의 일부이지.' 하는 식으로. 삶의 다른 일부가 뭔지 말해주지. 똥 누러 가는 거야. 그런 걸 보고 싶어하는 사람은 아무도 없어. 그렇지 않아? 그런 장면이 들어간 영화를 만드는 감독도 없어. 그럼 오늘 밤에는 사람들이 똥 누는 모습을 보러 가자고."

"누가 보여주기나 한대요? 문을 잠글 텐데." 제스가 말했다.

"하지만 문을 안 잠그면 보겠지."

"문을 안 잠근다면, 그게 바로 삶의 일부가 되겠죠. 그렇지 않아요? 그러니까 맞아요. 볼 거예요."

마틴은 끄응, 신음하며 어이없다는 듯 눈을 굴렸다. 마틴이 제스보다 훨씬 더 똑똑하다고 생각하겠지만, 제스랑 말싸움을 하다가 이기는 것을 한 번도 못 본 것 같다. 이번에도 제스가 이겼다.

"하지만 사람들이 문을 걸어 잠그는 건 프라이버시를 원하기 때문이에요. 자살할 생각을 할 때도 프라이버시를 원할지도 모르죠." 제이제이가 말했다.

"그럼 그냥 알아서 하라고 내버려두자는 거야?" 제스가 말했다. "그건 옳지 못하다고 봐. 오늘 밤엔 누군가를 말릴 수 있을지도 모르잖아."

"그게 당신 친구의 생각이랑 어떻게 맞아들어가는 거지? 내가 알기로는, 이제 당신은 자살에 관한 한 시장市場이 결정하게 내버려두라는 의견인 것 같은데." 마틴이 말했다.

우리는 그 직전까지 개 없음이라고 부르는 이름 없는 남자에 대해서 이야기하고 있었는데, 그는 제스에게 자살을 생각하는 것은 무척 건전하고, 모두 그렇게 해야 한다고 했다.

"그런…… 소리는 한 마디도 안 했어요."

"미안. 내 식으로 바꿔서 말한 거야. 우리가 참견하면 안 되는 줄 알았어."

"아뇨, 그렇지 않아요. 우린 참견할 수 있어요. 참견하는 것도 과정의 일부라고요. 우리가 해야 할 일은 자살에 대해서 생각해보고, 그런 다음에는 어떻든 상관없어요. 우리가 누군가를 말린다면, 신들의 말씀이니까요."

"그런데 내가 만약 무슨 신이라면, 당신이야말로 내가 대변인으로 꼭 쓰고 싶은 사람이겠군." 마틴이 말했다.

"지금 비꼬는 거예요?"

"아니, 칭찬하는 거야."

제스는 기쁜 표정을 지었다.

"그럼 누굴 찾아볼까요?" 제스가 말했다.

"누굴 어떻게 찾지?" 제이제이가 물었다.

"먼저, 여기도 누군가 있을지 몰라요."

우리는 펍 안을 둘러보았다. 일곱 시가 겨우 지난 시각이었고 아직 사람이 별로 없었다. 남자 화장실 옆 구석에 젊은 친구 두 명이 양복을 입고서 휴대전화를 쳐다보며 웃고 있었다. 바에서 제일 가까운 테이블에는 젊은 여자 셋이 사진을 보며 웃고 있었다. 우리 바로 옆 테이블에서는 젊은 커플이 아무것도 하지 않고 그저 웃고 있었고, 바에는 중년의 남자가 신문을 읽고 있었다.

"너무 많이 웃잖아." 제스가 말했다.

"문자 메시지가 웃기다고 생각하는 사람은 자살하지 않을 거야." 제이제이가 말했다. "내적으로 아무런 갈등이 없다는 얘기거든."

"나도 웃긴 문자 메시지는 봤는데." 제스가 말했다.

"음, 그래도 그 사실이 제이제이의 이야기를 반박하진 못한다고 생각되는데." 마틴이 말했다.

"닥쳐요. 저기 신문 읽는 작자는 어때요? 혼자잖아요. 아마도 저 사람이 우리한테는 최선의 선택이겠어요." 제스가 말했다.

"최선의 선택이라? 그럼 이 안에 있는 사람 가운데 누군가가 자살을 생각하든 말든 포기시켜야 한다는 말인가?" 마틴이 말했다.

"음, 그래요. 웃는 얼간이들은 저 위로 올라가진 않을 거 아니에요? 저 사람은 좀 더 깊이 있어 보이잖아요."

"염병할 《선》지의 경마 페이지를 읽고 있잖아. 곧 저 남자의 짝이 나타날 거고, 그들은 생맥주랑 카레를 먹을 거야." 마틴이 말했다.

"잘난 척하긴."

"아, 그리고 자살하려면 깊이가 있어야 한다고 생각하는 사람은 누구였지?"

"우리 모두 그래요. 그렇지 않아요?" 제이제이가 말했다.

우리는 각자 두 잔씩 마셨다. 마틴은 물을 탄 위스키를 큰 잔으로 마셨고, 제이제이는 기네스 두 잔, 제스는 레드 불과 보드카, 나는 백포도주를 마셨다. 석 달 전이었으면 어지러웠겠지만, 나는 이제 술을 자주 마시기 때문에 길을 건너갈 때도 따뜻하고 기분 좋을 정도였다. 그전 주 일요일부터 서머타임제를 시작했고, 거리로 나갔을 때는 어두워진 것 같았지만, 옥상으로 올라가자 도시 어딘가에 약간의 빛이 남아 있는 것 같았다. 우리는 마틴이 철망을 잘라 놓은 곳 바로 옆의 벽에 기대서서 남쪽으로 흐르는 강물을 쳐다보았다.

"자, 누구 뛰어내릴 사람?" 제스가 말했다.

아무도 말하지 않았다. 그건 이제 진지한 질문이 아니었으니까. 우린 웃기만 했다.

"좋지 않아요? 아직도 이렇게 살아 있다는 거?" 제이제이가 말했다.

"참 나." 제스가 말했다.

"아니, 수사의문문대답이 필요 없는 질문—옮긴이은 아니었어." 제이제이가 말했다.

제스는 그에게 욕을 했고, 그게 무슨 소리냐고 물었다.

"그러니까, 정말로 알고 싶어요. 정말로 어느 쪽이 더 나은지…… 글쎄, 모르겠어요." 제이제이가 말했다.

"여기 모인 것이 그렇지 못한 것보다 나은지?" 마틴이 말했다.

"네, 그거 같아요."

"당신 애들한테는 더 좋죠." 제스가 말했다.

"그럴 것 같아. 그 애들을 볼 일이 있을까 의문이지만." 마틴이 말했다.

"매티한테도 더 좋죠." 제이제이가 말했고, 나는 아무 말도 하지 않았는데, 그러는 바람에 모두 실은 매티에게 더 좋을 것이 없다는 것을 기억했다.

"어쨌든 우린 모두 사랑하는 사람들이 있잖소. 그리고 우리가 사랑하는 사람들은 우리가 죽은 것보다는 살아 있는 걸 더 좋아할 거요. 제정신으로." 마틴이 말했다.

"그렇게 생각해요?" 제스가 말했다.

"네 부모는 네가 살아 있기를 바라는 것 같냐고? 당연하지, 제스. 네 부모들은 네가 살아 있길 바라고 있어."

제스는 그 말을 믿지 않는다는 듯이 얼굴을 찡그렸다.

"왜 전에는 이 생각을 못했을까요? 십이월 삼십일 일 밤에는 말이에요. 부모님 생각을 한 번도 못했어요." 제이제이가 말했다.

"그때는 상황이 더 힘들었으니까. 가족이란, 글쎄 중력 같은 거야. 이따금 다른 것보다 강해지지." 마틴이 말했다.

"그래요. 당신한텐 중력이겠죠. 그래서 아침이면 우리는 마치 날아갈듯이 다니다 저녁이 되면 다리도 못 들게 되는 거예요."

"그럼, 밀물과 썰물이라고 하든지. 밀려들어올 때는 모르지만…… 음, 어쨌든. 내 말뜻은 알잖아."

"오늘 여기 누가 올라오면 우린 뭐라고 할까요?" 제이제이가 말했다.

"90일 이야기를 해줄 거야. 사실이니까. 안 그래요?" 제스가 말했다.

"그래. 오늘 밤에는 우리 중 아무도 자살할 생각이 없어요. 하지만 만약…… 누가 이유를 묻는다면? 그러니까 떨어지지 않기로 결정한 뒤로 무슨 좋은 일이 생겼는지 말해봐요, 그러면 뭐라고 할 거예요?" 제이제이가 말했다.

"나는 신문 판매소 일자리 이야기를 하겠어. 퀴즈랑." 내가 말했다.

다른 사람들은 발치만 쳐다보고 있었다. 제스는 무슨 말을 하려다 제이제이랑 눈이 마주치더니 마음을 바꿨다.

"그래. 음, 넌, 넌 잘 지내고 있어." 제이제이가 잠시 후에 말했다. "하지만 나는…… 거리에서 노래나 부르고 있는 빌어먹을 신세야. 미안해요, 모린."

"그리고 나는 세상에서 제일 둔한 애한테 독서를 가르치다가 실패하는 중이고." 마틴이 말했다.

"자신한테 너무 엄격하게 굴지 말아요. 당신은 다른 수많은 일에서도 실패하는 중이잖아요. 애들에게도 실패하는 중이고, 부인과 애인하고도……" 제스가 말했다.

"맞아. 그에 비하면 넌 우라지게 성공했지. 모든 걸 가졌으니까."

"미안해요, 모린." 제이제이가 말했다.

"그렇소, 실례했소, 모린."

"90일 전에는 개 없음을 몰랐어요." 제스가 말했다.

"참, 그렇지. 개 없음. 우리 누구나 자랑할 수 있는 자격 미달의 성과. 물론 모린의 퀴즈 팀은 빼고 말이오." 마틴이 말했다.

나는 일자리 이야기를 하지 않았다. 별것 아니란 건 알고 있지만, 내가 너무 잘난 체한다는 인상을 주고 싶지 않았다.

"자살하려는 우리 친구한테 개 없음 이야기를 해줍시다. '오, 그래요. 여기 제스는 이름의 존재를 믿지 않고 우리가 늘 자살해야 한다고 생각하는 남자를 만났답니다.' 그러면 그 사람도 기운을 얻을 거요."

"그렇게 생각하는 게 아니라니까요. 당신은, 염병할! 왜 이 이야기를 꺼낸 거야, 제이제이. 즐거운 저녁 시간이 될 수 있었는데 모두 지랄 맞게 우울해졌잖아."

"그래요. 미안해요. 그냥 궁금했어요. 우리가 왜 아직도 이렇게 있는 건지." 제이제이가 말했다.

"고마워. 생각해줘서 고맙군." 마틴이 말했다.

멀리 강가에서 커다란 회전식 관람차 런던 아이의 불빛이 보였다.

"어쨌든 지금 결정할 필요는 없잖아요?" 제이제이가 말했다.

"물론 없지." 마틴이 말했다.

"그럼 또 육 개월을 두고 보는 게 어때요? 어떻게 지내는지?"

"저게 정말로 돌아가고 있는 거요? 잘 모르겠는데." 마틴이 말했다.

우리는 그걸 확인하기 위해 런던아이를 한참 동안 쳐다보았다. 마틴 말이 옳았다. 움직이고 있지만 움직이는 것처럼 보이지 않았다. 하지만 분명히 움직이고 있을 것 같았다.

추천의 말
옮긴이의 말

막다른 인생들의 제자리 찾기, 그 예리한 통찰

최혜실·경희대 국문과 교수

닉 혼비 특유의 캐릭터가 살아 숨쉬는 자살 이야기

십이월 삼십일 일, 영국 런던의 토퍼스하우스 옥상에 네 사람이 모였다. 마틴은 인기 있는 TV 토크쇼의 진행자였으나 미성년자와 성관계를 맺은 대가로 교도소에 들어갔다 나왔으며 부인에게 이혼당하고 아이들과의 만남도 제한된 처지다. 모린은 이십 년간 중증 장애자 아들을 돌보느라 자신의 삶은 없어진 지 오래된 처지다. 제스는 사랑하는(더 정확히 말하면 스토커 소리를 들을 만큼 따라다니던) 남자에게 바람맞은데다 언니 제니퍼의 실종이라는 어두운 가정사가 있다. 마지막으로 등장한 제이제이는 어떤가? 어느 정도 재능도 있고 열정도 있으나 가수로서 성공하지 못했고 그룹은 해체되었다. 지금은 발붙이기 힘든 이민자들이나 하는 피자 가게 배달 일을 하고 있다. 설상가상으로 애인과 헤어진 처지다.

이쯤 되는 사람들이 옥상에 모였다면 동기가 대강 짐작되지 않는가? 네 사람 모두 자살을 위한 장소로 그곳을 택했다. 그러나 소설은 추운 밤하늘을 배경으로 한껏 을씨년스러운 분위기가 연출되기는커녕 네 사람의 숨겨진 속마음이 조금씩 드러나면서 신랄함과 냉소와 위트로 달아오른다.

우선 자살을 하려는 마틴의 말본새는 저녁 토크쇼의 냉소와 웃음 그 자체이다. 마틴에 의하면 자살이란 길포드에 사는 모 은행의 과장이 시드니의 은행으로 전근 가는 것과 같은 이치다. 단점은 하찮은 것 세 가지이지만 장점은 대단한 것 여덟 가지 이상이다. 제스는 한술 더 뜬다. 그녀는 그런 재미없는 파티에서는 런던에서 제일 행복한 사람도 열두 시 오 분쯤에는 옥상에서 뛰어내리고 싶어질 것이라고 얘기한다. 그녀는 그냥 갑자기 깨달았다는 것이다. 남자친구가 자신을 원하지 않기에 그녀에게 남은 유일한 외로움의 돌파구는 가급적 인생을 짧게 만드는 것이라는 깨달음을 말이다.

이들의 무대책한 행동은 제이제이에 이르러 절정에 달한다. 그는 '슈퍼맨처럼 그 망할 놈의 옥상에서 날아갈 생각'으로 피자를 배달하기 전에 한번 둘러보러 온 것이다. 진지하고 성실한 모린 아줌마조차 자신이 죽지 않고 다칠 경우 요양원에 맡겨놓은 아들의 비용이 엄청나게 늘 것을 걱정한다.

인생 전체를 한꺼번에 버리는 무거운 현실을 이렇듯 조롱해버리는 네 사람의 태도는 무엇일까? 작가는 개성 강한, 어디선가 많이 봄 직한 이 네 명의 캐릭터들을 신랄한 위트와 냉소로 그려내 시종일관 웃음을 자아내면서도, 동시에 삶을 향한 뜨거운 위유의 메시지를 전한다.

현대인의 무관심과 비정함의 문체화

닉 혼비의 위트 넘치는 문체는 신랄하고 경쾌하며 우스꽝스럽기까지 하다. 과연 닉 혼비가 아니고선 누가 '자살'이라는 무거운 주제를 가지고 이토록 재미있는 글을 쓸 수 있을 것인가? 그러한 문체는 바로 작가가 세상을 바라보는 방식이기도 하다. 그에게 있어 인생은 도처에 지뢰가 잠재해 있는 지뢰밭이다. 논리나 법칙으로, 그리고 인간의 성실성이나 노력으로 재단되고 설명될 수 없는 일이 부지기수다.

마틴의 경우를 보자. 그는 비교적 건전하고 성실한 직업인이자 가장이었다. 토크쇼에서 실수 없이 등장 인사들을 다루는 유능한 진행자였고, 두 딸의 침실을 직접 스텐실로 꾸며줄 만큼 자상하며, 실제로 자녀들을 사랑한다. 가끔 한눈을 팔긴 했지만 아내를 근본적으로 배반한 적도 없다. 그런 그가 어느 날 열여덟 살이라고 주장하는 아가씨와 잤는데 알고 보니 그녀는 십오 년 250일밖에 살지 않은 소녀였다. 그녀가 115일만 더 살았어도, 그의 생은 문제없이 흘러갔을 것이다. 아니, 처음 문제가 제기되었을 때 대처만 잘했어도 구속까지는 가지 않았을 것이다.

모린의 경우 우연은 지뢰처럼 그녀의 발밑에서 터졌다. 한 남자와 딱 한 번, 태어나서 처음으로 가진 관계로 태어난 아이가 중증장애를 앓아 그녀를 이십 년간이나 집 안에 붙잡아 매어둔 것이다. 그리고 제스, 그날 남자친구가 그 파티에 오기만 했어도 아니 그 파티가 조금만 재미있었어도 그녀는 옥상에 올라가지 않았을 것이다. 제이제이의 경우도 그룹이 해체되지 않았더라면, 여자친구를 따라 영국에 오지 않았더라면, 그 여자친구가 그를 차지 않았더라면 옥상에 올라오지 않았을 것이다.

인생은 알 수 없는 것이다. 개인의 노력이나 제도의 합리성이,

그리고 그런 사회가 수치로 말해주는 확률이 한 개인에게 몰아닥치는 운명을 설명해주지 못한다. 평소 교통사고가 일어날 확률이 0.01%에 가깝더라도, 내 위로 덤프트럭이 덮치면 확률은 100%가 된다. 인생 도처에 잠복해 있는 이 지뢰를 누구도 예측할 수 없다. 이 속수무책을 한 개인이 감내하는 방식이 닉 혼비에게서 '냉소'와 '유머'로 나타난다. 두 손 걷어붙여도 막을 수 없는 일이라면 팔짱끼고 오불관언하는 것도 중심을 잡을 수 있는 한 방법일 것이다.

독자가 느끼는 경쾌함은 그의 트릭일 뿐이다. 작가는 개인에게 몰아닥친 불행을 이야기할 때 결코 그 개인의 입장에서 이야기하지 않는다. 발생한 사건을 최대한 간략하게 서술한다. 따라서 불행에 처한 사람의 슬픔이나 공포에 대한 설명이 없기 때문에 아주 가벼운 일이 일어난 것처럼 느끼게 된다. 그리고 이런 방식은 현대인이 세상의 일들을 재단하는 것과 동일하다. 누구나 자기에게 닥친 일 외에는 관심이 없다. 현대인의 무관심과 비정함의 문제화가 닉 혼비의 의도인 것이다.

그 경쾌함이 실제로는 세상에 대한 진지한 성찰과 정확한 판단력에서 나왔다는 사실을 알려면 닉 혼비의 유머와 재치 속에 드러나는 비범한 지혜를 몇 번 만나보면 된다. 예를 들어 작가는 '자살은 순간 마음의 평정이 깨어져 자기 목숨을 버리는 것'이라는 상식적인 표현에 일침을 가한다. 자살자들은 자신의 삶이 엉망진창이 되었다는 사실을 말짱한 정신으로 생각해본 뒤 자살한다는 것이다. 이 재치는 자살의 극점을 진지하게 성찰해본 자에게서만 나올 수 있다. 그리고 "당신을 알아요."라는 말의 허구성, 실제로 전혀 모르지만 TV에서 보았다는 표현이라는 지적은 세상 사람들의 몰

이해를 정확히 지적한 사례이다.

냉소 속에서 담담히 빛나는 삶에 대한 성찰

일상은 덧없는 우연으로 가득 차 있다. 그리고 반복되고 되풀이된다. 밤이 되었으면 아침이 오게 되어 있고, 봄이 되었으면 여름을 지나 가을, 겨울, 다시 봄이 오게 되어 있다. 누구도 그 순환을 거부하지 못한다. 누구나 아침이 되면 눈을 뜨고 일어나 세수하고는 직장이나 학교에 나가고, 밤이 되면 친구들과 놀다가 집에 돌아와 자리에 눕는다. 내일 태양은 떠오르지만 특별히 새로울 일은 없을 것이다.

자살로 생을 마감하려던 네 사람은 우연히 같은 시간에 같은 자리를 택했기 때문에 미수에 그치고 만다. '새로 만난 동지'에게 공감대를 느끼고 모임을 만들어, 다시 자살을 시도할 가능성이 많다는 90일 동안을 만난다.

마지막 날, 네 사람의 처지는 자살 직전에 비해 크게 달라진 점이 없는 것처럼 보인다. 마틴은 별로 영리하지 않은 것 같은 이웃집 아이의 독서를 도와주다가 실패하는 중이고, 모린은 여전히 자기 아들을 돌보면서 간혹 퀴즈 모임을 하며 생을 보내고 있다. 제스는 '개 없음'이란 새로운 남자친구를 만나 다소 개선된 양상을 보이지만, 그 남자친구는 그리 탐탁한 인간은 아니다. 제이제이는 길거리에서 노래를 부르지만 경쟁자 때문에 그다지 인기를 얻지 못하고 있다.

그러나 그들은 다시는 자신의 목숨을 버리지 않을 것이다. 이월 십사 일 밸런타인데이에 옥상에서 자살한 남자를 보고 나서 그들은 그것을 깨닫는다. 그 남자는 그들이 자살하려 했던 바로 그 장소에서 뛰어내렸다. 그 사건은 그들에게 자신들이 자살할 능력이 없다는 사실을 자각하게 했다. 십이월 삼십일 일 이후 그때까지 네 사람에게 자살은 언제나 한 가지 선택이자 출구였고, 어려운 때를 위해 저축해둔 여유자금 같은 것이었다. 그러나 그 일로 그들은 애초에 그 돈이 자신들의 것이 아니라는 사실을 깨닫는다. 그들은 애초부터 자살할 용기가 없었던 것이다. 옥상 난간에 대롱대롱 매달려 있는 것과 바닥까지 추락하는 것 사이에는 하늘과 땅만큼의 거리가 있다는 사실을 깨달은 그들은 함께 독서 모임도 갖고 여행도 하며 삶을 위해 조금씩 저축을 시작한다.

작가 닉 혼비는 등장인물로 하여금 더도 덜도 아니게 진부한 일상을 극복하게 한다. 그의 기막힌 통찰은 소설의 맨 마지막 마틴의 말로 압축된다.

> "저게 정말로 돌아가고 있는 거요? 잘 모르겠는데." 마틴이 말했다.
> 우리는 그걸 확인하기 위해 런던아이를 한참 동안 쳐다보았다. 마틴 말이 옳았다. 움직이고 있지만 움직이는 것처럼 보이지 않았다. 하지만 분명히 움직이고 있을 것 같았다.

그들은 90일 전에 비해 별로 나아진 것 같아 보이지 않지만 실은 많이 달라졌다. 그 변화가 지리멸렬한 일상처럼 다시 제자리로 돌아오는 것처럼 보여도 움직이는 것은 움직이는 것이다. 다시 제자리로 돌아오기 위해 눈에 띄지 않게 몸체를 움직이는 런던아이처럼.

죽음이라는 명제에 유머와 위트의 날개를 달다

드디어 기다리고 기다리던 닉 혼비의 신작 소설이 나왔다! 느낌표까지 찍어대면서 무슨 호들갑이냐고 하겠지만, 그동안 그의 작품을 기다려온 팬이라면 이 느낌표의 의미를 충분히 이해할 수 있으리라.

삼십 대 중반에 데뷔한 이래 삼사 년의 간격을 두고 네 편의 장편을 발표해온, 성실하되 결코 다작이라 부를 수 없는 닉 혼비의 스타일을 아는 사람이라면 이번 신작의 진가를 알고 있을 것이다.

게다가 이번 신작이 더 기대되는 이유는 바로 그 내용에 있다. 그의 네 번째 소설인 《딱 90일만 더 살아볼까A long way down》는 '자살'이라는 무거운 주제를 정면으로 다루고 있으면서도 닉 혼비 특유의 매력을 고스란히 살린 작품이다. 닉 혼비는 이 소설에서도 여전히 기발하고 위트 넘치며, 웃음과 공감을 자아낸다.

《딱 90일만 더 살아볼까》의 주인공들 역시 그의 선작들과 마찬가지로 기상천외한 방식으로 자신만의 '올바른' 삶을 찾아가는 사회의 낙오자들이다. 우리는 이번에도 그들 주인공과 자신을 동일

시하고(그렇다. 장담컨대 미성년자와의 성 추문으로 가정과 직장을 잃은 전직 토크쇼 사회자 마틴에게 공감하는 순간이 반드시 온다), 또 응원하게 된다.

《딱 90일만 더 살아볼까》가 발표되자, 평자들은 닉 혼비가 이제 축구와 팝 뮤직, 영화 따위에 파묻혀 성장하기를 거부하는 귀엽지 않은 '키덜트Kids+Adult'와 결별하고, 죽음이라는 중대한 질문을 던지게 되었다고 말했다. 이번 신작이 추구하는 주제는 약간 철학적인 면과 닿아 있는데, 이는 닉 혼비와 그의 소설이 드디어 '진지한' 문학의 영역에 다가간 것으로, 이로써 닉 혼비와 그의 문학도 철들었음을 말해주는 것이라고 평가했다. 이러한 평가는 그간 닉 혼비 문학이 추구해온 '가벼움'에 대한 기존 평단의 불만이나 불편함을 고스란히 드러낸다는 점에서 흥미롭다. 사실 《어바웃 어 보이About a boy》처럼 가볍고 경쾌한 신작을 기대하고 있었던 나 역시, 첫 장에서 고층 아파트 옥상 가장자리에 걸터앉아 자살을 선택한 것은 당연하고 논리적인 귀결이었다고 중얼거리는 마틴과 대면하는 순간 약간 당황하지 않을 수 없었다. 혼비도 늙나? 이는 가벼움과 구제불능, 사회에서 낙오되었지만 사랑스러운 닉 혼비만의 캐릭터를 미덕으로 생각하는 팬에게는 두려운 질문이 아닐 수 없다. 하지만 다행스럽게도 번역하는 동안 이번 소설이 작가의 노화의 산물은 아니라는 생각이 들었다.

《피버 피치Fever Pitch》《하이 피델리티High Fidelity》《어바웃 어 보이》가 대중문화 이야기를 통해 작가 자신과 그가 대변하는 현대인들의 우울증에 대처하고, 그 근원과 해결을 모색하는 작업이라면, 이번《딱 90일만 더 살아볼까》는《착한 사람 되는 법How to be good》에서부터 시작된 '왜 불행한가, 어떻게 하면 행복해질 수 있는가.' 하는 질문에 대한 본격적인 탐구 작업이다. 다만, 이번에는 그간 닉 혼비가 작가 자신 혹은 자신의 분신과도 같은 주인공들의 정서 상태를 설명하는 데 동원한 '쿨한' 차폐물들을 대부분 걷어내고, 좀 더 직설적으로 주제에 접근하고 있다는 점이 다르다.

그런 의미에서《딱 90일만 더 살아볼까》에서 선보이는 개성적인 네 주인공 가운데 가장 주목할 만한 캐릭터는 단연 모린이라 할 수 있을 것이다.

중증 장애인 아들을 낳아 혼자 이십 년 동안 키워온 그녀는 많은 사람들로 하여금 '찰스 디킨스'를 거론하게 할 만큼, 단순히 닉 혼비의 작품 세계뿐만 아니라 21세기의 가치관과 윤리·문화로부터 동떨어진 인물이다. 하지만 그럼에도 불구하고 그녀가 믿기지 않는 캐릭터로 전락하지 않는 것은, 아니 전락할 수 없었던 것은 닉 혼비 자신의 경험이 온전히 녹아 있기 때문이다. 그가 인터뷰를 통해서 밝힌 적 있듯이 모린과 모린의 아들 매티가 등장하게 된 배경에는 닉 혼비 자신의 자폐아 아들 데니가 있었다.

1993년 혼비와 전처 버지니아와의 사이에서 태어난 아들 데니는 생후 십팔 개월 무렵 중증 자폐라는 진단을 받았다.

이후 혼비는 버지니아와 헤어지고《피버 피치》를 영화화했던 프로듀서 아만다 포지와 재혼해서 건강한 두 아들을 두었지만, 데니를 돌보는 데 소홀하지 않았다. 지금도 그는 데니와 정기적으로 만나고, 함께 놀아주고, 좋은 아버지가 되지 못할까 염려하고, 절망하고, 또 노력하며 산다고 한다.

혼비는 데니와 같은 자폐아들을 위한 학교를 세우고 기금 모금 활동을 해오는 동안, 모린처럼 절박한 사람들을 많이 만날 수 있었다고 한다. 그렇기에 모린은 스스로 설명하듯이 수학적으로 유의미한 확률의 불운을 겪은 인물임에도 불구하고, 그녀가 감당해온 불행의 실체와 아들에 대한 애정은 대단히 진실하고 실감나게 그려진다.

모린은 겉보기에 소심하고 허약해 보이지만, 실은 이 소설 속에서 가장 용감한 인물이다. 그녀는 자신에게 주어진 매티를 혼자 낳아 키우기로 결심하고, 그 결심을 실천해왔을 뿐만 아니라, 더 이상 감당할 수 없는 불행으로부터 벗어나기 위해 자살을 감행함으로써 삶의 고통이 얼마나 깊고 가혹한 것인지 보여준다. 모린은 살고 싶다고, 행복하게 살고 싶다고, 조곤조곤 풀어놓는다. 모린이 원한 것은 끔찍하고 좌절된 삶을 끝장내는 것이 아니라, 아무런 변화도 희망도 없는 불행한 상태로부터 벗어나는 것이었다. 모린은 살고 싶었고, 자신이 여태까지 살아온 인생보다는 좀 더 행복한 삶을 살 자격이 있는 사람이라고 간절히 믿고 싶었다. 아니, 모린뿐만이 아니라 마틴과 제스, 제이제이에게 공통점이 있다면 모두 행복해지고 싶지만 도무지 방법을 찾지 못한 이들이라는 것. 그리고 그들은 행복과 불행 사이의 어정쩡한 중간 지점에서 타협하고 살 수 없는 '나름대로' 섬세한 감수성의 소유자라는 점이다. 그들은 자신을 불행하게 만드는 모든 것들을 체념하고 둔감하게 살아갈 수 없기 때문에 십이월 삼십일 일 밤, 토퍼스하우스의 옥상에서 만나게 된 것이다. 그리고 이 지독하게 불운하거나, 제멋대로이거나, 도무지 재기불능이거나, 한심하기 짝이 없는 네 명의 주인공들에게 행복한 결말을 선사해낸다는 점에서 《딱 90일만 더 살아볼까》 역시 용감하고 솔직하며, 도전적인 소설이라 할 수 있을 것이다.

닉 혼비 소설이 제공하는 웃음과 공감, 문화와 사회를 보는 안목, 독특하고 친근한 캐릭터를 기대하며 이 책을 찾았을 독자 여러분이 원하는 것을 발견하리라 장담한다. 또 자살 미수자 주인공들의 이야기라는 머리글에 이끌려 이 책을 찾은 독자 여러분은 조금쯤 행복해졌길 진심으로 바란다. 행복이야말로 닉 혼비 소설의 피할 수 없는 부작용(?)이니까.

이나경